Kristin Halbrook

Silver Dust

Im Bann der Wasserdrachen

Kristin Halbrook

Silver Dust

IM BANN DER WASSERDRACHEN

Aus dem Englischen
von Catrin Frischer

cbj

Bei diesem Buch wurden die durch das verwendete Material und die Produktion entstandenen CO_2-Emissionen ausgeglichen, indem der cbj Verlag ein Projekt zur Aufforstung in Brasilien unterstützt. Weitere Informationen zu dem Projekt unter:
www.ClimatePartner.com/14044-1912-1001

MIX
Papier aus verantwortungsvollen Quellen
FSC® C014496

Wir produzieren Klimaneutral
ClimatePartner.com/14044-1912-1001
Druckprodukt

Penguin Random House Verlagsgruppe
FSC® N001967

1. Auflage 2021

Die englische Originalausgabe erschien 2019 bei Henry Holt and Company
unter dem Titel: SILVER BATAL AND THE WATER DRAGON RACES

Übersetzung: Catrin Frischer
Lektorat: Carola Henke
Umschlaggestaltung: Carolin Liepins
Umschlagillustration: Bente Schlick
MK • Herstellung: BO
Satz und Druck: GGP Media GmbH, Pößneck
ISBN 978-3-570-17695-5
Printed in Germany

www.cbj-verlag.de
Dieses Buch ist auch als E-Book erhältlich

1. Kapitel

Wenn in Jaspaton, einer in die Felsen gebauten Stadt, der Staub allzu dicht wurde und der Wind zu sehr peitschte, packten draußen unter bunten Baldachinen sogar die ältesten und unerschütterlichsten Garnfrauen ihre Sachen zusammen und begaben sich in die Häuser. Und wenn sie drinnen Schutz suchten, folgten auch alle anderen ihrem Beispiel.

Alle Vernünftigen jedenfalls.

An so einem Tag rannte Silver Dust eine Steintreppe hinunter, dann eine andere und noch eine. Sie durfte den Händler auf der Wüstenebene nicht aus den Augen verlieren.

»Warte!«, rief Silver und spuckte die Haarsträhnen aus, die ihr in den Mund geweht waren. Die Winde trugen ihre Worte in die falsche Richtung.

Der Händler rollte die Planen an den Seitenwänden seines Wagens herunter, er musste gegen das Wetter ankämpfen, um sie zu sichern. Wütend drohte er dem Himmel mit der Faust, doch Silver lachte. Seine Plackerei verschaffte ihr mehr Zeit, ihn einzuholen.

»Silver!« Am Gemeinschaftsbackhaus rief Silvers Vetter Brajon nach ihr.

»Kann jetzt nicht!« Silver sprang mit einem Satz über ein

Huhn, das wild mit den Flügeln schlug, damit es nicht vom Wind davongetragen wurde. Die Ledertasche, in der ihr Brief steckte, wippte auf ihrer Hüfte.

»Ich hab Neuigkeiten für dich«, sagte Brajon. »Über Du-weißt-schon-Wen!«

Silver zögerte und ihre Füße wollten in verschiedene Richtungen. Sie schoss nach vorn und konnte sich gerade noch abfangen, bevor sie kopfüber die nächste Treppe hinuntergestürzt wäre. Für ihre Tasche gab es kein Halten. Sie flog weiter und der Inhalt verteilte sich über die Stufen.

»Ich kümmere mich drum.« Brajon rannte los, unterwegs schnappte er sich das Huhn, das er an die Brust drückte, während er leichtfüßig die Treppe hinuntersauste.

»Boaaack!«, protestierte das Huhn.

Eilig sammelte Brajon das Goldschmiedewerkzeug, die in Papier gewickelten Bonbons und die Münzen zusammen, die Silver in ihrer Tasche aufbewahrt hatte. Den Brief bekam allerdings jemand anderes vor ihm in die Finger.

Nebekker, eine der ältesten Garnfrauen – und sicherlich die geheimnisvollste –, hob den Brief auf und fing an, ihn zu lesen.

Silver tapste in ihren weichen Stiefeln die Treppe hinunter. Sie streckte die Hand aus: »Danke«, sagte sie.

Nebekker las weiter und Silver bohrte die Zehen ungeduldig in die staubige Treppenstufe. In Jaspaton wurden die Alten von jedermann mit Ehrerbietung behandelt, aber Silver machte es fuchsteufelswild, dass die alte Frau so ganz selbstverständlich ihren Brief las. Ohne jeden Respekt für Privatsphäre!

Während sie darauf wartete, dass Nebekker damit fertig wurde, in ihren Angelegenheiten herumzuschnüffeln, ging Silver zu dem in den Stein gehauenen Ausguck, lehnte sich an das kupferne Geländer und schaute nach unten. Der Händler hatte die Plane befestigt und versuchte nun, seine Viehherde zu beruhigen – aus gutem Grund. Kein Jaspatonier würde sich in der weiten Wüste von einem solchen Sturm überraschen lassen.

»Das ist alles, glaube ich.« Brajon tauchte neben Silver auf und ließ ihre Habseligkeiten und eine gute Handvoll Staub in ihre Tasche fallen.

»Fast alles.« Silver wies mit einer Kopfbewegung auf Nebekker.

»Ist das ein Brief an …?«

Silver nickte schnell.

An Sagittaria Wonder, die beste und hinreißendste Wasserdrachenreiterin, die die Welt je gesehen hatte. Sie war Silvers Heldin.

Brajon zuckte mit den Schultern und packte das Huhn fester, das versuchte, den Kopf in seine Tunika zu stecken.

»Du kannst ihr das alles persönlich sagen, wenn sie in zwei Wochen nach Jaspaton kommt.«

Silvers Herz pochte so laut wie eine Trommel, es musste in der ganzen Wüste zu hören sein, dachte sie.

»Sie kommt *hier*her? Warum?« Silver warf einen Blick über die Schulter. Der Händler kletterte auf seinen Wagen und zog sich den Schal vors Gesicht.

»Du weißt doch, dass wir vor einer Woche diese dicke Goldader entdeckt haben?«

Silver verdrehte die Augen. Brajon sagte »wir«, so als wäre er längst ein vollwertiger Bergmann – und kein Ele-Bergmann. »Ja, selbstverständlich, aber was hat das mit Sagittaria zu tun?«

»Erst heute hat Sormy Mohan gesagt …«, Brajon räusperte

sich und machte eine tiefe Stimme, um den ergrauten, alten Bergmann nachzuahmen: »Die Königin kommt aus Calidia, um sich unser Gold anzusehen. Und sie bringt auch deine Drachenreiterin mit. Sie sind auf der Suche nach einem Entwurf für irgendeinen neuen Pokal.«

Silver packte ihren Vetter bei den Schultern, ihr ganzer Körper zitterte vor freudiger Aufregung. »Willst du damit sagen, dass Sagittaria Wonder tatsächlich hierherkommt?«

»Das habe ich gehört.« Brajon befreite sich aus Silvers festem Griff.

Silver holte einen Stift Holzkohle aus ihrer Tasche. Ihr Atem ging schnell. Sagittaria Wonder: der Champion, die Legende, *die Beste*, die es je gegeben hatte. »Wenn ich doch bloß meinen Brief von Nebekker zurückkriegen würde, dann könnte ich noch eine Zeile dazuschreiben … dass ich sie unbedingt treffen möchte.«

Die Wasserdrachenreiterin kam in ihre alte, staubige Stadt. War so was möglich? Schließlich gab es in Jaspatons Umgebung nicht ein einziges Gewässer an der Oberfläche, nicht mal einen mickrigen Bach. Aber Sagittaria kam dennoch – und das konnte eine Chance sein. Wenn Silver ihre Eltern doch irgendwie überreden könnte, einem Treffen mit Sagittaria zuzustimmen. Und wenn Silver dann noch Sagittaria überreden könnte, eine gewisse hoffnungsvolle Rennreiterin mitzunehmen in die Stadt Calidia … Silver würde alles tun, um von der großartigsten Drachenrennreiterin der Welt lernen zu können. Ihre Drachen füttern. Deren Schuppen auf Hochglanz bringen. Die Böden kehren. Mit einem Lächeln den Drachenmist wegschaufeln. Sie wäre der allergehorsamste Stallknecht, den es je gegeben hatte.

Und dann würde sie selbst vielleicht eines Tages die neue großartigste Wasserdrachenrennreiterin werden, die die Welt je gesehen hatte.

Unten auf der Wüstenebene hatte sich eine Plane am Wagen gelöst und der Händler verfluchte die Winde. Silvers Herz schlug schneller. Noch war Zeit. »Nebekker, bitte, meinen Brief ...«

Die alte Frau zuckte zusammen, als wäre sie beim Lesen eingeschlafen.

»Wie oft schreibst du solche Fanbriefe?«, fragte Nebekker verärgert.

Silver und Brajon wechselten einen Blick.

»Immer wenn ein Händler nach Calidia aufbricht«, sagte Silver. So wie *jetzt*, wollte sie sagen. Aber sie hielt den Mund. Nicht mal unter Druck würde sie unhöflich zu einer Alten sein.

»Seit zwei Jahren«, sagte Brajon.

»Gooaackgock«, ergänzte das Huhn.

»Und wie oft hast du ihr von ...«, Nebekker deutete mit dem Finger auf eine Zeile. »... von der seltsamen alten Garnfrau erzählt, deren Herkunft niemand kennt?«

»Noch nie! Also, nur dieses eine Mal.« Silvers Gesicht lief rot an. »Von allen anderen, die ich kenne, hab ich ihr schon erzählt – und nun warst nur noch du übrig.«

Nebekker schaute Silver lange an. Ihre Augen waren grün. Opak wie Jade. Ganz anders als die Augen der meisten Menschen in Jaspaton, die braun waren und wie Quarz glitzerten. Als Nebekkers Blick Silver unangenehm wurde, schaute sie zu Boden.

»Tut mir leid, dass ich dich seltsam genannt habe«, flüsterte Silver.

Brajon konnte ein Auflachen nicht unterdrücken. Silver gab ihm einen Rippenstoß und schaute durch die Wimpern hoch. Sogar in Nebekkers Augen war ein belustigtes Aufblitzen zu erkennen, bevor sie wieder ernst wurde.

»Ich weiß, wie du Sagittaria Wonder beeindrucken könntest«, sagte Nebekker. »Aber nicht mit solchen albernen Fanbriefen.« Ohne auf eine Reaktion zu warten, rauschte die alte Frau davon.

Ein köstlicher kalter Schauer rieselte Silver über den Rücken. Ohne nachzudenken, rannte sie Nebekker hinterher. »Wie meinst du das?«, fragte sie keuchend, als sie die alte Garnfrau auf der Straße eingeholt hatte.

»Komm zu mir, vorm Morgengrauen. Dann bringe ich dir bei, was du wissen musst. Ich werde dir zeigen, wie man einen Wasserdrachenrennanzug fertigt, der sogar die große Sagittaria Wonder beeindrucken wird.«

Silver klappte der Mund auf. »Du weißt, wie man Rennanzüge macht?«

»Und du wirst es auch bald wissen.« Nebekker stieg eine Treppe hoch und verschwand.

Von der Wüstenebene hörte man einen triumphierenden Schrei. Der Händler war endlich aufgebrochen. Silver war das jetzt egal. Sie ließ ihren Brief in den Sand fallen. Ein Lachen perlte in ihrer Brust, und mit einem Grinsen, das von einem Ende der Wüste zum anderen reichte, wirbelte sie im Kreis herum. Das Huhn hatte sich endlich aus Brajons Fängen befreit und flitzte flach geduckt an Silver vorbei in eine Lücke zwischen zwei Gebäuden.

»Hast du das gehört, Vetter? Vielleicht bin ich schon bald auf dem Weg nach Calidia!«

Brajon grinste. »Nebekker ist nicht gerade eine gutmütige alte Frau. Glaubst du denn, dass sie dir aus reiner Herzensgüte etwas beibringt? Vielleicht ist sie insgeheim eine alte Zauberin, die …«

»Mich einsperrt und mich zwingt, für alle Zeit für sie zu weben?« Silver lachte. Das war eine Wüstenlegende, die alle Kinder kannten. Aber Nebekker war keine alte Zauberin und das hier war das richtige Leben, kein Märchen.

Silver ging wieder zum Ausguck und legte die Hände aufs Geländer. In der Wüste hatte sich der Sturm gelegt und eine neue Dünenlandschaft war entstanden. Irgendwo, weit weg, auf der anderen Seite der goldenen Hügel schwammen die Wasserdrachen in den königlichen Becken von Calidia und warteten auf Silver Dust.

2. Kapitel

In derselben Nacht, als die Sterne noch den Wüstenhimmel sprenkelten, stahl Silver sich nach draußen. Sie schlich durch die Straßen, in denen sich nichts rührte – abgesehen von dem Wüstenkäfer, der ihr über die Stiefelspitzen huschte.

Vor Nebekkers Haus angekommen, zögerte sie mit erhobener Hand. Brajons Bemerkung kam ihr in den Sinn. Ob die alte Frau Silver wirklich helfen konnte, Sagittaria Wonder zu beeindrucken?

Nebekker kam von weit her, doch von wo genau, schien niemand zu wissen. Sie war einfach eines Tages in Jaspaton aufgetaucht, viele Jahre vor Silvers Geburt. Nur mit einem Wanderstab und einem kleinen Bündel auf dem Rücken war sie aus der Wüste gekommen. Manche sagten, sie sei am anderen Ende der weiten Wüste von Nomaden aufgezogen worden, andere behaupteten, sie sei aus Calidia. Wenn das stimmte, dann konnte Silver nicht verstehen, warum sie die wunderbare königliche Stadt verlassen hatte, um ausgerechnet nach Jaspaton zu kommen. Wie dem auch immer sein mochte, ganz sicher war eines: Es gab nicht einen Hinweis darauf, dass Nebekker irgendetwas über Wasserdrachenrennen wusste.

Noch bevor sie entscheiden konnte, ob sie nun umkehren oder klopften sollte, wurde die Tür aufgerissen.

»Mir kam es so vor, als hätte ich jemanden hier draußen gehört«, sagte Nebekker. »Steh da nicht so rum mit offenem Mund. Da weht Staub rein.«

Nebekker scheuchte Silver ins Haus, das klein und schummrig war, denn auf dem niedrigen Tisch mitten im größten Zimmer brannte nur eine Kerze. An den Wänden standen Regale voller Holzschachteln und Marmorschüsseln, glitzernden Glasbehältern und perlenbesetzter Tongefäße. Exotische Gerüche, die Silver an Händler aus der Ferne erinnerten, stiegen ihr in die Nase. Blumige Düfte, wie die der Öle, die die Garnfrauen manchmal im Tausch gegen ihre Wolldecken und Teppiche bekamen. Gerüche nach den Tinkturen, die zum Einfärben der Wolle importiert wurden.

Silver schnappte nach Luft, als ihr Blick auf einen Krug aus Holz fiel – den eine Einlegearbeit aus Perlmutt schmückte, die einen Wasserdrachen darstellte. Ihr juckten die Finger, das Gefäß vom Regal zu holen und seinen Inhalt zu erforschen.

»Setz dich.« Nebekker wies auf die Kissen, die um den Tisch herum lagen. Sie nahm eine Kanne vom Regal, und Silver versuchte, in der Dunkelheit zu erkennen, welches seltsame und fremdartige Gebräu sie enthalten mochte. Doch als Nebekker ein Glas füllte und ihr vorsetzte, stellte sie fest, dass es nur kalter Sukkulententee war.

Nebekker nahm Silver gegenüber Platz. »So, du liebst also Wasserdrachen? Hm. Das sind sehr interessante Wesen.«

»Liebst du sie auch?« Silver kam es vor, als würden Sandkäfer in ihrem Bauch herumkrabbeln.

»Ah. Hm.« Im schwachen Kerzenschein schaute Nebekker Silver an. »Das scheint dich zu überraschen. Ihr Jungen vergesst gern, dass wir Alten auch einmal jung gewesen sind. Wir hatten Eltern, denen nicht gefiel, was wir machten. Wir hatten Hoffnungen. Wir waren rebellisch.« Sie lachte. »Vielleicht habt ihr recht, wenn ihr uns misstraut. Viel zu viele von uns Alten vergessen, wie es ist, jung zu sein … Träume zu haben!«

Jemand verstand sie! Silver wollte Nebekker alles erzählen. Dass ihre Heldin in die Stadt kam. Dass ihre Eltern – und eigentlich auch alle anderen Menschen in Jaspaton – kein Verständnis hatten für ihren Traum, Wasserdrachenrennen zu reiten. Dass sie alles dafür geben würde, nach Calidia ziehen zu können.

Silver schluckte, damit ja nicht alle ihre Geheimnisse auf einmal hervorsprudelten.

»Du hast gesagt, du würdest mir beibringen, einen Rennanzug zu weben, der Sagittaria Wonder beeindrucken wird«, sagte sie.

»Das habe ich.« Nebekker nickte. Sie schob ihren Tee von sich und nahm etwas Wolle in die Hand. »Aber jetzt bin ich mir nicht mehr so sicher. Ich habe dich beobachtet. Du bist eigensinnig. Bei dir muss immer alles ganz schnell gehen. Du bist mit den Gedanken ganz weit weg und kannst dich nicht konzentrieren. Du hast keine Geduld und wenig Respekt.«

»Das ist nicht wahr!«, schrie Silver und senkte dann schnell die Stimme.

»Doch – und die ganze Stadt weiß das, Ele-Goldschmied.«

Silver zuckte bei der traditionellen jaspatonischen Verkleinerungsform zusammen – mit Ele bezeichnete man jemanden, der noch nicht lange zu einer Handwerkszunft gehörte.

»Ich werde alles tun. Geduldig sein, hart arbeiten und …«

Nebekker fiel ihr ins Wort. »Was weißt du über Wasserdrachen?«

»Alles! Die Shorsa sind die Rasse mit den meisten Siegen bei den Wettkämpfen, aber Sagittaria Wonder reitet die Rennen auf einem Dwakka und hat seit zwei Jahren nicht verloren, abgesehen von der Weltmeisterschaft. Den Weltmeistertitel halten die Inselstaaten nun schon seit fünf Jahren und …«

»Du weißt also was über die Rennen, aber ich wollte hören, was du über Wasserdrachen weißt.«

Silver senkte den Blick. Die Wände in ihrem Zimmer waren mit Bleistiftzeichnungen bedeckt, auf denen Wasserdrachen und ihre Reiter abgebildet waren. Die Drachen kamen aus Hunderten und Tausenden von Meilen entfernt liegenden Orten. Fahrende Händler und Kundschafter brachten sie den königlichen Familien und reichen Kaufleuten überall in der Wüste und darüber hinaus. Artikel über die großen Wasserdrachenrennen – wer teilgenommen hatte, wer gewonnen hatte, wer umgekommen war – hatte sie um die Bilder herum an die Wand geheftet. Silver hatte sogar selbst Schaubilder und Diagramme von allen Wasserdrachenarten gezeichnet, von denen sie je gehört hatte: vom kugelförmigen Floatilliianer, dessen grüne Haut glatt und straff wie gedehnter Stoff war, vom zweiköpfigen Dwakka, mit einem stets lächelnden und einem immer finsteren Gesicht. Vom winzigen Shorsa, der fast zu klein war zum Reiten, aber schnell wie der Wüstenwind.

»Ich weiß so viele Sachen«, sagte Silver. Ihr Blick schweifte zu dem Krug mit dem Wasserdrachenmotiv. »Doch ich will *alles* lernen.«

»Dann ist Calidia der richtige Ort für dich.« Nebekker sah Silver scharf an, dann seufzte sie tief. Silver unterdrückte ein Lächeln. Allem Anschein nach hatte sie die grimmige Alte überzeugt.

»Hast du gewusst, dass diese Wolle, fest und zu dünnen Fäden versponnen, sowohl leicht als auch wasserabweisend ist?«, sagte Nebekker. »Beides vortreffliche Eigenschaften für einen Wasserdrachenrennanzug.«

Silver berührte die Wolle. »Woher weißt du all das?«

»Auch ich habe einmal alles lernen wollen, aber jetzt ist nicht die Zeit, darüber zu reden. Wir müssen schnell arbeiten. Und dich nehmen wir als Modell.«

Nebekker wies Silver an aufzustehen, dann nahm sie Maß. Danach legte sie Pergament auf den Tisch. Silver beobachtete gebannt, wie Nebekker ein Muster zeichnete, das aus Hunderten von einzelnen Schuppen bestand, die zusammengefügt werden sollten. Während die Nacht zum Morgen wurde, arbeiteten die beiden. Nebekker zeigte Silver eine Art der Wollverarbeitung, die anders war, als die in Jaspaton gebräuchliche. Das Gewebe wurde so leicht und fein, dass es sich eng an den Körper schmiegen konnte.

In den folgenden zehn Tagen schlich sich Silver jede Nacht hinaus, um mit Nebekker an dem Anzug zu arbeiten. Meistens schwiegen sie dabei. Manchmal versuchte Silver, ein Gespräch in Gang zu bringen.

»Du warst also Weberin in deiner alten Stadt? Wo kommst du eigentlich her?«

»Von weit weg«, sagte Nebekker, mehr nicht.

Silver verstummte. Es war unhöflich gewesen zu fragen. Jaspatonier stellten nie persönliche Fragen, so etwas war nicht nötig. An einem Ort, an dem jeder jeden von Geburt an kannte, gab es wenig Geheimnisse. Und so gern die Jaspatonier auch mit Händlern und Reisenden auf der Durchreise plauderten, für die großen Geheimnisse der Welt da draußen interessierten sich die Wüstenbewohner nicht besonders.

Aber Silvers Neugier war stark und bald sprudelten noch mehr Fragen heraus.

»Woher hast du die Narben an deinen Händen?«

»Von harter Arbeit«, sagte Nebekker.

»Alle sagen, du wärst einfach eines Tages draußen im Herdental aufgetaucht. Ohne irgendwas oder irgendwen, nicht mal ein Tier oder Kleider zum Wechseln hattest du dabei. Stimmt das?«

»Das könnte sein.«

»Du hättest doch nicht allein hierherkommen können. Das ist zu gefährlich.«

»Hab ich auch gehört.«

»Warum willst du meine Fragen nicht beantworten?«

»Wenn du die richtigen Fragen stellst, werde ich antworten.«

Und einmal fragte Silver: »Wirst du es jemandem sagen? Bitte, tu's nicht. Vor allem nicht meinem Vater.«

Silver hatte die Worte nicht zurückhalten können, so stark war der Druck gewesen. Verstohlen schaute sie zu Nebekker.

»Ich habe nicht vor, irgendwem was zu sagen.« Nebekker schnaubte und musterte Silver von oben herab.

Und das tat sie auch nicht. Stattdessen brachte sie Silver bei, was sie wissen musste, bis nur noch eine Lehrstunde vor

Sagittaria Wonders Besuch blieb. In dieser Stunde sollten die Schuppen zu einem Rennanzug zusammengesetzt werden, der so umwerfend war, dass Silvers Träume in Erfüllung gehen mussten.

3. Kapitel

Wieder zog sich ein Herbststurm über der riesigen Wüste zusammen. Schiefergrau färbte er mittags den Himmel, als Silver Nebekker gegenübersaß und mit gerunzelter Stirn auf ihre Stiche guckte. Nur noch zwei Tage, dann würde Sagittaria Wonder in Jaspaton eintreffen. Silver beeilte sich, damit sie ja rechtzeitig fertig wurde. Ihr Herz war so schwer wie die dunklen Wolken. Dieses Wetter durfte die Reisegruppe von Königin Imea nicht aufhalten!

»Hoffentlich sind da draußen in den Dünen alle in Sicherheit.« Nebekker schaute nicht von ihrer Arbeit auf. Ihre Finger nähten in Windeseile perfekte Stiche. Stöhnend trennte Silver ihre letzten fünf Stiche wieder auf, sie waren zu locker geraten.

»Kein Wüstenbewohner würde in so einem Sturm nach draußen gehen. Nur Leute von der Küste verirren sich.« Silver hielt mit der Arbeit inne und schaute aus dem Fenster, wo ein Blitz den Horizont in Stücke riss. »Nur Sagittaria Wonder nicht. Sie würde sich mit geschlossenen Augen zurechtfinden. Wie damals, als sie mit ihrem Dwakka nicht durch einen, sondern gleich durch zwei Strudel geritten ist.«

Das war vor zwei Jahren bei den Herbstrennen der Wüstenstaaten geschehen, da hatte es zum ersten Mal auf der Strecke des Abschlussrennens Strudel gegeben. Silver wäre für ihr Leben gern dabei gewesen! Sie beugte sich eifrig über ihre Arbeit. Wenn alles nach Plan lief, würde sie Sagittaria dieses Jahr bei den Rennen anfeuern.

»Du weißt ja nicht mal, wie ein Strudel aussieht«, grummelte Nebekker. Silver verbarg ihr Lächeln. Nebekker wurde immer ein bisschen mürrisch, wenn Silver anfing, von Sagittaria Wonder zu schwärmen.

»Wie schade, dass es am Geburtstag deines Vetters so stürmisch ist.« Nebekker guckte aus dem Fenster.

»Vielleicht kommen dann nicht so viele Leute zu seiner Feier«, murmelte Silver.

Nebekker sah sie lange an, sodass es Silver ganz mulmig wurde. Sie hatte es nicht so gemeint, wirklich nicht. Ihr Vetter Brajon war ihr der liebste Mensch in der Wüste – oder sonst wo –, und sie wollte, dass sein Geburtstag spektakulär wurde. Schließlich konnte man es ihm nicht vorwerfen, dass er in Jaspaton so beliebt war und Hunderte von Leuten ihm gratulieren wollten. Oder dass seine Mutter, Silvers Tante Yidla, vermutlich genau in diesem Augenblick letzte Hand an ein Geburtstagsfestmahl legte, das bestimmt so gut war wie das Essen, das Königin Imea in ihrem schönen Palast genoss. Und dass er dieses Jahr ein heiß begehrtes Dünenboard bekommen würde, das traditionelle Geschenk zu einem dreizehnten Geburtstag, konnte man ihm erst recht nicht vorwerfen.

Silver stöhnte leise. Schon wieder zwei Stiche verpatzt. *Hab Geduld, finde den Rhythmus, respektiere das Handwerk.* Diese Worte hatte Nebekker oft wiederholt während der zwei Wochen, in denen sie zusammen gewebt hatten, aber Silver hatte einfach nicht die Zeit für Geduld. In einem von Nebekkers

Töpfen war der Plan für einen spektakulären Rennanzug sicher verwahrt und in Silvers Kopf hatte sich ein noch größerer Plan festgesetzt. *Wenn* sie rechtzeitig fertig wurde.

»Fliegt, Finger, fliegt«, flüsterte sie ganz leise.

Die Haustür flog auf. Silver schaute auf, ein Windstoß, vermutete sie. Als sie aber sah, wer gekommen war, verbarg sie ihre Arbeit unter den Falten ihrer Tunika. Ihr Herz raste.

»Silver, ich …« Brajon wurde von Rami Dust beiseitegedrängt, bevor er den Satz beenden konnte.

»Hier versteckst du dich also!« Die Stimme von Silvers Vater hatte etwas Triumphierendes. Ein Windstoß knallte die Tür hinter ihm zu, sein Schal umflatterte kurz die schwarzen Haare und sank ihm dann auf die Schultern. Im gedämpften Licht traten Ramis Wangenknochen und sein Kinn besonders scharf hervor, das schmale Goldband um seine Stirn blitzte, doch die vielen Tausend Narben an seinen Händen, die von der Arbeit mit Feuer und geschmolzenem Metall herrührten, fielen hier kaum auf.

»Ele-Goldschmied, du solltest auf den unteren Ebenen in deiner Klasse sein.« Rami runzelte die Stirn, als er Silver und Nebekker ansah. »Was machst du hier?«

Silver warf Nebekker einen nervösen Blick zu.

»Sie hat mich gebeten, ihr bei einem Projekt zu helfen, mit dem sie ihre Mutter beeindrucken will.« Nebekker log aalglatt.

»Genau!«, platzte Silver heraus. Die ganze Wahrheit war das nicht, aber es musste auch keine Lüge sein. Eines Tages wollte Silver ihre Mutter beeindrucken. Aber zu ihren eigenen Bedingungen.

Rami zögerte, er wählte seine Worte an die alte Frau sorgfältig. »Es ist nett von dir, ihr zu helfen.«

Silver beobachtete, wie ihr Vater sich in Nebekkers kleinem Heim umschaute. Sie konnte förmlich die Rädchen sehen, die sich in seinem Kopf drehten, als er überlegte, was in aller Welt seine Tochter mit der alten, seltsamen Garnfrau machte, von der niemand besonders viel wusste. Sein Blick blieb an dem Krug mit dem Wasserdrachen hängen.

Silver schluckte, sie zwang ihren rasenden Puls, sich zu beruhigen, und stopfte den Rennanzug noch weiter unter ihre Tunika. Ihr Vater durfte jetzt keine Fragen stellen, das würde ihre Pläne gefährden.

»Ich bin fast fertig, Vater. Woher wusstest du, wo du mich finden würdest?« Silver guckte Brajon streng an – und der ließ schuldbewusst die Schultern hängen.

Brajon war ein halbes Jahr jünger als Silver, doch fast zwei Köpfe größer als sie und sehr viel schwerer. Seit seinem zwölften Geburtstag hatte er starke Muskeln bekommen, denn seitdem ging er mit in die Minen, so wie sein Vater. Das war in Jaspaton Tradition. Er war Ele-Bergmann. Doch so nannte ihn keiner. Er war immer Brajon, ganz einfach. Silver wünschte, auch sie könnte einfach Silver sein und nicht immer *Ele-Goldschmied*. Es gab Hunderte von Bergmännern, unter die Brajon sich mischen konnte, aber nur eine Familie Dust. Silvers Weg durchs Leben – und ihre Verfehlungen auf diesem Weg – ließen sich nicht verbergen.

»Du hast Pflichten, Silver«, sagte Rami Dust. »Du hast deinen Unterricht heute Morgen versäumt.«

»Ich weiß! Ich wollte nur …« Silver hasste diesen enttäuschten Unterton in der Stimme ihres Vaters, aber sie konnte ihm keine Erklärung liefern.

Silvers Vater seufzte ungeduldig. »Kein Wort mehr. Ich

habe die Zensuren deiner letzten Prüfung gesehen, du kannst es dir nicht leisten, auch nur eine Unterrichtsstunde zu versäumen. Du wirst morgen alles nachholen. Geh jetzt nach Hause und mach dich für die Feier fertig. Und freu dich, dass ich dich trotz allem hingehen lasse.« Rami zeigte auf die Tür. Silver rappelte sich hoch.

»Nebekker«, sagte er in sanfterem Ton, »Silver hätte dich nicht belästigen sollen.«

»Sie hat mich nicht belästigt. Ich habe sie hergebeten«, sagte Nebekker, deren Finger immer noch über ihre Arbeit flogen. »Aber *dich* habe ich nicht hergebeten.«

Der Ton der alten Frau war schnippisch, und nicht mal der ernste Rami Dust konnte verhindern, dass seine Mundwinkel ein ganz klein wenig nach oben wanderten.

»Dann mache ich mich auf den Weg«, sagte er und verneigte sich leicht. »Aber, Silver, keine Besuche mehr, bis deine Zensuren sich verbessert haben. Geh jetzt nach Hause. Ich muss zurück in die Werkstatt.«

Rami verließ das Haus. Silver sank der Mut, ihre Wangen brannten. Wie sollte sie den Rennanzug fertigstellen, wenn sie Nebekkers Haus nicht mehr betreten durfte? Sie vermied es, Nebekker oder Brajon anzusehen, während sie ihre Sachen zusammensammelte.

»Danke auch, dass du ihm gesagt hast, wo ich bin«, zischte Silver, als sie an ihrem Vetter vorbeifegte, dann flitzte sie die Straße hinunter.

»Wir sehen uns auf meiner Geburtstagsfeier!«, rief Brajon ihr fröhlich hinterher.

Silver lief nach Haus und schlüpfte in ihr Zimmer. Gleich gegenüber vom Eingang hing ein großes Merkblatt über den Aquinder, den sagenumwobensten aller Wasserdrachen. Silver strich mit den Fingerspitzen über die Ecken des Papiers. Größtenteils war das Blatt leer, abgesehen von einer von Silver hingekritzelten Zeichnung, die auf den Geschichten der Händler beruhte. So könnte der Aquinder aussehen: Lang und muskulös, mit Flossen und Fell am Kopf und – das war das Wichtigste – der Aquinder hatte Flügel. Er war der einzige Wasserdrache, der fliegen konnte.

Unter der Zeichnung stand nur ein Satz: *Gibt es ihn wirklich?*

Silver rieb mit dem Daumen über die Zeichnung. Die Jaspatonier waren zumindest davon überzeugt, ein Wüstenmädchen, das von Wasserdrachen besessen war, könne es nicht geben. Doch als Silver die Augen schloss, spürte sie einen Luftzug im Nacken, die Wärme der Wasserdrachenhaut an ihren Handflächen, den Nervenkitzel, als Erste die Ziellinie zu überqueren. Sie konnte sogar das Gefühl der Schwerelosigkeit empfinden, das sich einstellen würde, sobald sie und ihr Aquinder sich in den saphirblauen Himmel aufschwingen würden. Auf dem Steinfußboden in ihrem Zimmer zu stehen war schwierig, wenn sie doch nichts anderes wollte, als mit Gischt im Gesicht über die Weite des Ozeans zu rasen. Tränen brannten in Silvers Augen. Was waren sie bloß für unmögliche Wesen, sie und der Aquinder.

»Du solltest dich doch für meine Feier zurechtmachen.« Brajon war so leise hereingekommen, dass sie nicht gehört hatte, wie er die Gardinen auseinandergezogen hatte, die ihr Zimmer vom Flur abtrennten. Seine Worte holten sie aus ihrem Traum zurück auf festen Boden.

»Weißt du nicht, wie man sich ankündigt?« In Jaspaton gehörte es zum guten Ton, sich immer erst zu räuspern oder etwas zu sagen, um andere auf sein Kommen vorzubereiten. Silver wandte sich schnell von ihrem Vetter ab und wischte sich mit dem Ärmel übers Gesicht. Das würde einen schmierigen Streifen auf ihren Wangen hinterlassen, doch das war ihr egal. »Abgesehen davon solltest du unten sein bei deinen dich anbetenden Fans.«

Brajon fuhr sich mit der Hand durchs Haar, ein blanker goldener Armreif schimmerte im Licht. Silver erkannte die feine Arbeit ihres Vaters. Ein frühes Geburtstagsgeschenk.

»Ich bin gekommen, weil ich mich entschuldigen wollte – wegen Nebekker. Onkel Rami hat nicht aufgehört zu fragen, wo du bist, und ich konnte ihn nicht anlügen. Wenn du dich nicht vorsiehst, wird dein Vater dich noch aus der Schule nehmen.«

»Ich war vorsichtig. Bis jemand mein Geheimnis ausgeplaudert hat.« Silver runzelte die Stirn. Endlich hatte Brajon den Anstand, pink anzulaufen und wegzugucken. »Es wäre hilfreich, wenn er mich aus dem Goldschmiedeunterricht nehmen würde, damit ich den Anzug fertigkriege. – *Ele-Goldschmied*«, sagte sie verbittert.

Brajon zuckte mit den Schultern. »Mach doch, was du willst. Du wirst so eine hübsche Ele-Garnfrau abgeben. Du und Nebekker könnt dann den ganzen Tag zusammen rumsitzen und seltsam sein.«

»Nebekker ist viel interessanter als irgendjemand sonst im langweiligen Jaspaton.« Silver schnappte sich einen Schal vom Boden und warf ihn Brajon an den Kopf. Ihr Vetter lachte und tauchte ab in den Flur.

Silver wusste, dass ihr Vater sie niemals aus seiner Innung ausschließen würde. Nachdem ihr Großvater den Familienbetrieb beinahe in den Ruin getrieben hatte, hatte Rami unermüdlich daran gearbeitet, den Namen Dust wieder zum Inbegriff der besten Schmuckarbeiten in der gesamten Wüste zu machen. Die letzte Hürde war nun, die Königin Imea zu beeindrucken. Rami und Silver erwarteten also beide sehnsüchtig ihre Ankunft, wenn auch aus ganz verschiedenen Gründen. Rami, weil er das Erbe der Familie auf sichere Füße stellen wollte, Silver, weil sie diesem Erbe entkommen wollte.

Brajon steckte den Kopf wieder in Silvers Zimmer und seufzte. Die langen schwarzen Haare fielen ihm über die Augen. »Komm schon, Silver. Du kannst nicht hier drinnen rumschmollen, Mama kocht ein Festmahl.«

Wie auf ein Stichwort fing Silvers Magen an zu knurren und beide mussten lachen.

Silver nickte. »Ich komme.«

Sie nahm ihren Lieblingsschal und schlang ihn um den Hals, dann überlegte sie es sich anders. Sie steckte ihn in die Tasche, die sie unter einem Haufen Kissen versteckt hatte. Silver grinste, sie hatte das Gefühl, in ihrem Bauch würden Wüstenhabichte kreisen.

Wenn sie Jaspaton in zwei Tagen mit der großen Sagittaria Wonder verließ, wollte sie diese Tasche mitnehmen.

4. Kapitel

Die Dusts eskortierten Brajon zurück zu seiner Geburtstagsfeier. Silver schlurfte hinter ihren Eltern her. Ihre Mutter schaute sich ein paar Mal um, ob sie Schritt hielt, aber ihr Vater stürmte voran, die Hand auf Brajons Schulter.

»Dreizehn Jahre alt«, sagte er. »Dein Weg liegt vor dir. Deine Zukunft ist gesichert. Bequemlichkeit. Gewissheit. Das ist schön so.«

»Gewiss, Onkel Rami.« Brajon schaute über die Schulter zu Silver und zwinkerte ihr zu.

Silver blieb stumm, als sie die in die Klippen von Jaspaton gehauene Treppe zu Brajons Heim hinunterstiegen. Für Brajon war es leicht gewesen, seinen Platz zu finden. Sein Vater suchte in den Minen und in den tiefsten Tiefen der Klippen nach Edelsteinen und kostbaren Metallen – und er liebte diese Arbeit. Und Brajon liebte sie auch.

Tante Yidla begrüßte sie an der Haustür. »Ah, da ist ja mein verloren gegangenes Geburtstagskind!« Sie hatte sich ihre Alltagsschürze umgelegt, aber ihre dunklen Haare steckten unter einem festlich glitzernden Tuch. Sie zog Brajon an sich und umarmte ihn, wobei sie sein Gesicht an ihren Hals quetschte. Im Laufe des letzten Jahres war er ihr über den

Kopf gewachsen. »Tretet ein, tretet ein, alle sind da. Oh, wie schön!«

Silvers Großeltern waren da, alle ihre Tanten, Onkel, Vettern und Cousinen, ein paar Schulfreunde von Brajon und einige alte Freunde der Familie. Sogar Nebekker war gekommen, still hockte sie in einer Ecke. Brajon hielt seinen neuen goldenen Armreif hoch, damit alle im Haus ihn sehen konnten. Und alle waren voller Begeisterung für den tadellosen Entwurf und seine Ausführung. Rami nickte bescheiden, sein Gesicht glühte jedoch vor Stolz. Er warf Silver einen Blick zu, so als wollte er sagen: *Siehst du, welche Bewunderung dich erwartet?*

Silver unterdrückte ein Aufstöhnen und tauchte in der Menge unter.

Tante Yidla hatte ihre besten Kristallgläser herausgeholt und füllte sie mit einem sirupartigen Beerenlikör, der im schwindenden Sonnenlicht rubinrot schimmerte. Silver nahm ein Glas. Der Likör kam aus Calidia, war aber in Ländern hergestellt worden, deren Namen sie nur von der Landkarte kannte. Silver liebte es, sich Karten anzuschauen und sich vorzustellen, wo sie eines Tages leben würde. Siedlungen in den Bergen nördlich und südlich der Wüste … Städte in den Inselstaaten. Orte, an denen die Landschaft grün und fruchtbar war, wo es Regen und Wasser in Hülle und Fülle gab. Orte, an denen es ihrer Vorstellung nach Hunderte von glücklichen Wasserdrachen gab. Sie war fest entschlossen, sich alle davon anzusehen.

»Silver«, ihr Großvater schreckte sie aus ihren Gedanken, »erzähl mir von deiner Ausbildung. Stellst du Königin Imea auch eine Arbeit vor wie dein Vater?«

»Das glaube ich nicht«, sagte Silver leise. »Ich muss noch sehr an meinen Fertigkeiten arbeiten.«

Im letzten Jahr hatten Silver und Brajon mit allen Gleichaltrigen die allgemeine Ausbildung in den Schulfächern abgeschlossen. Sie hatten das Lesen, Schreiben, Rechnen gelernt und in der Wüste nützliche Fertigkeiten, wie einfache Wollverarbeitung, Kochen, Hüten und Himmelsbeobachtung. Jetzt lernten die Schüler neben dem Schulunterricht das Handwerk ihrer Familien. Silver hätte sich eigentlich in der Schmuckherstellung und Metallbearbeitung hervortun müssen, um Ramis Ruf gerecht zu werden. Aber sie wurde von den anderen Ele-Goldschmieden übertroffen. Die lachten über sie. Unter denen hatte sie keine Freunde.

»Wie bescheiden du bist!«, sagte ihr Großvater.

»Nein, ist sie nicht«, sagte Brajon. »Sie ist nur leider blöd wie ein Wüstenfuchs.«

»Und du bist so nützlich wie eine Wackelpuddinghacke«, gab Silver blitzschnell zurück. Ihr Großvater schmunzelte über das Geplänkel der beiden.

»Oh, Wüstenfüchse sind unglaublich schlau!«, rief Nebekker durch den Raum. »Das Überleben in der Wüste erfordert enorme Intelligenz und Tüchtigkeit.«

Der Lärm und das Gewimmel im Raum legten sich für einen Moment, doch als Nebekker wieder an ihrem Glas nippte und nichts mehr sagte, ging der Trubel weiter. Tante Yidla brachte das Geburtstagsgeschenk herein, das sie und Onkel Saad ihrem Sohn machten.

Das Geschenk war groß und schwer und in ein großes Stück smaragdgrünen Stoff gehüllt. Silver rückte näher an ihren Vetter heran, als der das Geschenk auf den Schoß nahm und die

Hülle herunterzog. Das Dünenboard war dunkelbraun und ringsherum mit einer Intarsienarbeit im Muschelmuster versehen. Als Brajon mit der Hand über die gewachste Oberfläche strich, kribbelte es Silver in den Fingern, so gern hätte sie das Holz berührt. In der Mitte war ein Decodro aufgemalt, ein zehnarmiger Wasserdrache. In einer anderen Welt, einer, in der Silver ihr eigenes Dünenboard besaß, hätte sie einen Witz gemacht und gesagt, der Decodro repräsentiere Brajons zehn Finger, die sich immer in die Töpfe mit Leckereien in der Küche seiner Mutter verirrten.

Stattdessen bildete sich ein Knoten in ihrer Brust, der sich fest zusammenzog.

»Es ist hübsch«, krächzte sie. Es war mehr als hübsch, es war das beste Dünenboard, das sie je gesehen hatte.

Brajons Lächeln verblasste. Lange schaute er das Board an. Dann sah er seine Cousine an. »Willst du die erste Fahrt machen?«

»Auf keinen Fall! Das ist dein Geschenk.«

»Ich hätte nichts dagegen.«

»Aber ich.« Silvers Vater tauchte hinter ihnen auf. »Du weißt, dass Silver nicht Dünenboard fahren darf. Ich will nicht, dass sie sich verletzt, so kurz vor …« Rami guckte zur Seite. »Nun ja, das ist ein Geheimnis.«

Silver guckte ihren Vater überrascht an. *Ein Geheimnis*?

»Och, Onkel Rami. Es ist doch ganz leicht. Und wenn man fällt, ist der Sand weich.«

»Silver würde es irgendwie fertigbringen, sich einen Finger zu brechen. Die Hände eines Goldschmieds sind sein kostbarstes Werkzeug.«

Silvers Gesicht brannte, jegliches Interesse an dem Geheimnis war von Peinlichkeit erstickt worden. »Darf ich wenigstens mit nach draußen in die Dünen gehen und Brajon zugucken?«

»Ich kann nichts Schlimmes daran sehen, sie gehen zu lassen.« Nebekker war unbemerkt an Silvers Seite getreten. »Schließlich ist sie ein schlauer Wüstenfuchs.«

Sie nickte Brajon zu, stellte ihr leeres Glas auf den Tisch und schickte sich zum Gehen an. »Mag dein Jahr so süß wie Wüstenblütenkonfekt sein.«

Rami Dust schnaubte verärgert, als er der alten Frau nachschaute, dann sagte er zu Silver: »Was hast du davon rumzustehen, während alle anderen Dünenboard fahren.« Dann wandte er sich ab, um die Köstlichkeiten zu probieren, unter denen die reich gedeckten Tische sich bogen.

Silver stieß einen langen Seufzer aus. Dünenboards waren die traditionellen Geschenke zu dreizehnten Geburtstagen. Das Holz war kostbar, es musste den weiten Weg aus Calidia hergebracht werden. Die Drachen, die auf die Bretter gemalt wurden, sollten die Eigenschaften der Empfänger repräsentieren. Auf Brajons Board war ein glänzender Decodro abgebildet, wahrscheinlich wegen Brajons Liebe zu den glänzenden Sachen, die er in den Minen fand und ausgrub. Und was hatte Silver zu ihrem dreizehnten Geburtstag bekommen?

Einen Satz Goldschmiedewerkzeuge.

Brajon drückte Silver mitfühlend die Schulter. Sie rang sich ein Lächeln ab und sang mit, als Tante Yidla das traditionelle Geburtstagslied anstimmte: »... Jahre voll Gesundheit, Freundschaft und Freude ...«

Als sie zu der Stelle über Erfolg und Reichtum kamen, hoben alle die Arme und taten so, als würden sie Brajon mit

Goldmünzen bewerfen. Während der folgenden Zeilen, in denen es darum ging, bescheiden zu bleiben und bodenständig, drehten alle die Hände um, so als wollten sie die Handflächen auf den Boden drücken.

Alle … bis auf Silver.

Sie ließ die Arme hängen, sie wollte nicht bodenständig sein. Sie wollte fliegen.

Als der Wind draußen sich legte, ging die Feier so richtig los. Verzierte Kupferteller mit saftigem Fleisch in schweren Soßen wurden geleert und wieder aufgefüllt. Wein und Likör wurde nachgeschenkt. Türme glitzernder Fruchtpuddings und pastellfarbene Sahnetorten verschwanden nach und nach. Die älteren Familienmitglieder schmetterten traditionelle Volkslieder, während die jüngeren Leute tanzten und übermütig hinaus auf die Straßen tobten.

Das war zu viel für Silver. Ihr tat der Kopf weh vom Lärm und dem Beerenlikör, aber hauptsächlich war sie erpicht darauf, wieder zurück zu Nebekker und dem Rennanzug zu kommen. Ob es irgendjemandem auffallen würde, wenn sie ging? Silver schaute in die Runde bekannter Gesichter, die ihren Vetter feierten. Viele dieser Leute waren nicht zu ihrer kleinen Geburtstagsfeier vor einem halben Jahr gekommen. Selbstverständlich würden sie es nicht bemerken, wenn die Ele-Goldschmiedin sich davonstahl.

Sie senkte den Kopf und drängelte sich durch die Menge und hinaus in die kühle Wüstennacht. Ohne sich umzuschauen, stieg sie schnell die erste Steintreppe zur jaspatonischen Mittelebene hinauf.

Doch Brajons Stimme hielt sie auf.

»He, Cousine! Wohin … warte, was ist denn los? Du siehst so traurig aus wie ein Wüstenfuchs im Sandsturm? Hast du keinen Spaß?«

Silver strich sich lose Haarsträhnen hinter die Ohren. »Deine Feier ist wunderbar. So viele Leute und so viel köstliches Essen, aber ich gehöre einfach nicht hierher.«

»Silver …« Brajon schob sich das Dünenboard, das er bei sich hatte, unter den Arm.

»Entschuldige, dass ich gegangen bin.« Silver holte tief Luft. »Ich dachte, du würdest nicht merken, dass ich weg bin.«

»Natürlich hab ich das bemerkt. Ich will nicht, dass du gehst.« Brajons Stimme wurde leise, und Silver wusste, dass er nicht nur von der Feier sprach.

In ihrem Kopf hatte sie eine klare Antwort parat: *Und was, wenn ich schon weg bin?*

Doch so was konnte sie nicht zu ihrem Vetter sagen. Er war zwar ihr bester Freund, aber das würde er niemals verstehen.

»Hör mal«, sagte Brajon. »Ein paar von uns gehen in die Dünen. Komm mit. Dann lassen wir mein Board die erste Fahrt machen.«

»Das geht nicht, Brajon! Die Sache mit Nebekker hat meinen Vater schon argwöhnisch gemacht. Noch habe ich ihn nicht gefragt, ob er mir ein Treffen mit Sagittaria Wonder erlaubt, und wenn ich mir noch mehr Ärger einhandele, wird er ganz bestimmt Nein sagen. Dann wird sich keine Gelegenheit bieten, ihr den Anzug zu geben.«

»Er wird schon Ja sagen. Wer kann diesem hinreißenden Wüstenfuchsgesicht denn etwas abschlagen?« Brajon streckte den Arm aus, um Silver in die Backe zu kneifen, aber sie schlug lachend seine Hand weg. »Du musst mal auf andere Gedanken kommen. Also, los jetzt, Cousine. Geh mit mir dünensurfen.«

»Bist du sicher, dass er es nicht rauskriegt?« Silver hatte ein Flattern im Bauch.

Brajon kam mit dem Gesicht ganz nah an sie heran. »Dünensurfen ist unser Wasserdrachenrennen – und du kennst den wahren Grund, aus dem Onkel Rami dir das nie erlauben wird. Ich sage dir: Mach es dieses eine Mal. Zeig ihm, wozu du fähig bist. Wenn er dein Talent erkennt, packt er dir vielleicht selber die Taschen für die Reise nach Calidia.«

Silver nagte an der Unterlippe. Brajon grinste, er wusste, dass er sie überzeugt hatte. Plötzlich konnte Silver sich vor Lachen nicht mehr halten.

»Lauf, Silver!«, sagte Brajon.

Und sie flitzten Treppen hinunter, unter steinernen Torbögen hindurch und wurden sogar noch schneller, als sie dort, wo ein Streifen Erde mit niedrigen, knorrigen Bäumen die Grenze zwischen Zivilisation und Wüstenwildnis markierte, die Stadt verließen und auf die Dünen zuhielten.

Silvers Herz schlug so schnell, als wolle es in die Dämmerung fliegen – bis sie über ihre eigenen Füße stolperte und in den von Salbei durchwucherten sandigen Kies der Wüstenebene fiel. Sie blieb auf dem Rücken liegen und lachte in den tintenblauen Himmel.

Brajon kam zu ihr zurück und half ihr auf. »Brich dir bloß nicht schon was, bevor wir überhaupt mit dem Rennen angefangen haben!«

Und dann ging es weiter. Sie sprinteten, um die anderen einzuholen. Je weiter sie den Pfad entlang in die riesige Wüste liefen, desto monotoner wurde die Landschaft.

Brajon blieb stehen. Vor ihnen erhoben sich die karamellfarbenen Dünen in den Himmel.

»Mal sehen, wer zuerst oben ist!«

Silver hatte ein paar Schritte Vorsprung, aber ihre Festtagssandalen versanken bei jedem Schritt tiefer in den Sand, und viel zu schnell brannten ihre Beine vor Anstrengung. Keuchend schnappte sie nach Luft und nahm die Hände zu Hilfe, um sich nach oben zu kämpfen.

»Wie … macht man das … ein ums andere … Mal?«, fragte sie Brajon, der neben ihr japste.

Er lachte und straffte den Bizeps. »Man wird stark!«

Silver verdrehte die Augen und katapultierte sich mit einem neuen Energieschub voran.

Kurz darauf erreichte sie den Gipfel der Düne, wo sie und Brajon schon von den anderen Jungen erwartet wurden. Sie nahmen sich Zeit, um in Ruhe die verschiedenen Rassen von Drachen zu vergleichen, die ihre Boards schmückten, dann stellten sie sich auf wie zu einem richtigen Rennen.

Brajon setzte sein Dünenboard im Sand ab und rückte die Spitze so zurecht, dass sie abwärts zeigte. »Steig auf.«

Ein kleines Quieken hielt Silver davon ab. Sie warf einen Blick über die Schulter. Einer der anderen – ein Junge, den Brajon aus den Minen kannte – hatte einen Wüstenfuchs am Nackenfell gepackt und schwenkte ihn im Kreis herum.

»Hör auf damit!« Silver raste zu ihm. »Lass den Fuchs los.«

»Das sind Schädlinge«, sagte der Junge. Er ließ das kleine, zeternde Tier am ausgestreckten Arm baumeln.

Silver stürzte sich auf den Jungen.

Der trat um sich und sein kräftiges Bein traf sie an der Brust. Silver ächzte und stürzte in den Sand. Der Fuchs, der bei dem Gerangel fallen gelassen worden war, blieb stehen und schnupperte einmal an ihr, dann rannte er los und verschwand in der Wüste.

»Da siehst du's«, sagte der Junge, »das Mistvieh bedankt sich nicht mal dafür, dass du ihm das Leben gerettet hast.«

Silver richtete sich auf alle viere auf und keuchte. Brajon kam angerannt und schubste den Jungen.

»Lass meine Cousine in Frieden«, sagte er.

»Tu Füchsen nichts!«, rief Silver. Brajon half ihr beim Aufstehen und sie gingen zurück zu seinem Dünenboard.

»Vergiss diesen miesgesichtigen Skorpion. Kein Wunder, dass der einen Dwakka auf seinem Board hat«, sagte Brajon. »Lass uns einfach surfen.«

Silver nickte. Aber die Aufregung, die sie beim Erklettern der Düne verspürt hatte, verebbte. Nervosität trat an ihre Stelle. Die Dünen waren so hoch wie die Klippen von Jaspaton und ragten in die Wolken.

Trotzdem stellte sie die Füße auf das Dünenboard, hüftbreit auseinander. Die Silberfäden, die ihre Tunika schmückten, schimmerten wie Mondschein.

»Beug die Knie ein wenig«, sagte Brajon. »Und streck die Arme, um das Gleichgewicht zu halten … so. Alle zählen und bei LOS gebe ich dir einen Schubs. Bist du bereit?«

»Bereiter kann ich nicht sein.«

»Eins … zwei …« Brajon ließ die anderen gar nicht bis drei kommen. Mit einem Aufschrei schubste er Silver an.

»Schummler!«, brüllte Silver, als die Nase des Dünenboards nach unten kippte. Sie brauchte weniger als eine Sekunde, um die Muskeln anzuspannen und ihr Gleichgewicht zu finden. Und sobald sie das geschafft hatte … flog sie.

Ihr Zopf peitschte hinter ihr her, ihr Schal wehte im Fahrtwind. Sie kniff die Augen zusammen zum Schutz gegen den beißenden Sand und presste die Lippen aufeinander, damit sie konzentriert blieb. Sie flog und flog die Düne hinunter. Innerhalb von Minuten gelang es ihr, das Board nach links und rechts zu steuern und Schlängelspuren im Sand zu hinterlassen. Von oben hörte sie Juchzer und Zurufe. Sie schaute sich um und sah die anderen Kinder, die hinter ihr herjagten. Oben auf der Düne stieß Brajon die Fäuste juchzend in die Luft.

Alle Ungeschicklichkeit, die Silver normalerweise auf ihren eigenen Füßen zeigte, war auf einmal verschwunden. Ihr Ritt auf dem Dünenboard war pure Anmut. Ein prickelnder Gedanke schoss ihr durch den Kopf: Genau so musste es sein, Wasserdrachen zu reiten.

Am Fuß der Düne kam das Dünenboard mit einem Ruck zum Stillstand. Mit fuchtelnden Armen suchte Silver vergeblich irgendwo Halt und landete im Sand. Sie blieb still auf dem Boden liegen, kam wieder zu Atem und genoss den Augenblick.

»Decodro siegt!«, brüllte Brajon von oben.

»Macht Spaß, oder?« Mohad, einer der Politikersöhne, guckte zu ihr herüber.

Silver grinste. »Das Allerfantastischste, das ich jemals gemacht habe.«

Sie schnappte sich das Board und rannte die Düne wieder hoch.

Die Stunden vor Sonnenaufgang verbrachte sie damit, die Dünen hinunterzufahren und dann wieder hochzuwanken. Brajon und Silver wechselten sich auf seinem Brett ab. Mit jeder Abfahrt gewann Silver an Selbstvertrauen. Ihre Schlangenlinien wurden weiter, sie wirbelte im Kreis herum, sie ging in die Hocke und ließ die Hand durch den Sand schleifen. Sie fühlte sich federleicht, stark und schnell. So wollte sie sich immer und ewig fühlen.

Silver setzte das Board im Sand ab und machte sich zur letzten Abfahrt bereit. Sie ließ den Blick schweifen – von den blassen Klippen von Jaspaton, gesprenkelt mit den in die steinerne Fassade gehauenen Wohnungen bis zu den Weiten der endlosen Wüste hinter ihr. Über die Klippen fiel gerade so viel Licht, dass sie den Hauch von Grün des Herdentals und die schneebedeckten Gipfel der Berge dahinter ausmachen konnte. In der anderen Richtung, hinter der Wüste, meinte sie, das Meer erkennen zu können, auch wenn es nur der wässerig anmutende Horizont war, den der Schein des untergehenden Mondes blassblau einfärbte.

Silver seufzte. Manchmal liebte sie ihr Zuhause. Morgens zum Beispiel, wenn das Licht golden durch ihr Fenster fiel, und abends, wenn die Stadt im funkelnden Licht Tausender Laternen dalag.

Doch wenn sich ihr die Gelegenheit bieten würde, Rennen auf einem Wasserdrachen zu reiten, würde sie all das darangeben.

Sie schloss die Augen und stellte sich vor, dass sie sich auf ein Rennen mit ihrem eigenen Wasserdrachen vorbereitete, nicht bloß auf eine Abfahrt mit dem Dünenboard.

»Bist du bereit?« Brajon stieg hinter ihr aufs Brett. Dieses letzte Mal wollten sie zusammen fahren, damit keiner allein auf dem Kamm der Düne zurückbleiben musste. Er holte Schwung und sie schossen die Düne hinab. Dieses Mal war die

Abfahrt schneller – sie brachten mehr Gewicht aufs Brett –, und Silver liebte den Druck des Windes auf den Wangen.

Sie war für große Geschwindigkeit geschaffen.

Die anderen Kinder warteten am Fuß der Dünen und gingen gemeinsam mit Silver und Brajon zurück zur Stadt. Alle redeten, lachten und erzählten von ihren Abfahrten.

»Noch nie habe ich jemanden so schnell so gut werden sehen«, sagte Mohad.

Silver strahlte. »Danke.«

Steine schlitterten um ihre müde schlurfenden Füße, als sie die Stadt wieder betraten. »Wie du im Zickzack über die Düne gefetzt bist!« Brajon nickte bewundernd. »Kein Wunder, dass dein Vater dich nie hat fahren lassen. Wenn er wüsste, wie gut du bist … Nicht zu glauben, dass das deine ersten Abfahrten waren!«

»Glaubst du, wenn man Wasserdrachen reitet …«, begann Silver.

»Deine ersten Abfahrten? Und ganz bestimmt deine letzten.«

Silver zuckte zusammen, als sie die Stimme ihres Vaters hörte. Rami Dust trat aus den Schatten, seine Augen sprühten Funken vor Wut.

Silvers Magen krampfte sich zusammen. Sie war in Gedanken immer noch bei den Abfahrten mit dem Dünenboard gewesen, dass sie ihren Vater nicht am Stadttor gesehen hatte. Wie lange er wohl schon auf ihre Rückkehr wartete? Hastig hob sie den hinter ihr herschleifenden Schal vom Boden auf, aber jetzt waren die ausgefransten Stellen vorn und in der Mitte nur noch deutlicher zu sehen. Ihre Kleider waren von oben bis unten voll Sand und ihr Gesicht war dreckig. Unmöglich, ihren Vater jetzt noch davon zu überzeugen, dass sie nur am Fuß der Düne gestanden und zugeschaut hatte. Er hätte nicht mal Brajon reden hören müssen. Ohne ein weiteres Wort nahm Rami Dust seine Tochter beim Ellenbogen und zerrte sie nach Hause.

5. KAPITEL

Am nächsten Morgen loderte das Feuer in der Lehrwerkstatt lebendig auf und trieb den Geruch von geschmolzenem Metall in jeden Winkel. Schüler standen um die Tische herum, auf denen Zeichnungen, Werkzeuge und ungeschliffene Edelsteine sich häuften. Morgen sollten Königin Imea und Sagittaria Wonder in Jaspaton eintreffen und alle waren ganz hektisch.

Silver hämmerte auf einem warmen Klumpen Gold herum, sie wollte einen Becher fertigen. Ihre Hände bewegten sich automatisch, aber ihre Gedanken waren weit, weit weg. Wie mochte der Palast aussehen? Und wo trainierten die Wasserdrachen? Eine Wüstenstadt an der Küste … da musste es Hunderte von Drachen geben, die Silver reiten konnte.

»Dust!«

Ein kurzer, schmerzhafter Schlag auf den Handrücken holte Silver aus ihren Träumereien zurück. Gama, der Schmiedelehrer, beugte sich mit einer Miene so finster wie Wüstensturmwolken über sie. Gama hasste Silver allein schon deshalb, weil sie Ramis Tochter war. Gamas Familie hatte nämlich früher einmal versucht, die Werkstatt der Dusts zu übernehmen – und war gescheitert. Und seine Abneigung verstärkte sich mit jedem gescheiterten Projekt, das sie ihm vorzeigen musste.

Die sechs anderen Schüler im Raum kicherten höhnisch. Phila, Gamas Tochter und Klassenälteste, schüttelte langsam den Kopf. Versagerin, hauchte sie.

Silver schaute nach unten.

Sie hatte ihren Becher zu einem formlosen Kloß zusammengehämmert.

»Und geht dem Ele-Goldschmied nun endlich ein Licht auf …«

»Eines Tages …«, sagte Silver kaum hörbar.

»Eines Tages wirst du dem Ruf der Dusts gerecht werden? Unwahrscheinlich.« Gama hob seine Lupe wieder hoch, als wolle er ihr noch einmal auf die Hand schlagen. Silver zuckte schon vorab zusammen.

»Gama!«, dröhnte Rami, der den Raum mit weiterem Material für die Schüler betrat. »Welche begnadete Arbeit fertigt meine Tochter heute?«

Gama wirbelte herum, ein Lächeln kroch wie ein Mistkäfer über die eine Seite seines Gesichts. »Sie …«

Silver hielt ihm das missratene Stück hin. »Ich hab's gleich, ich krieg das schon hin.«

Silvers Vater kam näher, beugte sich über den Klumpen Gold und runzelte die Stirn. Aber nur einen Moment lang. Außer Silver sah das niemand.

»Gut, gut!«, sagte er und richtete sich wieder auf. »Gama, ich muss mir meinen Ele-Goldschmied jetzt ausleihen. Ich habe ein ganz besonderes Projekt für sie.«

Gama verzog den Mund. »Ein besonderes Projekt?«

»Ein geheimes Projekt«, betonte Rami. Er zwinkerte Silver zu.

Silver krümmte die Zehen in den Stiefeln, als ihr wieder einfiel, dass er auf Brajons Geburtstagsfeier von einem geheimen Projekt gesprochen hatte. Wahrscheinlich irgendeine geheime Plackerei.

»Es ist gleich Mittag«, protestierte Silver. »Ich habe viel zu tun, ich …«

Ihr Blick ging zu ihrem Vater, zu ihrem Lehrer und wieder zurück zu ihrem Vater. Wenn sie sich nicht so bald wie möglich zu Nebekkers Haus schleichen konnte, würde sie den Rennanzug auf keinen Fall rechtzeitig fertigkriegen.

»So wichtig wie das, was ich von dir will, kann das gar nicht sein«, sagte Rami. »Komm jetzt mit, Silver. Und dir wünsche ich einen guten Mittag, Gama.«

»Guten Mittag, Rami Goldschmied und Ele-Goldschmied.«

Sobald Gama ihr den Rücken gekehrt hatte, machte Silver ein langes Gesicht. Einfach nur Ele-Goldschmied. Sie hatte doch wohl einen Namen!

Mit großen Schritten verließ Rami die Lehrwerkstatt. Silver folgte ihm schlurfend über den steinernen Weg. Sie musste irgendeinen Notfall erfinden. Silvers Gedanken flitzten hin und her wie in den Dünen spielende Wüstenfüchse.

»Morgen kommt eine große Heldin zu uns«, sagte Silvers Vater plötzlich.

Silver erstarrte. Außer Brajon und Nebekker wusste niemand, dass Sagittaria Wonder ihre Heldin war. Sie hatte es für sicherer gehalten, es keinem anderen zu erzählen. Fanpost zu verfassen war eine Sache, aber einen Helden zu haben, der nicht Rami Dust war? Das fühlte sich irgendwie nicht richtig an.

Doch ihr Vater hatte »eine« gesagt – und nicht »deine«.

»Geh weiter, Silver. Du musst aus deiner Traumwelt kommen und der Gegenwart mehr Aufmerksamkeit schenken.« Rami machte ausladende Armbewegungen. »Sieh dir dieses wunderschöne Land an. Eine uralte Stadt, in der die großartige Geschichte unserer Familie überall gegenwärtig ist, das Tal im Norden, aus dem unser Essen und unsere Wolle kommt, ein unterirdischer Fluss, der im Frühling sprudelnd anschwillt, und all das Rohmaterial, das sich ein Handwerksmann wie ich nur erhoffen kann. Die alten Sagen erzählen, dass dieses Land von den alten Göttinnen gesegnet wurde, Silver. Sie haben all ihre Schätze in unserem Sand vergraben, damit wir sie finden, Stück für Stück. Alles, was wir brauchen, haben wir hier, meine Tochter.«

Rami nahm ihre Hände. »Sogar Königin Imea will herkommen und unsere Reichtümer sehen. Sie trifft morgen ein. Und mit ihr die große Wasserdrachenreiterin Sagittaria Wonder. Ich habe an einem geheimen Projekt gearbeitet, um sie zu beeindrucken. Ein Siegespokal für das Frühlingsfest.«

Silver befürchtete, ihr Vater könne merken, dass ihre Handflächen verschwitzt waren. Sie wusste genau, wie das war, wenn man Sagittaria Wonder beeindrucken wollte.

Ihr Vater fuhr fort: »Erst dieser Pokal – und dann mein Meisterstück für die Königin. Den Ruhm meiner Familie wiederherzustellen, ist mein Lebenswerk – und die Gelegenheit dazu steht jetzt bevor. Für uns alle … für *dich* und deine Zukunft.«

»Ich weiß«, sagte Silver bedrückt.

Rami ließ ihre Hände los und ging weiter. »Du sollst diesen Augenblick mit mir teilen. Wir wollen der Welt zeigen, dass wir Dusts sind! Ich will, dass du dem Pokal deine ganz persönliche Note gibst.«

Silver versuchte zu schlucken, aber ihre Kehle war so rau, als würde Sand darin kleben. Ihr Vater lächelte, doch in seinem Blick lag Vorsicht. Sie wussten beide, dass dies ein großer

Schritt für Silver war – und sie wussten beide, dass sie es vermasseln konnte.

Sie waren in der Werkstatt der Familie Dust angekommen. Silver atmete die vertraute Luft ein. In diesen Räumen war sie aufgewachsen, sie war über den mit dicken, bunten Teppichen bedeckten Boden gekrabbelt, hatte mit dem Werkzeug ihres Vaters gespielt, sogar in der Werkstatt ihre Mahlzeiten eingenommen und auf dem Schoß ihrer Mutter gesessen, während ihr Vater bis spät in die Nacht gearbeitet hatte.

Rami Dust führte Silver an einen Tisch im hinteren Teil der Werkstatt, auf dem eine von einem Tuch bedeckte Arbeit stand. Er zog das Tuch herunter.

»Hier ist er. Der von mir entworfene Siegespokal für das Frühlingsfestival der Inselstaaten.«

Silver bestaunte die Arbeit ihres Vaters und spürte, wie ihr die Brust vor Stolz schwoll. Der mit Edelsteinen besetzte Goldpokal schimmerte wie ein Regenbogen, ein wahres Wunderwerk der Goldschmiedekunst. Die Inselstaaten spendeten den Pokal für das Qualifizierungsrennen beim Wüstenfestival im Herbst, und die königliche Familie des Wüstenreiches stiftete im Gegenzug den Pokal für das Frühlingsfestival, bei dem nach dem großen Finale der Weltmeister ausgezeichnet wurde. Für einen Gold- und Silberschmied gab es keine größere Ehre, als ausgewählt zu werden, sein Heimatland repräsentieren zu dürfen.

Während Silver den Pokal bewunderte, fragte sie sich, wie sie seiner Schönheit noch etwas hinzufügen könnte. Ihr Vater strahlte und drehte den Pokal, sodass die polierte, in allen Goldfarben des Sonnenuntergangs schimmernde Rückseite zu ihnen zeigte.

»Siehst du diesen Rand hier unten? Den habe ich für einen besonderen Menschen frei gehalten. Ich weiß, dass du in der Schule daran gearbeitet hast, feine Muster ins Metall zu hämmern, und nun darfst du ein einfaches Muster für den Rand entwerfen. Vielleicht eines, das den Betrachter an unsere Wüstendünen erinnert.« Rami sah seine Tochter an. »Silver, ich möchte, dass wir beide zusammen Königin Imea und Sagittaria Wonder diesen Pokal präsentieren.«

Silver schluckte und blinzelte ein paar Mal hintereinander. Wie gern hätte sie ihrem Vater von ihrem Traum erzählt, Wasserdrachenreiterin zu werden und der Familie Dust zu ganz neuem Ruhm zu verhelfen. Sie hob das Kinn, holte Luft, ihr Mund ging auf, und die ganze Werkstatt fing an, sich schwindelerregend zu drehen, so hell, so bunt, so glitzernd, aber …

Nicht ein Wort kam heraus.

Silver konnte ihrem Vater einfach nicht die Wahrheit sagen. Nicht, wenn er sie so ansah – so als wäre sie sein Ele-Goldschmied.

Silver räusperte sich. »Ich werde es versuchen.«

Ihr Vater trug das Material zusammen und schürte die Glut in der Esse. Dann lächelte er Silver ermutigend an und verschwand hinter dem Vorhang, der die Werkstatt vom Schauraum trennte.

Silver seufzte, wärmte die goldene Unterseite des Pokals an und begann. Hämmern verlangte Genauigkeit, aber als ihre Schläge *klank, klank* durch die Werkstatt hallten, gingen ihre Gedanken auf Wanderschaft.

Wer wollte schon langweilige Dünen auf einem Pokal? Silver fand etwas, das die Schönheit und die Kraft von Drachen einfing, passender. Sie dachte an den Tag vor sieben Jahren, an dem sie sich in den Wagen eines Händlers geschlichen hatte, angelockt von einem sanften, süßen Schnarchen.

Und da, ganz vorn, in einem hölzernen Käfig war ein kleines schlafendes Wesen, das sich den Schwanz gleich zwei Mal um den Körper geschlungen hatte. Als Silver eine Flasche umgestoßen hatte, waren die Augen des kleinen orangefarbenen Drachen aufgeklappt. Sie hatten das faszinierende Blau von Saphiren. Der Drache gähnte, entrollte sich jedoch nicht, sondern drückte den Kopf nur noch fester an den Schwanz. Dabei schaute er Silver die ganze Zeit an, aber an seinen Augenwinkeln zeigten sich kleine Fältchen – er lächelte. Silver lächelte zurück. Ein Kichern rutschte ihr heraus, und der Händler draußen vorm Wagen rief: »Hallo?« Da hatte Silver sich schnell unter der Plane hindurch nach draußen gerollt und war nach Hause gerannt.

Silver kam zurück in die Gegenwart und stöhnte auf.

Die Hälfte der vormals glatten Oberfläche war von ungleichmäßigen Kerben und Dellen verunstaltet. Sie seufzte und hielt den misslungen Teil des Pokals mit einer Zange in die Hitze, um das Metall noch einmal weich zu machen.

Wie schön es gewesen war, diesem kleinen Drachen zu begegnen. Vor so langer Zeit. Was wohl aus ihm geworden …

Silver schrie auf und zog ruckartig die Hände zurück. Ein sengender Schmerz fuhr ihr durch den Unterarm, und sie biss die Zähne zusammen, als sie das Handgelenk an die Brust drückte. Der Pokal fiel scheppernd auf den Boden.

»Silver!«, brüllte ihr Vater und kam in die Werkstatt gerannt. »Was ist passiert?«

Der Schmerz war kaum auszuhalten, aber Silver verdrängte ihn und setzte für ihren Vater ein tapferes Gesicht auf. »Das Feuer hat Funken geschlagen und ich hab was abgekriegt.«

Sie versteckte den Arm hinter dem Rücken, damit er nicht sah, wie schlimm sie sich verbrannt hatte. »Das ist nichts. Es tut mir leid, ich hab nicht aufgepasst.«

»Bist du sicher?« Rami runzelte die Stirn, aber als er nach ihrem Arm greifen wollte, fiel sein Blick auf den Pokal am Boden. Er bückte sich und hob ihn behutsam auf. Silver erschrak, als sie die große Beule an der Seite sah.

»Silver, was hast du gemacht? Ich hab dir die Chance gegeben, meinen stolzesten Augenblick mit mir zu teilen – und so erwiderst du das? Du kannst dich nicht mal eine Minute konzentrieren, den ganzen Tag träumst du nur von … von … *Wasserdrachen.*«

Einen Moment lang zitterte seine Stimme, dann hob er den Pokal hoch, so als wolle er ihn an die Wand werfen, aber er änderte seine Meinung und ließ den Arm wieder sinken.

»Silver.« Rami wischte sich mit der Hand über die Stirn. »Wenn ich deinen Fehler rechtzeitig beheben soll, musst du die Werkstatt jetzt verlassen.«

Silver stiegen die Tränen in die Augen, als ihr Vater sie am Arm hinausführte. Ihre Wunde klopfte im Takt einer jaspatonischen Festtrommel.

6. Kapitel

Nicht einmal die Brise, die an diesem Spätnachmittag durch die Straßen von Jaspaton wehte, konnte Silvers gerötetes Gesicht kühlen, als ihr Vater sie zwei Treppen höher zu den Zelten der Garnfrauen brachte.

Sobald Silver klar war, wohin sie gingen, verspürte sie Erleichterung. Aber da war noch ein anderes Gefühl, das sie nicht recht verstand. Sie hatte ihrem Vater gesagt, dass sie den Pokal ruinieren würde, trotzdem hatte er darauf bestanden, dass sie daran arbeitete – und jetzt war er wütend auf sie? Warum konnte er denn nicht sehen, was alle anderen, sogar Gama, klar erkennen konnten? Silver hatte kein Talent, wenn es galt, Edelmetall oder kostbare Steine zu verarbeiten, sosehr Rami sich das auch wünschen mochte.

Rami sagte kein Wort mehr, bis sie die oberste Ebene Jaspatons erreicht hatten. Hier befanden sich die Zelte der Garnfrauen und von hier hatte man nach allen Richtungen Aussicht in die weite Ferne.

»Setz dich hier rein. Und rühr dich nicht von der Stelle. Unter keinen Umständen, selbst wenn der größte Sandsturm der Geschichte aufzieht.« Ramis Worte klangen barsch, aber als er sich umdrehen und gehen wollte, zeigte sich ein weicher

Zug um seinen Mund. Auch sein Blick wurde milder, sodass es Silver wehtat. Die Wut ihres Vaters konnte sie besser ertragen als seine Enttäuschung.

Silver senkte den Blick und schaute erst wieder auf, als Rami gegangen war. Sie reckte das Kinn. Eines Tages würde er Silver als die Person sehen, die sie wirklich war.

Sie versuchte, die schmerzende Brandwunde zu ignorieren, und ging vorsichtig an den verstreut herumliegenden Waren der Garnfrauen vorbei. Ganz gewöhnliche Körbe, Kleidung und Schals für den nahenden Winter lagen da, aber auch luxuriöse Teppiche mit eingewebten Gold- und Silberfäden, Decken aus feinstem Fell von den besten Tieren der Herden und gewalkte Jacken mit puscheligen Kragen. Im Seidenzelt stand nichts an seinem üblichen Platz, es war chaotisch hier, denn die Frauen bereiteten sich auf die Ankunft der Königin vor.

»Meinst du, diese Knöpfe treffen den Geschmack der Königin?«, fragte eine Garnfrau und zeigte einer anderen ihre runden, gehämmerten Goldknöpfe.

»Meinen Geschmack treffen sie jedenfalls«, sagte die zweite Frau. Alle Frauen lachten, Silver unterdrückte ein Stöhnen. Gehämmertes Gold war das Letzte, das sie sehen wollte. Das schürte nur die Wut auf ihren Vater.

»Sie ist eine Hochlandziege«, sagte eine dritte Garnfrau, die Silver mit Blicken verfolgte. »Nicht zu zähmen.«

»Wild«, stimmte eine andere Frau zu.

»Und sie riiiecht«, sagte eine winzige Ele-Garnfrau und reckte die fünfjährige Nase in die Luft.

Silver schenkte ihnen keine Beachtung. Sie entdeckte ein bekanntes Gesicht und setzte sich auf den Teppich.

»Ich rieche nicht.«

»Doch, du riechst«, sagte Nebekker. »Aber nicht schlecht. Etwas salzig. Mich stört das nicht.«

Mit zusammengekniffenen Augen musterte Silver die alte Frau. Für eine Garnfrau hatte sie erstaunlich raue Hände, die zudem voller Narben waren. Und sie trug ihre Haare ziemlich kurz, ganz anders als alle anderen Frauen, deren Haare bis auf die Hüften wallten. Auch die Arbeit in ihren Händen sah nicht so aus wie die der anderen Frauen. Nebekkers Muster waren nicht so symmetrisch und geradlinig, wie es der Tradition von Jaspaton entsprochen hätte. Sogar die fünf Jahre alte Ele-Garnfrau wusste, wie viele Reihen rote Wolle zu weben waren, bevor man Türkis dazugab und dann kaum wahrnehmbar einen ganz schmalen Streifen Amethyst. In Nebekkers Mustern gab es viel mehr Wirbel, viel mehr Bewegung.

Die Garnfrauen nahmen ihr Tratschen wieder auf und arbeiteten weiter. Silver rutschte näher an Nebekker heran.

»Heute Morgen konnte ich nicht kommen. Das ging nicht nach dem Ärger, den ich gestern gekriegt habe. Aber jetzt habe ich Zeit, meinen Anzug fertig zu nähen. Hast du meine Schuppen dabei?«

Nebekker beugte sich vor, um einen ihrer Körbe näher heranzuziehen. Dabei rutschte ihr ein Anhänger aus dem Kaftan. Einen Augenblick baumelte er im Licht, ehe der Stoff ihn wieder verbarg. Die alte Frau trug Schmuck. Das hatte Silver nicht gewusst. Sie hatte nur einen kurzen Blick auf den Anhänger werfen und nicht erkennen können, welche Art Stein der gezwirbelte Silberdraht fasste. Blau war er, aber nicht so tiefblau wie ein Saphir. Er war klar, es war also kein Türkis. Vielleicht ein Topaz oder Aquamarin, allerdings hatte Silver in diesen Steinen noch nie so einen violetten Streifen gesehen wie in Nebekkers Stein.

Die alte Frau ließ einen Haufen Wolle in Silvers Schoß fallen. Silver lächelte und der Streit mit ihrem Vater war fast vergessen.

»Mein Vater hat mich zur Strafe hierhergebracht, etwas Besseres hätte er nicht machen können. Wenn Sagittaria Wonder diesen fertigen Anzug sieht, wird ihr nichts anderes übrig bleiben, als mich mitzunehmen nach Calidia.«

Nebekker warf Silver einen schrägen Blick zu, wie immer, wenn sie Sagittaria Wonder erwähnte.

»Silver, du hast dich verletzt.« Sersha Dust war hinter ihre Tochter getreten, sie nahm Silvers Arm, inspizierte die Brandwunde und trug eine kühlende Salbe auf. »Tut es weh?«

Die Salbe fühlte sich wunderbar an auf der Haut. »Nicht mehr.« Mit ihrer anderen Hand stopfte Silver hastig die Schuppen in Nebekkers Korb zurück.

»Du musst Geduld haben mit deinem Vater.« Sersha nahm vor Silver im Schneidersitz Platz. »Ich weiß, du bist frustriert, aber dein Vater tut nur, was er für das Beste hält.«

Das machte Silver gleich wieder hitzig. »Das Beste für ihn!«

»Für uns. Du hast eine goldene Zukunft hier in Jaspaton, wenn du nur Disziplin entwickelst. Du wirst hier geliebt. Das ist nichts, das man mit Staub bewirft.«

Silver wendete den Blick ab. Sersha war nie wütend auf Silver, sie hielt sich immer an ihrem unerschütterlichen Glauben an sie fest. Das wärmte Silver das Herz und schnürte ihr die Luft ab.

»Ihr seid euch so ähnlich, dein Vater und du. So getrieben auf eine Art, die euch ein wenig engstirnig macht.« Silvers

Mutter zog Silver an sich. »Nur Mut, mein Mädchen. Mein wilder Wüstenfuchs. Du wirst deinen Platz früh genug finden.«

Nachdem ihre Mutter gegangen war, schaute sich Silver zum ersten Mal die Wunde auf der Innenseite ihres Handgelenks an. Sie schnappte nach Luft. Die Wunde war feuerrot und es bildeten sich schon Blasen. Doch die Wunde schimmerte, so als wäre nicht der glühende Funke, sondern das Gold selbst in die Haut eingedrungen.

Doch das Interessanteste – das Silver nur bestätigte, weder für die Goldschmiedewerkstatt noch das Zelt der Garnfrauen bestimmt zu sein – war die Form der Wunde.

Im rechten Licht betrachtet sah sie nämlich aus wie ein zusammengerollter Wasserdrachen.

Alle Arbeit ruhte, als sich die Nacht über die Stadt senkte. Mit frischer Entschlossenheit stopfte Silver ihre Wolle in die Tasche. Immer wieder streifte ihr Blick die drachenförmige Brandwunde. Sie lächelte.

»Die Schuppen sind fertig. Ich brauche aber deine Hilfe, um sie zusammenzusetzen. Morgen früh ist der Anzug fertig und morgen Abend werde ich in Sagittarias eigenem Wagen Jaspaton verlassen. Wir sehen uns vor dem Morgengrauen.«

Ehe Nebekker antworten konnte, huschte Silver hinter den anderen Garnfrauen her, die das Zelt verlassen wollten. Bevor die Frauen aus seinem Schatten traten, wickelten sie bunte Schals um die Köpfe und tauchten die Hände in einen Eimer Sahne, damit die Haut weich blieb. Silver drängelte sich zum Ausgang.

»Unverschämt«, sagte die kleine Ele-Garnfrau, die langsam ihre Hände einrieb.

»Silver!« Sersha Dust kam auf ihre Tochter zu. »Ich bleibe länger, es ist noch so viel vorzubereiten für morgen. Und dein Vater rechnet damit, die ganze Nacht in der Werkstatt arbeiten zu müssen.«

»Oh.« Silver bemühte sich um einen ruhigen Ton, aber die Aufregung pulsierte in ihren Adern. Wenn alle so beschäftigt waren, würde niemand merken, dass sie ihren Rennanzug fertigstellte. Silver hielt Ausschau nach Nebekker, doch die alte Frau war unbemerkt davongegangen. Gut. Nebekker würde in ihrem Haus auf Silver warten.

»Geh zu deinem Onkel und deiner Tante, wenn du etwas brauchst.«

»Mache ich.«

»Und … Silver?« Die Mutter nahm Silvers Hand. »Schau dir an, was diese Frauen zusammen fertiggebracht haben. Sieh, welche Ehre wir unserer Stadt machen werden, wenn die Königin kommt. Ich bin stolz auf meine Arbeit. Und dein Vater auch. Ich möchte, dass auch du stolz auf deine Arbeit bist.«

Silver nickte und verließ das Zelt.

Wenn mit ihrem Rennanzug alles wie geplant lief, würde sie stolz auf ihre Arbeit sein.

Und Sagittaria Wonder wäre sprachlos vor Staunen.

7. Kapitel

Silver hüllte sich in braune und weiße Tücher und schlüpfte in die Nacht hinaus. Ihre Schultertasche, gefüllt mit Schuppen für den Rennanzug, schlug ihr gegen den Bauch, der nach einem Abendessen mit Brajons Familie ebenfalls mehr als gut gefüllt war.

Sie schlich sich Treppen und Wege hinunter. Die Pflastersteine drückten sich in ihre weichen Stiefel, als sie zu Nebekkers Haus flitzte. Dort waren alle Fenster dunkel. Sie hob die Hand, klopfte leise …

Keine Antwort. Der Wind drehte sich und wehte Silver den Schal aus dem Gesicht. Sie klopfte wieder und trat auf der staubigen Schwelle von einem Fuß auf den anderen. Wo war die alte Frau? Silver schaute die Straße hoch und runter, nur in einigen Werkstätten und in den Zelten der Garnfrauen regte sich noch etwas.

Vielleicht half Nebekker ja den Garnfrauen bei den Vorbereitungen. Vielleicht schlief sie auch nur. Aber Silver musste den Anzug fertigkriegen. Wo blieb Nebekker also?

Sie klopfte ein bisschen lauter an die Tür und schließlich hämmerte sie mit den Fäusten dagegen.

»Wo bist du?«, flüsterte Silver. Sie warf einen Blick über die

Schulter, nagte an ihrer Unterlippe, dann griff sie nach der Türklinke. Niemand betrat ein Haus ohne Erlaubnis. Sie schluckte. Die Tür ging auf.

Silver huschte ins Haus und schloss die Tür hinter sich. Es war still bei Nebekker. Kein Laut, kein Licht.

»Nebekker?«

Keine Antwort. Es fühlte sich verkehrt an, im Haus herumzuschnüffeln. Aber was, wenn Nebekker verletzt war … oder Schlimmeres? Es ging nicht nur um den Anzug. Der Gedanke, dass mit der alten Frau, mit ihrer Freundin, vielleicht irgendetwas nicht stimmen könnte, tat ihr im Herzen weh. Auf Zehenspitzen schlich sie herum, schaute in jede Ecke und hoffte, Nebekker friedlich schnarchend irgendwo zu finden. Aber das Haus war leer.

Silver wischte sich die verschwitzten Hände an der Hose ab und ging in den großen Raum zurück. Sie trat an das Regal, auf dem das Muster für ihren Rennanzug in einem Topf verwahrt war, und steckte es in ihren Beutel. Ein letztes Mal schaute sie sich im Raum um, vielleicht war ihr ja entgangen, dass Nebekker in einer kleinen Ritze in der Wand steckte? Dann ging sie auf die Straße hinaus und zog die Tür hinter sich zu.

Sie konnte nur hoffen, dass der Anzug bis zum Morgen fertig war. Damit daraus etwas werden konnte, musste sie sich jetzt in ihr Zimmer verkriechen und ohne Pause arbeiten. Wie die wollenen Schuppenteile aneinanderzufügen waren, musste sie sich eben selber ausdenken.

Zum hundertsten Mal rieb sich Silver die Augen und guckte aus dem Fenster. Die Nacht war immer noch schwarz, doch bald würde der Tag anbrechen, und ihr Anzug war nicht fertig. Stundenlang hatte sie geknotet, genäht – und noch immer lagen die Schuppen über den ganzen Fußboden verstreut herum. Bei einigen hatten sich Fäden gelöst, viele Schuppen wirkten schlaff und müde, andere waren ziemlich planlos aneinandergeknotet.

»Fliegender Wüstenstaub, Nebekker! Wo bist du, wenn ich dich brauche?«

Silver erwog, noch einmal zu Nebekkers Haus zu gehen und nachzuschauen, ob die alte Frau im Laufe der Nacht zurückgekehrt war, konnte sich jedoch nicht dazu aufraffen. Sie war zu müde. Ihre Augen spielten ihr Streiche. Wie in einem Nebel sah sie Wolle und riesige schemenhafte Gestalten vor sich, die Ähnlichkeit mit Wasserdrachen hatten.

Als die Vorhänge vor ihrem Zimmer mit einem Ratsch aufgerissen wurden, hatte sie nicht einmal mehr die Kraft, die Schuppen zu verstecken. Sollte ihr Vater doch alles herausfinden. Dann wäre wenigstens Schluss mit dieser quälenden Arbeit.

Doch es war nicht ihr Vater. Brajon stapfte ins Zimmer und zog die Vorhänge hinter sich zu.

»Als ich mir einen Imbiss holen wollte, habe ich Licht in deinem Fenster gesehen. Was machst du da?« Mit zusammengekniffenen Augen musterte er Silvers Wollchaos.

Sie konnte sich nicht mehr beherrschen. Eine heiße Träne rollte ihr über die Wange. »Guck dir diesen Mist an. Das ist doch kein Rennanzug! Nebekker sollte mir zeigen, wie die Schuppen zusammengesetzt werden, aber sie ist verschwunden. Ich hab keine Ahnung, wie das funktionieren soll.«

»Dann finde es raus.«

»Versuch ich ja! Glaubst du, ich sitze hier einfach nur die ganze Nacht rum und verschwende Lampenöl?« Silver funkelte ihren Vetter wütend an. Der sollte seine nutzlosen Vorschläge doch bloß für sich behalten! Brajon beobachtete sie eine Weile besorgt, dann ging er zum Fenster und starrte in die Nacht.

»Sieh dir das an«, sagte er.

Silver rappelte sich mühsam vom Boden hoch und stellte sich neben ihn. Brajon stupste sie an die Schulter.

»Wie oft haben wir zusammen in unseren Wüstenhimmel geguckt?«, sagte er. »Schwarz wie Tinte. Nur da drüben schimmert er lila wie ein dunkler Amethyst. Bald wird daraus Blau, dann Orange. Dann gleißendes Licht. Glaubst du, dass sie in Calidia auch so einen Himmel haben?«

Silver sah ihren Vetter an. Selbst wenn der Himmel dort ganz genau so wäre, die Gesellschaft wäre eine andere … das war ein schmerzlicher Gedanke.

»Am Morgen strahlt unsere ganze Stadt wie Gold und am Nachmittag schimmert sie wie Platin. In Calidia werden hohe Gebäude den Blick verdecken und der Dreck von den Straßen die Luft verpesten. Ich könnte dir niemals unten von der Straßen etwas zurufen, wenn du in deinem Zimmer bist, und du könntest nicht mal eben runterrennen, um die guten Sachen zu essen, die meine Mutter gekocht hat. Ich habe dein Geheimnis gehütet, aber ich verstehe einfach nicht, warum du wegwillst.«

»Willst du denn nie irgendwo anders hin? Willst du nie ein Abenteuer erleben? Diese Farben am Horizont … möchtest du die denn nicht *berühren*?« Silver seufzte und betastete vorsichtig die Wunde an ihrem Handgelenk. »Da draußen gibt es so viel mehr, als ich hier finden kann.«

Brajon zuckte mit den Schultern. »Jaspaton ist mein Zuhause.«

Silver grummelte.

Sie hielt Brajon ihr Handgelenk vor die Nase. »Guck dir das an.«

»Sieht aus, als ob es wehtut.«

»Darum geht es nicht. Die Form ist der Beweis dafür, dass ich für Wasserdrachen bestimmt bin!«

»Ich weiß«, sagte Brajon leise. »Das muss mir keine Brandwunde verraten.«

Die beiden versanken in Schweigen. Es war angenehm, so schön wie viele andere Augenblicke, die sie zusammen verbracht hatten, aber irgendwas Neues hatte sich eingeschlichen, etwas, das eine Veränderung anklingen ließ. Silver lechzte danach, obwohl sie auch ein wenig Trauer empfand.

»Sieh!« Silver zeigte auf einen Fleck am Himmel, der sternlos war.

»Das muss ein Sandsturm sein da draußen«, sagte Brajon.

»Möglich.« Aber Sandstürme hüllten normalerweise die ganze Nacht in Schwarz. Das hier sah eher so aus, als würde ein Streifen Sterne fehlen. Nur bewegte sich dieser Streifen und wischte die Sterne vom Himmel. Silver lief ein Schauer über die Haut. »Seltsam.«

»Unser Wüstenhimmel ist voller Geheimnisse. Wie kannst du den nur verlassen wollen, um in die Königsstadt zu ziehen?«, sagte Brajon.

Silver wusste, dass er eigentlich fragen wollte: Wie kannst du mich verlassen wollen? Als sie keine Antwort gab, ließ Brajon die Schultern hängen.

»Cousine, ich hab keinen Schimmer von Wollverarbeitung,

verstehe aber umso mehr von Knoten. Ich hab gelernt, viele ganz verschiedene Knoten zu knüpfen. Du könntest einfach …« Er schnappte sich zwei Schuppen, legte die glatten Seiten aufeinander und verknotete sie mit einem Wollfaden miteinander. Dann hielt er das Ergebnis hoch. »Okay, perfekt ist es nicht. Aber wenigstens sind die Teile ohne Lücken zusammengefügt. Und die Knoten sieht man kaum.«

»Kaum? Nur dein Kopf ist noch dicker!« Silver lachte und nahm die zusammengeknoteten Schuppen in die Hand, um einen prüfenden Blick darauf zu werfen. »Aber damit müssen wir uns abfinden. Sagittaria wird verstehen, dass dieser Anzug nur ein Modell ist.«

»Ich helfe dir mit dem Rest. Obwohl du so undankbar bist.« Brajon grinste, als Silver ihm die Zunge rausstreckte. »Wenn wir bis Sonnenaufgang fertig sein wollen, müssen wir uns beeilen.«

Silver zog den Entwurf unter dem Bein heraus und breitete das Blatt auf dem Boden aus. Dann machten sie sich an die Arbeit. Silver hatte wieder Energie. Ihre Finger flogen.

»Danke, dass du mir hilfst.« Sie konnte ihr Lächeln nicht zurückhalten.

»Ich würde sonst was tun, um dich endlich und endgültig loszuwerden«, neckte Brajon. Aber sein Lächeln verschwand genauso schnell wieder, wie es gekommen war.

»Für mich wirst du immer der wichtigste Grund sein, zu Besuch zu kommen«, sagte Silver.

Der Morgen graute, als sie endlich alle Schuppen miteinander verbunden hatten. Silver schaute ihrem Vetter hinterher, der durch den Vorhang in den Flur verschwand, dann verstaute sie den Anzug mit schwerem Herzen in ihrem Beutel.

8. KAPITEL

Silver wachte mit einem Schnauben auf. Sie wischte sich einen Spuckefaden vom Kinn und setzte sich auf. Durch das Fenster strömte das Sonnenlicht herein. Draußen war so viel Lärm wie bei einem Festumzug. Gerenne auf der Straße. Rufe. Das Donnern der traditionellen Festtagstrommeln.

»Silver!« Brajon kam ins Zimmer geschossen, er sprang über sie hinweg, um aus dem Fenster zu gucken. »Die Reisegruppe aus Calidia ist erspäht worden. Sagittaria Wonder kann jede Minute hier sein.«

Sagittaria Wonder! Sie beehrte das langweilige alte Jaspaton mit ihrer glorreichen Anwesenheit. Endlich war der Tag gekommen – und beinahe hätte sie ihn verschlafen.

Silver stürzte ans Fenster, konnte jedoch die eintreffenden Reisenden nicht sehen, weil so viel Staub aufgewirbelt worden war. Sie packte Brajon am Arm und zerrte ihn aus ihrem Zimmer. »Raus. Ich muss mich fertig machen.«

»Ich geh ja schon. Ich muss da draußen wirklich wichtige Leute begrüßen.«

»Puh!« Mit einem Schubs beförderte Silver ihren Vetter auf den Flur, dann riss sie sich die schmutzigen Kleider vom Vortag vom Leib und schlängelte sich in den Rennanzug. Wie weich der war – unglaublich! Aber unglaublich warm war er auch. Sie zerrte am Kragen.

Auf dem Flur hörte sie Stimmen, sofort warf sie sich hinter ihre Kissen.

»Was machst du hier?«, hörte Silver ihre Mutter zu Brajon sagen.

»Auf Silver warten. Sie zieht sich an. Und braucht zu lange dafür.«

»Das passt ja perfekt. Ich habe etwas zum Anziehen für sie.«

Silver hörte Geraschel und Brajons Stimme: »Äh, du kannst da nicht rein. Sie will dich überraschen. Sie macht sich selber die Haare.«

Einen Moment lang herrschte Schweigen. Silver brach der Schweiß aus. Alle wussten, dass Silver gerade eben imstande war, einen ganz einfachen Zopf zu flechten.

»Sie macht sich selber die Haare?«, sagte Sersha. »Das ist …« Die Stimme ihrer Mutter zitterte. Weinte sie etwa? Sersha räusperte sich, ließ ein kleines Lachen hören.

»Das ist ja mal was Neues. Silver?«, rief sie.

»Bin gleich fertig«, rief Silver, die verzweifelt versuchte, ihr Haar zu entwirren. »Für den Besuch der Königin will ich mich so schön wie möglich machen.«

»Dazu kann ich beitragen. Ich schiebe dir etwas unter dem Vorhang hindurch.«

Ein eckiges Päckchen Stoff tauchte auf. Silver hob es auf und entfaltete einen wunderschönen rubinroten Kaftan, der mit goldenen Vögeln bestickt war. Langsam strich sie mit dem Finger über die Goldfäden. »So was Schönes habe ich noch nie gesehen.«

»Deine Großeltern haben ihn mir aus Calidia mitgebracht von ihrem ersten Besuch in der Königsstadt«, sagte die Mutter. »Du bist größer, als ich damals war. Hoffentlich passt er dir.«

Mit dem Rennanzug darunter war Silver der Kaftan ein bisschen zu eng. Wenn sie nun noch ihre Schals umlegte, war die Hitze bestimmt unerträglich. Sie schwitzte jetzt schon ein bisschen – und sie hatte sich noch nicht mal bewegt. Aber die rote Seide war so schön und die Stimme ihrer Mutter klang so erwartungsvoll, dass Silver einfach log und sagte, der Kaftan sitze wie angegossen.

»Bist du fertig? Komm raus, damit ich dich ansehen kann«, sagte die Mutter.

Silver fuhr sich mit der Zunge über die Lippen. Ihre Nerven knisterten wie Wüstenblitze. Würde ihre Mutter den Anzug unter dem Kaftan bemerken?

Silver zog den Vorhang auf.

Sersha machte große Augen. Und sie wirkte gerührt. Dann sah sie Silvers Haare. »Hm. Daran werden wir noch arbeiten müssen.«

Sersha flocht Silvers dicke Haare zu zwei Zöpfen ein, die sie unten mit einer Seidenschleife band und oben mit goldenen Kämmen feststeckte. Dann nahm sie Silvers Hände.

»Die Welt wartet auf dich, Silver Dust. Ich weiß nicht, ob sie gut auf dich vorbereitet ist, aber wann ist man schon vorbereitet auf einen Sturm?«

Sie drückte ihrer Tochter einen Kuss auf den Scheitel. »Ich muss jetzt gehen und meine Waren auslegen. Dein Vater erwartet dich in der Werkstatt. Saus rüber.«

Silver atmete tief durch. Brajon nickte ihr zu. Sie machte einen Schritt. Dann noch einen. Dann schoss sie los Richtung

Straße. Draußen tobte der helle Wahnsinn. Silver schubste und drängelte sich minutenlang zu einem der runden, in den Stein gehauenen Aussichtspunkte auf ihrer Wohnebene vor und von dort aus zu den Treppen, die zur Werkstatt ihrer Familie führte.

Auf halbem Weg stolperte sie über einen Sack, den jemand auf einer Stufe hatte stehen lassen. Ihr Körper schoss durch die Luft, flog drei Stufen hinunter, überschlug sich und nach weiteren sieben Stufen abwärts landete er auf dem Boden.

Leute streckten ihr Hände entgegen, wollten ihr aufhelfen. Aber sie schlug alle Hände weg, rappelte sich auf die Knie hoch und begutachtete den Schaden. Am Ende des Tages würden die blauen Flecken an Rücken und Beinen in voller Blüte stehen, soviel war Silver klar. Aber die größte Sorge machte ihr der lange Riss am Saum des roten Kaftans.

Sie stand auf, ihre Knochen protestierten gegen jede Bewegung. Der Schmerz am Hinterkopf pulsierte wie die Trommeln, die auf den höheren Ebenen zur Begrüßung der Gäste erklangen.

»Gehört das nicht dir?« Ein Mann hielt ihr einen der goldenen Kämme hin.

»Danke.« Sie steckte den Kamm wieder ins Haar. Nicht so wichtig, dass er ein wenig verbogen war. Sie musste vor Sagittaria Wonder in der Werkstatt sein. Rufe erhoben sich aus der Menge, die sich über den Stadtrand hinaus bis in die Wüste verteilte. Königin Imea war mit ihrem Gefolge eingetroffen.

Bis zur Werkstatt der Dusts war es nicht weit. Aber der Kaftan hatte nicht nur einen Riss, er war auch noch von oben bis unten von Staub bedeckt. Das leuchtende Rot strahlte nicht mehr wie Rubin, sondern wirkte stumpf wie Jaspis.

Die Menge lichtete sich, die Leute kehrten in ihre Werkstätten zurück oder legten letzte Hand an die Verkaufsstände. Silver ging zu einem anderen Aussichtspunkt und betrachtete die kleinen Figuren unter ihr mit zusammengekniffenen Augen. Sie konnte die weißen Roben der Politiker erkennen, die den Besuchern die Hände schüttelten. Ein Stück weiter hinten in der Reihe der Händler und Kaufleute stand ein leuchtend blauer Wagen mit einem Verdeck, das vermutlich aus viel feinerer Seide gewirkt war als Silvers Kaftan. An der Vorderseite des Wagens glänzte ein Drachenkopf aus Silber im Sonnenlicht.

Sagittaria Wonder.

Die größte Wasserdrachenreiterin aller Zeiten. Silver vergaß ihre Schmerzen. Sie rannte in die Werkstatt ihres Vaters, die Aufregung flatterte in ihrer Brust.

»Silver! Hast du dir wehgetan?« Rami Dust starrte sie mit offenem Mund an. »Was ist passiert?«

Silver wischte sich die Nase und auf ihrem Handrücken blieb getrocknetes Blut kleben. »Die Leute. Und die Treppen.«

»Lass nur, wir haben jetzt keine Zeit.« Silvers Vater seufzte. »Phila, hilfst du ihr bitte beim Säubern? Nimm diese Brosche, stecke sie an den Kaftan, dann sieht man den Riss nicht so.«

Phila murrte, kam aber Ramis Bitte nach. Silver konnte sich denken, wie sehr es sie stören musste, dass Silver überhaupt da war. Phila war die Begabteste von allen Ele-Goldschmieden, sie hatte sich ihre Stellung erarbeitet, während Silver nur … die Tochter ihres Vaters war.

Noch nie hatte Silver ihren Vater so aufgeregt erlebt. Er stammelte und suchte nach Worten, als er den anderen Ele-Goldschmieden Anweisungen gab.

»Legt die Goldarbeiten … nein, wir legen die Stücke nach Steinen geordnet hin … oh, aber wir haben ja auch Arbeiten mit verschiedenen Steinen … Also, nach Größe. Versucht das mal. Nein, einige der kleineren Stücke gehören zu den schönsten Arbeiten. So kommen sie nicht zur Geltung. Wir trennen die verschiedenen Metalle voneinander. Ach, das gefällt mir auch nicht.« Er sah seine Tochter wieder an. »Nun beeil dich, mach dich sauber. Ich brauche dich als Modell für ein paar Schmuckstücke.«

»Modell?«, kreischte Silver. »Aber ich dachte, ich halte mich im Hintergrund …« Sie zeigte auf die Ecke. Die dunkle, sichere Ecke, wo sie sitzen und alles beobachten wollte, bis sie Mut gefasst hatte, Sagittaria Wonder anzusprechen und ihr den Anzug zu zeigen.

»Die Schönheit meiner Arbeiten kommt am besten zur Geltung, wenn man sie trägt. Und wer könnte sie besser präsentieren als die Zukunft der Goldschmiede Dust? Silver, du musst ansprechend auftreten. Verhalte dich ruhig, schweige. Nicht du, die Juwelen sollen sprechen.«

Schweigen würde ihr nicht schwerfallen. Silvers Gesicht brannte wie Feuer nach dieser Demütigung. Beobachten war eine Sache, das hatte Würde. Es zeigte, dass sie eine eifrige, respektierte Schülerin war. Aber dazustehen wie ein Aushängeschild?

Für Einwände war keine Zeit. Ihr Vater wendete sich ab, und Phila zerrte Silver an eine Wasserschüssel, um sie vorzeigbar zu machen.

Als sie den staubigen Kaftan abbürstete, rümpfte Phila die Nase. »Meine Eltern würden sich schämen, wenn ich rumlaufen würde wie ein dreckiges Herdentier.«

»Deine Eltern schämen sich bestimmt schon, weil ihre Tochter immer so aussieht, als wäre ihr der Dung der Herden in die Nase gestiegen. Aua!«

Phila hatte die Brosche durch die Seide des Kaftans in Silvers Schienbein gestochen. Zum Glück war die fest gewebte Wolle des Rennanzuges ein guter Schutz für die Haut. Silver knurrte.

»Denk dran, du sollst still sein?« Phila grinste höhnisch. Noch nie hatte Silver sie brennender gehasst, aber sie hielt still, als Phila den Kaftan, so gut sie konnte, reparierte. »So. Schön bist du nicht, aber wenigstens siehst du nicht mehr aus, als hättest du letzte Nacht auf der Straße geschlafen.«

»Viel besser«, sagte Silvers Vater wenig später. Er zog ihr die Schals von den Schultern. Silver konnte nur hoffen, dass der Kaftan den Kragen des Rennanzugs verbarg.

»Gold«, blaffte er seine Helfer an. »Blaue Saphire und Smaragde. Stellt einen Kontrast zu der roten Seide her. Ich nehme die hier.« Rami zog die Kämme aus Silvers Haaren und ersetzte sie durch einen schweren, über und über mit Edelsteinen besetzten Kopfschmuck, der aus kunstvoll geflochtenen Edelmetallen bestand. Schon nach wenigen Augenblicken schmerzte Silvers Nacken von der Anstrengung, unter dem Gewicht des Schmuckes das Kinn hochzuhalten.

Mit heftig schlagendem Herzen schaute sie zum Eingang der Werkstatt. Wie lange würde es wohl noch dauern, bis Sagittaria Wonder zur Tür hereinkäme?

Dicke Halsketten ruhten auf ihren Schlüsselbeinen und ganz feine, dünne Ketten baumelten ihr bis zum Bauch. An jedem Finger steckten mehrere Ringe. Ihr Vater schickte sich an, ihr ein Armband anzulegen, zögerte aber beim Anblick der

Brandwunde. Die ganze Werkstatt schien für einen Moment lang innezuhalten, als Vater und Tochter eine stumme Übereinkunft trafen. Ganz gleich, was heute auch passierte, die Dinge würden sich ändern.

Rami schob ihr das Armband über das Handgelenk und ließ noch mehr schimmernde Reifen und Ketten folgen.

Draußen vor der Tür des Ausstellungsraumes ertönte eine Art Donnerhall. Rami zog Silver durch die Vorhänge in die Mitte des Verkaufsraumes.

»Jeder auf seinen Platz!«, sagte er.

Sagittaria Wonder und die Angehörigen der Königsfamilie waren angekommen.

Und mit ihnen Silvers Zukunft.

9. Kapitel

Manchmal, wenn die Nacht über Jaspaton sehr klar und der Wind eingeschlafen war, stahl Silver sich aus dem Haus, kletterte die Treppen zu den höchsten Klippen hinauf und beobachtete, wie der Mond auf die Welt herunterblinzelte. Wie groß und wie nah der Himmelskörper ihr dann immer vorkam. So als müsse sie nur die Hand ausstrecken, um ein bisschen von seinem Glanz zu stehlen, eine Strähne aus platinfarbenem Mondschein, in die sie sich hüllen könnte, um genauso schön zu sein wie die Sterne.

So etwas, da war Silver sich sicher, musste Königin Imea getan haben.

Die Königin des Wüstenstaates erfüllte Rami Dusts Werkstatt mit einem Glanz wie Mondschein. Sie war jünger als Silvers Mutter – schon mit neunzehn Jahren war sie von den geheimnisumwitterten Wahrsagern von Calidia aus ihrer Heimat im bergigen Norden geholt und als Königin eingesetzt worden –, aber ihre Haare wallten in schimmerndem Grau über den Rücken bis zur Hüfte. Die dunklen Augen wurden durch die vielen Längen silberbestickter lila Seide ihres Kaftans besonders betont. Diamanten glitzerten an ihrem braunen Hals und den Ohren.

Königin Imea hob beim Betreten des Ausstellungsraums ihren Kaftan an, und Silver sah ihre weichen Seidenpantoffeln und die mit Amethysten besetzten Goldketten, die sie um die Fesseln trug. Die Königin lächelte in die Runde und schüttelte Silvers Vater und all den unbedeutenden kleinen Ele-Goldschmieden die Hand. Der Regent folgte, nickte, schüttelte aber keine Hände. Er war groß und hatte ein düsteres Gesicht. Seine Kleidung war schlicht, wie alle Politiker trug er eine weiße Robe und keinerlei Schmuck.

Silver verrenkte sich, um an der Königin und ihrem Gefolge vorbeischauen zu können. Die fand sie gar nicht so aufregend. Nein, da waren doch … mehr Händler und Diener … und noch ein paar … aber da war sie: Sagittaria Wonder!

Silver atmete hastig. Ihr Idol würde sie überall erkennen. Die Zeichnung, die sie mal von einem Händler bekommen hatte, entsprach nicht ganz der Wirklichkeit, die Nase von Sagittaria Wonder war viel länger, und ihre bernsteinfarbenen Augen lagen viel weiter auseinander als auf dem Bild. Dennoch war da etwas an ihrer Art zu gehen, nein, zu schreiten, das Silvers Blick anzog. Sie war selbstsicher. Schlank und muskulös. Sie versteckte ihre Muskeln aber nicht unter Lagen von Kleidung, ihre Lederhosen und die gewebte Tunika saßen hauteng. Stets bereit aufzusatteln und ein Rennen auf einem Wasserdrachen zu bestreiten.

Königin Imea kam zu Silver: »Ich grüße dich, Kind.«

Silver riss sich von Sagittaria Wonders Anblick los, richtete sich kerzengerade auf und lächelte. Die Königin hatte ein sanftes, offenes Gesicht, das so frisch wirkte, als wäre sie überhaupt nicht draußen in der Wüste gewesen. In ihren Augen schien ein Funken Interesse zu glimmen. Nicht nur am Schmuck, sondern auch an Silver.

Königin Imea streckte die Hand nach einer Halskette aus. »Hast du eine dieser Arbeiten selber hergestellt?«

»Nein.« Silvers Stimme war kaum mehr als ein Piepsen. Sie wünschte, sie hätte sagen können, dass sie am Siegespokal mitgearbeitet hatte. Silver versuchte, sich zu räuspern, aber sie konnte das Piepsen nur in ein Quaken verwandeln. »Ich lerne noch. Mein Vater hat alles gemacht.«

»Ah, du bist seine Tochter? Ich wette mein Königreich, dass du eines Tages ebenso viel Talent zeigen wirst wie er.« Die Königin beugte sich ganz weit zu ihr herüber und flüsterte: »Wahrscheinlich mehr.« Als Königin Imea sich wieder aufrichtete, blinzelte sie.

»Das hoffe ich.« Silver lächelte schwach. Die Königin liebte ihr Reich offenbar nicht so besonders, sonst hätte sie nicht darauf gewettet.

Wieder lächelte die Königin, dann konzentrierte sie sich auf den Schmuck, behutsam nahm sie einige Stücke in die Hand, die Silver präsentierte, dann inspizierte sie Arbeiten, die auf den Tischen und Samtkissen im Ausstellungsraum ausgelegt waren. Mit jedem Schmuckstück, das sie bewunderte, schwoll die Brust von Silvers Vater vor Stolz mehr an, wurde breiter und breiter, bis Silver schließlich ein Prusten unterdrücken musste. Sie hatte Sagittaria Wonder im Blick behalten, die ganz hinten in einer Ecke stand. Die Rennreiterin beobachtete mit vor der Brust verschränkten Armen, wie alle anderen im Raum feilschten und lachten, aßen und tranken.

Phila kam und legte Silver neue Schmuckstücke um den Hals, während Rami ein Paar lange goldene Ohrringe hochhielt und Königin Imea verzückt auf alle Besonderheiten aufmerksam machte.

»Die Königin hat meine Entwürfe noch nicht bemerkt«, sagte Phila.

»Dann hat sie einen guten Geschmack«, sagte Silver. »Nett ist sie auch.«

Silver zuckte zusammen. Bestimmt hatte Phila sie beim Schließen der Kette mit Absicht gezwickt.

»Sie will euch sicher mit Nettigkeiten einwickeln, damit ihr zu einem günstigen Preis verkauft.« Phila schüttelte den Kopf. »Wie leichtgläubig du doch bist.«

Silvers Gesicht wurde ganz heiß. Die Königin behandelte jeden in der Werkstatt mit Respekt. So verhielt man sich doch im Umgang mit anderen! Aber einfache Freundlichkeit ging vermutlich über Philas Verständnis hinaus. Silver schaute über ihre Schulter. Die Leute – alle Ele-Goldschmiede, das Gefolge der Königin und sogar Gama – wimmelten um Silver herum wie die Mücken und versperrten ihr die Sicht auf Sagittaria Wonder.

Schließlich hatte die ganze königliche Gruppe genug geschaut. Königin Imea klatschte in die Hände. »Ich bin entzückt von dem, was ich gesehen habe.«

Doch obwohl das glücklich klang, schweifte ihr Blick in der Werkstatt herum, als würde sie noch mehr erwarten. Silvers Vater bemerkte das. Dies war der Augenblick, auf den er gewartet hatte. In Silvers Brust schwirrten die Wüstenkäfer. Ihr Vater war ganz nah dran, den alten Ruhm wiederzuerlangen. Zwar war das nicht ihr Traum, trotzdem wünschte sie sich, ihrem Vater möge es gelingen, die Königin in Erstaunen zu versetzen.

Rami Dust schmunzelte und holte eine schlichte Holzkiste von einem Tisch. »Die Kunde hat mich erreicht, dass ihr auf der Suche nach einem großen Meisterwerk seid. Nach Juwelen, die die Vollkommenheit eurer Herrschaft symbolisieren.« Er klappte die Kiste auf, und sogar Silver musste einfach ein paar Schritte näher treten und den Hals recken, damit sie hineinsehen konnte. Neben einem Blatt Pergament glitzerten dort die allerschönsten ungefassten Edelsteine. »Hier ist ein Projekt, das ich gerade in Angriff genommen habe. Ein Szepter. Ich habe das Gefühl, es wird das Großartigste, das ich je geschaffen habe.«

»Wie wunderbar! Wozu alle Geheimnisse sofort enthüllen, das findest du wohl auch, oder?« Königin Imea zwinkerte Silvers Vater zu. »Oh, wie ich es liebe, wenn die letzte Karte auf den Tisch gelegt wird. Auf diese Art spiele ich alle meine Spiele. Politik ist sonst furchtbar langweilig.« Die Königin richtete sich auf. »Wann kann ich dieses Meisterstück in Händen halten?«

»Die Hälfte der Juwelen, die ich brauche, habe ich bereits gefunden«, sagte Rami strahlend. »Jeder Stein muss ein perfektes Exemplar seiner Art sein. Was noch fehlt, bekomme ich hoffentlich im Laufe des nächsten Jahres oder im Jahr darauf zusammen.«

Königin Imea zog einen Finger über die Zeichnung auf dem Pergament. »Wie schade. In ein paar Tagen ist Calidia Gastgeber des Herbstfestivals der Wüste. Sechs Monate später werden unsere Wüstenrennreiter die Endausscheidung beim Frühlingsfestival der Inselstaaten ruhmreich bestreiten. Wäre es nicht ein Symbol für den Reichtum unseres Landes, wenn ich diese Arbeit im Frühjahr dorthin mitnehmen könnte?«

»Sechs Monate? Mein halbes Leben habe ich dafür gebraucht, diese Juwelen zu finden«, stammelte Silvers Vater.

Königin Imea enthielt sich weiterer Kommentare, doch ihr Lächeln verblasste. Ein paar Gefolgsleute der Königin bewegten sich auf die Tür zu. Silver zupfte nervös am Halsausschnitt ihres Kaftans.

Rami Dust schluckte. »Ich werde das ganze Land absuchen. Es wird vollbracht.«

Das Lächeln der Königin erstrahlte. »In zwei Wochen schicke ich meinen Leibwächter, der die anderen Schmuckstücke für mich abholen wird. Ich werde selber drei Wochen vor dem Frühlingsfestival herkommen, dann werde ich dieses Szepter bei mir tragen, wenn ich die Seereise zu den Inselstaaten antrete.«

Ob sich das überhaupt machen ließ? Silver hatte keine Ahnung. Doch sie wusste genau, dass es für ihren Vater in den nächsten Wochen viele schlaflose Nächte geben würde. Allerdings würde sie das nicht miterleben.

»Ich glaube, Sagittaria Wonder wäre gern einen Augenblick allein mit dir«, sagte die Königin zu Rami, winkte die Drachenreiterin heran und verließ inmitten ihres Gefolges den Ausstellungsraum. Nur Sagittaria blieb zurück. Mit hämmerndem Herzen trat Silver aus der Mitte des Raumes, sie nahm die Ringe ab und legte sie auf ein Kissen. Ihr Atem ging immer schneller, die Muster auf den dicken Teppichen unter ihren Füßen fingen an, sich zu drehen.

Silvers Vater holte den Siegespokal, den er für diesen Augenblick verwahrt hatte. Alle Beulen und Kerben waren geglättet. Rami musste die ganze Nacht durchgearbeitet haben, um den Schaden auszubügeln, den Silver angerichtet hatte.

»Mein feinstes Gold habe ich für dich verarbeitet …«

»Das beurteile ich selber.« Sagittaria Wonder zog eine Augenbraue hoch.

Sie schaute sich im Ausstellungsraum um, ihr Blick streifte Silver und ging an ihr vorbei, so als wäre sie gar nicht da.

Du wirst mich bemerken, dachte Silver. Vorsichtig nahm sie den schweren Kopfschmuck ab. Es war kein leeres Kissen mehr da, also setzte sie die Arbeit auf einem schwarz-roten Hocker ab.

»Ich weiß nicht recht, ob Gold überhaupt das richtige Material für diesen Pokal ist. In Calidia fertigt ein Mann mir einen aus Kristall. Der ist schön. Wenn das Licht darauf fällt, schimmert er wie ein Regenbogen.«

Rami guckte nervös. »Das mag sein, aber nichts kann es mit Gold aufnehmen. Dieser warme Farbton ist wie die Sonne selbst.«

»In der Wüste kriegen wir genug Sonne ab.«

Silver zögerte, bevor sie das Armband ablegte. Sie verstand nicht, warum Sagittaria so schroff war. Eigentlich hatte sie sich die Rennreiterin so nicht vorgestellt.

Sie drückte den Daumen auf die Wunde, um sich daran zu erinnern, dass sie das Ziel nicht aus den Augen verlieren durfte. Sie war so nah dran.

»Wenn es gewünscht ist, besetzen wir den Pokal mit Edelsteinen. So viele, wie du möchtest«, sagte Rami schnell. »Im Gegensatz zu einer Arbeit aus Kristall wird unser Regenbogen Beständigkeit haben und noch im dunkelsten Raum leuchten.«

Sagittaria seufzte. Sie langte in ihre Tasche und holte einen Beutel Münzen heraus. Ein Stück Pergament flatterte Silver vor die Füße. »Hier ist eine Anzahlung für die Arbeit. Der

Leibwächter der Königin kann sie mitnehmen, wenn er ihren Schmuck abholt.«

Rami Dusts Lippen waren blass. Zahlungsangelegenheiten wurden privat geregelt und nicht vor allen Leuten im Ausstellungsraum. Sagittarias Manieren ließen zu wünschen übrig. Das war wohl typisch für Calidia. An ihrer eigenen guten Erziehung würde die Stadt nichts ändern, dafür wollte Silver sorgen.

»Alles wird bereit sein, um dich in Erstaunen zu versetzen«, sagte Rami Dust.

Sagittaria Wonder drehte sich um und wollte gehen.

Da war sie. Die einzige Gelegenheit, Sagittaria zu beeindrucken.

»Warte! Sagittaria Wonder!« Mit zitternden Händen legte Silver den Kaftan ab.

Sagittaria drehte sich um, sie richtete den Blick auf sie, als würde sie Silver zum ersten Mal sehen.

»Silver!«, rief Rami.

»Ich habe etwas, das dich in Erstaunen versetzen wird.« Silver wich den Händen ihres Vaters aus, der sie greifen wollte.

Sie ließ den seidenen Kaftan auf den Boden gleiten und riss sich die restlichen Armbänder ab, die scheppernd auf den Fliesen landeten.

Und dann stand sie da, in ihrem Rennanzug. »Das ist die feinste Wolle, die du je gesehen hast. Dünn, aber warm. Wasserabweisend. Das Schuppenmuster verringert den Luftwiderstand. Mit diesem Handschuhfutter können die Zügel fester gehalten werden. Die …« Silver ließ den Satz verebben, denn Sagittaria Wonder ging auf sie zu … mit drei, vier, fünf langsamen Schritten … und schon hatte Silver den Text vergessen, den sie so oft geprobt hatte. Die Wasserdrachenreiterin kniff mit den Fingern in die Schulter des Anzugs.

»Was für ein interessantes Muster«, sagte sie leise. »Wer hat dir beigebracht, wie man so was macht?«

»Ich hab es selbst erfunden.« Silver wusste nicht, warum sie log, aber ihr gefiel nicht, dass Sagittaria irgendwie durch sie hindurchguckte, statt sie anzusehen.

»Ein Mädchen mit großem Ehrgeiz.« Sagittaria trat einen Schritt zurück. Verächtlich verzog sie den Mund. »Ich weiß so einiges über Techniken der Textilkunst. Und sehr viel über Rennanzüge. Das ist Murks. Zum Drachenreiten eignet sich diese Konstruktion nicht. Zu wenig geschmeidig. Die Sitzfläche ist nicht gepolstert. Das sieht aus …«, sie lächelte unangenehm. Grausam. »Wie von einem Kind gemacht.«

Silver wurde kalt, so als hätte man sie im Wüstenwinter die ganze Nacht draußen stehen lassen.

»Das ist nur ein Modell«, flüsterte Silver.

»Ich habe dafür keine Verwendung.«

Silver senkte den Kopf. Das Pergament, das Sagittaria fallen lassen hatte, lag vor ihren Füßen. Sie hob es auf und reichte es der Drachenreiterin mit zitternden Händen.

»Kannst du behalten.« Sagittaria schüttelte den Kopf. »Das ist nur Reklame für die Rennen. Gib es der Person, die dich diesen Schnitt gelehrt hat.«

Sagittaria wirbelte auf der Ferse herum und verschwand durch die Tür – und wie das Rauchfähnchen einer verlöschenden Laterne wehten Silvers Träume hinter ihr her. Sie schaute auf die leere Türöffnung.

Rami Dust starrte sie an, seine Stirn war so rot wie eingelegte Zwiebeln.

»Bist du verrückt geworden?«, flüsterte er. »Was hast du dir dabei gedacht? Hast du vergessen, wer du bist? Du bist eine Dust. Du bist … du warst … die Erbin dieser Werkstatt.«

Silvers Augen wurden ganz groß. Sie wollte schrumpfen, klein werden wie ein Käfer und durch eine Ritze in der Wand nach draußen huschen. Silver hatte ihren Vater schon wütend erlebt, als sollte die geballte Kraft der Sonne sie treffen. Als Gama ihm erzählt hatte, wie erbärmlich sie sich im Unterricht anstellte zum Beispiel, oder als sie vergessen hatte, Brot zu kaufen, weil sie sich mit ihrem Vetter davongestohlen hatte, und als er ihre Wasserdrachenzeichnungen im Staub auf dem Fensterbrett entdeckt hatte. Aber dieser kühle, distanzierte Rami Dust war schlimmer.

Für ihn war Silver verloren.

Ihre Unterlippe zitterte. Sie war eine Versagerin. Sie hatte kein Talent. Keine Anmut. Nichts zu bieten. Sie war nicht würdig, das Erbe anzutreten.

Und sie war auch nicht auf dem Weg nach Calidia, um Wasserdrachen zu reiten.

Langsam hakte sie die Schließen der Schmuckstücke auf, die ihr noch um den Hals und an den Ohren hingen, und legte sie auf den Tisch. Sie hob den Kaftan ihrer Mutter und ihre Schuhe vom Boden auf. Die älteren Ele-Goldschmiede gaben vor, mit ihren Metallen und Edelsteinen beschäftigt zu sein, aber sie schielten zu ihr herüber.

»Hier«, flüsterte Phila und reichte Silver die goldenen Haarkämme. Sie wollte mehr sagen, aber ehe sie dazu kam, hatte Silver sich schon umgedreht. Das Mitleid in Philas Gesicht konnte sie nicht ertragen. Keiner sollte sie bemitleiden!

Sie wollte nur noch weg.

Auf den Straßen herrschte noch immer Gedränge. Normalerweise lebten hier 20 000 Menschen, doch die Anzahl der Einwohner schien sich verdoppelt zu haben. Hofdamen, Fahrer, Diener, Köche und Tierpfleger. Silver konnte sich nicht vorstellen, wie groß Calidia war, wenn all diese Leute hier gerade mal einen Bruchteil der Bevölkerung der großen Stadt ausmachten.

Die Verkäufer auf den Straßen von Jaspaton arbeiteten fieberhaft, um alle Calidianer, die sich vor ihren Ständen angestellt hatten, mit ihren Wüstenspezialitäten zu versorgen. Ein süßer Duft von Sukkulententee hing in der Luft, am Spieß gebratenes Fleisch und Wüstenrosengelee würzten die Hitze des Tages. Silver hätte das Wasser im Mund zusammenlaufen müssen, aber ihr Mund war trocken wie der Wüstenwind.

Noch lächelten die Nachbarn sie an. Leute winkten ihr von ihren Aussichtspunkten hoch oben auf den Klippen zu. Von dort hatten sie einen guten Blick auf die königliche Karawane. Die Geschichte von den Ereignissen im Ausstellungsraum hatte diese Leute offenbar noch nicht erreicht, sonst hätten sie gelacht.

Silver war sich nicht sicher, ob sie je wieder lachen würde.

Ihr Anzug war ein Reinfall gewesen. Ihr Vater war wütend. Und Calidia und die Wasserdrachen waren weiter weg denn je. Aber das Schlimmste von allem war …

Sagittaria Wonder.

Auf den ersten Blick war Sagittaria eigentlich genau so gewesen, wie Silver sie sich vorgestellt hatte. Stark, selbstbewusst, geheimnisvoll. Absolut nicht zu übersehen. Sie strahlte eine unheimliche Kraft aus. Sie war die Heldin aus ihren Träumen. Sie hatte Silver sogar ehrgeizig genannt!

Aber ihre Grausamkeit war wie der Stich eines Skorpions. Äußerst schmerzhaft, dann hatte sich das Gift in Silvers Körper verteilt, bis sie von Scham überwältigt wurde. Wie konnte Sagittaria nur so schrecklich sein?

Mit dem Handrücken wischte sich Silver die Nase, dann schleppte sie sich die Treppe hoch, die sie vor noch gar nicht langer Zeit hinuntergefallen war. Ihre Schmerzen und Schrammen waren ihr wieder bewusst, jetzt, da nichts mehr sie ablenken konnte.

Sie riss die Haustür auf und knallte sie hinter sich zu. In ihrem Zimmer schälte sie sich aus dem Anzug, den sie auf den Boden schleuderte. Dann riss sie mit einem Aufschrei die Zeichnungen von den Wänden und warf auch die auf den Boden.

»Wo warst du, Nebekker?«, schluchzte sie.

Silvers Mutter war immer noch bei den Zelten, da würde sie vermutlich den ganzen Abend bleiben. Es wurden Feste für die Calidianer gegeben mit kleinen Köstlichkeiten und Musikern, die zum Tanz Trommeln schlugen und in die Saiten griffen. Die Leute würden ihre Verkäufe feiern, ihre freundlichen Beziehungen und die Schönheit der rauen, aber großzügigen Wüste.

Währenddessen würde Silver in ihrem Zimmer sitzen. Den ganzen Nachmittag lang guckte sie aus dem Fenster, dicke Tränen hatten auf ihren Wangen Spuren hinterlassen.

»Du bist dumm wie ein Wüstenkäfer«, schimpfte Silver sich.

Alles, was sie getan hatte, die Enttäuschungen, die sie anderen bereitet hatte … alles vergebens.

In der Ferne nahm die Sonne ein dunkles Gelb an, das – je näher der Abend kam – in Orange und Pink überging. Und immer noch wehte der Wind. Schließlich forderten die schlaflose Nacht und die verletzten Gefühle des Morgens ihren Tribut. Silver fiel in einen ruhelosen Schlaf, und als sie die Augen wieder aufschlug und zum Fenster ging, war es draußen dunkel geworden. Sehr dunkel.

Mond und Sterne waren nicht zu sehen. Die Leute trugen die bunten Halbedelsteinlaternen von Jaspaton oder die Metalllaternen mit den filigranen Mustern von Calidia vor sich her. Aber das Licht, das diese Laternen spendeten, wurde von dem vielen Sand in der Luft gedämpft.

Wäre dies eine normale stürmische Nacht gewesen, hätten sich alle Menschen in ihre Häuser zurückgezogen. Aber die heutige Nacht war zum Feiern da. Die Leute trugen ihre feinsten Kleider, doch am Ende der Nacht würden auch die schönsten Schals vom Sand zerfranst und zerrissen.

Für eine Weile legte sich der Wind und ein silberner Strahl des Mondes brach durch die Wolken. Das war eine trügerische Ruhe, Silver wusste das. Alle wussten das. Die Leute eilten zu ihren Festlichkeiten, solange es ruhig war.

Silver kniff die Augen zusammen. Unten auf der Wüstenebene machte sich eine dunkle Gestalt mit einer Laterne auf den Weg in die tiefste Wüste. Drei weitere Gestalten folgten ihr, bepackt mit schweren Rucksäcken. Wer war denn so dumm, in einer Nacht wie dieser die Stadt zu verlassen?

Silver flitzte aus dem Haus und überquerte die Straße, um das Geschehen besser beobachten zu können. Voran ging jemand, der groß und schlank war, ganz in Schwarz gekleidet. Das lange schwarze Haar wehte unter einem hastig übers Gesicht gezogenen Schal hervor. Den selbstbewussten Gang erkannte Silver wieder.

Sagittaria Wonder war auf dem Weg in die Wüste. Und – wenn der Sturm wieder auflebte – in den Tod.

Silver rannte los, um sich anzuziehen. Die große Wasserdrachenreiterin hatte recht, Silver war ehrgeizig. Sie würde diese Gelegenheit nutzen, um Sagittaria davon zu überzeugen, dass es durchaus lohnend war, ihr eine Chance zu geben. Und wenn sie dafür ihr Leben aufs Spiel setzen musste.

Sie griff nach ihrer Hose und zögerte. In der Wüste war es nachts eisig kalt. Ihr Anzug würde sie warm halten und den peitschenden Sand davon abhalten, ihr eine Hautschicht vom Leib zu fetzen. Verächtlich sah sie den Anzug an, dieses hässliche, zusammengestückelte Ding, das ihr nichts als Sagittarias Spott eingebracht hatte.

Trotzdem schlüpfte sie hinein und zog Hosen und eine weite Tunika darüber. In Stiefeln und mit einem Gesicht und Kopf schützenden Schal rannte sie, nachdem sie sich eine Laterne gegriffen hatte, aus dem Haus und Treppen und Straßen hinunter zu den unteren Ebenen.

Sagittaria war schon außer Sichtweite. Aber Silver wusste, welche Richtung sie eingeschlagen hatte: den Pfad zu den großen Sanddünen. Vermutlich war es nicht schwer, sie einzuholen. Silver kniete sich hin und schlug Funken mit einem Feuerstein, um ihre Laterne anzuzünden. Als der ölgetränkte Docht brannte, rannte sie schnell wie ein Wüstenfuchs los in die tiefe Dunkelheit.

10. Kapitel

»Sagittaria Wonder!«, rief Silver in die Nacht.

Die Ruhe war unheimlich. Voller Spannung. Sie trottete zum Dünenpfad hinunter. Die Stille würde nicht anhalten, das wusste sie. Der Sandsturm hatte sich gelegt, der Mond war wieder zum Vorschein gekommen, doch die Sterne waren immer noch verborgen.

Silver hatte unterschätzt, wie viel Vorsprung Sagittaria mittlerweile hatte, aber sie war ein Mädchen aus der tiefsten Wüste, sie würde der Calidianerin schon zeigen, was in ihr steckte.

Was machte die Drachenreiterin nur bei so einem Sturm hier draußen? Sogar Füchse und Skorpione waren schlau genug, in ihren unterirdischen Höhlen Schutz zu suchen. Sagittaria würde sich bloß verletzen oder gar umkommen.

Warum sollte Silver ihr überhaupt helfen? Sowie ihr dieser finstere Gedanke in den Kopf kam, warf sie ihn in hohem Bogen wieder raus. Sie würde niemals die Scham vergessen, die sie in der Werkstatt empfunden hatte, doch das war kein Grund, Sagittaria etwas Schlimmes zu wünschen. Schon gar nicht bei einem Wüstensturm.

Silver – und wahrscheinlich jeder Mensch in Jaspaton – hatte eine tief verwurzelte Angst davor, draußen in der Wüste zu sterben. Von Skorpionen vergiftet zu werden, war in dem Fall nicht das Schlimmste. Zuerst würde es zwar wehtun, aber dann würde man in einen tiefen Schlaf fallen, aus dem es kein Erwachen mehr gab. Aasfresser würden die Leiche schließlich finden und ein paar gute Mahlzeiten haben. Aber im schlimmsten Fall …

Bei diesem Gedanken lief Silver ein kalter Schauer über den Rücken. Familienmitglieder, die sich in einem Wüstensturm verirrt hatten, Leichen, die erst Tage später gefunden wurden, wenn die Dünen aufgehört hatten zu wandern … Sie waren lebendig begraben worden, Ohren, Augen, Mund und Nase voller Sand. Erstickt.

Ein Windstoß ließ Sand auf Silvers Lippen prasseln, sie kreischte vor Schreck. Der Sturm lebte wieder auf.

»Sagittaria!«

Silver stiefelte weiter. An den Dünen vorbei, die morgen früh ein ganz anderes Bild bieten würden, am Ende des Pfades weiter in die weite Wüste, in der ihre Füße im Sand versanken und sie mit wehen Beinen durch die Dünen stapfen musste.

Diese Calidianer! Sie mochten ja großartige Paläste und Universitäten haben, sie mochten ja mit Menschen aus aller Welt Umgang pflegen, aber vom Überleben in der weiten Wüste hatten sie keine Ahnung.

»Sagittaria!« So langsam wurde sie heiser. In ihren Nasenlöchern sammelte sich der Sand. Sie schnaubte ihn heraus. Geräusche nahm sie nur noch gedämpft wahr, weil der Sand auch in ihre Ohren gedrungen war. Wie kam sie dazu, die Calidianer blöd zu schimpfen? Sie war doch genauso unvorbereitet in den Sturm hinausgerannt!

Silver ließ sich auf die Knie fallen. Die Lichter von Jaspaton waren hier nicht mehr zu sehen. Sogar die dunklen Hügel der Dünen waren verschwunden. Sie war weiter in die Wüste vorgedrungen als je zuvor in ihrem Leben.

Sie konnte umkehren. Sie sollte umkehren. Es war nicht ihre Schuld, dass Sagittaria meinte, es mit einem Sandsturm aufnehmen zu können. Aber als Silver sich umschaute, stellte sie fest, dass sie keine Ahnung hatte, wie sie nach Hause zurückfinden sollte. Sie hatte sich verirrt.

»Keine Panik«, flüsterte sie. Sie versuchte, sich am Himmel zu orientieren. »Wo seid ihr, Sterne?« Es waren keine Himmelszeichen zu sehen.

Viele, viele Generationen war es schon her, dass die im entlegensten Teil der Wüste lebenden Nomadenvölker an die alten Göttinnen geglaubt hatten, dennoch schloss Silver nun die Augen und stellte sich vor, wie diese Göttinnen sie in die Arme schlossen und vom Wüstenboden aufhoben, um sie sicher zurück nach Jaspaton zu bringen.

Als sie die Augen wieder aufschlug, befand sie sich immer noch am selben Ort, im selben Sturm. Keiner kam sie holen. Sie musste sich schon selbst aus dieser misslichen Lage befreien.

So, Silver. Was würde ein Drachenreiter jetzt tun? Sie wischte sich das Gesicht mit dem Schal ab, zerschrammte dabei die zarte Haut an den Augenlidern und wimmerte. Ein Drachenreiter wäre gar nicht hier. Wo soll denn hier ein Drache schwimmen?

Sie lachte über ihren Gedankengang. Wenn sie nach Hause kam – falls sie nach Hause kam –, würde sie eine vorbildliche Tochter werden. Sie würde sich mit großer Leidenschaft der

Herstellung von Schmuck widmen. Sie würde sämtliche Schaubilder und Zeichnungen verbrennen. Und sie würde nie wieder in Schwierigkeiten geraten.

Silver setzte einen Fuß vor den anderen. Sie zählte.

»Eins. Zwei. Drei.« Sie zählte bis hundert, dann bis tausend. Die Dünen kamen nicht wieder in Sicht. Die Lichter von Jaspaton blieben in der Dunkelheit verborgen. Silvers Beine wurden weich wie Pudding. Sie wagte nicht, den Mund aufzumachen, weil sie Angst hatte, Sand würde ihren ganzen Körper füllen.

Sie fiel hin. Sollte der weiche, kühle Sand sie doch einhüllen wie eine Decke. Langsam schlossen sich ihre Augen.

Die Träume vor dem Sterben sind die schönsten.

In ihrem Traum hatte Silver kein Gewicht mehr. Die hohlen Knochen wurden von schmerzenden Muskeln gehalten, die sperrigen Gliedmaßen schmiegten sich eng an ihren Körper, es war, als würde sie sanft gewiegt werden. So wie vor langer Zeit von ihrer Mutter. Damals hatte Sersha ihr dabei die alten Weisen der Wüstenvölker vorgesungen. Die Melodie in Silvers Träumen war der melancholische Gesang des Sandes, der mit seinem an- und abschwellenden Rauschen in ihre Ohren drang.

Sie summte es mit, dieses Wüstenlied.

Etwas Feuchtes rieselte ihr die Kehle hinunter. Ein Sukkulententee, doch nicht der, den sie kannte. Dieser war fruchtiger. Dutzende Geschmacksnuancen, stark duftend. Kühl.

Sie hustete.

Überall war Wasser. In ihrem Gesicht, in den Augen, der Nase. Silver setzte sich auf und hustete ihre Lunge frei. Wie konnte sie ertrinken, wenn sie in der Wüste lebendig begraben war? Sie hatte Angst, Atem zu holen, weil sie befürchtete, statt Luft nur Sand einzusaugen. In ihrem Kopf hämmerte es, ihre Brust brannte.

Eine vertraute Stimme. »Atme, Mädchen.«

»Ich kann nicht.«

»Atme.«

Silver kniff die Augen noch fester zu. Ihr Körper wollte nicht auf ihr Gehirn hören. Ohne ihre Einwilligung saugten die Lungen Luft ein.

Luft. Keinen Sand. Wunderbare Luft. Gierig holte Silver noch einmal Luft – und dann noch mal.

Sie traute sich, die Augen aufzumachen, konnte aber nichts sehen. Ein Brennen … wie vom Stich eines Fliegenden Schwarzaugenskorpions.

»Hier.« Eine Hand drückte Silvers Kopf nach hinten. Ein Schwall Wasser traf ihr Gesicht, das dann mit einem weichen Tuch abgewischt wurde. Der Vorgang wurde mehrmals wiederholt, bis der Sand aus Augen, Nase und Ohren gespült war.

»Besser so?«

Silver setzte sich auf. Öffnete die Augen. Sah das Funkeln eines blassblauen Edelsteins, der gleich wieder unter Stoff verschwand. Nebekker. *Nebekker* war hier draußen?

»Was machst du hier?«

»Ich hätte dich den Skorpionen überlassen sollen.« Die alte Frau musterte Silver mit gerunzelter Stirn. »Dir ist wohl der gesunde Menschenverstand abhandengekommen! Ich habe immer viel von deinen Eltern gehalten, doch wenn sie dich bei diesem Wetter draußen herumlaufen lassen, muss ich meine Meinung ändern.«

»Sie wissen nicht, dass ich hier bin.« Mit zusammengekniffenen Augen guckte Silver zum Himmel, der vom ersten Hauch der Morgenröte erhellt wurde. Die Welt war wieder an ihrem Platz, der Sturm vorüber. »Wenigstens haben sie es nicht gewusst. Jetzt wissen sie es wahrscheinlich. Ich sollte eigentlich in meinem Zimmer sein.«

Plötzlich dröhnte Wutgebrüll in ihren Ohren.

»Du bist weggegangen!«, klagte sie Nebekker an. »Als ich dich am meisten brauchte!« Silver sprang auf, schwankte und sackte wieder in sich zusammen. In diesem Moment merkte sie, dass sie nicht mehr in der weiten Wüste war. Vor ihr ragten schlanke Bäume in den Himmel. Zwischen den Stämmen waren blaue Streifen Himmel zu sehen. Das war eine Oase.

Oasen kannte Silver nur aus Erzählungen. Die Luft war so salzig wie gewohnt, doch sie war ein wenig feucht. Wenn sie die Ohren spitzte, konnte sie irgendwo aus der Ferne Wassergeräusche hören, ein Tröpfeln und Fließen.

Die Wunder der Oase hätten Silvers Herz beinahe erweicht, aber ihre Wut war zu groß.

»Du bist verschwunden, und ich musste den Anzug allein fertig machen«, schrie Silver. »Brajon hat versucht, mir zu helfen, aber es war eine Katastrophe. Sagittaria Wonder hat mich *ausgelacht*. Sie hat gesagt … sie hat gesagt …« Silver konnte nicht wiederholen, was Sagittaria zu ihr gesagt hatte. Die Wunde war zu frisch.

Nebekker legte die Stirn in noch tiefere Falten. »Es tut mir leid, dass es nicht gut gelaufen ist mit Sagittaria. Aber du warst nicht die Einzige, die meine Hilfe brauchte.«

Silver hielt die Tränen zurück. »Wer hat dich denn mehr gebraucht als ich? Hier draußen ist doch niemand?«

Nebekkers Lippen zuckten. »Das ist ein bisschen kompliziert. Da ist jemand. Genau genommen sind es zwei. Aber mir wäre es lieber, wenn du nicht wüsstest … oh, dazu ist es jetzt zu spät.«

Nebekkers Blick richtete sich auf etwas am Himmel. Silver schaute in dieselbe Richtung und entdeckte einen schwarzen Punkt in der Ferne – und der wurde immer größer … und länger.

»Was ist das?«, flüsterte sie.

»Mein großes Geheimnis.« Das Ding kam immer näher. Nebekker stand auf.

11. Kapitel

Zuerst hatte Silver diesen Punkt für einen sehr großen Greifvogel gehalten. Doch es war nichts dergleichen. Es war blau. So blau, wie sie sich immer das Meer vorgestellt hatte. Flügel und Schwanz hatten weiße Spitzen. An einem Tag, an dem weiße Wölkchen am Himmel tanzten, wäre dieses Wesen perfekt getarnt. Wenig später verschwand es zwischen den Bäumen, ein Platsch … Silver rappelte sich hoch und rannte los, alle Schmerzen waren vergessen.

»Warte!«, rief Nebekker, sie lüpfte ihre weiten Hosen und rannte hinter Silver her.

Hatte sie da eben … war das wirklich …?

Sie brach durch das Grün, das einen Teich säumte.

»Hoowäwrrr!« Dieses Grollen hätte Silver fast umgeworfen. Ein Kopf, der beinahe so groß war wie ihr Zimmer, reckte sich ihr zur Begrüßung entgegen. Das Maul wurde weit aufgerissen, eine Doppelreihe rasiermesserscharfer Zähne und eine lange rosa Zunge kamen zum Vorschein. Schwarze Augen glimmerten sie an.

Stolpernd wich Silver zurück. Das Wesen schüttelte den Kopf und Wasser spritzte in alle Richtungen. Es machte einen Schritt nach vorn, unter der schuppigen Haut bewegten sich straffe Muskeln. Es leckte sich die Lippen, machte das Maul wieder auf, um erneut zu brüllen.

»Kirja!«, sagte Nebekker streng. »Lass das.«

Das Wesen, Kirja, wälzte sich sofort auf den Rücken. Die Zunge ließ es seitlich aus dem Maul hängen und es hechelte.

Silver sackte der Unterkiefer runter. Sie konnte kaum atmen. Blut rauschte in ihren Ohren und ihre Hände zitterten.

Nebekker legte dem Wesen die Handflächen auf den Bauch und rubbelte ihn. Kirjas kurze Beine zappelten vor Wonne in alle Richtungen.

»Du bist ein viel zu großes Baby, um als … Egal. Kirja, das ist Silver. Sie ist in Ordnung. Du musst sie nicht fressen. Silver, das ist Kirja. Mein Aquinder.«

Silver streckte den Arm aus, ließ ihn aber schnell wieder fallen.

Glaube. Das war so eine Sache. In einer winzigen Nische ihres Herzens hatte Silver immer gewusst, dass Aquinder tatsächlich existierten. Aber mit eigenen Augen einen Aquinder zu sehen war ein Schock.

Ihr fiel wieder ein, wie sie mit Brajon in den Nachthimmel geschaut und dort etwas Unerklärliches gesehen hatte, das die Sternbilder verdeckte. War das etwa …

In diesem Augenblick kam ihr das alles mehr als seltsam vor. Ein Aquinder, der in der weiten Wüste lebte und einer alten Frau gehörte. Ausgeschlossen! Vielleicht war sie ja doch gestorben. Vielleicht war das nur ein Traum.

Andererseits war der Atem des Aquinders ziemlich stinkig gewesen. In *ihrem* Traum hätte er bestimmt besser gerochen.

»Du darfst sie anfassen.« Nebekker winkte Silver heran. »Sie wird dir nichts tun.«

»Bist du sicher? Also …«

Nach allen Legenden, die Silver je gehört hatte, waren Aquinder nach den großen Kriegen vor Hunderten von Jahren bis zur völligen Ausrottung gejagt worden, weil sie gefährlich waren. Absolut tödlich.

Kirja wand sich hin und her, während Nebekker ihr den Bauch streichelte.

Tödlich? Silver kicherte. Eher zum Totlachen albern.

Auf Kirjas Gesicht zeigte sich ein benebeltes Grinsen. Aus den großen runden Nasenlöchern kam ein Prusten, das einem Lachen täuschend ähnlich war. Nebekker hörte einen Moment auf zu kraulen und Kirja schlug die Augen auf. Ihre Zunge baumelte ihr wieder seitlich aus dem Maul.

»Komm her. Sonst denkt Kirja noch, du magst sie nicht. Über so etwas regen Aquinder sich schrecklich auf.«

»Aber ich dachte …«

»Sie wären nur ein Märchen? Oder Ungeheuer?« Nebekker schüttelte den Kopf. »Weder das eine noch das andere. Aquinder brauchen Liebe und Aufmerksamkeit. Und wenn die Menschen das begriffen haben, dann … nun ja … ziehen sie ihren Nutzen daraus und zwingen sie, schreckliche Dinge zu tun.«

Silver rückte näher an den Wasserdrachen heran. Kirjas dunkle Augen verfolgten ihre Bewegungen, und je näher Silver ihr kam, desto mehr rekelte sie sich vor Wonne. Als Silver dem Wasserdrachen schließlich die Hand auf den Bauch legte, entspannte er sich und seufzte zufrieden.

»Der ist ja pelzig!«, rief Silver aus. Ihre Hände sanken in das dichte Silberfell an Kirjas Bauch, und als sie sie zurückzog, hafteten glitzernde Haarbüschel an ihren Fingern.

»Nur am Bauch. Sie ist gerade im Fellwechsel. Ihr Winterfell wird noch dicker nachwachsen. Du solltest sehen, wie viel Haare in der Höhle liegen. Sie sind aufwendig in der Pflege.« Nebekkers Ton war streng, aber sie sah Kirja mit so hingebungsvoller Liebe an, dass Silver genau wusste, dass sie alles tun würde, um ihren Wasserdrachen glücklich zu machen.

»Wo ist sie hergekommen?« Silver rubbelte Kirja wieder den Bauch.

»Alle anderen Wasserdrachen sind natürlich durch das schwarze Loch aus den Tiefen der Erde gekommen, aber woher die Aquinder kommen, weiß keiner so genau. In alten Legenden wird berichtet, dass sie von den Sternen abstammen, in den Wolken geboren und in den Meeren aufgewachsen sind, aber wer weiß das schon.«

»Aber Kirja … wie hast *du* sie gefunden?«

»Sie hat mich gefunden. Das ist schon sehr lange her.« Kirja zuckte zusammen und ihre flossenähnlichen Ohren stellten sich auf. Nebekker senkte die Stimme zu einem Flüstern. »Komm jetzt. Wir haben keine Zeit zum Geschichtenerzählen. Da draußen ist jemand.«

Silvers Kopf schoss mit einem Ruck hoch.

»Sagittaria Wonder«, flüsterte sie. Ein kalter Hauch schien sie anzuwehen. Sie mochte gar nicht daran denken, was die Rennreiterin tun würde, wenn sie Kirja entdeckte.

Nervös schaute Nebekker zu den Bäumen hinüber. Sie schützten die Oase gut vor Blicken, aber von hier konnte man auch nicht in die Wüste schauen. Und da draußen konnte sonst was lauern.

»Zur Höhle geht es hier lang. Folge mir.«

»Und was ist mit Kirja?«

»Die versteckt sich schon seit siebzig Jahren vor Menschen. Sie weiß, was zu tun ist.«

Nebekker ging mit energischen Schritten los, doch Silver zögerte. Sie wollte dafür sorgen, dass Kirja auch ganz bestimmt nichts passierte. Doch sie hätte sich keine Sorgen zu machen brauchen. Sobald Nebekker hinter den Palmen verschwunden war, ließ Kirja sich mit dem Hinterteil voran in den Teich der Oase gleiten, dann schaute nur noch ihr Kopf aus dem Wasser, der einem Felsen zum Verwechseln ähnlich sah. Der Aquinder beobachtete Silver. Hätte der Drache sprechen können, hätte er Silver bestimmt zur Eile gedrängt, da war sie sich sicher.

Silver lief los, auf die Palmen zu.

Doch sie schaffte es nicht mehr, die Oase zu verlassen.

12. Kapitel

»Ah! Du kommst mir bekannt vor. Bist du nicht dieses lächerliche Kind aus dem Laden des Goldschmieds?«

Sagittaria Wonder tauchte aus der Sandlandschaft auf wie eine Fata Morgana. Ihre Gefährten bauten sich links und rechts neben ihr auf, die enormen Arme über der Brust verschränkt. »Packt sie!«

Silver schoss in die entgegengesetzte Richtung davon. Sie rannte über die Kieselsteine am Teich, Wasser spritzte an ihren Beinen hoch, dann hielt sie auf die Palmen zu. Ein Palmwedel peitschte ihre Stirn, ritzte die Augenbraue. Ehe sie den Wüstensand erreichen konnte, wurde sie an den Schultern gepackt und aus dem Gleichgewicht gebracht. Einer von Sagittarias Gefährten fing sie auf und warf sie sich über die Schulter.

»Lass mich los!« Silver trat um sich und trommelte ihm mit den Fäusten auf den Rücken.

»Halte sie bloß fest!« Sagittaria lachte. Mittlerweile hasste Silver dieses Geräusch mehr als alles andere auf der Welt. »Ihr Vater wird sie zurückhaben wollen, da bin ich mir sicher.«

»Ein Lösegeld zahlt er dir nie im Leben!«, schrie Silver.

»Wer redet denn von Lösegeld? Ich will die Juwelen deines Vaters nicht.« Sagittaria legte einen Finger unter Silvers Kinn und zwang sie, ihr in die Augen zu sehen. Sagittarias Blick war kühn, und es gefiel Silver überhaupt nicht, dass sie das Feuer darin noch immer bewunderte. »Aber du solltest glauben, dass er seine ganze Werkstatt für deine Wiederkehr geben würde.«

»Du kennst meinen Vater nicht besonders gut«, sagte Silver.

»Nein, ich …« Sagittaria sprach nicht weiter. Sie schaute an Silver vorbei und ihre Augen wurden ganz groß. »Er ist hier. Ich hab es gewusst. All die Jahre … all die Gerüchte … und hier ist er. Endlich.« Die Wasserdrachenreiterin holte tief Luft und atmete ganz langsam wieder aus. »Der Aquinder.«

»Nein!« Silver reckte den Hals.

Kirja erhob sich langsam aus der Wasserstelle der Oase, ihr riesiger Kopf hing über ihnen. Wasser tropfte von ihren Schuppen. Sie zeigte ihre Zähne und ihre schwarzen Augen funkelten vor Wut.

»Zurück, Kirja!« Silvers Herz hämmerte.

Kirja breitete die Flügel aus. Silver machte große Augen. Die Schwingen waren riesig, dunkel und von Muskeln durchzogen. Kirja, die kurz zuvor noch harmlos wie ein Herdentier gewirkt hatte, richtete sich zur vollen Größe auf und überschattete sie alle.

»Flieg weg!«, brüllte Silver. Sie würde Sagittaria irgendwie ablenken. Sie musste sich was ausdenken. Unbedingt.

»Lass sie los!« Einen riesigen Palmwedel schwenkend kam Nebekker angerannt.

Sie rammte einem von Sagittarias Helfern den Zweig in den Bauch. Mit einem erstaunten Aufstöhnen krümmte der sich und ging zu Boden. Ohne einen zweiten Blick auf ihn zu verschwenden, stürzte sie sich auf den Mann, der Silver festhielt.

Ihre Waffe krachte ihm in die Kniekehlen. Ein Zittern durchlief seinen Körper und er fiel vornüber. Silver wälzte sich zur Seite weg, damit sie nicht von ihm zerdrückt wurde. Ein enormer Luftzug riss an ihrem Schal. Kirja flog über sie hinweg, mit weit aufgerissenem Maul.

»Rrrroahh!« Das Brüllen ließ die Erde erzittern.

»Au!« Silver presste die Hände auf die Ohren.

Kirja schnappte sich einen der Männer und riss ihn vom Boden. Er schrie und fuchtelte mit Armen und Beinen. Mit einer Kopfbewegung schleuderte der Aquinder ihn über die Oase hinaus in die weite Wüste.

Sagittaria ging mit großen Schritten auf Nebekker zu. Dass der Drache über sie hinwegfegte, schien sie nicht zu beeindrucken. »Dich, alte Frau, habe ich gesucht. Bin den ganzen Weg bis nach Jaspaton gekommen, weil es Gerüchte gab, denen zufolge du dich in der weiten Wüste aufhalten solltest. Und diese Gerüchte behaupteten auch, du würdest mich zu dem Aquinder führen.«

Sagittaria Wonder drehte sich zu Silver um.

Nebekker riss den Palmwedel hoch, sie zielte auf Sagittarias Kopf. Doch gerade als sie den schweren Ast niedersausen lassen wollte, sprang einer der Männer auf und packte sie.

»Nebekker!« Silver hörte ein widerliches Knochenknacken.

Kirja brüllte wieder. Ihr Körper schnellte herum und mit angelegten Flossenohren und Schwingen stürzte sie sich in die Tiefe. Die Geschwindigkeit war atemberaubend. Doch auch Sagittaria war schnell. Sie ließ sich neben Nebekker auf den Boden fallen und riss der alten Frau die Arme auf den Rücken.

»Stopp!«, rief Sagittaria dem Drachen zu. »Oder ich werde ihr wehtun.«

»Nein!«, kreischte Silver. Einer der Männer stieß sie zu Boden.

Kirja spreizte Flossen und Flügel, drosselte ihre Geschwindigkeit, bis sie auf der Stelle über ihnen schwebte. Beobachtend. Nervös. Jaulend.

»Ruf sie runter«, sagte Sagittaria.

»Droh mir damit, mich umzubringen – und ich tu es trotzdem nicht.«

»Mach doch nicht so ein Theater.« Sagittaria Wonder seufzte. »Das ist nicht notwendig.«

Ein blaues Glitzern erregte Silvers Aufmerksamkeit, als Sagittaria nach dem Edelsteinanhänger griff, der aus Nebekkers Kaftan lugte.

»Aber das hier *ist* notwendig.«

Ihre Hand schloss sich und sie riss Nebekker die Kette vom Hals. Im selben Augenblick stürzte Silver sich auf Sagittaria. Die schaute rechtzeitig auf, holte mit dem Arm aus und schlug Silver zu Boden. Dabei stolperte sie nach hinten. Der Anhänger flog in hohem Bogen durch die Luft und landete unter einer Palme.

Ein Mann krümmte sich immer noch am Boden, der andere lauerte etwas abseits und versuchte, Kirja einzuschätzen. Der Wasserdrache beachtete sie nicht, sondern wendete den Blick nicht von Nebekker ab.

»Befiehl ihr zu landen«, sagte Sagittaria Wonder.

»Ich kann sie nicht zwingen, irgendwas zu tun. Nicht, nachdem …«

»Lüg mich nicht an. Ich hab mein Leben lang Umgang mit Drachen gehabt. Ich weiß, wie die sind.«

Nebekker presste die Lippen zusammen, nickte dann aber

Kirja zu. Der Drache landete am Teichufer und reckte die Schnauze in Nebekkers Richtung.

Der Mann am Teich schlich sich gerade an Kirja heran, als Silver wieder auf die Füße kam. Ihr Kopf war voll von unfertigen Plänen, ihr Körper in Unentschlossenheit erstarrt. Sollte sie sich auf den Mann werfen? Oder versuchen, Nebekker zu retten?

Der Mann am Boden stöhnte. Er war über den Sand gerobbt, und Silver begriff, dass sie nicht Nebekkers Knochen hatte knacken hören, sondern seine.

Sagittaria lockerte ihren Griff um Nebekker kurz und gab den Männern das Zeichen, sich Kirja weiter zu nähern. Silver erkannte ihre Chance und nutzte sie. Sie stürzte los. Gleichzeitig griffen die Männer Kirja an und rammten die Hände in die empfindlichen Stellen zwischen Schwingen und Leib. Kirja schrie auf.

Silver auch.

»Iaaaah!«

Überrascht stolperte Sagittaria zurück. Kirja bäumte sich auf. Warf einen Mann ab. Dem anderen gelang es, ein Seil um ihren linken Flügel zu schlingen. Silver half Nebekker auf die Beine. Indessen schwenkte Kirja den Kopf herum und ging auf den Mann mit dem Seil los, den sie mitten in den Oasenteich schleuderte.

Sagittaria rannte auf den Drachen zu und zog am Seil, bis der andere Mann Kirjas zweiten Flügel fesseln konnte. Silver wollte sich auf den Wasserdrachen werfen, aber Nebekker hielt sie fest.

»Nein.« Die alte Frau stieß Silver in die entgegengesetzte Richtung. »Lauf. Sofort.«

»Ohne Kirja geh ich nicht!« Silver fiel auf die Baumwurzeln und wollte sich nicht von der Stelle rühren.

»Du gehst. Wir gehen beide.«

Nebekker schubste sie noch einmal und Silver stand auf. Die beiden fingen an zu rennen, drängten sich durch das Grün und hielten auf das Sandufer auf der anderen Seite der Oase zu. Nebekker packte Silvers Hand.

»Hier entlang!«

Sie liefen nach links, am äußeren Rand der Oase entlang, bis sie plötzlich den Eingang einer Höhle erreicht hatten.

»Geh rein. Hier finden sie uns nicht.«

»Das ist eine Höhle!«, keuchte Silver. »In der Wüste. Die werden uns finden.«

»Vertrau mir.« Nebekker schubste Silver in die Höhle hinein und zog an einem Seil, das am Eingang hing. Ein Wandbehang, dessen Muster die Wüstenlandschaft perfekt imitierte, fiel herab und verbarg die Höhlenöffnung.

Nebekker nahm Silver am Ellenbogen und führte sie in den hinteren Teil der Höhle. »Lauf weiter.«

»Wo soll ich denn hin? Hier geht es nicht weiter.« Sie hielten auf eine Wand zu. Was wollte Nebekker denn? Sollte Silver etwa durch die Wand gehen?

Aber dann führte die alte Frau sie nach rechts, und Silver stellte fest, dass der Weg steil hinab in die Dunkelheit führte. Hier gab es Tausende von Gerüchen: Stein und Erde, Wasser … und noch etwas anderes, völlig Fremdes. Kräftig, pflanzlich. Ihre Ohren nahmen Wassergeräusche wahr. Ein Tröpfeln ganz in der Nähe … und nicht allzu weit entfernt ein Rauschen … wie von einem Fluss.

»Wie konntest du sie nur …«

»Geh weiter«, sagte Nebekker.

Silver maulte. Es fiel ihr schwer, der alten Frau zu vertrauen. Während sie tiefer und tiefer hinab in die Höhle stiegen, tauchten immer wieder Bilder von Kirja vor ihrem inneren Auge auf: Sie sah ihre Verunsicherung, ihre Wut, ihr Bedürfnis, nach Nebekkers Wohlergehen zu schauen.

Der Wasserdrache war Nebekker aus tiefstem Herzen heraus verbunden. Leider beruhte das wohl nicht auf Gegenseitigkeit.

Silver rutschten die Stiefel weg. Sie landete schmerzhaft auf dem Hintern, rutschte den glatten Weg hinunter und landete mitten in etwas Dickem, Nassem. So schnell sie konnte, stand sie auf.

»Ih.« Sie wischte sich die Hände an den Hosen ab. Das Wasser war eisig. Eigentlich hätte sie frieren müssen, aber der Rennanzug unter ihren Sachen hielt sie warm. »Was ist das?«

»Moos«, sagte Nebekker. »Und vielleicht ein paar Nacktschnecken.«

»Was sind Nacktschnecken?«

»Wüstenmädchen!« Nebekker schnaubte abfällig. »Stell dir ein längliches kleines, glitschiges Tier vor, wie aus Pudding.«

»Eklig.«

Silver spürte Druck auf den Ohren. Wie tief unter der Erde waren sie? Nebekker schob sie sanft vorwärts. Sie bogen nach links ab, dann nach rechts. Dann ging es um eine weitere Ecke und der Raum vor ihnen weitete sich.

13. Kapitel

Die Höhle war riesig und fiel steil nach unten ab. Es war, als würde man oben auf den Felsen von Jaspaton stehen, nur dass nicht die weite Wüste vor einem lag, sondern dicke Schichten Moos. Mitten hindurch zog sich ein rasch dahinfließender Fluss, über dem Drachenzähnen gleich Stalaktiten hingen. Wasser tröpfelte von ihnen herunter in einem Rhythmus, der die Höhle mit einer Melodie erfüllte, die nicht von dieser Welt war.

Nebekker drängelte sich an Silver vorbei, damit sie die Führung übernehmen konnte. Der Pfad zum Flussufer bestand aus grob in die Höhlenwände gehauenen Stufen und hatte ein starkes Gefälle. Silver kniff angestrengt die Augen zusammen, damit sie in dem schwachen Lichtschein, der durch eine Öffnung an der rechten Seite einfiel, auch ja jede Stufe sah. Dieser Schimmer gab der Höhle etwas Gespenstisches. In trägen Wellen bewegte sich das Licht über die Wände.

»Der Fluss läuft an dieser Seite durch den Teich in der Oase. Die Unterströmung ist stark. Sie drückt Wasser an die Oberfläche.«

»Fließt der Fluss bis nach Calidia?«

»Bis dahin und noch weiter.«

Sie hatten das untere Ende des Pfades erreicht. Das Flussufer war breit, so als habe der Fluss sich das Bett zu einer Zeit gegraben, in der er mächtiger gewesen war. Nebekker ging zu einer Nische, in der Brennholz, Körbe mit haltbar gemachtem Essen, Decken und allerlei Gerät wie Messer und Laternen lagerten. Sie nahm eine der Laternen und zündete den Docht an. Einen Augenblick lang qualmte er, dann brannte die Flamme hell und klar. Das Licht gab jetzt mehr von der Höhle frei, vielfarbige Felsschichten zeigten sich. Silver hatte noch nie einen schöneren Ort gesehen.

»Du bist schon mal hier gewesen«, sagte sie.

»Ich bin schon oft hier gewesen«, sagte Nebekker. »Der Fluss fließt von Jaspaton in diese Richtung.«

»Jaspaton?«

»Ja, Jaspaton«, sagte Nebekker. »Wohin du bald aufbrechen wirst. Ich will nicht, dass du dich hier länger als notwendig herumdrückst.«

Silver runzelte die Stirn. »Ich bleibe hier, bis du Kirja zurückhast.«

Wie konnte Silver denn jetzt ans Nachhausegehen denken, da sie wusste, dass Aquinder tatsächlich existierten?

Nebekker schmunzelte. »Ich hab dich nicht eingeladen zu bleiben.«

»Die Höhle gehört dir nicht.« Silver verschränkte die Arme und setzte sich. Mitten in eine Pfütze. Das Wasser war eiskalt, und sie biss die Zähne zusammen, damit sie nicht klapperten.

Nebekker beachtete Silver nicht, sie machte ein kleines Feuer, holte einen Topf aus einem Korb und stellte ihn in die Flammen. Aus einem anderen Korb nahm sie ein in Papier gewickeltes Päckchen. Damit ging sie zum Fluss und schaute zu den Stalaktiten hoch.

Nebekker pfiff. »Komm raus, du Hübscher. Nun bin ich für eine Weile deine Mama.«

Silver wartete. Sie tat so, als würde sie Nebekker gar nicht beachten. Zu wem in aller Wüste redete Nebekker da? Kinder gab es hier unten in der Höhle doch nicht, oder?

Wieder pfiff Nebekker.

Silver folgte ihrem Blick. Da, am anderen Flussufer, bewegte sich etwas zwischen den Stalagmiten … geduckt, schlängelnd gar. Etwas, das sich offenbar dem bläulichen Licht und blassen Silberschein der Höhle angepasst hatte.

Das Wesen am anderen Flussufer schnurrte.

Es schnurrte?!

Das Geräusch berührte Silver tief. Sie stand auf und bewegte sich, ohne nachzudenken, so auf den Fluss zu, als würde sie an einem Band dorthin gezogen werden. Sie konnte sich nicht dagegen sträuben, selbst wenn sie gewollt hätte. Viel zu stark war das Bedürfnis, zu dem Wesen am anderen Flussufer zu gelangen. Schon war sie im Fluss.

Das eiskalte Wasser, das bis über den Rand ihrer Stiefel schwappte, hielt sie nur einen Moment lang auf. Doch das reichte Nebekker, um sie am Arm zu packen und festzuhalten.

»War ja klar, dass das passieren würde«, seufzte sie matt.

»Lass mich los!« Silver wollte unbedingt ans andere Ufer.

»Bleib, wo du bist. Er kommt zu dir. Die Sterne wissen es, ihr seid beide betroffen.«

Silver überlegte, was die alte Frau wohl damit meinte, sprach die Frage aber nicht aus, weil der Drang, den Fluss zu überqueren, immer noch so mächtig war.

Sie versuchte, sich zu befreien, aber Nebekker war unglaublich stark.

»Ich muss …«

Ein Platschen.

Dann glitt ein Schatten durch den Fluss und hielt auf Silver und Nebekker zu. Silver kniete sich ins Wasser – und wartete. Sie wusste nicht, worauf – oder ob sie in Gefahr war, sie wusste nur, dass sie mit offenen Armen begrüßen musste, was nun auf sie zukam.

Als das Wesen schließlich auftauchte, riss es Silver den Boden unter den Füßen weg. Sie fiel hintenüber, Steine bohrten sich in ihren Rücken. Das tat weh. Arme und Beine wurden noch kälter, als sie ohnehin schon waren, und ihre Kleider saugten sich mit Flusswasser voll. Das machte ihr nichts aus. Sie war völlig euphorisch. Innerhalb von Sekunden hatte die Wärme des Wesens ihre Haut durchdrungen. Sein Herz schlug glücklich im Takt mit ihrem. Es schnurrte wieder und leckte Silver das Gesicht, bis der Geruch nach Fisch und Algen ihre Nase schier überforderte.

Silver lachte. Ein Paar Augen, dunkel wie Obsidian, schauten aus einem himmelblauen Gesicht mit weißen Ringeln auf sie herunter.

»Noch ein Aquinder«, sagte Silver verwundert. »Ein kleiner!«

»Wenn du mit ›klein‹ bezeichnest, was die Größe eines Hauses hat.« Nebekker beugte sich über sie. Sie hatte die Hände auf die Hüften gestemmt und machte keinen besonders glücklichen Eindruck. »Kirjas Sohn. Auch ein Störenfried, wenn du mich fragst.«

»Nein, er ist perfekt.« Silver schwoll das Herz fast bis zum Bersten. »Und ich dulde nicht, dass du schlecht über ihn redest, sonst …«

Nebekker schnaubte. »Was sonst?«

»Keine Ahnung. Aber ich lasse mir was einfallen. Ich tue alles für … wie heißt er eigentlich?«

Der Wasserdrache leckte noch etwas an Silver, dann wälzte er sich auf den Rücken und ließ die Zunge seitlich aus dem Maul baumeln, genauso wie Kirja es gemacht hatte. Silver rubbelte ihm den Bauch.

Nebekker legte den Kopf in den Nacken und sagte zur Höhlendecke: »Das habe ich so nicht gewollt, Kirja. Er hätte sich an jemanden mit mehr Erfahrung binden sollen. Aber das liegt nicht in meiner Hand, wie du weißt. So etwas können wir nicht einfordern.«

Silver legte die Wange auf den Bauch des Aquinders. »Was einfordern? Wie konntest du mir dieses Geheimnis verschweigen? Ein Aquinderbaby!«

»Eine Bindung kann man nicht einfordern!« Nebekker beugte sich über sie. »Du findest diese Wasserechse niedlich? Selbstverständlich tust du das. Du hast nicht die geringste Ahnung von der wirklichen Welt. Die habt ihr beide nicht. Er bringt nichts als Ärger.«

Nebekker ging mit ihrem Päckchen wieder zurück ans Feuer. Ihr Seufzer füllte die ganze Höhle. »Kommt her. Alle beide. Ich muss euch eine Geschichte erzählen.«

Silver stand auf, der Aquinder folgte ihrem Beispiel. Er wankte ein bisschen, bis er sein Gleichgewicht gefunden hatte. Silver unterdrückte ein Kichern. Der Aquinder grinste. Als Silver einen Schritt nach vorn machte, tat der Wasserdrache das auch. Und als sie noch einen Schritt und dann noch einen weiteren tat, folgte er Schritt um Schritt.

»Er macht alles, was ich mache«, sagte Silver.

»Ja, so ist es«, sagte Nebekker. »Was hast du denn erwartet? Das ist eure Bindung.«

»Unsere Bindung?«

Nebekker seufzte wieder und winkte sie heran. Sie schnürte das Päckchen auf. Darin befand sich gedörrtes Fleisch. Sie gab eine kleine Handvoll ins kochende Wasser, den Rest legte sie auf den Boden. Sie pfiff, doch der Wasserdrache zögerte und schaute Silver an.

»Du musst ihm sagen, dass er zum Essen kommen darf«, sagte Nebekker.

»Er braucht meine Erlaubnis nicht.« Doch dann stupste Silver den Aquinder und zeigte auf das Fleisch. Er machte einen Satz nach vorn, stolperte über seine eigenen Vorderfüße und landete Schwanz über Kopf neben seiner Mahlzeit. Ohne sich zu entwirren, schleckte er das Futter mit seiner langen Zunge auf.

Nebekker löffelte etwas von dem Eintopf auf dem Feuer in eine Tonschüssel. »Setz dich und iss, dann erzähle ich dir ein paar Dinge.«

Silver nahm die Schüssel, essen konnte sie aber nicht. Es war so viel passiert, wie konnte sie da Hunger haben? Kirjas Entführung, der unterirdische Fluss, das Aquinderbaby, die Geschichten, die Nebekker ihr zu erzählen hatte. Aber ihr Magen knurrte, als sie die Brühe roch, und schnell nippte sie davon. Der Aquinder gab ein Geräusch von sich, das man für Lachen hätte halten können, aber Silver war sich da nicht sicher.

Nebekker kaute eine Weile, dann stellte sie ihre Schüssel auf den Boden. »Das alles hat, schon lange bevor ich Kirja begegnet bin, begonnen. Vor über fünfhundert Jahren. Nein …

lange vorher. Aber mir fehlt die Zeit, dir vom Erwachen der Atmenden Wesen zu erzählen. Du hast doch etwas über die Land- und See-Kriege gelernt, oder?«

Silver nickte. »Die haben wir letztes Jahr in Geschichte durchgenommen.«

»Was du nicht sagst. Aber ich weiß, dass man den Kindern heute eine zurechtgebogene Version der Wahrheit erzählt.« Nebekker schüttelte den Kopf. »Es ist nicht in Ordnung, Kinder zu täuschen, indem man die Geschichte umschreibt.«

Silver warf einen Blick auf den Wasserdrachen neben ihr. Er hatte alles aufgefressen und machte ein Mittagsschläfchen, seine Stummelbeine ragten in die Luft. Er schnarchte leise, die silbernen Schnauzhaare zitterten dabei. Am liebsten hätte Silver sich neben ihm zusammengerollt.

Stattdessen sagte sie: »Meine Lehrer haben immer gesagt, Aquinder sind eine Legende.«

Nebekker schnalzte mit der Zunge. »Diese tollen Lehrer würde ich zu gern mal mit einem Blick auf das Wesen da vor dir schockieren. Was haben sie euch denn über die Land- und See-Kriege beigebracht?«

»Dass die Wasserdrachen die Küstenstädte zerstört haben und ins Binnenland gezogen sind. Aus den Wüstenstädten und den Nomadenstämmen der weiten Wüste hat sich dann ein riesiges Heer erhoben und zur Wehr gesetzt. Sie …«

»Ein Wüstenheer, na so was.« Nebekker schüttelte den Kopf. »Man kann sich darauf verlassen, dass die Menschen die Geschichte immer so verdrehen, dass sie ihren Vorstellungen von Heldentum und Ruhm entspricht. Ich will dir mal ein bisschen echte Wahrheit erzählen. Die Aquinder gibt es und es hat sie immer gegeben. Lange vor den Land- und See-Kriegen hatten die Drachen Menschen mit Bindungen beschenkt, nachdem Menschen ihnen geholfen hatten, die Lavadrachen zurück in das schwarze Loch zu jagen.«

Silver machte große Augen. »Das schwarze *was*?«

Nebekker tat ihren Einwurf mit einer Handbewegung ab. »Als die Menschen aber anfingen, Drachen eigennützig in ihrem Krieg einzusetzen, wurden sie bestraft. Die Bindungen wurden wieder aufgehoben. Doch dann kam ein Wüstenjunge namens Gulad Nakim.«

»Gulad Nakim«, wiederholte Silver.

»Der erste Drachenreiter. Vor Gulad waren die Wüstenkrieger fest davon überzeugt, es sei völlig unmöglich, den Aquindern den Wunsch zu töten abzutrainieren. Doch Gulads Aquinder war sanft wie ein Wüstenkäfer. Er konnte ihn aus der Hand füttern. Als man ihm befahl, seinen Aquinder zum Töten abzurichten, weigerte er sich. Die beiden flohen in die weite Wüste.« Nebekker schlürfte von ihrem Eintopf und betrachtete den kleinen Aquinder, der zusammengerollt neben Silver lag und schlief. »Die Wüste war fast vernichtet, und alle Hoffnung war verloren, da kehrte Gulad Nakim mit seinem Wasserdrachen zurück. Sie gingen nicht nebeneinanderher, Reiter und Drachen flogen ein … zusammen. In diesem Moment entdeckte die ganze Welt, dass Menschen Drachen reiten konnten.«

»Wie kann es sein, dass das vorher niemand begriffen hat?«, fragte Silver, die gedankenverloren die Flanke des Wasserdrachen tätschelte.

»Weil die Drachen launisch und wild geworden waren, nachdem die Bindungen aufgehoben waren. Sie wurden an Schiffe gekettet … geprügelt, bis sie vor Wut schäumten …, und dann auf Städte losgelassen. Gulad wusste, dass es Liebe und Achtung zwischen Menschen und Drachen geben konnte. Er hatte ein reines Herz, er wollte nur für seinen Drachen sorgen, andere Absichten hatte er nicht. Und deshalb hatte es zum ersten Mal seit vielen Jahren wieder eine Bindung zwischen einem Drachen und einem Menschen gegeben.«

Nebekker zuckte zusammen und griff sich plötzlich ans Herz. Sie atmete schwer.

Silver beugte sich vor. »Geht es dir nicht gut?«

»Wird gleich besser.« Nebekker saß eine Weile still und versuchte, ruhig zu atmen. »Lass mich diese Geschichte zu Ende erzählen. Gulad und sein Aquinder ritten in die Schlacht und gaben dem Verlauf des Krieges eine Wende. Schon bald fanden sich mehr Menschen, die Aquinder reiten konnten. Von weiteren Bindungen war trotzdem nichts bekannt. Da so viel von der Erde vernichtet worden war, beschlossen der Inselkönig und der Wüstenkönig endlich, den Krieg zu beenden. Sie unterzeichneten ein Abkommen, das die Völker und die Königshäuser von Inseln und Land vereinte.«

»Und was wurde aus Gulad? Und seinem Drachen?«, wisperte Silver.

»Teil dieses Abkommens war, dass alle Aquinder geschlachtet werden sollten«, sagte Nebekker düster. »Man hielt sie trotz allem für sehr gefährlich, sie durften nicht in die Nähe von Menschen kommen, fand man.«

»Die Drachen hätten doch einfach wieder auf den Meeren freigelassen werden können!«, rief Silver.

»Damit sie der nächste kriegsversessene König findet und sie versklavt?« Nebekkers Blick durchbohrte Silver. »Sie haben sie alle getötet. Allerdings haben sie einige Nester mit Eiern nicht entdeckt. Ich glaube, Kirja stammt aus einem dieser verlassenen Nester in der weiten Wüste. Gulad muss da irgendwas gemacht haben, als er in der Wüste war ... Doch für all seine Mühen haben sie auch ihn getötet, in der Hoffnung, die Bindungen würden mit ihm sterben. Königen und Königinnen gefiel die Vorstellung nicht, dass jemand außer ihnen selbst die Herrschaft über Drachen haben konnte.«

»Aber das ist keine Herrschaft«, sagte Silver, sie bekam einen Kloß im Hals. Schützend legte sie die Hand auf den schlafenden Wasserdrachen.

»Nein.« Nebekker lächelte. »Doch sie haben nicht die Fähigkeit, es so zu sehen, so, wie es wirklich ist. Du wirst das können, jetzt, wo du eine Bindung hast.«

»Was bedeutet es, eine Bindung zu haben?«, fragte Silver.

»Euer Herzblut fließt im selben Takt. Ihr atmet zusammen ein und aus. Ihr bleibt Seite an Seite, für immer. Ihr werdet alles füreinander tun. Sogar füreinander sterben. Und wenn der Tag des Todes kommt, wird der eine nicht ohne den anderen leben können«, sagte Nebekker. »Verbunden zu sein ist die schönste Erfahrung, die ein Drachen liebender Mensch nur haben kann. Ich war noch ein Mädchen in deinem Alter, als Kirja mich gefunden hat, aber als ich sie zum ersten Mal gesehen habe … in diesem Moment … nun ja. Es war ein Gefühl, als würde mein Körper in zwei Stücke gerissen und wieder zusammengenäht – mit ihrem Blut in mir.«

»Oh.« Das war eine seltsame Beschreibung der ersten Begegnung mit einem Wasserdrachen. Aber … Silver legte sich die Hand auf die Brust, um ganz sicher zu sein, dass sie nicht mitten durchgerissen worden war.

»Als ich Kirja gesehen habe, wusste ich genau, was sie war«, sagte Nebekker traurig. »Ich war genauso verblüfft wie du zu entdecken, dass es noch Aquinder gibt. Kirja hat einige Jahre in einer Höhle an der Küste gehaust. Ich habe sie jeden Tag besucht. Ich habe ein Geschirr gewebt und sie über die Wellen geritten. Bis ein Mädchen aus meinem Dorf uns gesehen hat. Da wusste ich, dass wir schnell wegmussten. Wenn die Leute erfuhren, dass die Aquinder noch lebten …«

»Sagittaria weiß das jetzt!« Silver sprang auf. »Sie darf Kirja nicht nach Calidia mitnehmen.«

»Sagittaria Wonder hat inzwischen schon die halbe Wüste durchquert. Sie hat ihr Leben lang für den Augenblick trainiert, in dem sie auf einem Aquinder durch die Lüfte jagen kann.«

»Aber sie sind nicht verbunden!«, rief Silver.

»Glaubst du denn, die anderen Aquinder, die in die Schlacht geritten sind, hätten eine Bindung mit ihren Menschen gehabt? Natürlich nicht. Drachen können darauf trainiert werden, jeden Reiter anzunehmen … wenn man die entsprechenden Methoden anwendet. Oder sie zwingt … wie jetzt, da bin ich mir sicher.«

»Wenn sie Kirja töten …« Silvers Herz hämmerte. »Was passiert dann mit dir?«

»Das machen sie nicht. Kirja ist viel zu wertvoll für sie.«

»Sagittaria will auf Kirja Rennen reiten!« Silver erinnerte sich plötzlich wieder an das Pergament, das Sagittaria Wonder in der Werkstatt hatte fallen lassen. Sie zog es aus dem Ärmel ihres Rennanzugs. Auf dem Flugblatt war eine Zeichnung von Sagittaria Wonder im Sattel zu sehen, auf ihrem Lieblingsdrachen Riptide.

»Qualifikation und Halbfinale der Wasserdrachenrennreiter-Weltmeisterschaft – das Herbstfestival der Wüste. Für registrierte Drachen und Drachen, auf die Anspruch erhoben wird, ist Meldung vor Ort möglich.«

Eine kühle, stumpfe Wasserdrachennase stupste ihr das Flugblatt aus der Hand. Der Aquinder grinste Silver an und schlug den Schwanz hin und her.

»Du willst wohl spielen?« Silver lachte. Der Aquinder warf sich in den Fluss, aber als sie nicht hinterhersprang, steckte er den Kopf aus dem Wasser und quäkte.

»Bedaure, ich kann nicht schwimmen.«

»Kannst nicht schwimmen, aber glaubst, Wasserdrachen reiten zu können.« Nebekker hob das runtergefallene Pergament mit einem Zeh an.

»Ich werde es lernen!« Silver schnappte sich das Flugblatt. »Was bedeutet das hier: *Drachen, auf die Anspruch erhoben wird.*«

»Alle in der Wüste ansässigen Drachen gehören automatisch Königin Imea, es sei denn, sie sind registriert. Dann gehören sie dem Reiter oder dem Sponsor des Reiters. Durch ein Rennen kann man Drachen registrieren lassen. Das ist ein Schutz für den Drachen und seinen Besitzer.«

»Wenn Sagittaria auf dem Herbstfestival Kirja reitet, wirst du sie für immer verlieren.«

»Ihr Gesetz ist nicht mein Gesetz. Kirja und ich, wir werden immer zusammengehören. Sie begreifen nicht, was Bindung ist. Wenn Kirja ihnen nicht mehr gehorcht, werden sie mich holen, damit ich sie zwinge, das zu tun, was sie verlangen. Sie werden zurückkommen und …«

Plötzlich begriff Silver. »Dich benutzen. Ins Gefängnis sperren. Dir etwas antun, wenn Kirja ihnen nicht gehorcht. Das werde ich nicht zulassen!«

Nebekker schnaubte. »Was willst du denn machen? Du kannst ja kaum geradeaus gehen, ohne auf die Nase zu fallen.«

»Ich lass mir was einfallen. Ganz bestimmt.« Ein Feuer loderte in Silvers Brust auf.

»Aber jetzt solltest du dich mal darauf konzentrieren, einen Namen für diesen kleinen Drachen zu finden.«

Silver zeigte auf sich. »Ich?«

Ganz so, als wüsste der Aquinder, dass sie über ihn redeten, kam er wieder zu Silver zurück, drängelte seinen Kopf unter ihren Arm und guckte sie vorwurfsvoll an, weil sie ihn nicht sofort streichelte.

»Du bist der Mensch mit der Bindung zu ihm, nicht ich.« Nebekker stand auf und streckte die Arme über den Kopf. Sie drehte Silver den Rücken zu und wickelte sich ein paar Wolldecken um die zitternden Schultern. Dann fing sie an zu summen und irgendwas mit den Händen zu machen, aber Silver konnte nicht sehen, was es war. Gedankenverloren streichelte sie den Aquinder.

Ihren Aquinder.

»Nebekker, die Bindung, die wir haben … bedeutet die, dass ich von jetzt an für alle Zeit versteckt leben muss?«

»Es war einmal eine Frau, die ihren Aquinder vor der Welt verstecken wollte. Sie kam in eine Stadt in der tiefsten Wüste, wo niemand, so dachte sie, auch nur einen Gedanken an Wasserdrachen verschwendete. Dann traf sie ein vorwitziges Mädchen, das immer nur an Wasserdrachen dachte. Die Frau brachte dem Mädchen ein ganz besonderes Handwerk bei, durch das dieses Mädchen einen Weg in die Welt hinaus finden sollte. Denn nur so wäre die Stadt auch weiterhin ein sicherer Ort für die Frau und den Drachen, den sie versteckte.«

Nebekker drehte sich zu Silver um. Sie machte den Mund auf, wollte noch etwas sagen, zögerte aber, als sie Silver ansah. Wie eine Wüstenblume, deren Blüte sich bei Sonnenaufgang öffnet, entfaltete sich etwas Warmes in ihrem Blick.

»Die Wesen, die uns am Ende am meisten bedeuten, neigen dazu, unerwartet und ungebeten in unser Leben zu treten«, sagte sie schließlich. »Ganz gleich, was die Frau auch tat oder wie sie sich versteckte, letzten Endes musste sie sich doch fragen, ob es nicht vielleicht Bestimmung war, dass die Aquinder ihren Weg zurück in die Welt fanden. Vielleicht wird es ein neues Kapitel in ihrer Geschichte geben. Eines, das diese kleine Nervensäge von einem Mädchen mitschreiben muss.«

14. Kapitel

Silver schreckte hoch und rieb sich die Augen. Das Aquinderbaby setzte sich ebenfalls auf und guckte Silver besorgt an. Sie war eingeschlafen. Davor hatte sie fieberhaft nachgedacht, daran erinnerte sie sich noch – sie war mit einem Wasserdrachen verbunden –, doch dann hatte sich ihre Atmung der ihres Wasserdrachen angepasst, war ruhig und gleichmäßig geworden, und sie war eingenickt.

Jetzt war sie hellwach. Nebekker war nicht da, und Stimmen drangen von dem Pfad herüber, der zum Höhleneingang führte.

»Ihr Kinder aus Jaspaton habt doch nichts als Mist im Kopf.«

Das war Nebekkers Stimme.

»Ist doch nicht meine Schuld! Alle machen sich Sorgen.«

Silver blinzelte. Diese Stimme kannte sie, das war Brajon.

»Und da dachtest du, du spielst mal den Helden? Dass du in der weiten Wüste umkommen würdest, war viel wahrscheinlicher.«

»Bin ich aber nicht. *Und* ich hab dich und Silver gefunden. Ich *bin* ein Held. Fühlt sich auch ziemlich gut an.«

Nebekker grunzte, als wollte sie ihr Lachen tarnen.

Silver stand auf. Der kleine Aquinder reckte sich zu voller Größe. »Du musst dich verstecken.«

Sofort stapfte der Wasserdrache zum Fluss, tauchte unter und glitt hinüber ans andere Ufer, wo er sich zwischen den Stalagmiten versteckte. Ungefähr zwei Sekunden lang. Sobald er merkte, dass Silver ihm nicht folgte, kam sein Kopf wieder zum Vorschein, und er fing an zu jaulen.

»Pst!« Silver scheuchte ihn zurück zwischen die Tropfsteine. Doch statt zu verschwinden, jaulte er nur noch lauter. Er jaulte nach Silver.

»Määäjaaaahhllll!«

»Lass das!«, zischte Silver.

»Was ist das für ein Geräusch? Ist da ein Ungeheuer?«, sagte Brajon. »Silver?«, rief er. »Bist du da unten?«

»Geh!«, drängte sie ihren Aquinder.

Der ignorierte sie vollständig.

»Wenn sie von einem Höhlentier gefressen worden ist …«

»Sie lebt, und es geht ihr gut«, sagte Nebekker. Die beiden kamen um die Ecke.

Selbst in dem schwachen Licht in der Höhle konnte Silver sehen, dass Brajons Augen strahlten, als er seine Cousine sah.

»Silver!«, rief er und rannte mit seinem Dünenboard unterm Arm auf sie zu. Er ließ es fallen, schloss Silver in die Arme und drückte sie so fest an sich, dass sie ein Stück vom Boden gehoben wurde.

»Ich krieg keine Luft«, keuchte Silver.

Sie hörte ein Platschen und dann schrilles Gebrüll. Wie ein blauer Blitz fuhr das Aquinderbaby Brajon in die Seite und brachte beide zu Fall. Brajon rollte ein Stück über den Boden, während der Wasserdrache sich schützend über Silver aufbaute und Brajon anfauchte.

»Was ist das?«, brüllte Brajon und hob die Fäuste.

»Sei still!«, brüllte Silver zurück. »Das ist mein Drache.«

Brajon verstummte. Er erstarrte und ließ die Fäuste sinken. »Was?«

Silver legte den Arm um ihren Aquinder und rieb ihm die Flanken. Ihre Herzen rasten, aber Silver versuchte, ihrem Wasserdrachen wortlos zu vermitteln, dass Brajon ihnen nicht wehtun würde. Der Drache schien das zu begreifen, er lehnte sich entspannt an sie und leckte ihr erleichtert die Stirn.

Brajon setzte sich auf und grub die Hände in die Haare. »Wie … was …?«

»Ist eine lange Geschichte.« Silver erzählte ihm alles. Sie begann damit, wie sie aus dem Fenster geschaut und gesehen hatte, dass Sagittaria Wonder sich heimlich hinaus in die weite Wüste schlich. »Und jetzt bin ich hier mit Nebekker.«

»Und dem Wasserdrachen. Ein Aquinder. Es gibt sie wirklich«, hauchte Brajon »*Dein* Aquinder. Was bedeutet das überhaupt?«

»Zwischen ihnen gibt es eine Bindung«, sagte Nebekker. »Und das zieht eine ganze Menge weniger Gutes nach sich.«

»Aber auch Gutes.« Silver runzelte die Stirn. Nebekker war kurzatmig, wenn sie redete. Ihr Gesicht sah ein bisschen grünlich aus. Sie war krank, und das lag daran, dass sie und Kirja getrennt waren. Bindungen waren wunderschön, aber auch gefährlich.

Brajon hockte sich hin und schüttelte langsam den Kopf. Auch er wirkte etwas mitgenommen. »Sagittaria Wonder. Eine Drachendiebin. Eine Aquinderdiebin.«

»Vor großen Rennen häufen sich die Diebstähle gewaltig«, sagte Nebekker beiläufig.

»Genau genommen ist sie keine Diebin.« Silver erzählte Brajon vom Registrationsgesetz.

»Das heißt also, der da …« Brajon wies auf das Aquinderbaby. »Was machst du mit dem? Ich glaube kaum, dass dein Vater dir erlaubt, ihn zu behalten.«

Silver lachte schallend, ihr Aquinder ahmte das nach. Er hielt es für ein Spiel. Das Tröten hallte von den Höhlenwänden wider.

»Spielt keine Rolle. Ich gehe nicht wieder zurück«, sagte Silver.

»Das musst du! Alle haben nach dir gesucht. Sie sind besorgt. Deine Mutter hat nicht mehr geschlafen, seit du weg bist. Und meine hat nicht gekocht.«

Silver spürte ein Ziehen in der Brust, als Brajon ihre Mutter erwähnte. Sie nagte an der Unterlippe.

»Tut mir leid, dass du meinetwegen auf Tante Yidlas Köstlichkeiten verzichten musstest«, sagte Silver. »Aber ich bleibe hier. Mit meinem …« Silver sah ihren Aquinder an. Seine großen Augen strahlten sie an. Sie konnte nicht länger von ihrem Aquinder oder ihrem Wasserdrachen reden – so als wäre er ein Ding. Er brauchte einen Namen. Buchstaben tummelten sich auf ihren Lippen, wollten sich zum richtigen Namen für den Drachen ordnen.

»Mo… Tr… Vi…« Sie zermarterte sich das Hirn. Wie waren noch gleich die Namen der uralten Götter? Da gab es einen, der verantwortlich war für alles, was die Erde umgab: den blauen Himmel, die weißen Wolken … das waren die Farben ihres Aquinders. »Hiyyan.«

»Hiyyan? Wie in den alten Geschichten? So hat ihn seine Mutter genannt?«

»Nein«, sagte Nebekker. »Wasserdrachen geben sich keine Namen in unserer Sprache. Sie haben ihre eigene. Das ist der Name, den Silver ihrem Drachen gegeben hat.«

Brajon schüttelte den Kopf. »In deinem Zimmer wirst du den nicht verstecken können. Jedenfalls nicht lange. Und wie ist das, wenn er mal muss?«

»Du hast mir nicht zugehört.« Silver stand auf und klopfte sich die Hose ab. »Ich gehe nicht zurück nach Jaspaton. Ich bleibe mit Hiyyan hier.«

»Sagt wer?«, raunzte Nebekker sie an.

Erstaunt guckte Silver Nebekker an.

»Ich kann Hiyyan nicht verlassen. Ich muss Kirja helfen. Und du brauchst auch Hilfe. Du bist krank!«

»Nein«, sagte Nebekker. »Du kannst Hiyyan nicht verlassen.« Sie seufzte. »Ich hätte nie gedacht, mal für ein paar Kinder verantwortlich zu sein.«

»Wir sind keine Babys«, sagte Silver.

»Manchmal benimmst du dich wie eins«, sagte Brajon.

Silver streckte ihm die Zunge raus. Hiyyan machte das nach.

»Nun bring diesem armen Aquinder nicht deine schlechten Manieren bei«, schimpfte Nebekker. »Jetzt, da seine Mutter weg ist, wirst du ihm zeigen müssen, wie man ein Wasserdrache ist … irgendwie.«

»Wie bringe ich ihm das Rennreiten bei?«, fragte Silver. »Und wie das Fliegen?«

Nebekker schüttelte den Kopf. »Ich zeige euch den Weg zurück nach Jaspaton. Du wirst kommen und gehen können, wie du willst, solange du aufpasst, dass dich niemand sieht.

Wenn unser Geheimnis entdeckt wird, musst du dich von Hiyyan verabschieden.«

Nebekker nahm eine Laterne und ging los. Silver machte einen Schritt auf die alte Frau zu. Hiyyan wimmerte und folgte ihr.

Silver blieb stehen. »Er hat gerade seine Mutter verloren. Und jetzt soll ich ihn verlassen?« Sie selber hatte eben bei dem Gedanken an ihre Mutter so ein beklemmendes Gefühl gehabt. Aber … »Nein.« Sie schüttelte den Kopf. »Ich gehe nicht zurück. Sondern …« Silver guckte in die andere Richtung, zu den Höhlen. Sie versuchte, sich vorzustellen, was wohl dahinter lag … unterirdische Gänge, die sich meilenweit schlängelten. Orte, an denen winzig kleine Lichtpunkte auf die Felswände fielen. Orte, die in so tiefer Dunkelheit lagen, dass sie nicht wissen würde, ob sie schlief … oder Schlimmeres. Ein Schauer rieselte ihr über den Rücken.

Silver presste die Lippen zusammen, ging zu Nebekkers Vorräten und begann, ihren Beutel zu füllen.

»Was machst du da?« Nebekker fuchtelte mit den Armen und schleppte sich zu Silver herüber.

»Brajon, geh zurück nach Jaspaton. Da holst du mehr Vorräte für Nebekker. Pass auf sie auf. Ich komme so schnell wieder, wie ich kann.«

Brajon fasste sie am Handgelenk und schaute sie besorgt an. »Warum musst du weg? Geh mit mir zurück. Hiyyan kann Nebekker nach Calidia bringen …«

Der Gedanke an die Trennung von Hiyyan war schmerzhaft. »Ich gehe – und du redest mir das nicht aus.«

Brajon beobachtete seine Cousine ein paar Augenblicke. »Das kannst du nicht machen.«

»Ich muss.« Silver schaute auf Hiyyan. Der Wasserdrache war unglücklich. Sie dachte daran, wie sehr sie ihre eigene Mutter vermissen würde. Den Schmerz in Hiyyans Herz kannte sie genau. Dann waren da auch noch Kirja und Nebekker. Sie mussten zusammen sein, sie mussten gesund sein. Sagittaria durfte den Aquinder nicht beim Rennen reiten, das konnte sie nicht geschehen lassen. Sie musste so schnell wie möglich nach Calidia.

»Nein«, sagte Brajon. »Ich meinte, du kannst das nicht so machen. Du kannst dir nicht Nebekkers Vorräte nehmen. Du brauchst eigene.«

Silver begriff, was er meinte. Damit hatte sie nicht gerechnet.

»Du willst mir helfen?«

»Wahrscheinlich ist es das Dümmste, was ich je gemacht hab, aber …«

Silver schlang die Arme um ihren Vetter. »Ganz schnell nach Jaspaton, Vorräte holen und wieder herkommen?«

Brajon nickte.

»Sobald ich euch wieder nach Hause gebracht habe, fülle ich die Höhleneingänge mit Steinen auf«, grummelte Nebekker – und sie machten sich auf in Richtung Jaspaton.

15. Kapitel

Nicht weit vom Herdental musste sich Silver eine ziemlich glatte Felswand hochhangeln und durch eine schmale Öffnung unter einer riesigen Felsnase zwängen. Sie stieß sich gewaltig den Kopf und musste sich einen Moment hinsetzen und die Hand auf die schnell anschwellende Beule an ihrer Stirn drücken.

»Und du willst einen Drachen retten?« Brajon prustete.

»Ach, stopf dir doch Sand in den Mund«, sagte Silver. »Du holst Essen aus den Küchen. Ich besorge Laternen und …« Sie schluckte den Kloß im Hals herunter. »Geld.«

Brajon warf ihr einen Seitenblick zu, stellte aber keine Fragen.

»Wir treffen uns hier wieder, wenn die ersten Füchse erscheinen.«

Etwa eine Stunde nach Sonnenuntergang. Dann kamen die kleinen Tiere der Wüste aus ihren Höhlen und begannen nach Nahrung zu suchen.

Sie machten sich auf den Weg in die Stadt. Silver lief in den länger werdenden Schatten. Normalerweise war um diese Zeit niemand in der Werkstatt ihres Vaters, aber vielleicht arbeitete er ja fieberhaft an den Aufträgen der Königin.

Sie stieg die Treppen hinunter und blieb vor der Tür der Werkstatt stehen. Als sie Stimmen hörte, verzog sie sich schnell in eine dunkle Ecke.

»Selbstverständlich regt ihn das auf. Immerhin hat er seine Tochter verloren …« Das war Philas Stimme. Einen Moment lang wurde Silver ganz warm ums Herz. Ihr Vater vermisste sie, vielleicht suchte er sie sogar. Konnte sie Jaspaton wirklich verlassen, ohne sich zu verabschieden?

Aber dann redete Phila weiter »… ausgerechnet jetzt. Das passt gar nicht. Wir haben so viel Arbeit und dieses verzogene Gör haut einfach ab. Da wäre ich auch wütend …« Phila beendete den Satz nicht.

Silver wurde wieder kalt. Ihr Vater interessierte sich nur für sein tolles Meisterstück, sonst nichts. Aber es klang nicht so, als wäre er jetzt in der Werkstatt. Zwei Mädchen kamen näher. Silver versteckte sich. Sie hörte, wie Phila und eine andere Ele-Goldschmiedin das Gebäude verließen und die Tür abschlossen. Sie guckte um die Ecke und warf den beiden wütende Blicke hinterher. Dann schlich sie zu einem Fenster an der Rückseite, dessen Schloss kaputt war. Mit der flachen Hand schlug sie ein paarmal gegen den Rahmen, bis das Fenster aufsprang und sie in die Werkstatt schlüpfen konnte. Tatsächlich, keiner da.

Silver nahm zwei Laternen und ölgetränkten Docht, der für eine Woche reichen würde. Sie suchte herum und steckte alles ein, was ihr nützlich erschien. Ein paar Feilen, eine Lupe, eine Wolldecke und einen Umhang, der über einem Stuhl hing.

Auf dem Tisch lag ein mit Tinte bekleckstes Pergament voller Skizzen für den Schmuck der Königin. Silver nagte an der Lippe. Ihr Vater interessierte sich vielleicht nur für seine Meisterstücke, aber vielleicht empfand ihre Mutter ja anders?

Silver riss ein Stück von dem Pergament ab und kritzelte eine Nachricht darauf. Die wollte sie ihrem Vater auf den Tisch legen, doch sie änderte ihre Meinung, faltete den Zettel und schrieb den Namen ihrer Mutter darauf. Dann steckte sie den Zettel in die Tasche.

Ihr Blick fiel auf die verschlossenen Schubladen mit dem Rohmaterial. Edle Metalle. Edelsteine. Einen Schlüssel trug ihr Vater immer bei sich.

Aber sie wusste, wo der zweite Schlüssel war.

Mit rasendem Herzen hob Silver die Ecke eines Teppichs an. Da lag er. Ein klitzekleiner silberner Schlüssel. Sie hob ihn mit zitternden Fingern auf und schloss die Schubladen auf, eine nach der anderen. Aus jeder nahm sie ein bis zwei kleine Dinge: ein nicht gekennzeichnetes rundes Stück Gold, ein fertiger Ring, zwei Paar Ohrringe. Sie streckte die Hand nach der schlichten Schachtel mit den vollkommensten Edelsteinen aus, die Rami Dust je gesammelt hatte. Die waren für die Königin reserviert. Silver hob den Deckel an. Ihre Hand schwebte über den Juwelen, das Blut rauschte ihr in den Ohren. Sollte sie Ramis Träume zertrampeln, so wie er ihre zertrampelt hatte?

»Nein.« Sie klappte die Schachtel zu und schob sie schnell von sich, damit sie nicht noch einmal in Versuchung geriet.

Sie war eine Diebin. Silver kniff die Augen zu. »Eines Tages zahle ich es zurück«, sagte sie in die leere Werkstatt hinein.

Dann rannte sie zur Tür hinaus und, so schnell sie konnte, zum Zelt der Garnfrauen, das jetzt nach dem Ende des königlichen Besuchs leer stand. Dort legte sie ihre Nachricht auf das

Lieblingskissen ihrer Mutter. Ohne auch nur einmal über die Schulter zurückzublicken, verließ sie Jaspaton und sprintete zurück zu dem Felsvorsprung unweit vom Herdental, wo sie in der Erde verschwand wie ein Regentropfen im Sand.

Silver verlor kein Wort, als Brajon auftauchte.

»Los jetzt.«

Die Tunnel verzweigten sich hier und da, aber Silver überlegte nicht, sie konzentrierte sich ganz darauf, zu Hiyyan zurückzukommen. Der Wasserdrache kam ihr auf halbem Weg zur unterirdischen Lagune entgegen. Eben noch im vollen Lauf – und im nächsten Moment lag Silver schon auf dem Rücken, etwas Warmes, Nasses im Gesicht – und das Gewicht des Drachen auf dem Körper.

»Hiyyan! Lass das.« Silver lachte.

»Ekelig«, murmelte Brajon, der immer weiterlief. »Beeilt euch, ihr beiden.«

Hiyyan warf sich in den Fluss und ließ sich von der Strömung tragen. Silver nahm die Beine unter den Arm.

Als sie Nebekkers Lager erreichten, stieß die alte Frau einen tiefen Seufzer aus. »Ich hatte gehofft, ihr würdet zu Haus bleiben. Ach, macht doch, was ihr wollt. Komm her, Mädchen.« Nebekker holte ein Kleidungsstück aus einem Beutel. »Mal sehen, ob das passt.«

»Oh!« Silver berührte die silbrigen Fäden.

Nebekker hatte an einem neuen Rennanzug gearbeitet. Jede kleine Schuppe war meisterlich gewebt, unglaublich fein und wohlproportioniert. Und die Schuppen waren verbunden, allerdings nicht mit Wollfäden zusammengeknotet, wie Silver es versucht hatte, sondern mit in hauchdünner Seide gearbeiteten kleinen Stichen. Alle Teile waren passgenau zusammengenäht, sodass es keine Löcher, überstehenden Nähte oder andere Unregelmäßigkeiten gab. Der Anzug schillerte und war perfekt.

Und jetzt ging Silver auf, woraus er bestand.

»Das ist ja Kirjas Pelz«, flüsterte sie.

»Der alberne Drache haart wie verrückt«, sagte Nebekker. »Probier den Anzug an. Du wächst ja so schnell wie Hiyyan, er könnte also zu klein sein.«

Brajon drehte sich um und Silver schlüpfte in den Anzug. Er passte wie angegossen, umspielte ihre Haut wie Wasser, nur an Armen und Beinen war er ein kleines Stück zu lang. Sie strich mit den Händen über den Stoff. Er war leicht, aber stark und genauso warm wie ihr alter Anzug. Das Schuppenmuster lag eng an und war sehr dicht gewirkt. Das bot Schutz gegen die Elemente, während gleichzeitig der Windwiderstand verringert wurde. Und mit dieser Farbe müssten die Leute zweimal hingucken, um den Menschen auf dem Drachenrücken überhaupt zu entdecken.

Was würde Sagittaria dazu wohl sagen?, fragte sich Silver.

»Der ist perfekt«, sagte sie. »Danke.«

Silver wollte Nebekker umarmen, aber die alte Frau presste die Hand auf die Brust, ächzte und krümmte sich vor Schmerz.

»Es wird schlimmer. Brajon, hilf mir.« Silver hatte Mühe, Nebekker zu stützen.

»Das wird schon wieder«, sagte Nebekker. »Ich muss mich nur ausruhen.«

Mit vereinten Kräften brachten Vetter und Cousine die alte Frau zur Felswand, an die sie sich lehnen konnte. Silver wickelte sie in Decken.

Sie sah Nebekkers schmerzverzerrtes Gesicht und wusste, dass sie sofort aufbrechen musste. Wenn Sagittaria bei den Rennen Anspruch auf Kirja erhob, würde Nebekker ihren Wasserdrachen nie wiedersehen. Sie würde schwächer werden. Wenn Silver das richtig verstanden hatte, könnte Nebekker sogar sterben.

Beim Nachdenken beobachtete sie das Licht, das auf den Wänden der Höhle spielte. Hiyyan watschelte zu ihr und setzte sich neben sie.

»Alles wird gut«, versicherte Silver ihm, obwohl sie nicht recht wusste, ob sie selber glaubte, was sie da sagte. Ein Mädchen, ein Junge, ein Drachenbaby … gegen ganz Calidia? Wie sollte das gehen?

16. Kapitel

Während Silver sich einen Überblick über ihre Habseligkeiten verschaffte, legte Hiyyan ihr seinen großen Kopf auf die Schultern.

»Puh, dein Atem ist widerlich«, murmelte sie. Er roch nach Fisch.

»Das ist ein gutes Zeichen«, sagte Nebekker. »Er hat gelernt, sich sein Futter selbst zu fangen. In den kleinen unterirdischen Strömen gibt es Fische, die kein Licht brauchen.«

Der junge Aquinder drehte Silver sein Gesicht zu und atmete ihr direkt in die Nase.

»He!«

Er stieß ein prustendes Drachenlachen aus und wälzte sich auf den Rücken.

Silver beachtete ihn nicht und holte die dünne, aber dicht gewebte Wolldecke aus ihrem Bündel und ihren Umhang, der ihr als zweite Decke dienen sollte. Wenn sie in den kommenden Nächten in den kalten unterirdischen Höhlen schlafen sollte, würde sie beides brauchen. Brajon gab ihr die Sachen, die er zusammengesammelt hatte: ordentlich in Stoffbeuteln verpackte getrocknete Früchte, Seife, eine Tasse, die kaum etwas wog. Ein Kamm. Silver zog die Augenbrauen hoch.

»Du weißt schon, dass ich die schnellste Drachenreiterin werden will, nicht die hübscheste?«

Brajon verdrehte die Augen. »Du musst doch vorzeigbar sein, wenn du Königin Imea bittest, Nebekkers Drachen zurückzugeben.«

»Wir wissen nicht mal, ob die Königin etwas mit der Sache zu tun hat.« Silver hoffte, dass das nicht der Fall war. Die Königin wurde in der ganzen Wüste für ihre Großzügigkeit und die Friedfertigkeit ihrer Herrschaft verehrt – und in der Werkstatt war sie so nett zu Silver gewesen. Ganz anders als Sagittaria Wonder.

»Selbst wenn sie etwas damit zu tun hätte«, fuhr Silver fort, »können wir Kirja nicht einfach zurückverlangen. Wir müssen …«

»Was müssen wir?«, fragte Brajon.

»Keine Ahnung.« So weit hatte Silver noch nicht gedacht. Sie hatte immer nur überlegt, wie sie aus Jaspaton herauskommen sollte. Und jetzt, wo das geschafft war, war ihr nicht klar, wie es weitergehen sollte. Irgendwie musste sie nach Calidia kommen – und das bald. Sie senkte die Stimme zu einem Flüstern. »Aber mir muss schnell etwas einfallen. Ich mache mich heute Nacht auf den Weg.«

»Heute Nacht?«

»Ja, und du kannst mir helfen, indem du meinen Eltern dieses Mal nicht verrätst, wo ich bin.« Auf Brajons Gesicht zeigte sich ein Anflug von Schuldbewusstsein, aber Silver hatte jetzt keine Zeit, sich um die Gefühle ihres Vetters Sorgen zu machen. Ihr Kopf war voller Ideen und Fragen. Sie ging zu Nebekker und hockte sich neben die alte Frau.

»Hilf mir, Nebekker. Wie finde ich Kirja?«

Nebekker schien tief in Gedanken versunken zu sein, sie setzte sich langsam auf und lehnte sich mit dem Rücken an die Höhlenwand. Als sie eine bequeme Stellung gefunden hatte, antwortete sie.

»Ich habe eine alte Freundin, die dir helfen könnte, allerdings habe ich seit Jahren nicht mehr mit ihr gesprochen. Sie heißt Arkilah. Sie kam aus der weiten Wüste in mein Dorf, weil sie die Wasserdrachen studieren wollte. Nicht die Drachen selbst, sondern die Sagen und Legenden über sie. Arkilah ist Kirjas Freundin.«

»Es weiß also noch jemand über Aquinder Bescheid?«

Nebekker nickte. »Das Letzte, das ich gehört habe, war, dass Arkilah in Calidia Sterne deutet. Du findest sie auf dem Basar gleich vor dem Palast. Sie wird tun, was sie kann, um dich zu Kirja zu führen.«

Silver nickte und schulterte ihren Beutel.

»Eines noch.« Nebekker langte in einen Korb. »Ich habe Geld für dich gespart. Ich dachte, mir würden noch viele Jahre bleiben, in denen ich sparen und deine Eltern überzeugen könnte, dich nach Calidia gehen zu lassen.« Nebekker hielt nachdenklich inne. »Dein Brief hat mich davon überzeugt, dass du … bereit dafür bist. Das hier ist alles, was ich dir mitgeben kann – abgesehen von dem Muster, das ich dir beigebracht habe.«

Silver nahm den kleinen Geldbeutel. Es klimperten gerade genug Münzen darin, um ihre Hand zu füllen. Viel war das nicht, aber Silver wurde ganz warm ums Herz vor Dankbarkeit.

»Ich werde dich nicht enttäuschen.«

»Silver.« Brajon sprang auf, als ihm klar wurde, dass seine

Cousine vorhatte, jetzt sofort aufzubrechen. »Du kannst nicht einfach …«

»Geh mit mir«, platzte es aus Silver heraus. Sie wusste selbst nicht, wie sie auf diesen Gedanken gekommen war, nur dass ihre Reise zusammen mit ihrem besten Freund besser verlaufen würde. Silver war so versessen darauf gewesen wegzugehen, aber jetzt, wo der Augenblick gekommen war, wurde sie ein wenig panisch. Sie wollte jemanden zum Reden haben, jemanden, der ihr half und mit ihr Pläne machte. Zwei Hirne waren besser als eines.

Brajon schüttelte langsam den Kopf. »Ich kann meine Familie nicht einfach verlassen.«

»Die ist noch da, wenn du wiederkommst. Willst du nicht sehen, was aus den schönen Metallen und Edelsteinen wird, die du aus der Erde holst? Willst du keine Abenteuer erleben?«

Brajon verschränkte die Arme vor der Brust und wurde laut: »Abenteuer? Glaubst du etwa, das ist ein Abenteuer? Das ist kein Spiel!«

»Nein«, sagte Silver. »Wenn ich spielen würde, hätte ich wohl mehr Freunde!«

Brajon seufzte.

Silver streckte ihm die Hand hin. »Viel Glück, Vetter. Ich schicke eine Nachricht, sobald ich in Calidia angekommen bin.«

Dann straffte sie die Schultern und wendete sich langsam nach Südosten. Bei den ersten Schritten Richtung Calidia verspürte sie einen Schmerz, aber sie ging weiter.

»Wir.« Brajon lief zu ihr und nahm sie am Ellenbogen. »*Wir* schicken eine Nachricht. Du gehst nicht allein. Und ohne Plan schon gar nicht.«

»Du willst gehen, ohne dich von deinen Eltern zu verabschieden?«, sagte Nebekker. Brajon zögerte, aber sie winkte ab. »Ich benachrichtige sie. Ich habe da meine Methoden.«

Silver verbarg ihr Lächeln und ihre Erleichterung, als Brajon nickte.

»Danke, Brajon. Und wir haben doch einen Plan: nach Calidia gelangen und Nebekkers Freundin Arkilah finden.«

Silver schaute zu Hiyyan hinüber. Wenigstens war das der Anfang vom Plan. Sie wusste, wie sehr Hiyyan seine Mutter vermisste. Sie konnte es in ihren Knochen spüren. Aber sie wusste auch, dass sie Hiyyan beschützen musste – und das bedeutete, sie musste Anspruch auf ihn erheben.

Also musste sie ihn beim Rennen reiten. Sie strich ihm mit der Hand über den Rücken. Vor Glück machte ihr Herz einen Sprung.

Brajon guckte Hiyyan nervös an. »Bei dem Wirbel, den es machen wird, wenn du auf dem Ding da in Calidia einfliegst, wirst du Arkilah wohl kaum finden.«

»Er ist kein Ding. Und wir fliegen nicht, sondern gehen durch die Tunnel. Ich will nicht gesehen werden. Wenn wir irgendwie Alarm auslösen, wird Kirja womöglich irgendwo anders hingebracht.

In ein Versteck, das wir nicht finden können.«

Silver senkte den Kopf. Sie hatte nicht erwähnt, dass Hiyyan vielleicht nie fliegen lernen würde, wenn sie Kirja nicht fanden.

»Unter der Erde, den ganzen Weg?« Brajon rieb sich die Hände. »Das gefällt mir schon besser.«

»Hier.« Nebekkers Stimme hallte durch die Höhle. Sie kippte einen ihrer Körbe um und kramte in den Sachen, die herausgefallen waren. »Nehmt die mit, aber hackt euch nicht die Hände damit ab.«

Sie gab jedem ein langes Messer, das sicher in einer festen Lederscheide steckte. Silver schluckte, ihre Kehle war staubtrocken. Wozu brauchten sie denn Dolche?

Nebekker hustete und sagte dann, als könne sie ihre Gedanken lesen: »Zum Erlegen und Zerteilen von Essbarem.«

Silver glaubte das nicht so ganz, doch sie schnallte sich den Dolch um die Hüfte.

»Also, folgt dem Fluss. Er verzweigt sich hier und da, aber ihr folgt immer dem breitesten Strom. Geht nicht in die Höhlen links und rechts und folgt nicht den kleineren Strömen. Auf gar keinen Fall.«

»Warum nicht?«, fragte Silver.

»Tu einfach, was ich sage, und hör auf, Fragen zu stellen. Glaubst du etwa, ich habe dieses reife Alter erreicht, weil ich herumgewandert bin wie ein Wüstenkäfer?«

»Nein.« Silver beugte sich herunter und drückte Nebekker einen Kuss auf die weiche Wange.

Nebekker wehrte zwar ab, aber Silver bemerkte das kleine Lächeln. Sie blinzelte die Tränen weg, als sie begriff, dass es lange dauern könnte, bis sie Nebekker wiedersah. Die schroffe alte Frau hatte nie viel für Zuneigungsbekundungen übriggehabt, aber Silver griff nach ihrer dünnhäutigen Hand. Dann langte sie in ihren Stiefel und holte einen kleinen Gegenstand heraus. Das Licht fiel auf den blauen Edelstein, der wie tausend Sterne funkelte.

Nebekker stockte der Atem. »Mein Anhänger. Wo hast du ihn gefunden? Ich dachte, Sagittaria hätte ihn mitgenommen.«

Silver nagte an der Unterlippe. Das Schuldgefühl überwältigte sie. »Als Kirja entführt wurde, habe ich ihn an mich genommen.«

»Und du hast ihn die ganze Zeit vor mir versteckt gehalten?« Nebekker schaute sie ungläubig und verletzt an.

»Ich wusste nicht …«

»Du hast ihn als Rückversicherung behalten«, sagte Nebekker dumpf. »Für den Fall, dass ich dich wegschicke von hier. Nein, von Kirja … von den Aquinder. Du wolltest mich zwingen können …«

»Es tut mir leid. Ich hab dir nicht vertraut. Ich dachte, so könnte ich an meinem Traum festhalten.«

»Das ist ein Traum also für dich wert.« Nebekker seufzte und umschloss den Anhänger mit den Fingern.

Silver ließ den Kopf hängen. Jetzt war es noch wichtiger, Kirja zurückzuholen, um Nebekker zu beweisen, dass sie der Verbindung mit einem Aquinder würdig war und auch der alten Frau eine gute Freundin sein konnte.

Als der Anhänger in Nebekkers Hand warm wurde, sah Silver einen schwachen violetten Schimmer im Inneren des Steins aufglühen, der wieder verblasste.

»Was war das denn?«, sagte sie.

»Der Stein sucht nach Kirja.« Nebekker streckte den Arm aus, zog ihn wieder zurück. Sie schien einen inneren Kampf auszufechten. Schließlich stöhnte sie auf und drückte Silver den Anhänger in die Hand. »Nimm ihn. Du brauchst ihn nötiger als ich. Wenn du dich Kirja näherst, wird der Stein es wissen. Er wird heller pulsieren und heißer werden.«

»Danke, Nebekker. Es tut mir leid«, wiederholte Silver, die jetzt entschlossener war als je zuvor.

Silver legte sich die Kette mit dem Anhänger um den Hals, steckte ihn unter ihre Tunika und richtete sich kerzengerade auf. »Wir sind bald mit Kirja zurück.«

Nebekker schloss die Augen und nickte. Ohne den Anhänger in der Hand fiel sie wieder in sich zusammen. Silver bückte sich und umarmte sie.

»Danke«, flüsterte sie.

Nebekker nickte noch einmal, antwortete aber nicht. Sie hatte kein weiteres Wort mehr für Silver und Brajon. Keine Anweisungen, keine Ratschläge, keine sarkastische Bemerkung. Sie atmete tief und versetzte sich in einen Zustand, der ihren Herzschlag verlangsamen würde, bis sie zurückkehrten.

»Wohin jetzt?«, fragte Brajon.

»Nach Calidia«, sagte Silver sicherer, als sie sich fühlte.

17. Kapitel

Silver und Brajon standen vor dem See, der unter der Oase lag.

»Wie kommen wir rüber? Wir können nicht schwimmen.« Brajon guckte grimmig entschlossen. »Aber ich könnte es lernen. Ja, komm, wir machen es. Ist bestimmt ganz leicht.«

Er wollte sich kopfüber ins Wasser stürzen, doch Silver packte ihn beim Ärmel. »Lass das! Nebekker sagt, die Strömungen sind stark. Sie reißen dich wieder zurück in die Höhle.«

»Was schlägst du vor? Warten wir, bis Königin Imea ihre königliche Barke schickt?«

»Eher einen Droller«, sagte Silver. »Das sind Drachen, die Leute befördern.«

Hiyyan schnaubte, aber Brajon stöhnte gequält. »Nutzlose Spezialkenntnisse über Wasserdrachen bringen uns nicht über diesen See.«

»Wasserdrachen sind großartige Schwimmer.« Silver zeigte auf Hiyyan. »Und das zu wissen ist gerade ziemlich nützlich.« Hiyyan grinste.

»Oh, ausgeschlossen. Ich reite nicht auf Hiyyan.« Brajon wich ein paar Schritte zurück.

Schwer beleidigt reckte Hiyyan den Kopf in die Höhe. Er kehrte Brajon den Rücken zu und schmollte.

Silver tätschelte ihn und warf Brajon einen finsteren Blick zu. »Wenn du dich dauernd so anstellst, werden wir nicht weit kommen.«

Brajon kickte Kiesel, während er die Gegend absuchte. Dann hellte sich seine Miene auf. »Guck mal, ich glaube, wenn wir diesen Vorsprung da erreichen, kommen wir um den See rum. Hiyyan kann uns hochheben.«

Silver seufzte. »Oder er trägt uns einfach auf dem Rücken über den See.«

Brajon scharrte ein paar Mal mit den Stiefeln über den Boden. Silvers Herz wurde weich. Sie mochte ja durch die Himmel sausen wollen, Brajon fühlte sich aber auf festem Boden am wohlsten. Die Vorstellung, sich in dunklen, engen Höhlen aufzuhalten, hatte *sie* ganz schön nervös gemacht, erinnerte sie sich.

»Also, ich glaube, wir können einen Teil der Strecke über die Felsen klettern, dann balancieren wir über die Stalagmiten zum Felsvorsprung. Hiyyan kann uns hochhelfen, dann schwimmt er über den See, und wir treffen uns auf der anderen Seite.«

Brajon lächelte erleichtert. »Wir benutzen Hiyyans Kopf als Stufe!«

Der Aquinder gab einen missvergnügten Ton von sich, sperrte sich aber nicht gegen den Plan. Er hob die beiden auf die höher gelegenen Felsen und ging neben ihnen her, als sie über die Stalagmiten balancierten. Brajon erreichte den Felsvorsprung als Erster und zog sich hoch.

»Perfekt! Dieser Felsvorsprung läuft um den ganzen See herum, aber wir müssen die Köpfe einziehen. Na ja, ich muss das, ein kleiner Wüstenkäfer wie du hat keine Probleme.«

Silver fiel keine freche Antwort ein, sie konzentrierte sich zu stark. Sie zog sich am Felsvorsprung hoch, hievte dann einen Fuß auf den Vorsprung, rutschte jedoch ab und fiel, mit den Armen fuchtelnd, hintenüber. Brajon reagierte schnell und packte ihr Handgelenk. Silver hing in der Luft, ihr Brustkorb schlug gegen einen Stalagmiten. Sie schrie vor Schmerz und Hiyyan jaulte mitfühlend.

»Uh.« Silver wand sich in Brajons Griff wie ein Skorpion und versuchte, mit den Stiefeln Halt an der glitschigen Wand zu finden.

»Hör. Auf. Zu. Zappeln.« Brajon ächzte. »Gib mir deine andere Hand.«

»Versuch ich doch!«

»Streng dich mehr an!«

Silver warf einen Blick über die Schulter. Sie würde sehr tief hinabstürzen. Die Höhle, vor gar nicht langer Zeit noch ein Ort voller wunderschöner Schatten, war zum bedrohlichen Schlund geworden. Die Stalagmiten gierten danach, sie aufzuspießen.

Silver hörte auf, sich zu winden, und baumelte reglos in der Luft. Sie schloss die Augen. So sollten sie einen Drachen befreien? Da musste sie sich was Besseres einfallen lassen.

»Brajon, halt mich ganz fest. Ich hab eine Idee.«

Als ihr Vetter einen sicheren Stand hatte, begann Silver nach links, dann nach rechts zu schwingen, dann heftiger und schneller. Schließlich hatte sie genug Schwung, um den rechten Arm zu ihrem Vetter hochzuschleudern. Er packte ihn und mit einem Ruck zerrte er sie auf den Felsvorsprung.

»Danke.« Silver musste wieder zu Atem kommen.

Brajon war ein bisschen blass geworden. »Das wäre ein schöner Plumps gewesen.«

»Nächstes Mal reiten wir auf Hiyyan. Und mir ist ganz egal, was du sagst.«

Silver ging gebückt den Vorsprung entlang, den Rücken zum See, den Blick auf den Boden gerichtet, achtete sie auf jeden Schritt, den sie tat. Als sie das andere Ufer erreichten, war Hiyyan schon da. Wasser glänzte auf seiner Haut. Er grinste überglücklich, als er Silver sah – und beide spürten die Erleichterung.

Silver lachte, sie sprang auf seinen Rücken und rutschte sanft auf den Boden hinunter. Brajon stand noch zögernd auf dem Felsvorsprung.

»Du kannst dir von Hiyyan helfen lassen oder springen«, sagte Silver. »Aber brich dir nicht die Knochen bei der Landung. Dann wirst du nämlich den ganzen Weg bis nach Calidia auf Hiyyan reiten, darauf kannst du dich verlassen.«

Brajon grummelte, ließ sich aber vom Aquinder helfen.

Auf dieser Seite des Sees waren die Höhlengänge enger und viel dunkler. Keine Spalte war so breit, dass Licht einfallen konnte. Brajon blieb stehen, um mit dem Feuerstein eine Laterne anzuzünden. Er griff auch nach Silvers Laterne, doch sie wehrte ab.

»Nein. Das Öl muss bis Calidia reichen.«

»Wir können uns irgendwo was besorgen.«

Silver schnaubte verächtlich. »Wo denn? Auf dem großen Bazar der unterirdischen Händler? Sei kein Käferhirn.«

Brajon sah Hiyyan an. »Ich wette, da ist eine Menge Fett unter seiner Haut.«

Hiyyan knurrte.

»Vergiss es«, sagte Silver. »Wenn du Hiyyan wehtust, tust du mir weh.«

»Entspann dich. War nur ein Witz.«

Silver hatte gemerkt, wie stark Hiyyans Gefühle ihre eigenen Stimmungen beeinflussten. Wenn sie zum Beispiel an Kirja dachte, übermannten sie jedes Mal die Sorgen, und sie hatte immer Sershas Gesicht vor Augen. Wie konnte sie Brajon so etwas erklären, wenn er nie vergleichbare Erfahrungen gemacht hatte? Brajon hatte ja noch nicht einmal ein Haustier besessen.

Brajon schüttelte den Kopf. »Wenn ich dich nicht zum Lachen bringen kann, hat Sagittaria Wonder gewonnen. Diese alte Rennreiterin kann doch meine Cousine nicht runterziehen.«

Das entlockte Silver ein kleines Lächeln. »Lass nur. Wir gehen weiter.«

Das Rauschen des Flusses und das Tröpfeln von der Höhlendecke begleiteten sie eine ganze Weile. Der Weg war frei und leicht zu begehen, aber Silver zitterte, wenn sie an die endlose Dunkelheit ringsherum dachte. Nie endende Gänge. Sie würden immer weitergehen müssen. Nie wieder Licht sehen. Das Tropf, Tropf würde unablässig weitertropfen und Wasser in ihre Ohren schwemmen.

Wie lange waren sie so gewandert? Ein paar Stunden? Aber doch bestimmt nicht die ganze Nacht? Silver spürte so ein Kribbeln im Nacken, als ob sie beobachtet wurden. Sie schüttelte den Kopf. Es war dunkel. Leer. Die Höhlen machten sie ganz verrückt.

Sie spitzte die Ohren und erstarrte.

»Hast du das gehört?«, flüsterte sie.

Brajon schaute sich um. »Da ist nur der Fluss und das Tröpfeln. Und dein Rumgestolpere.« Er ging voran, hocherfreut in seinem Element zu sein. Hier war seine zweite Heimat.

»Zum Totlachen.«

Silver drehte sich langsam um sich selbst, musterte die Höhlenwände und alle dunklen Nischen, in die sie schauen konnte. Da war nichts. Lauschen brachte auch nichts. Aber eben war da etwas gewesen. Sie war sich sicher.

»Können wir eine Pause machen?« Nervös guckte Silver zur Decke. Sie sehnte sich nach dem Himmel. Oder vielleicht fühlte sie auch Hiyyans Sehnen. Wahrscheinlich beides.

»Wie lange sind wir unterwegs?«, fragte Brajon.

»Keine Ahnung. Ich hab das Zeitgefühl verloren.«

»Dann ist es wohl das Sinnvollste, wir schlafen, wenn wir müde sind«, sagte Brajon.

Sie rollten ihre Matten aus, und Silver kramte in den Vorräten herum, die ihr Vetter aus den Küchen geholt hatte. »Zum Feuermachen bin ich zu müde«, sagte sie.

Wie konnte Nebekker es nur aushalten, so lange in den Höhlen zu leben, fragte sie sich. Sie steckte sich ein paar Nüsse in den Mund und kaute langsam. Nicht nur aus Sorge um die Brennstoffvorräte wollte sie kein Feuer machen. Da war dieses Kribbeln im Nacken, sie atmete flach. Sie hatte etwas gehört. Ein Klappern irgendwo in der Ferne.

Silver und Hiyyan wechselten einen Blick, etwas ging zwischen ihnen vor, aber sie war so erschöpft, dass sie nicht genau wusste, was es war. Sie hatte das Gefühl, Hiyyan wolle ihr etwas sagen, wusste aber nicht, wie.

Vielleicht war sie aber auch nur so müde und hungrig, dass sie sich alles nur einbildete. Silver nahm sich eine Handvoll getrocknete goldene Aprikosen und zuckersüße Datteln. Später konnte sie sich nicht mehr daran erinnern, ob sie die tatsächlich gegessen hatte. Ihr erschöpfter Körper sank auf die Matte und sie schlief sofort ein.

18. KAPITEL

Silver wachte auf. Ein Augenpaar beobachtete sie. Hiyyans ausdrucksvolle schwarze Augen waren es nicht, er schlief noch. Brajon ebenfalls. Aber auf der anderen Seite der Höhle glänzten zwei winzige silberne Punkte im sterbenden Licht der Laterne.

Silver regte sich so wenig wie möglich, bis ihr Fuß einschlief. Über lange Zeit musste sie sich in einer seltsamen Haltung an die Felsenwand gedrückt haben, nun begann ein heftiger Schmerz in ihrem Kopf zu pulsieren. Poch, poch, poch. Oder war es das Wasser, das von der Höhlendecke auf ihren Rücken tropfte? Hatte sie lange in dieser Stellung geschlafen? Ihre schmerzenden Schultern gaben ihr die Antwort darauf.

Die Silberaugen blinzelten. Sie beobachteten sie immerzu. Dann tauchte noch ein weiteres schimmerndes Augenpaar links neben dem ersten auf.

Silver versuchte, Hiyyan zu alarmieren, indem sie Wellen ihres Schmerzes und ihrer Angst in seine Richtung lenkte. Doch der Drache schnarchte unbeirrt weiter. An ihrer Kommunikation mussten sie arbeiten, soviel war klar.

Wach auf!, dachte sie noch konzentrierter. Hiyyan rührte sich ein wenig.

Ein Augenpaar verschwand. Die Angst schnürte Silver die Luft ab. Wo waren diese Augen hin? Kam das Wesen näher? Fand es vielleicht, sie und Brajon würden ein gutes Frühstück abgeben? Silver merkte, dass ihr großer Zeh unter der Decke herausragte. Schnell zog sie die Knie an die Brust.

»Brajon!«, zischte sie.

Ihr Vetter schreckte hoch. Hiyyan wachte auf und knurrte leise. Der Aquinder kroch langsam auf Silver zu, doch Brajon hob die Hand und hielt ihn davon ab.

»Rühr dich nicht«, flüsterte er. Sein Blick bewegte sich von Silvers Gesicht zu ihrem Nacken, auf den es immer noch von der Höhlendecke tropfte.

»Ist nur Wasser«, flüsterte Silver und wischte sich den Nacken. Dann sah sie die Panik in Brajons Augen. »Oder etwa nicht?«

»Rühr dich nicht«, wiederholte er.

Silver erstarrte. Nur ihre Augen erstarrten nicht. Sie sah, wie etwas über Brajons Kopf langsam von der Decke tropfte. Ein heller, leuchtender Faden, der so weit herunterreichte, bis er beinahe seinen Nacken berührte.

»Du … Brajon …«

Und da bemerkte Silver, dass es nicht nur ein Faden war, nein, Hunderte, die alle von der Höhlendecke auf sie zustrebten.

»Brajon!«, schrie Silver. Sie sprang auf und griff sich an Nacken, Hals, Rücken. Ihre Füße streiften etwas Matschiges und ein prickelnder Schmerz schoss ihr durch die Fußsohlen bis hoch zu den Knöcheln.

Mit einem Aufschrei packte sie ihre Knöchel, sie hatte Blut an den Händen. Die Dinger – die sich streckenden, wurmartigen Dinger – waren über ihnen, unter ihnen, und sie hatten *Zähne*. Sie saugten ihr das Blut aus dem Nacken und hefteten sich an ihre Fußsohlen. Brajon tanzte wie besessen, um die schleimigen Biester wegzuschleudern.

»Die sind unter meiner Tunika«, keuchte er. Er riss sich sein Oberteil herunter und krallte die Finger in die Haut.

»Mach sie mir ab!« Silver hüpfte auf ihrer Decke herum, damit sich nicht noch mehr Würmer an ihren Füßen festbissen, aber einige waren schon da und saugten. Sobald einer von der Haut gelöst war, nahm auch schon ein anderer seinen Platz ein. Silver wurde die Haut zerfetzt. Blut rieselte an ihr herunter. Der Geruch machte die Würmer völlig verrückt.

»Hilf mir, Hiyyan!«

Aber das tat Hiyyan schon, er biss um sich, schlug mit den Flügeln nach Würmern, die von der Decke fielen, und zertrampelte die bereits auf dem Boden liegenden mit seinen großen, platten Pfoten. Hiyyans dicke Schuppen waren undurchdringlich, aber er brüllte, denn er teilte Silvers Schmerz.

In seinem Eifer, zu Silver zu kommen, warf Hiyyan Brajon zu Boden, wo sich sofort Würmer an seine Arme hefteten.

»Hilfe!«, schrie er.

Silver rutschte in dem Durcheinander aus, fiel hin und schlug mit dem Kopf auf einen Felsen. Sie biss sich auf die Zunge und ein salziger Blutgeschmack füllte ihren Mund. Ein Wurm schien das Blut zu riechen und schnellte ihr ins Gesicht.

»Nein!«

Das ist das Ende, dachte Silver, presste die Lippen zusammen und schützte sich mit den Händen. Was für ein Schicksal!

Bevor ich Hiyyan überhaupt reiten kann, werde ich von Würmern gefressen.

Aber dann blitzte ein silbriges Augenpaar am Rande ihres Sichtfeldes auf. Eine kleine pelzige Kreatur sprang an ihrem Gesicht vorbei, packte einen Wurm mit den Zähnen und zerbiss ihn. Einzelne Teile zuckten noch, dann lagen sie still da.

Und dann wimmelte es plötzlich von silbernen Augen, immer mehr pelzige Kreaturen flogen durch die Luft, schlugen scharfe kleine Zähne in die Würmer und zerfetzten sie. Es waren Dutzende, vielleicht sogar Hunderte – und alle griffen die klebrigen Würmer an. Silver spürte, wie schleimige Viecher von ihrer Haut gerissen wurden. Es tat weh. Hektisch tastete sie nach verbliebenen Würmern, riss sich einen von der Schulter und warf ihn ins Wasser, wo ein Fisch ihn verschlang.

Langsam wurde Silvers Blick wieder klarer. Sie legte sich auf den Höhlenboden, bis ihr Herz sich beruhigt hatte. Ihre Haut brannte noch immer, aber sie blutete schon nicht mehr. Hiyyan hörte auf, sich zu winden, und rollte sich neben ihr zusammen. Ein paar Meter weiter kam Brajon wieder zu Atem.

Im Laternenschein waren einige Augenpaare kleiner Tiere auszumachen, die sie beobachteten, abwartend, so als wollten sie sich nicht zurückziehen, bevor sie sicher waren, dass es Silver und Brajon gut ging.

»Wüstenfüchse«, flüsterte Silver.

Vorsichtig streckte sie die Hand in ihre Richtung, aber die scheuen Tiere liefen weg und verschwanden ins Dunkel der Höhle.

»Danke, Füchse«, flüsterte Silver. Sie dachte an den Fuchs, den sie an Brajons Geburtstag in den Dünen gerettet hatte.

Ob die Füchse sich an den Vorfall erinnert und ihnen deshalb geholfen hatten? Das Dünensurfen lag so lange zurück. Damals waren sie andere Menschen in einer anderen Welt gewesen.

»Brajon, ist alles in Ordnung mit dir?« Sie umarmte ihren Vetter. Er war blass. Wegen der Angst, hoffte sie, nicht wegen des Blutverlustes.

»Diese Würmer …« Brajon zitterte.

Silver schüttelte den Kopf. Sie wollte nicht an diese Viecher denken. Stattdessen stellte sie sich Wüstenfüchse vor, die mit hocherhobenen buschigen Schwänzen für sie kämpften.

»Wir sind verletzt, ich weiß, aber wir müssen weiter.«

Ein Bild kam ihr in den Sinn: ein Mädchen und ein Junge, die stolz auf dem Rücken eines prächtigen Wasserdrachen saßen.

Hiyyan stupste Silver mit der Nase. Die beiden sahen sich in die Augen.

»Hast du mir das geschickt?«

Das Bild tauchte wieder auf. Strahlender als zuvor. Hiyyan legte einen Flügel um Silver. Fragend sah sie den Aquinder an. Sie hatte noch so viel zu lernen über ihre Bindung, aber diese Botschaft war klar.

»Brajon, ich glaube Hiyyan will, dass wir eine Weile auf ihm reiten. Wir müssen hier weg, vielleicht gibt es noch mehr Würmer … und auf Hiyyans Rücken könnten wir uns etwas ausruhen.«

Brajon zögerte, schließlich nickte er aber.

»Okay.«

Hiyyan beugte das Knie und Silver kletterte auf seinen Rücken. Brajon umklammerte die Mähne des Aquinder, stellte einen Fuß auf das Drachenbein und zog sich hoch, sodass er, das Gesicht auf Hiyyans Rücken gepresst, hinter Silver hing, schwanzwärts gewandt.

»Au.« Silver rieb sich die Schulter. Brajon hatte sie mit dem Bein erwischt. »Wie hast du das bloß hingekriegt.«

»Wssncht.« Den Kopf wollte er nicht heben. Mit zugekniffenen Augen drehte er das Gesicht ein wenig in Silvers Richtung, damit sie ihn verstehen konnte. »Geht einfach los. Ich bleib eine Weile so sitzen. Alles gut. Mir geht's gut.«

»Na, wenn das so ist …« Silver konnte ein Kichern nicht unterdrücken. Hiyyan prustete belustigt und Brajon knurrte missbilligend. Aber Silver gab dem Aquinder ein Zeichen und er erhob sich. Brajon kreischte ein Mal auf, dann kniff er die Lippen fest zusammen.

»Oh, still, Brajon«, sagte Silver. »Du klingst wie ein Herdentier.«

Sie legten eine Essenspause ein. Hiyyan ging fischen, während Brajon Feuer machte und Silver sich die schnell schwindenden Vorräte ansah. Nachdenklich nagte sie an der Lippe.

»Brajon«, sagte sie, gab Trockenfleisch und –gemüse zu etwas Flusswasser in ihren Topf und setzte ihn aufs Feuer. »Was machen wir, wenn wir Kirja gerettet haben? Wo gehen wir dann hin?«

»Können wir sie nicht zurück zu Nebekker nach Jaspaton bringen?« Brajon guckte gierig in den brodelnden Topf. Sein Magen knurrte.

»Nein, da wird Sagittaria zuerst nach ihr suchen«, sagte Silver. »Und wir dürfen auch keinem erzählen, wo Hiyyan ist, denn sie würden ihm folgen, weil sie hoffen, dann auch Kirja zu finden. Es ist nicht richtig, ihn von seiner Mutter zu trennen, und er soll sich auch nicht sein ganzes Leben verstecken müssen.«

»Aber irgendwann müssen wir wieder nach Hause«, sagte Brajon.

»Irgendwie hab ich das Gefühl, dass *ich* nach dieser ganzen Geschichte kein Zuhause mehr haben werde«, sagte Silver leise.

Da wurde ihr Vetter ganz still.

Langsam rührte Silver den Eintopf mit dem Löffel um und sah zu, wie der Dampf aus dem Topf aufstieg. Das Wasser verlor beim Erhitzen mit Fleisch und Gemüse seine ursprüngliche Klarheit. Die trockenen Zutaten nahmen Flüssigkeit auf und der Eintopf wurde dicker. Bald stiegen kleine Blasen an die Oberfläche.

Sie dachte an das Kochen mit Tante Yidla. Ans Wollekämmen mit ihrer Mutter. Und an das Entwerfen von Schmuckstücken unter der Aufsicht ihres Vaters. Sie wollte das nicht ihr ganzes Leben lang machen, das war wahr. Aber es war auch wahr, dass diese Leute, ihre Familie, nicht nur das waren, womit sie ihren Lebensunterhalt verdienten. Sie waren auch Lächeln und Ermutigung, Liebe, Geborgenheit, Bereitschaft zuzuhören. Die Vorstellung von einem Leben ohne sie war schmerzhaft. Sie hatte Hiyyan und war entschlossen, als Rennreiterin Karriere zu machen, aber würde das reichen? In allen Geschichten, die ihr zu Ohren gekommen waren, hatte sie nie etwas über Sagittaria Wonders Familie oder die ihr nahestehenden Menschen gehört.

Silver zog den Topf vom Feuer, schob ihn zum Abkühlen beiseite und suchte Hiyyan. Plötzlich fühlte sie sich unheimlich allein, sie musste unbedingt ihr Gesicht in seine pelzige Mähne drücken.

Er war nicht schwer zu finden, er fischte nicht weit weg in einem kleinen Seitenarm des Höhlensystems.

»Hallo«, sagte Silver. Ihr Aquinder schaute auf, ein zappelnder Fisch baumelte ihm aus dem Maul. Er saugte ihn schlürfend ein und kam angesprungen. Für Silver und Brajon hatten diese Fische zu viele Gräten, aber Hiyyan schluckte sie in einem Stück. Die kleinen Gräten störten ihn nicht.

Silver lehnte sich mit dem Rücken an die Höhlenwand, Hiyyan legte sich zu ihr. Sie streichelte sein seidiges Fell, er war ein echter Trost für sie. »Vermisst du deine Mutter?«

Hiyyan war noch so jung. Sie wusste nicht mal, wie lange Drachenbabys bei ihren Müttern blieben. Wenn sie doch nur mehr Zeit gehabt hätte, Nebekker auszufragen. Hiyyan würde Hilfe brauchen beim Fliegenlernen, aber sie hatte keine Ahnung, was er sonst noch wissen musste. Sie hatte immer gedacht, sie würde in Calidia schon alles Nötige lernen, wenn sie an der Seite der größten Drachenreiterin aller Zeiten trainierte. Alles über die Entwicklung der Wasserdrachen, ihre Pflege, die von ihnen bevorzugte Ernährungsweise. Sie wusste nicht einmal, ob Hiyyan die Fische besonders gern mochte, die er in dem unterirdischen Fluss fing. Vielleicht sehnte er sich nach frischem Gras und saftigen Beeren. Tränen brannten in ihren Augen. Ach, wenn sie sich doch nur besser mit ihm verständigen könnte!

Aufgewühlt packte Silver den Anhänger von Nebekker und wünschte sich sehnlichst, der würde ihr alle Informationen vermitteln, die sie brauchte.

Hiyyan schien das zu verstehen, er ließ Wärmewellen durch

seinen Körper laufen. Aufgeregt setzte Silver sich auf. War die Temperatur Ausdruck seiner Gefühle? Das war neu und unerwartet. Sie wollte es ausprobieren.

»Schmecken dir die Fische im Fluss?«, fragte Silver ihn. Als Reaktion darauf schickte er ihr eine andere Art Gefühl. Kürzere, schnellere Wellen. Seine Körpertemperatur war immer noch warm.

»Hm. Das fühlt sich an wie ein Tanz! Wie ist es damit … willst du fliegen?«

Die Anzahl der Wellen stieg. Sie perlten, ein besseres Wort fiel Silver nicht ein. Es war, als wären die Wellen eine Melodie, die ganz am Ende einen kleinen Schlenker machte. Hiyyans Körper wurde so warm, dass Dampf aus seiner Haut trat.

»Magst du Brajon?«, fragte Silver kichernd.

Die Wellen kamen langsamer, aber immer noch regelmäßig. Hiyyans heiße Haut kühlte sich wieder auf eine gemäßigte Temperatur ab. Silver lachte.

»Okay, deine Gefühle für Brajon sind neutral. Ich glaube nicht, dass ihn das verletzt, denn ihm geht es genauso mit dir. Er hält dich für eine zu groß geratene Eidechse.«

Der Aquinder schwenkte den Kopf herum und glotzte Silver an. Silver lachte wieder. Dann kniff sie die Augen zusammen.

»Was hältst du von Sagittaria Wonder?«

Bei diesem Namen wurde Hiyyans Haut eiskalt. Die Wellen kamen willkürlich, ein Muster war nicht auszumachen. Sogar seine Atmung wurde kurz und stockend.

»Okay.« Silver rieb seine Schuppen. »In Ordnung. Mir geht es genauso, Hiyyan.«

Hitze war also gut, Kälte schlecht. Lange, regelmäßig dahinrollende Wellen waren gut, kurze, unregelmäßige Wellen hingegen schlecht. Aber wie ist es mit …

»Zeig es mir«, sagte Silver. »Etwas in deinem Herzen.«

Sie schloss die Augen und wartete. Hiyyan hatte das schon gemacht. Er hatte ihr Bilder in den Kopf geschickt, das wusste sie genau.

Lange blieb es dunkel hinter ihren Lidern. Gerade als Silver aufgeben wollte, flackerte etwas Licht in den Augenwinkeln. Die Höhle an der Oase. Hiyyan, noch ganz klein, und Kirja. Ihr großer Leib war um das Aquinderbaby geschlungen, beide seufzten zufrieden. Eine weitere Gestalt kam dazu. Nebekker, dachte Silver. Aber nein. Es war ein Mädchen.

Das war sie.

Silver lächelte und schmiegte den Kopf an Hiyyans Hals.

Dieses Mal versuchte sie, ihm ihre Vision zu übertragen. Eine Vision von der Zukunft. Ihre Mutter, ihr Vater, Brajon und ihre ganze Familie um sie herum. Silver stellte sich vor, wie sie auf Hiyyans Rücken kletterte und den Aquinder über die Klippen von Jaspaton ritt, wie er die Flügel ausbreitete und losflog, kurz bevor sie den Stadtrand erreichten. Silver keuchte entzückt, dann konnten sie vor Kichern sich nicht mehr halten. Das Gefühl, durch die Luft zu sausen, erfüllte ihre Herzen. Neben ihnen ritt Nebekker auf Kirja. Sie waren frei, sie waren in Sicherheit.

Silver lächelte. Sie machte die Augen auf. Hiyyan hatte den Kopf unter ihren Arm gesteckt, sanfte, beruhigende Wärmewellen erreichten sie. Er hatte die Vision gesehen. Silver drückte die Hand auf die Brust. Noch nie hatte sie sich mit Hiyyan so verbunden gefühlt, das sollte nicht enden.

»Ich verspreche dir, ich werde alles tun, was ich kann, um Kirja zurückzuholen. Und dann lassen wir aus der Vision Wirklichkeit werden. Freiheit und Rennen und …«

»Silver!« Brajons Stimme brach den Bann.

»Hier bin ich!«, rief Silver. »Komm«, sagte sie zu Hiyyan. »Wir gehen zurück in die Haupthöhle. Wir dürfen Brajon nicht zu lange allein lassen.«

Als sie sich ihrem Rastplatz näherten, schnupperte Silver. Die Luft war voller Gerüche, aber anders als zuvor. Es waren nicht nur die Gerüche der Höhle, sondern auch der Duft von Essen, Gerüche von Häusern und Leibern, von Reisenden von fernen, fremden Küsten. Es lag mehr Metallisches, mehr Tierisches in dieser Luft, in die sich Parfüm- und Gewürzduft mischte.

Calidia! Das musste heißen, dass sie es nicht mehr weit hatten.

Silver sog die Luft noch einmal tief ein, aber die Gerüche waren nicht mehr da. Sie hatte sie nicht mit der Nase wahrgenommen, begriff sie, sondern in ihrem Inneren.

»Du kannst die Stadt riechen, oder?«, sagte sie zu Hiyyan. »Und durch dich spüre ich sie auch. Auf diese Weise hab ich auch die Wüstenfüchse in der Höhle gehört. Heißt das jetzt, wir nähern uns Calidia?«

Wellen von Hiyyans Wärme durchströmten sie. Zu wissen, dass Calidia nicht mehr weit war, gab ihr wieder neue Energie. Und machte sie auch nervös.

19. Kapitel

Silver ließ Hiyyan im Fluss fischen. Sie ging zurück zu Brajon, denn sie wollte die gute Nachricht, dass sie auf dem richtigen Weg waren, mit ihm teilen.

In Gedanken versunken, lief sie hin und her, während sie ihren Eintopf schlürfte. Neben ihr toste der Fluss. Auf ihrer Wanderung war der Fluss mal breiter, mal schmaler und nun wieder breit geworden. Hier war die Strömung stark, so als wisse der Fluss, dass sein Ziel, das Meer, nicht mehr fern war. Silver dachte an die nördlichen Berge, aus denen das Wasser kam. In Jaspaton waren die Berge nur grau und schemenhaft am Horizont auszumachen, die Gipfel waren immer schneebedeckt, hatte sie gehört, und in den Tälern blühte das Leben. Eines Tages würden Silver und Hiyyan dorthin fliegen. Dann würde Silver zum ersten Mal in ihrem Leben Schnee sehen.

Ein seltsames Geräusch drang an ihr Ohr.

Silver blieb stehen.

Klapper, klapper.

Brajon schaute beunruhigt von seinem Eintopf auf. Er hatte es auch gehört.

»Die Füchse«, hauchte Silver. Aber wenn es die Füchse waren, warum zitterten ihr dann die Hände?

Klapper, klapper.

Sie kippte den Rest ihrer Suppe in den Fluss und packte den Becher in den Beutel. »Brajon, wir müssen weiter. Sofort.«

Ausnahmsweise erhob Brajon keine Einwände. Silver schulterte ihr Bündel und tastete wie immer nach dem Beutel an ihrer Hüfte. Er war noch immer voller Edelsteine. Gestohlener Edelsteine, dachte sie. Schuldgefühle nagten an ihr.

Sie machten sich auf den Weg, Silver mit zu Berge stehenden Nackenhaaren. Sie merkte, dass Brajon auch unruhig war, er ging ungewöhnlich schnell.

»Warte, ich rufe Hiyyan«, flüsterte Silver.

Sie schloss die Augen und versuchte Hiyyan im Geist ein Bild zu schicken, stolperte aber über einen Stein und fiel auf die Knie.

Klapper, klapper.

Klapper, klapper.

Brajon half ihr auf, das Klappern wurde schneller.

»Wir laufen, komm!«

»Laufen? Bis nach Calidia?« Brajon sah Silver an und verkniff sich Widerworte. »Okay, dann los.«

Die beiden trabten los. Silver schickte Hiyyan ein Gefühl von Angst und das Bild von ihnen dreien, rennend.

Wie herbeigerufen tauchte Hiyyan in der Haupthöhle auf, schluckte den Fisch runter, der ihm noch halb aus dem Maul baumelte, und rülpste. Ganz unaufgefordert kniete er sich hin.

»Brajon, steig auf«, keuchte Silver, die schon auf den Rücken des Wasserdrachen kletterte. »Hiyyan, bring uns nach Calidia!«

Mit Gebrüll rannte der Wasserdrache los.

Als Silver schließlich nicht mehr das Gefühl hatte, dass sie von etwas Schrecklichem verfolgt wurden, klebten ihr die Haare an der Stirn. Die Höhle war wieder enger geworden.

»Danke, Hiyyan.« Sie drückte die Wange an seinen Hals, der von der Anstrengung heiß geworden war, und streichelte ihm den Rücken. »Das hast du gut gemacht. Wir können jetzt langsamer weitergehen.«

»Was war denn los mit dir?« Brajon war außer Atem, weil er sich so fest an den rennenden Drachen geklammert hatte.

Silver schüttelte den Kopf. »Weiß nicht. Hab nur was gehört.«

»Ja, die Füchse.«

»Das waren nicht die Füchse.«

Sie presste die Lippen zusammen. Als sie weitergingen, schloss Silver die Augen und konzentrierte sich darauf, Hiyyans Gefühle zu lesen. Sie spürte, dass er müde war, aber sie bemerkte auch einen Schmerz. Seine Flügelgelenke taten weh. Silver runzelte die Stirn. *Mussten* Aquinder vielleicht fliegen? So wie Menschen essen oder schlafen mussten?

Bald, das verspreche ich dir, dachte Silver.

Hiyyan grunzte und übertrug ihr weitere Eindrücke. Die Gerüche von vorhin waren intensiver geworden. Und Geräusche waren da auch. Gedämpfte Geräusche, die sie nicht identifizieren konnte, ganz anders als das ständige Getropfe und Stiefelgetrampel in der Höhle. Silver grinste.

»Es ist nicht mehr weit«, rief sie Brajon zu.

Hiyyans große Füße planschten durchs Wasser. Hier gab es kein Ufer, das Wasser reichte bis an die Höhlenwände und es war tief. Silver schloss wieder die Augen und holte mehrmals tief Luft. Sie fühlte sich eingesperrt. Wände und Decke waren zu nah, so rau, die Höhle hatte etwas von einem Maul.

Brajon legte ihr die Hand auf die Schulter. »Bald wird der Gang wieder weiter.«

»Schon okay.« Silver dachte an die Gerüche, die sie wahrgenommen hatte. Gewürze, Parfüme. »Bald sind wir raus aus der Höhle. Nebekker hatte recht. Man muss den ganzen Weg lang nur immer in der Haupthöhle bleiben und dann AUA!«

Es ging nicht weiter. Der Gang war sehr eng geworden vor einer Öffnung, durch die sie sich einer nach dem anderen hätten durchzwängen können – wenn da nicht diese Felsbrocken gewesen wären, die ihnen den Weg versperrten.

»Nein«, flüsterte Silver. Sie waren so weit gekommen und jetzt saßen sie in der Falle.

»Eingestürzt.« Brajon stöhnte. »Das erklärt auch, warum der Fluss hier so angestiegen ist.«

An der Einsturzstelle reichte Silver das Wasser bis zur Brust. Sie rutschte von Hiyyans Rücken. Selbst ein gutes Stück von den Felsbrocken entfernt war das Wasser noch knietief.

»Vielleicht gibt es irgendwo unter Wasser eine Öffnung.«

»Was hast du vor? Willst du etwa drunter durchschwimmen?«, blaffte Brajon. »Die Strömung haut dich gegen die Felsen.«

»Wir haben ja unseren Wasserdrachen«, sagte Silver.

»Der auch ganz nützlich wäre, wenn man da unten was sehen könnte. Guck doch mal, wie trübe das Wasser an den Felsen ist.«

»Was schlägst du denn vor?«, fuhr Silver ihren Vetter an. Calidia war auf der anderen Seite dieser Felsen. Sie mussten da irgendwie durch. Kirjas Rettung war zum Greifen nah. Die Rennen waren zum Greifen nah.

»Wir müssen umkehren.«

»Hä?«

»Hiyyans Gehör ist besser als unseres. Bestimmt weiß er, wann wir in der Nähe der Füchse sind, hört sie rennen und kratzen. Und da ist dann ihr Bau.«

Silver fasste wieder Mut, sie umarmte ihren Vetter. »Brajon, du bist ein Genie. So ein Bau hat bestimmt Gänge, die nach draußen führen. Da können wir raus!«

»Ist doch sinnvoller als eine Spitzhacke aus Pudding, oder?« Brajon grinste. »Komm mit.«

Sie zogen los, hielten sich dicht an den Höhlenwänden, strichen mit den Fingern daran entlang und schauten sich jeden kleinen Riss und jedes Loch ganz genau an.

Silver hielt auch Ausschau nach den silbernen Fuchsaugen, die sie früher schon beobachtet hatten.

»Jetzt dauert es nicht mehr lange, das spüre ich.« Sie schloss die Augen und verband sich mit Hiyyans Sinnen. »Ich höre ihre Pfoten trappeln – auf der anderen Seite dieser Wand. Wir müssen nur eine Öffnung finden, dann sind wir bei ihnen.«

Brajon rief: »Füchse … Füchse, wo seid ihr?«

Als Silver mit den Händen über die Wände strich, achtete sie darauf, dass ihr nicht die kleinste Nische entging. Sie waren ihren Weg schon ein gutes Stück zurückgegangen, als sie endlich silberne Augen glitzern sahen.

»Fuchs! Lauf nicht weg!«, flüsterte Silver. Die Fuchsaugen verschwanden, aber Silver rannte los. Brajon und Hiyyan hielten Schritt mit ihr, die Aufregung über ihre Entdeckung spornte sie alle an.

Schließlich blieb Silver stehen und tastete die Höhlenwand ab. »Ich hab die silbernen Augen gesehen. Die Füchse waren hier.«

»Ich hab nichts gesehen. Hier ist nichts«, sagte Brajon.

Die Felswände waren ziemlich glatt und behielten ihre Geheimnisse für sich. Silver schloss die Augen und verband sich wieder mit Hiyyans Sinnen. Lauter als zuvor hörte sie das Fiepen und Bellen der Füchse. Aber wie konnten sie auf die andere Seite der Felswand gelangen?

Silver kroch einen schmalen Seitenarm entlang. Nebekker hatte sie gewarnt, sie sollten am Fluss bleiben, aber der Fuchsbau musste hier doch irgendwo sein …

Klapper, klapper.

»Komm mit«, sagte Silver zu Brajon. »Ich höre was.«

Mit der Laterne in der Hand lief sie voraus in die kleine Höhle.

»Fuchs, Fuchs, wo bist du?«

Klapper, klapper.

»Wir sind ganz nah dran«, rief sie Brajon über die Schulter zu. Sie hatten es fast geschafft, gleich wären sie draußen. Sie war so froh, sie konnte kaum an sich halten. »Beeil dich!«

Aber als Silver sich wieder umdrehte, schrie sie los.

20. Kapitel

Silver schrie und der Kopf des Ungeheuers schnellte zu ihr herum. Es war so groß, dass es sich in der Höhle nur geduckt bewegen konnte. Vier Arme und zwei dürre Spinnenbeine von mindestens sechs oder sieben Fuß Länge ragten aus dem Rumpf heraus.

Klapper, klapper.

Mit Entsetzen wurde Silver klar, dass dieses Untier die klappernden Geräusche hervorgebracht hatte.

Sie sah, wie das Wesen sein Gewicht auf die vier Arme verlagerte und die Hinterbeine hinter sich herschleifte. Die Klauen eingerollt, zog es die Handknöchel über den Boden. Arm- und Beingelenke waren stachelig und der Schwanz zuckte hin und her. Aus der Schwanzspitze ragten noch drei weitere Stachel.

Gerade als Silver wieder einen Schrei ausstoßen wollte, löste sich das Biest in Luft auf.

Völlig erstarrt stand sie in der Dunkelheit. Wo war das Untier? Sie hörte, wie etwas über den Boden auf sie zurollte – es stieß an ihren Fuß. Ein kleiner Knochen, sauber abgenagt.

Silver stolperte zurück, sie atmete keuchend, die Sohlen ihrer Stiefel rutschten auf dem Untergrund. Sie hörte Brajon ihren Namen rufen und seine schnellen Schritte, aber sie war so verschreckt, dass sie nicht einen Ton von sich geben konnte. Sie fiel hin, schürfte sich die Handflächen am Schotter auf, sprang aber gleich wieder auf. Ein enormes Platschen war zu hören, etwas Riesiges musste mitten in den Fluss gesprungen sein. Das Wasser schwappte in alle Richtungen, es bewegte sich auf sie zu, es kam näher.

Unmittelbar vor Silver tauchte das Untier wieder auf.

»Zurück!«, brüllte sie.

Zitternd hielt sie die Laterne hoch, damit sie sich das Biest genauer ansehen konnte, doch das bereute sie sofort.

Der Kopf war gigantisch und bestand hauptsächlich aus einem enormen, mit Zähnen besetzten Kiefer. Augen, Ohren oder Nase waren nicht auszumachen. Nur dieses breite Maul voller Zähne. Das Tier war weiß wie von der Wüstensonne ausgebleichte Knochen. Silver spürte seinen heißen Atem im Gesicht.

Da endlich kam Brajon angelaufen. Doch er knallte in ihren Rücken, sie fiel vornüber, ihre Laterne krachte zu Boden und ging zu Bruch.

»Rühr dich nicht«, sagte Silver. Ihre Stimme zitterte.

In der Höhle wurde es totenstill. Selbst im Dunkeln ging noch ein unheimliches Leuchten von den Zähnen des Ungeheuers aus.

Dann spürte Silver, dass sich Hiyyan ihnen in der Dunkelheit angeschlossen hatte. Er schob sich vor sie und Brajon und knurrte bedrohlich.

Klapper, klapper.

Das Höhlenungeheuer bewegte sich. Silver wollte sich umdrehen und wegrennen, aber ihr war klar, dass der Eingang vom Fuchsbau nicht weit sein konnte. Sie glaubte, frische Luft und Wüstensand riechen zu können, da hinten, gleich hinter dem Ungeheuer. Sie mussten nur an dem spinnenartigen Tier vorbeikommen.

Klapper.

Das Wesen näherte sich, seine unnatürlich schimmernden Zähne wurden immer größer. Es bewegte sich langsam – und das Warten war vielleicht noch schlimmer als ein möglicher Angriff. Zum ersten Mal seit ihrem Aufbruch griff Silver nach dem Dolch an ihrem Gürtel. Mit einem kaum vernehmlichen Geräusch glitt das Messer aus der Lederscheide. Sie berührte die Spitze. War die scharf genug, um bis zum Knochen vorzudringen? Der Puls dröhnte ihr in den Ohren. Sie fuhr sich mit der Zunge über die Lippen.

»Renn dran vorbei«, sagte Brajon leise. »Ich kämpfe.«

»Gegen das Ding?«, flüsterte Silver. »Von dem müssen wir uns so weit fernhalten, wie wir nur können. Vielleicht hat es sich gerade vollgefressen und will uns gar nicht angreifen.« Doch schon bei den nächsten Schritten erwies sich das als Irrtum. Das Wesen klappte den riesigen Kiefer auf und stieß den markerschütterndsten Schrei aus, den Silver je vernommen hatte.

»Jiiiiiiyaaaa!«

Dann stürmte es auf sie los.

»Hiyyan!«, schrie Silver. Sie duckte sich und riss den gezückten Dolch nach vorn.

Hiyyan erwiderte den Schrei des Wesens mit Gebrüll. Er schlug mit dem Schwanz nach dem Untier. Sofort erschien eine rote Strieme auf seiner knochenweißen Haut, das Höhlenungeheuer stolperte und krachte mit dem Kiefer voran auf den Boden.

Hiyyan brüllte noch mal. Solche Laute hatte Silver noch nie von ihm gehört. Es war ein herausforderndes Brüllen, dunkel und wütend. Der Aquinder schlug mit dem Flügel nach dem gestürzten Tier, das aber schnappte zu und riss ein kleines Loch in den Rand des Flügels.

Hiyyan schrie und bäumte sich auf. Sein Schmerz durchzuckte Silver. Das Ungeheuer fletschte die Zähne und ging auf den jungen Drachen los.

»Nein!«, schrie Silver, sprang auf einen Felsen und stürzte sich mit hocherhobenem Messer auf das Ungeheuer. Sie stieß die Waffe in einen Arm des Viechs und schlitzte ihn auf. Ein leuchtender grünlicher Schleim trat aus der Wunde aus.

Das Ungeheuer kreischte, sein Bein schnellte vor und traf Silver an der Brust. Sie stürzte zu Boden, das Gesicht des Wesens hing über ihr. Ein Biss würde reichen, um sie mittendurch zu reißen.

»Wir sind nicht so weit gekommen ... um uns ... von dir ... fressen zu lassen!«, brüllte Silver und hob das Messer.

Mit Gebrüll und seinem ganzen Körpergewicht ging Hiyyan auf die Flanke des Tieres los. Es knackte laut, als die beiden gegen die Höhlenwand schlugen.

Silver rappelte sich hoch, Brajon stand da und starrte auf das am Boden liegende Tier, sein Gesicht war beinahe so weiß wie die Haut des Ungeheuers. Hiyyan brauchte eine Weile, bis er wieder auf den Beinen war, er schüttelte den Kopf, um sich von dem Aufprall zu erholen.

»Brajon, lauf!«, brüllte Silver. »Vorbei an ihm! Such den Fuchsbau!«

Brajon schoss los, aber das Ungeheuer hatte sich blitzschnell wieder aufgerichtet und holte mit einem Spinnenbein nach

Brajon aus. Er stolperte und landete auf dem Bauch im Matsch. Mit gebleckten Zähnen klapperte das Tier auf den Gestürzten zu.

»Lass ihn in Ruhe!« Mit dem Messer ging Silver auf das Wesen los. Es kreischte, sein Kopf schnellte herum. Aus den Augenwinkeln sah Silver, wie Brajon sich hochrappelte und an ihnen vorbeirannte. Sie stieß dem Tier den Dolch ins Gesicht, gerade als es das gigantische Maul aufriss. Die Klinge blieb zwischen zwei Zähnen stecken. Vor Schmerz riss das Ungeheuer den Kopf hoch und schlug Silver dabei das Messer aus der Hand. Sie hatte ihre Waffe verloren.

Nun hätte sie an dem Tier vorbeiflitzen können, aber sie wollte Hiyyan nicht allein lassen, der sich mittlerweile wieder so weit gefangen hatte, dass er sich verteidigen konnte. Sie wartete nicht darauf, dass der Drache sich duckte, sondern sprang gleich auf seinen Rücken, krallte die Hände in seine Mähne und zog sich hoch.

»Das machen wir zusammen!«, rief sie.

Ihre Schultern brannten. Schweiß lief ihr übers Gesicht. Durch ihren Körper zuckte so etwas wie ein Strom, der auf Hiyyan überging. Zusammen waren sie stärker. Ihre neu erwachte Energie hatte etwas Magisches, etwas, das durch die Kraft ihrer Verbindung entstanden war.

Silver klammerte sich fest an Hiyyan, der sich auf die Hinterbeine stellte und dem Wesen mit seinen schweren Füßen in die Seite trat. Das Ungeheuer wurde quer durch die Höhle geschleudert und krachte gegen die Wand. Silver und Hiyyan setzten ihm nach. Mit seinen drei unverletzten Armen schlug es nach ihnen und riss Hiyyan mit der Klaue eine Schuppe ab. Silver jaulte auf, weil sie den Schmerz mitempfand.

Der Wasserdrache blutete, doch das schien er kaum zu bemerken. Er schlug dem Wesen seine Zähne in den Arm, riss ihn ab und spuckte aus, dann ging er wieder auf das Ungeheuer los.

Als die Gelegenheit günstig war, griff Silver nach ihrem Messer, das immer noch im geifernden Maul des Ungeheuers steckte, und zog es heraus. Das Metall blitzte im Licht auf.

Im Licht?

Silver drehte sich um und sah, dass hinter dem Ungeheuer Licht in die Höhle fiel. Brajon hatte den Ausgang gefunden.

»Hiyyan!«, brüllte sie und schwenkte das Messer hoch über dem Kopf. »Bring es zu Ende!«

Hiyyan erhob sich auf die Hinterbeine und ging auf das spinnenartige Wesen los. Das Gebrüll und Kreischen der beiden hallte durch die Höhle, Silvers Kopf war voller Geräusche.

»Aaarrrr«, stimmte sie ein, denn sie war eins geworden mit ihrem Aquinder. Mit Wucht rammte sie dem Ungeheuer das Messer mitten in den Kopf. Die Spitze ging glatt durch die Haut und das Ungeheuer fiel zu Boden, zitterte und stieß ein letztes Klappern aus.

Dann war alles still.

21. Kapitel

Schwer atmend setzte sich Hiyyan auf den Boden, er war verwundet. Das waren sie beide. Aber das weiße Ungeheuer klapperte nicht mehr. Silver rutschte vom Rücken ihres Wasserdrachen, drückte ihr Gesicht an seines und wartete darauf, dass ihr Herz wieder langsamer schlug.

»Bald. Bald ruhen wir uns aus. Das verspreche ich.«

Sie stellte sich eine Weile neben den Kopf des Ungeheuers und versicherte sich, dass es wirklich tot war. Ein paar Fetzen Fuchsfell steckten zwischen seinen Zähnen. Silver runzelte die Stirn. Da das Höhlenungeheuer sich nicht rührte, zog sie ihr Messer aus seinem Kopf. Die Klinge glitt genauso leicht aus der Wunde, wie sie hineingegangen war. Doch jetzt war sie mit klebrigem grünem Schleim bedeckt. Und Silvers Hand trug an der Stelle, die das Fleisch des Ungeheuers gestreift hatte, Spuren einer wie Weißgold schimmernden Substanz.

»Ih.« Silver rümpfte die Nase, wischte die Hand an ihrer Tunika ab und fuhr mit dem Messer ein paarmal durch den Schlamm. Eine dürftige Reinigung, doch das musste reichen. Sie schaute auf. Brajon war schon durch den Ausgang des Fuchsbaus geklettert.

»Silver! Sag mir, dass du noch am Leben bist!«, rief er zu ihr hinunter.

»Ich bin hier«, rief sie. »Und ich lebe. Wir leben beide.«

Silver und Hiyyan humpelten auf das Licht zu. Die Helligkeit bereitete ihr Kopfschmerzen. Sie blinzelte und wartete, bis die Augen sich ans Licht gewöhnt hatten. Der Gang nach draußen war eng, zu eng für Hiyyan, doch sie fühlte, dass er sie drängte, ins Freie hinauszusteigen. Erde blieb an Silvers Körper hängen, doch nachdem sie eine Weile geklettert war, konnte sie nach einer Hand greifen, die sie ans Tageslicht hievte. Sie war verblüfft darüber, wie nah sie der Oberfläche gewesen waren.

Sofort warf sie sich bäuchlings auf die Erde und atmete den trockenen, warmen Geruch der Außenwelt ein. Stumme Schluchzer schüttelten sie, doch der steinige Sand fühlte sich so gut an.

»Sieh mal«, sagte Brajon.

Silver hob den Kopf. Wie eine Fata Morgana erhob sich ein Wunderland aus Stein und Metall aus der Wüstenlandschaft.

Sie hatten Calidia erreicht.

»Wir haben es geschafft«, hauchte Silver. Mit zusammengekniffenen Augen sah sie die Stadt an, aber Brajon starrte auf ihre Kleider.

»Ist das …?«, er berührte die Tunika an der Stelle, an der Silver sich die Hand abgewischt hatte, zog die Finger zurück – und sie verschwanden.

»Oh, was ist mit deiner Hand?«, fragte Silver erstaunt.

Brajon wedelte kalte Luft auf seine Finger und sie waren wieder sichtbar. Dann rieb er die klebrige Substanz zwischen den Fingern.

»Camouin«, sagte er. »Ich glaub es nicht.«

Wenn er die Substanz langsam knetete, war sie weich und formbar, knetete er schneller, wurde sie hart. Und wenn sie sich durch Reibung zwischen den Fingern erwärmte, verschwanden die Finger.

»Was ist Camouin?«

»Davon hast du im Unterricht wahrscheinlich nichts gehört. Gold- und Silberschmiede dürften dafür kaum Verwendung haben.« Brajon wischte sich das Zeug an der Hose ab. »Man benutzt das zur Tarnung, aber es ist schon seit Jahrhunderten verboten. Jeder, der im Besitz von Camouin ist, wird verfolgt. In den Land- und Seekriegen wurde es flächendeckend eingesetzt. Danach wurde es als zu gefährlich für die Menschheit befunden.«

»Genau wie Aquinder.«

Brajon nickte. »Die ganze Zeit war es unter unserer Wüste versteckt. Dieses Wesen muss gewusst haben, wo es zu finden ist.«

»Es konnte damit umgehen, es ein- und ausschalten.« Silver lief ein Schauer über den Rücken.

Brajon nickte. »Hitze aktiviert die Tarnungseigenschaften. Dieses Ungeheuer konnte wohl seine Körpertemperatur kontrollieren. Faszinierend.«

»Furcht einflößend«, korrigierte Silver.

»Wie auch immer, wir müssen das Zeug loswerden. Wir werden verhaftet, wenn es entdeckt wird.«

Silver schaute Richtung Calidia. Sie strich sich die Haare aus dem Gesicht und nagte an der Unterlippe. »Es könnte aber richtig nützlich sein. Stell dir vor, was wir mit Camouin bedeckt machen könnten. Wir könnten in die Stadt gelangen,

Kirja finden und sie da rausholen. Ich könnte sogar ein Rennen auf Hiyyan reiten, ohne dass jemand mitkriegen würde, dass er ein Aquinder ist.«

Brajon breitete verzweifelt die Arme aus. »Cousine! Hörst du mir eigentlich zu? Das Zeug ist verboten. Wenn wir erwischt werden, erwartet uns die Todesstrafe!«

»Aber wir werden nicht erwischt, wenn sie uns nicht sehen können!«

»Kommt nicht infrage, Silver.« Brajon schüttelte den Kopf. »Ich klettere runter und suche unser Gepäck. Schlag dir das Camouin aus dem Kopf.«

Brajon ließ sich wieder in den Bau gleiten. Indessen wendete Silver das Gesicht der Sonne zu und saugte die Wärme in sich auf, um dann das gute Gefühl zu Hiyyan hinunterzuschicken. Der Aquinder schickte ihr Wellen des Sehnens zurück. Silver sah sich den Gang genauer an, durch den sie nach draußen gekommen war. Für sie und Brajon war er gerade groß genug gewesen – aber wie sollten sie Hiyyan aus der Höhle kriegen?

»Da passt er nicht durch«, sagte sie zu Brajon, als der zurückkam.

Unten jaulte Hiyyan.

»Ich weiß«, rief Silver ihm zu. »Ich überlege mir was.«

Mit gesenktem Kopf lief sie in immer größer werdenden Kreisen herum und dachte nach. »Vielleicht gibt es irgendwo noch eine größere Öffnung.«

Dann, als ob sie helfen wollten, tauchten die Füchse auf. Einer steckte seine schwarze Nase aus dem Erdloch und schnupperte, ehe er nach draußen huschte. Die Farben seines Fells passten ziemlich genau zu denen des Wüstenbodens:

Sand, rote Tonerde und weiße Sprenkel. Ein weiterer Fuchs kam heraus, dann noch einer. Bald war Silver von einem ganzen Rudel Füchse umgeben.

Als sie sich frustriert auf den Boden setzte, hockten sich auch alle Füchse hin.

»Hrmpf«, schien einer zu grummeln.

»Wie kriege ich ihn da raus?«, fragte sie.

Natürlich dachte sie nicht, dass die Füchse sie verstanden. Aber Brajon lief ein paar Meter weiter verzweifelt im Kreis herum und Hiyyan steckte unter der Erde fest. Die Müdigkeit überkam Silver. Es war schwer, einen klaren Gedanken zu fassen.

Die Füchse sahen einander an. Einer begann zu keckern, andere antworteten, bald kläfften alle durcheinander. Silver hielt sich die Ohren zu.

Dann verschwanden die Füchse auf einmal in dem Loch, durch das Silver und Brajon nach draußen gekommen waren.

»Oh, prima, haut nur ab, Füchse!« Silver seufzte erschöpft.

Die Sache war die: Silver wusste, dass Hiyyan in der Höhle am sichersten war. Wenn sie und Brajon nach Calidia gingen, um Vorräte zu holen, könnte der Aquinder nicht mitkommen. Aber Silver wusste ebenso, dass er sich genauso sehr danach sehnte, den Himmel wiederzusehen, wie sie es getan hatte. Es wäre herzlos, ihn zurückzulassen.

Sie zog das Messer aus der Lederscheide und rieb den Schleim mit Sand ab. Ihr Vater hatte in seiner Werkstatt immer größten Wert auf ordentlich gereinigtes Werkzeug gelegt.

Eine Ladung Sand traf sie mitten im Gesicht.

»He!« Sie spuckte und ließ das Messer fallen, dann wischte sie sich Augen und Mund mit dem Ärmel ab. »Was soll das?«

Sie sah sich nach Brajon um, weil sie annahm, das er mit Sand geworfen hatte, aber er kniete vor dem Loch, aus dem sie gekommen waren. Noch mehr Sand flog in ihre Richtung und landete in ihren Haaren.

Sie stand auf. Der Sand wurde aus dem Wüstenboden hochgeschleudert, wie von Geisterhand. Sie ging zu der Stelle hinüber. Da war ein Loch. Es wurde immer größer. Weitere Löcher tauchten ringsherum auf. Plötzlich begriff sie, was passierte. Der Boden wackelte.

»Zurück!«, brüllte sie Brajon zu, packte ihn an der Schulter und riss ihn mit nach hinten. Der Boden tat sich auf und ein breiter Riss klaffte vor ihnen. Keckern stieg wie ein Lied in den Wüstenhimmel auf und die Füchse wuselten aus dem Loch. Vorsichtig tat Silver einen Schritt nach vorn und guckte nach unten.

Da war ihr Aquinder, er grinste zu ihr hoch. Vier oder fünf Füchse hockten, ebenfalls grinsend, auf seinem Kopf und seinem Rücken.

»Ihr habt euren Bau zerstört?«, sagte Silver. »Um uns zu helfen?«

Ihr fiel das Fuchsfell zwischen den Zähnen des Ungeheuers wieder ein. Vielleicht hatte sie den Füchsen einen Gefallen getan und sie drückten so ihren Dank aus.

»Vielen, vielen Dank«, sagte sie. »Komm, Hiyyan. Kletter raus.«

Das musste man Hiyyan nicht zweimal sagen. Er krallte sich an die Wände, hangelte sich langsam voran und rutschte wieder herunter.

Hiyyan jaulte.

»Es funktioniert nicht. Die Wände sind zu glatt für seine Klauen«, sagte Brajon.

Silver legte den Kopf in den Nacken und drehte das Gesicht der Sonne zu. *Denk nach.*

Ein Wüstenhabicht kreiste über ihr, als sie die Augen wieder aufschlug. Ihr Herz flatterte. Sie erinnerte sich daran, dass Nebekker ihr von den in der Wüste versteckten Aquindereiern erzählt hatte. Diese Drachenbabys hatten keine Eltern. Aber irgendwie lernten sie schwimmen, überleben, *fliegen.*

»Guck mal, Hiyyan«, sagte sie leise. »Mach es so wie der Habicht.«

Hiyyan schaute in den Himmel. Er beobachtete den Habicht, der sich von der Luftströmung tragen ließ und aufstieg, sich dann drehte und fiel, bevor er wieder einen Flügelschlag tat. Der Wasserdrache kniff die Augen zusammen und spreizte die Flügel. Zuerst schüttelte er sie aus, dann ahmte er den Habicht nach und bewegte sie ein paar Mal auf und ab. Dabei brüllte er.

Die Füchse auf seinem Kopf keckerten verstimmt und rutschten auf den Boden.

Hiyyan schlug heftiger mit den Flügeln.

Majestätisch erhob der Aquinder sich aus der Flusshöhle, weiter und weiter flog er hinauf, bis er zum ersten Mal in den blauen Wüstenhimmel verschwand.

»Er fliegt!« Silver applaudierte, während sie zusah, wie ihr Aquinder die Freiheit genoss.

Hiyyan tauchte nach unten ab, er kam zurück – und machte eine Bruchlandung. Er wälzte sich auf die Seite und blieb eine

Weile regungslos liegen. Dann hob er den Kopf, grinste und schüttelte die Mähne.

Silver rannte zu ihm und schlang ihm die Arme um den Hals.

»Du hast es geschafft. Du bist geflogen! Furchtbare Landung, aber ich glaube, da wird Kirja dir helfen können.«

Hiyyan lachte – es klang wie ein Tröten. Jetzt erst fiel Silver auf, wie groß der Wasserdrache geworden war. So groß wie Kirja. In der Höhle war das nicht zur Geltung gekommen, weil er sich auf dem Weg durch die Höhlengänge so oft hatte ducken müssen, aber jetzt konnte sein Körper sich voll entfalten. Er war ein grandioses Tier.

Gemeinsam konnten sie alles schaffen.

Silver schaute Richtung Calidia, als Hiyyan sich wieder in den Himmel aufschwang, um seine Flügel auszubreiten. Die Stadt war von einem grünen Palmengürtel umgeben. Zwischen den Palmen sah sie flache Sandsteingebäude, an die sich irgendwann etwas höhere, enger beieinanderstehende Bauten aus Sandstein anschlossen. Diese wiederum waren verbunden mit dem Teil Calidias, den sie für das Herz der Stadt hielt: große Gebäude aus Stein und Metall, die in Braun, Silber und Weiß in der Sonne schimmerten. Irgendwo dort war der große Palast, doch der lag verdeckt hinter all dem anderen. Im Gegensatz zu Jaspaton, einer vertikalen Stadt, in der alles sehr übersichtlich war, hatte Calidia gierig einen großen Teil vom Wüstenboden verschlungen.

Silver blinzelte hoch zu Hiyyan. *Du musst runterkommen, ehe dich jemand aus der Stadt sieht,* sagte sie im Stillen.

Ein letzter Sturz in die Tiefe und dieses Mal war die Landung ein voller Erfolg. Hiyyan atmete schwer, die Anstrengung war ungewohnt. Er trug Silver eine Menge neuer Düfte zu, darunter einen, der besonders feucht und salzig war. Sein Verlangen danach war stark.

»Das Meer.« Es war ganz nah. Vielleicht gleich auf der anderen Seite der Stadt. Silver legte Hiyyan die Hand auf die Flanke. »Ich weiß, ich sage immer wieder, dass es bald so weit sein wird. Ich verspreche dir immerzu etwas. Aber ich werde all meine Versprechen halten. Du wirst das Meer sehen. Bald. Versprochen.«

Sie schulterte ihren Beutel. So leicht war er noch nie gewesen, die Vorräte waren verbraucht. Ihr Magen protestierte laut. Sie wollte unbedingt in die Stadt, und sei es nur, um etwas zu essen. Etwas Warmes, Üppiges mit einer Soße, etwas …

Ihr Magen knurrte wieder.

»Wir müssen zuerst in die Stadt. Das bedeutet, du bleibst hier und versteckst dich«, sagte sie zu Hiyyan.

Er schaute über seine Schulter auf das große Loch im Boden. Er wusste, was Silver dachte.

Sie kniete sich hin und schloss Hiyyans Kopf in die Arme. »Das tut mir so leid«, sagte sie. Tränen stiegen ihr in die Augen. »Aber es ist wichtig, dass du dich versteckst. Weißt du noch, was Nebekker gesagt hat? Vor den großen Rennen nehmen die Diebstähle überhand. Ich werde dich nicht verlieren.«

Hiyyan jaulte so leise wie ein Fuchs. Er legte sich auf den Boden und ließ den hinteren Teil seines Körpers in das Loch gleiten. Dann schaute er hoffnungsvoll zu Silver auf.

»Okay. Das sollte reichen. Aber wenn du in der Nähe andere Menschen riechst oder hörst, musst du ganz reinrutschen, verstanden?«

Sie kämpfte gegen die Tränen an und traf Anstalten wegzugehen, doch dann – wie von einem Seil gezogen – rannte sie zu Hiyyan zurück und drückte die Wange an sein Gesicht.

Schließlich stand sie auf und schaute zu den Palmengärten, die Calidia umgaben.

»Lass uns losziehen«, sagte sie zu Brajon und machte den ersten Schritt auf die große Königsstadt zu.

22. Kapitel

Der Weg war länger, als Silver gedacht hatte. So etwas war nicht ungewöhnlich in der Wüste, Entfernungen wirkten kürzer, als sie tatsächlich waren. Aber sie schaute immer nur nach vorn und redete wenig mit Brajon, um ihre Kräfte zu schonen. Als sie schließlich die Wüste hinter sich gelassen hatten, entdeckten sie einen Feldweg, der um die Palmengärten herumführte. Silver wischte sich mit der Hand durchs Gesicht.

»Folgen wir dem Weg, oder nehmen wir die Abkürzung durch die Gärten?«, fragte sie ihren Vetter. »Auf der Straße kommen wir vielleicht schneller voran, aber wir könnten auch gesehen werden.«

»In den Palmengärten könnten wir uns verirren.«

»Oder irgendein wütender Bauer findet uns und will wissen, warum wir über sein Land laufen«, sagte Silver. »Verdächtig wirken wir auf alle Fälle.«

Sie sah sich Brajon genauer an. Seine Kleider hingen an ihm herunter. Er war blasser als sonst, zumindest galt das für die Teile von ihm, die unter der Schicht Höhlendreck hervorlugten. Und er sah so hungrig aus, dass er wahrscheinlich Tante Yidlas gesamte Küche hätte leer futtern können. Vermutlich sah sie auch nicht besser aus.

Die beiden einigten sich darauf, dem Verlauf der Straße zu folgen, sich aber immer in der Nähe der Bäume aufzuhalten, falls sie sich verstecken mussten. Die Wüstenhitze drang ihnen bis in die Knochen und Silver schielte sehnsüchtig nach den kühlen Schatten der Palmengärten. Kein Luftzug ging, der ihnen unter die Tuniken und Hosen wehen und sie kühlen konnte. Sie wischten sich die verschwitzten Gesichter mit ihren Schals ab, die bald die Matschfarbe annahmen. Weil sie kein Wasser mehr hatten, zupften sie Blätter von den Yuccapalmen, die sie kauten, aber der Saft war so bitter, dass sie die Gesichter verzogen.

Der Stadtlärm wurde lauter und Silver bekam Bauchschmerzen vor Aufregung.

»Gib mir deinen Schal.« Silver wischte Brajon das Gesicht gründlich ab und versuchte, seine Haare, so gut sie konnte, in Ordnung zu bringen. Mit der ledernen Messerscheide klopfte sie ihm den getrockneten Dreck aus den Kleidern. »Besser geht es nicht, bis du baden kannst. Jetzt bin ich dran.«

Brajon machte sich an die Arbeit, aber seine Finger verhedderten sich in Silvers wirren Haaren. »Du hast echt viele Knoten in den Haaren und da … ist Monsterschleim. Was ist eigentlich mit dem Kamm passiert, den ich dir geschenkt habe?«

»Hab ich vergessen.« Silver versuchte, sich die Haare zum Zopf zu flechten, aber alles Zerren und Ziehen nützte nichts, das Gewirr blieb. Sie griff zum Messer.

»Du musst es abschneiden«, sagte sie.

»Alles?«

Silver zögerte. Ihr war gar nicht klar gewesen, wie sehr sie ihre langen Locken liebte. In Jaspaton hatten sie und ihre Mutter abends oft zusammengesessen und in die Wüste geschaut, wenn die Sonne am Horizont verschwand. Nachbarn kamen zum Plaudern vorbei und Essensdüfte wehten zu ihnen hoch. Und immer hatte ihre Mutter dabei Silvers lange Haare gebürstet, ganz sanft und rhythmisch.

Aber Silver wusste, dass kurze Haare auch eine Art Verkleidung sein konnten. Ohne ihre Haare wäre Silver nicht so leicht wiederzuerkennen, könnte vielleicht sogar leichter herausfinden, wo Kirja versteckt gehalten wurde.

Mit ruhiger, sicherer Hand reichte sie Brajon ihr Messer.

»Bis zum Nacken, mindestens.« Ob es in Calidia Mädchen mit kurzen Haaren gab? In Jaspaton war so etwas unmöglich. »Mach es. Schnell. Bevor ich es mir anders überlege.«

Sie spürte einen Druck, als Brajon ihre Haare packte. Dann glitt die Klinge durch das Haargewirr. Ihr Kopf fühlte sich plötzlich so leicht an. Pfundweise fielen die Haare auf den Boden.

Silver war gar nicht bewusst gewesen, wie schwer sie waren. Erschreckt rieb sie sich den Nacken, wo sie einen Luftzug spürte – und eine ganz neue Kühle.

»Du siehst wirklich anders aus«, sagte Brajon.

»Gut. Ist es gerade?«

»Einigermaßen.«

Silver unterdrückte ein Lächeln. Ihr Cousin schien sich noch nicht ganz sicher zu sein, aber sie fühlte sich so ungewohnt frei. Sie suchte nach ihrem Kamm und löste die verbliebenen Knoten, so gut sie konnte. An den Ohren ringelten sich die frisch geschorenen Haare zu Locken.

»Ordentlicher wird's nicht. Lass uns weitergehen.«

Das melodische Rascheln der Palmblätter verklang, sobald sie die Gärten verließen.

»Sieh nur.« Silver zeigte auf einen großen Torbogen, der in die erste Ringstraße der Stadt führte. Ihr Herz hüpfte vor Freude.

Über dem Tor prangte ein Mosaik mit dem Schriftzug: *Die königliche Stadt Calidia: Das Tor zum Meer.* An den Pfeilern links und rechts hingen Handzettel wie der, der Sagittaria Wonder in der Werkstatt von Silvers Vater aus der Tasche gefallen war.

Die Sandsteinpfeiler waren mit Hunderten von Edelsteinen in allen Farben des Regenbogens besetzt, die Formen aller Arten von Wasserdrachen darstellten. Mit leuchtenden Augen streckte Silver die Hand nach den Mosaiken aus, aber Brajon zog sie schnell zurück.

»Lass das.« Er zeigte auf ein Schild mit der Zeichnung von einem Mann, der einen Edelstein aus dem Pfeiler löste, auf einer weiteren Zeichnung wurde dieser Mann ins Meer geworfen – die Beine mit Felsbrocken beschwert.

»Die nehmen das wohl richtig ernst hier mit ihren Bestrafungen«, sagte Silver und wich schnell einen Schritt zurück.

»Bist du so weit?«, sagte Brajon.

Nicht mal die Warnung für die Diebe konnte Silvers Aufregung dämpfen.

»Ich bin bereit.«

Sie gingen durch das Tor. Plötzlich waren sie unter Leuten aller Art, jungen und alten, kleinen und großen, spindeldünnen und tonnenartigen, mit heller, mittlerer und dunkler Haut. Sie trugen angenehm anzuschauende Kleider sowohl aus Stoffen, die ihnen vertraut waren, und Stoffen, die sie noch nie zuvor gesehen hatten. In einiger Entfernung konnte Silver sogar eine Person ausmachen, die ein Gewand in der speziellen Webart Jaspatons trug – sie ging schnell in Deckung.

Silver hielt sich den Arm vors Gesicht und hustete, denn die vielen Füße ringsum wirbelten Staub auf. Doch durch den Staubschleier waren Hunderte Herrlichkeiten zu sehen. Die Gebäude selbst waren zwei bis drei Stockwerke hoch und alle aus Sandstein derselben Farbe, Türen und Fenster aber waren mit vielfarbig gemusterten Mosaiken kunstvoll verziert. Einige der Muster waren nur schön anzusehen, andere waren praktischer und zeigten die Namen von Läden oder der Familie, die über dem Laden wohnte. Läufer und Wandbehänge hingen von hohen Balkonen. Wäscheleinen, an denen Kleider trockneten, waren kreuz und quer über die Straße gespannt, sodass es aussah, als würden bunte Wimpel flattern.

Einen Augenblick lang wünschte Silver, dass Hiyyan bei ihr wäre, um das alles mit ihr anzuschauen. Sie guckte von links nach rechts und prägte sich jedes Detail ein. Dann schloss sie die Augen und versuchte, ihm ein Bild davon zu schicken. Ihre Finger wurden warm. Sie grinste. Sie brannte auch darauf, alles zu erkunden.

Überall waren Wasserdrachen. In den Mosaiken, in Stoffe eingewebt, sogar in Stein gehauen am Fries von Gebäuden.

Silver klappte der Mund auf. »Ich hab das Gefühl, ich bin in meine Träume geraten – und weiß gar nicht, was ich als Nächstes tun soll.«

Sie schnupperte. Irgendwo ganz in der Nähe wurde Fleisch auf offener Flamme gegrillt. Brajon atmete tief ein.

»Ich weiß, was zu tun ist. Wir müssen was zu essen finden.« Brajon und Silver schlängelten sich durch die Menge und folgten dem verführerischen Duft.

In den Erdgeschossen standen die Ladentüren offen, und die Ladenbesitzer riefen Freunde und Nachbarn herbei, damit sie sich die neuesten Auslagen von Waren anschauten, die fürs Herbstfestival eingetroffen waren.

Es gab Läden für Porzellan, für einfache Metallarbeiten, Kleidung und Dörrfrüchte. Die meisten Leute gingen zu Fuß, doch ab und zu rollte ein berädertes Gefährt vorbei. Karren voll Obst und Gemüse wurden von Hand gezogen oder Körbe mit frischem Fisch oder getrocknetem Sukkulententee mit Kettenantrieb gezogen. Silver hielt nach dem Maze Market Ausschau, aber sie schienen noch nicht in der Nähe des Palastes zu sein.

Verstohlen schaute sie auf Nebekkers Anhänger, doch der war ruhig und dunkel. Die Stadt dagegen war bunt und voller Energie, die Silver belebte, ihr aber auch deutlich machte, wie müde sie war. Sie mussten etwas zu essen finden und sich ausruhen. Möglichst schnell.

Silver zog die Arme an den Körper und machte sich klein, trotzdem bekam sie Rippenstöße ab und wurde geschubst. In Jaspaton schlenderten die Leute nebeneinander her, und oft hielten sie sich dabei an den Händen, aber in Jaspaton konnte man auch meilenweit in die Wüste schauen. Man spürte die Luft um sich und konnte atmen. Hier in Calidia war alles auf einem Haufen zusammengedrängt, und die Gebäude verhinderten, dass man mehr als ein paar Schritte weit sehen konnte. Silver fühlte sich unbedeutend in der Menge.

Und vielleicht war das ganz gut so. Schließlich wollten sie nicht bemerkt werden.

Das Gewicht der Juwelen aus der Werkstatt ihres Vaters machte Silvers Beutel, ihren Gang und ihr Herz schwer.

Wahrscheinlich reichte das Geld von Nebekker für eine Mahlzeit, trotzdem wollte Silver die Juwelen unbedingt loswerden.

Sie sah sich die Schilder ringsum genauer an. »Ich glaube, wir müssen uns hiermit begnügen, einen Juwelier kann ich nicht entdecken«, sagte sie und zeigte auf einen Stoffhandel.

»Aber das Essen?«, sagte Brajon.

»Muss warten. Erst das hier.«

Sie ging direkt in den hinteren Teil des Ladens, wo eine Frau mit einem verkniffenen Gesicht den in feine Seidenstoffe gehüllten Kunden Tee servierte. Die Kunden schauten verächtlich weg, als Silver sich näherte.

»Hier haben nur Kunden Zutritt.« Die Frau rümpfte die Nase.

»Ich bin eine Kundin«, erwiderte Silver. »Kaufen Sie Schmuck an? Ich habe etwas Wertvolles.« Sie zog einen Ring aus ihrem Beutel und hielt ihn ihr auf der Handfläche hin.

Der Frau klappte der Mund auf. »Wo hast du den her?«

»Das … ist meiner. Es …«

»So ein hergelaufenes Ding wie du besitzt kein so edles Schmuckstück. Diebin! Ruft die Wächter!«

»Nein! Ich …«

Brajon zog Silver aus dem Laden, ehe die Frau wieder nach den Wächtern rufen konnte. Sie liefen auf die Straße, wichen einer Gruppe kreischender Kinder aus und flitzten um eine Ecke.

»Da ist sie«, sagte jemand am Ende der Gasse.

Silver atmete schneller. Das war einer der Kunden aus dem Stoffladen. Ein älterer Mann mit weißen Haaren in einem langen lavendelfarbenen Gewand. Er kam auf sie zu.

»Der Ring gehört mir«, wiederholte Silver. Sie wollte nicht sagen, dass sie keine Diebin war, das wäre ja gelogen.

»Das stimmt«, bestätigte Brajon.

»Ich glaube dir«, sagte der Mann, der die beiden musterte. »Hältst du ihn noch mal hoch? Schnell! In dieser Stadt sind überall Wächter.«

Als Silver zögerte, beugte er sich weiter zu ihr herüber. »Keine Angst. Ich bin am Ankauf interessiert.«

Silver und ihr Vetter wechselten einen Blick. Brajon presste die Lippen aufeinander und schüttelte leicht den Kopf. Aber hatten sie eine Wahl? Sie brauchten Geld. Silver zeigte dem Mann den Ring.

»So eine schöne Arbeit. Gold und Rubine.« Der Mann überlegte einen Moment und machte sein Angebot.

Silver hätte beinahe nach Luft geschnappt. Er wollte weniger als ein Drittel des Wertes geben. Rami Dust hätte das abgelehnt. Aber sie war nicht ihr Vater – und was blieb ihr anderes übrig? Ihr Magen knurrte. Der alte Mann lächelte wissend.

»Ich verkaufe«, sagte Silver. »Für deinen Preis.«

»Und für dein Schweigen«, sagte Brajon.

»Ist jemand hinter euch her? Doch wohl nicht?« Der alte Mann zuckte mit den Schultern. »Dann sind mir eure Schwierigkeiten egal. Morgen breche ich zu den Bergen im Süden auf, da werde ich dafür einen guten Preis bekommen.«

Silver nahm die erbärmliche Handvoll Münzen und schaute dem Mann nach, der mit dem Ring davonging.

»Zusammen mit Nebekkers Geld sollte das für Essen und Vorräte reichen«, sagte Silver, doch es tat ihr weh, dass sie übervorteilt worden war.

»Du hast das gut gemacht«, sagte Brajon.

»Du auch. *Und dein Schweigen*«, Silver machte Brajons Stimme nach.

Brajon lachte. »Ich kam mir vor wie ein geheimnisvoller Händler, der viel zu verbergen hat. Und ich wollte nicht nervös wirken. Ich hatte schon befürchtet, dass er die Wachen anschleppt.«

Die beiden gingen zurück zur Hauptstraße. Silver zeigte auf einen kleinen Stand mit einem steinernen Kessel in Form eines Drachenkopfes. Das offene Maul war himmelwärts gerichtet und spuckte Feuer. Dahinter wendete eine rundliche Frau Spieße mit Fleisch über den Flammen, während eine andere Frau neben ihr Teig zu runden Fladen ausrollte, die zum Garen neben die Fleischspieße gelegt wurden.

Eine Schlange von etwa zwölf Kunden wartete vor dem Stand. Silver und Brajon stellten sich mit an und traten ungeduldig von einem Fuß auf den anderen. Silver lief das Wasser im Mund zusammen, sie war so hungrig, dass sie an nichts anderes denken konnte. Nicht an Kirja, nicht an Arkilah, nicht an Sagittaria Wonder. Wenigstens wusste sie, dass Hiyyan genüsslich jede Menge Flussfische vertilgen würde.

Als sie endlich an der Reihe waren, zeigte Silver nur mit dem Finger auf die Spieße. Sie traute sich nicht, den Mund aufzumachen, am Ende würde sie noch den ganzen Stand verschlingen.

»Einen!«, rief die Frau, die das Fleisch auf dem Feuer wendete.

»Fünf!«, hielt Brajon dagegen.

Die Frau kniff die Augen zusammen, dann zuckte sie mit den Schultern. Sie zog fünf Fladen Brot vom Grill und legte auf jeden einen Fleischspieß, den sie mit Kräutern bestreut und mit einem Klecks Joghurt darauf Brajon reichte. Er pustete, während Silver die Münzen aus der Tasche holte und bezahlte.

Die beiden suchten sich eine ruhige Ecke, in der sie sich auf eine Türschwelle hockten. Der Wunsch, einfach nur dazusitzen und die köstlichen Essensgerüche einzuatmen, stand im Widerstreit mit Silvers Bedürfnis, sich alles auf einmal in den Mund zu stopfen und mit einem Happs zu verschlingen. Dieses Problem plagte Brajon nicht, er war bereits beim zweiten Spieß, als Silver den ersten Bissen nahm.

»Bei allen Dünen der Wüste«, murmelte er mit vollem Mund. »Das ist wunderbar.«

Etwas Besseres als das warme, weiche Brot und das heiße, saftige Fleisch hatte Silver noch nie im Leben gegessen. Sie hätte weinen können. Stattdessen nahm sie noch einen Bissen. Und einen weiteren.

Als sie mit dem zweiten Spieß fertig war und Brajon sich die Finger nach seinem dritten leckte, lehnten sie sich beide mit den Händen auf den Bäuchen an die Mauer zurück.

»Ich fühle mich wie ein neuer Mensch«, sagte Brajon. »Ich muss zugeben, dass das Essen in Calidia fast so gut ist wie das meiner Mutter. Ich bin so satt, ich könnte gleich hier einschlafen.«

Er schloss die Augen, aber Silver zerrte an seiner Hand und stand auf.

»Komm mit!« Sie lachte. Sie war erfrischt und bald würde es dunkel werden. Sie mussten also anfangen, nach Arkilah zu suchen. Abgesehen davon wollte sie den Rest von Calidia sehen.

Sie tauchten wieder in die Menschenmenge ein. Wie in Jaspaton kamen auch in dieser Stadt am Abend die Leute in Scharen nach draußen, die Mittagshitze war vorüber und die Mauern gaben ihre Wärme wieder an den Himmel ab. Sie entdeckte einen Schalverkäufer und konnte sich nur schwer entscheiden, ob sie einen leuchtend orangefarbenen Schal oder einen mit großen grünen Flachrückenwasserdrachen wählen sollte.

»Orange«, sagte Silver schließlich. Wahrscheinlich war es besser, zunächst noch keine Verbindung zu Wasserdrachen zur Schau zu stellen. Für Brajon wählte sie ein schwarzes Tropfenmuster. Trotz allem, was sie in Calidia zu erledigen hatten, und dem hartnäckigen Schuldgefühl, das sie wegen des Schmuckverkaufs plagte, hatte Silver Spaß an dem Geld. Etwas davon für die endlosen Schätze der Königsstadt auszugeben, gab ihr ein Gefühl großer Freiheit.

Sie kannten sich nicht aus, aber die Straßen schienen sachte bergab auf die Stadtmitte zuzulaufen. Voranzukommen war nicht so ermüdend wie in Jaspaton. Je weiter sie in das Labyrinth von Calidia vordrangen, desto geschäftiger wurde das Treiben. Die Gebäude waren höher, die Geräusche lauter, die Gerüche stärker. Man sah Konstruktionen aus Metall und Glas in Verbindung mit Sandstein und auch Granit in vielen Farben, der – wie Silver wusste – aus den Steinbrüchen ganz weit im Süden kam.

Und dann gab es keinen Sandstein mehr, nur noch Glas, Metall, weißen Granit und das Grün üppiger, niedriger Pflanzen, die Silver nie zuvor gesehen hatte, und das Glitzern großer, flacher Becken mit ganz blauem Wasser.

Silver schnappte nach Luft und blieb plötzlich stehen.

Sie waren am Palast angekommen.

23. Kapitel

Eine niedrige weiße Mauer umgab den ganzen Palast. Wenigstens nahm Silver an, dass die Mauer ganz herumführte. Das Gelände war so groß, dass es nicht leicht zu überschauen war. Das Gebäude in der Mitte hatte die Form eines riesigen Rechtecks mit abgerundeten Ecken. Mit den leicht gewölbten Dächern unterschied der Palast sich deutlich von den anderen Gebäuden der Stadt. Seine Form hatte etwas Fließendes, manche Mauern waren gerade, andere geschwungen – und sechs Türme flankierten ihn, drei auf jeder Seite. Von jedem flatterte die königliche Flagge Calidias, ein Kreis aus Edelsteinen auf schwarzem Grund. Gold und Silber funkelte ihnen aus allen Richtungen entgegen. Die Edelmetalle schmückten die Turmwände und Dächer, die Statuen in den Wasserbecken und die Tür- und Fensterlaibungen.

»Da! Hörst du das?«, sagte Silver zu ihrem Vetter.

»Ich höre gar nichts.«

»Genau. Hier ist es so still. Hier sind nicht so viele Leute. Und sie haben es nicht so eilig.«

Als sie sich den Wasserbecken näherten, schaute Silver sich die aus dem Wasser ragenden Statuen genauer an. Es waren ausschließlich Drachen. Arten, die sie meinte aus den

Geschichten der Händler zu kennen, und solche, die ihr völlig unbekannt waren. Mitten zwischen den Statuen ragten dünne Ruten auf, an denen Glocken hingen. Wenn eine Brise sie streifte, erklang ganz leise eine beruhigende Melodie.

»Oh, sieh nur!«, quiekte Silver. Sie sprang über einen niedrigen Zaun und rannte auf eines der Becken zu, in dem ein kleines Wesen langsam im Kreis herumschwamm. Sobald dieses Wesen sie kommen sah, erhob es die lange, hornförmige Schnauze und stieß einen schrillen Warnschrei aus.

»Du da!« Eine wütende Stimme tönte über das Palastgelände. »Weg da, sonst nehme ich dich fest!«

Ein von Kopf bis Fuß in Weiß gekleideter Mann rannte auf sie zu. Silver hatte ihn nicht bemerkt, weil seine Kleider sich nicht von den Palastwänden abhoben, aber jetzt nahm sie die vielen Wachen wahr, die – alle weiß gekleidet – eng an den Mauern standen. Wie viele andere Wächter in der Stadt mochten sie übersehen haben? Silver sträubten sich die Nackenhaare. Sie würden vorsichtiger sein müssen.

Hastig wich sie zurück. »Tut mir leid!«

»Du darfst nicht hier reinkommen. Es gilt als Hochverrat, den Besitz der Königin unbefugt zu betreten.«

»Ich …« Silver zeigte auf das kleine Wesen, das wieder im Becken seine Kreise zog. Der grau-schwarz gestreifte Schwanz und die schwarzen Fellbüschel auf seinem Kopf wippten beim Schwimmen hin und her. »So einen habe ich nur noch nie gesehen.«

Plötzlich lächelte der Wächter und sein Gesicht wurde ganz freundlich. »Du hast noch nie einen Abruq gesehen? Dann bist du nicht aus Calidia. Sind feine kleine Wasserdrachen. Machen Krach, der Tote aufwecken kann. Ausgesprochen nützlich.«

»Sind die niedlich!«

»Genau die richtige Größe, um sie zum Knuddeln auf den Arm zu nehmen, nicht wahr?« Der Wächter schüttelte den Kopf. »Dazu sind sie viel zu zappelig, die halten keinen Augenblick still. Und wie ich schon sagte, die machen Lärm. Gute Haustiere geben die nicht ab. Bei Leuten, die versuchen, Abruq zu halten, liegt das Haus schon nach dem ersten Tag in Trümmern. Aber gerechterweise muss ich sagen, dass sich wohl kein einziger Wasserdrache gut als Haustier eignen würde. Sogar die sanfteren brauchen so viel Futter und Wasser …«

»Weißt du alles über Wasserdrachen?«, fragte Silver hoffnungsvoll. Vielleicht war ihm ja bekannt, wo die Drachen gehalten wurden.

»Einiges, und ich könnte den ganzen Tag drüber reden, wenn mich meine Wächterpflichten nicht davon abhielten. Jetzt wird es aber Zeit für dich, von den Rasenflächen der Königin zu verschwinden. Also, zieh ab.«

Mit gesenktem Kopf ging Silver zum Zaun zurück und kletterte hinüber auf die Straße. Zum Abschied hob der Wächter das Kinn ein wenig, dann trat er wieder zurück an seinen Platz an der Palastwand.

»Warte«, rief Silver. »Kannst du uns sagen, wo der Basar ist?«

Der Wächter zeigte über Silvers Schulter hinweg auf eine schattige Gasse. »Das ist der Eingang, aber in der Dämmerung schließen sie. In den Stunden der Gemeinschaft will keiner arbeiten.«

Silver blinzelte, um sich den Eingang zum Basar genauer anzusehen, aber Brajon schüttelte den Kopf.

»Komm«, sagte er, »wir suchen uns irgendwo einen Schlafplatz und versuchen es morgen früh.«

Silver überkam das Gefühl, dass die Zeit drängte. »Wir können jetzt nicht schlafen. Wir wissen ja nicht mal, wie viel Zeit uns bleibt, bis die Rennen beginnen. Wir müssen Arkilah finden, und zwar bald, sonst wird Kirja …« Sie konnte den schrecklichen Gedanken nicht aussprechen.

»Wir werden sie finden. Wir haben gegen ein Höhlenungeheuer gekämpft, um zu ihr zu kommen!« Brajon schaute nach links und rechts, dann zu den weißen Mauern des Palastes. »Entschuldige bitte«, rief er dem Wächter zu. »Haben wir die Qualifizierungsrennen verpasst?«

»Ihr kommt gerade noch rechtzeitig«, rief der Wächter zurück. »Ab morgen früh kann man sich registrieren lassen, die Rennen fangen am Nachmittag an.«

»Siehst du«, sagte Brajon zu Silver. »Wir haben Zeit und Nebekkers Freundin finden wir heute Abend nicht mehr. In unbekannten Städten sollte man nachts nicht durch die Straßen irren.«

Silver wollte ihm widersprechen, weil sie glaubte, dass der Schutz der Dunkelheit für ihre Suche von Vorteil sein konnte.

Doch dann ließen Geräusche sie herumfahren. Ein Karren raste so schnell die Straße entlang auf sie zu, dass es ganz so aussah, als würden die Räder jeden Augenblick abspringen.

»Lauf, du Mistvieh!«, brüllte der Fahrer und ließ die Peitsche über dem Kopf des Zugtiers knallen.

Ein Haufen vor Wut schreiender Leute wirbelte bei der Verfolgung des Karrens Staub und kleine Steine auf.

»Haltet ihn!«, rief einer der Verfolger. Auch andere Stimmen wurden laut, und sogar die Abruq in den kleinen Wasserbecken vorm Palast reckten ihre Schnauzen und schlugen Alarm. Die Wächter eilten herbei, um sich ein Bild von der Lage zu machen.

Hinten auf dem Karren konnte Silver etwas Glitzerndes in Lila und Silber ausmachen, doch sie war sicher, dass nur sie das verzweifelte Wimmern gehört hatte. Ein Wasserdrache!

Nebekkers Worte klangen ihr in den Ohren: *Vor den Rennen nehmen die Diebstähle überhand.*

Silver stellte sich vor, dass Hiyyan in dem Karren steckte, und tat das einzig Mögliche. Sie trat mitten auf die Straße und stellte sich dem Karren in den Weg.

»Halt!«, schrie sie und riss die Arme hoch.

»Holla, Mädchen! Weg da!«, brüllte der Karrenlenker und zerrte an den Zügeln.

Die Zeit schien langsamer abzulaufen, als der Karren auf Silver zuschoss. In der Menge schrien Leute auf, die sie auf der Straße sahen. Der Wächter in Weiß sprang über die Palastmauer.

Silver wusste, dass der Fahrer, selbst wenn er wollte, das Zugtier nicht schnell genug um sie herumlenken konnte. Er versuchte es nicht einmal, sondern senkte den Kopf und hielt verbissen an seinem Kurs fest.

Trotzdem blieb sie stehen.

Bis der Wächter sich auf sie stürzte und sie aus der Gefahrenzone schleuderte. Sie landete hart auf dem Rücken und musste nach Luft schnappen. Die Menge rannte vorbei, das Geschrei legte sich und der Staub auch.

»Silver!« Brajon fiel neben ihr auf die Knie. »Bist du verletzt, Cousine?«

»Ist sie nicht«, sagte der Wächter. »Sie ist verrückt! Was hast du dir nur dabei gedacht, Mädchen?«

»Dieb«, sagte Silver mit schwacher Stimme und spuckte Staub aus. »Ich konnte ihn doch nicht den Wasserdrachen stehlen lassen.«

»Dem Dieb ist dein Leben weniger wert als das des Drachen«, schalt der Wächter.

Silver setzte sich auf und sah sich um. Der Karren war umgekippt, die Menge ging auf den Lenker los.

»Sie haben ihn gestoppt!«, rief sie. »Wie haben sie das gemacht?«

»Dein Vetter hat seinen Beutel nach dem Zugtier geworfen«, sagte der Wächter. »Das hat ihn so erschreckt, dass die Fahrt ganz plötzlich vorbei war.«

Silver schlang die Arme um Brajon und sah ihn dann bewundernd an. »Gut überlegt!«

»Anders als du«, erwiderte er. »Du hättest dabei draufgehen können.«

»Ich hab mir vorgestellt, wie das wohl wäre, wenn ich ...« Silver schaute schnell zum Wächter und senkte dann die Stimme zum Flüstern. »... meinen verlieren würde. Da konnte ich nicht anders.«

Der Wächter schaute neugierig von Silver zu Brajon und wieder zurück, doch dann packte ein ganz in Dunkelblau gekleideter Mann aus der Menge ihn an der Schulter.

»Nimm diesen Kerl da fest!« Die Augen des Mannes sprühten Feuer, als er auf den Karrenlenker zeigte. »Der hat versucht, den Wasserdrachen meines Herrn zu stehlen.«

»Pass bloß auf, dass du dich nicht in Schwierigkeiten bringst«, sagte der Wächter zu Silver, ehe er sich um den Dieb kümmerte.

»Silver«, sagte Brajon, der Rami Dusts Stimme perfekt nachahmte. »Schaffst du es, dich nicht in Schwierigkeiten zu bringen?«

Silver kicherte.

»Komm«, sagte Brajon dann. »Noch mehr Aufmerksamkeit können wir nicht gebrauchen.«

Silver wollte bleiben und sehen, welche Art Wasserdrachen aus dem Karren befreit werden würde, doch Brajon zog hartnäckig an ihrem Arm, also folgte sie ihm. Alle paar Schritte schaute sie jedoch zurück.

Die Sonne verschmolz mit dem Horizont. Der Palast vollzog den Wandel von Tag zu Nacht. Licht schien durch die Fenster des oberen Stockwerks. Überall im Garten leuchteten die Laternen auf, obwohl niemand zu sehen war, der sie anzündete. Die goldenen Verzierungen an den Mauern schimmerten und glänzten um die Wette mit den Sternen. Die gestreiften Schwänze der Abruq glitzerten im Mondschein.

Oben im Palast wurde ein Fenster aufgerissen – und da war sie.

Königin Imea.

24. Kapitel

Silver blieb stehen und starrte die Monarchin an, deren Blick über ganz Calidia hinwegging, ganz so als würde er von der weiten Wüste vor der Stadt angezogen. Dann warf die Königin die Haare über die Schulter und verschwand ebenso schnell wieder vom Fenster, wie sie erschienen war.

Selbst aus der Entfernung hatte Silver bemerkt, dass die Königin aufgewühlt war. Ihre Bewegungen waren so abrupt gewesen. Eine andere Frau, die in bunte Schals mit Fransen gehüllt war, erschien und schloss die Fenster, dann verschwand auch sie. Im Raum ging das Licht aus.

»Komm, trödele nicht herum!« Brajon zerrte Silver um eine Ecke und der Palast war nicht mehr in Sicht. »Ich weiß, dass ich hier hinten irgendwo einen Gasthof gesehen habe. Wo war der nur?«

Die Straßen, denen sie am Tag so leicht hatten folgen können, wurden nach Einbruch der Dunkelheit zum Labyrinth. Sie bogen in eine Straße ein, stellten fest, dass es nicht die richtige war, und gingen zurück. Verwirrung vertrieb die Aufregung, Müdigkeit trat an ihre Stelle. Weiter zu laufen wurde schrecklich mühsam.

Silver sorgte sich um Hiyyan. Sie befürchtete, dass sie Arkilah niemals finden würden. Einen Tag hatten sie, um Kirja zu retten. Voller Sorge tasteten ihre Finger nach Nebekkers kühlem Anhänger. Sie durfte nicht scheitern. Nebekker verließ sich auf sie.

Bei dem Gedanken an die alte Frau spürte sie einen Kreis aus Wärme auf der Brust. Sie drückte die Hand fest auf den Anhänger. Bedeutete das, dass Kirja in der Nähe war? Silver drehte sich langsam im Kreis, abgesehen von den kleinen Wasserbecken konnte sie keinen Ort ausmachen, an dem ein Aquinder versteckt werden konnte. Der Anhänger wurde wieder kalt.

Sie ließ die Schultern hängen. Wenn sie nicht bald einen Gasthof fanden, müssten sie auf einer Türschwelle schlafen. Sie schaute die Straßen entlang und entdeckte eine Gruppe von Leuten, zwei Männer und einen Jungen in ihrem Alter, von Kopf bis Fuß in maßgeschneiderte dunkelblaue Gewänder gekleidet. Einen Mann aus der Menge der Verfolger erkannte sie wieder, es war derjenige, der vorhin den Wächter geholt hatte. Die drei betraten ein Gebäude.

»Da! Ich sehe ein Gasthaus!« Silver und Brajon flitzten über die Straße und folgten dem Trio.

Der Gastraum voller Menschen, die an Tischen saßen, aus Kristallgläsern tranken und durcheinanderredeten. Der Junge in Dunkelblau drehte sich um und schaute Silver einen Augenblick lang an. Silver versuchte, seinem Blick trotzig standzuhalten, doch als das ungemütlich wurde, konzentrierte sie sich auf ein etwa gleichaltriges Mädchen, das am anderen Ende des Raumes putzte. Das Mädchen musterte sie beide und machte sich wieder an ihre Arbeit.

Brajon trat vor. »Wir hätten gern ein Zimmer, bitte.«

Der Wirt kam, sah Brajon und Silver an und hielt sich die Nase zu. »Für dreckige Hafenkinder wie euch haben wir nichts. Raus hier!«

»Aber wir können bezahlen«, protestierte Silver und griff in ihren Beutel.

Der Mann ging auf sie los und zerrte sie auf die Straße. Als er die Tür hinter sich zugeknallt hatte, hörte Silver, wie er mit einer Stimme wie Rosensirup der Dreiergruppe weiterhalf.

»Aber wir haben zuerst um ein Zimmer gebeten.« Silver war sauer.

»Die sehen eben nicht aus, als wären sie gerade aus einer Höhle gekrochen«, sagte Brajon. »Also bleibt uns nur die Türschwelle.«

»He!« Das scharfe Flüstern kam aus einem der oberen Fenster des Gasthauses. Das Mädchen, das eben noch geputzt hatte, steckte den Kopf heraus und winkte ihnen zu, dann schaute es kurz über die Schulter und wieder zu ihnen hinunter. Es zeigte zum Ende der Straße. »Wartet da auf mich.«

Silver ging gleich los, doch Brajon blieb zurück.

»Ich glaube nicht, dass wir ihr trauen können«, sagte er.

»Uns bleibt nichts anderes übrig«, sagte Silver.

»Und wenn sie diesem Mann nun sagt, wo wir sind, damit er uns ordentlich verprügeln kann?« Brajon verschränkte die Arme vor der Brust. »So gemeine Leute wie die Calidier sind mir noch nie begegnet. Ich kann es gar nicht erwarten, wieder nach Hause zu kommen. Lass uns einen Platz suchen, an dem wir die Nacht sicher durchwachen können, dann finden wir Arkilah bei Sonnenaufgang, schnappen uns Kirja und nichts wie weg hier.«

Silver zögerte, sie nagte an der Unterlippe.

»Denk an Hiyyan, der in den Flusshöhlen wartet«, drängte Brajon. »Wahrscheinlich vermisst er dich. Wenn er überhaupt noch da ist.«

»Sag so was nicht!«, schrie Silver, dann senkte sie die Stimme, damit Vorübergehende nicht mithören konnten. »Selbst wenn unser Plan so glattgeht, wie du ihn eben vorgezeichnet hast, können wir Calidia nicht vor dem Nachmittag verlassen. Wenn ich kein Rennen auf Hiyyan reite, wenn ich ihn nicht einfordere, kann er genauso leicht gestohlen werden wie Kirja.«

»Ein Rennen auf ihm reiten? Kommt gar nicht infrage. Warum kann er sich nicht verstecken? Kirja hat jahrelang versteckt gelebt.«

»Aber sie ist gefunden worden. Und da Sagittaria Wonder jetzt weiß, dass Aquinder existieren, ist es nur eine Frage der Zeit, bis er entdeckt wird. Ich muss tun, was ich nur kann, um Hiyyan zu beschützen.«

»Wir müssen uns darauf konzentrieren, Kirja zu retten. Das ist unsere Aufgabe«, sagte Brajon entnervt. »Wir sind nicht hier, damit du nur so als Nervenkitzel Wasserdrachenrennen reiten kannst!«

Silver schüttelte den Kopf. »Es geht nicht um den Nervenkitzel! Du verstehst das nicht. Ich weiß, was das Beste für meinen Wasserdrachen ist, und ich muss dafür sorgen, dass er mir niemals gestohlen werden kann. Wenn du lieber gehen willst, dann geh. Ich finde Arkilah schon alleine. Vielleicht bitte ich das Mädchen aus dem Gasthaus um Hilfe.«

»So ist das also? Ich soll einfach gehen?« Brajons Gesicht lief rosa an. »Nach allem, was ich getan habe? Ohne mich wärst du nie so weit gekommen. Du wärst von diesem Karren überrollt worden, wenn ich nicht gewesen wäre. Du wärst von diesem Ungeheuer in der Höhle in Stücke gerissen worden und die Würmer hätten dich bei lebendigem Leibe ausgelutscht und …«

»Wenn du nicht gewesen wärst, hätte ich auf Hiyyan durch den Fluss schwimmen können, ich wäre schon einen Tag früher hier gewesen, hätte Kirja gerettet und wäre längst wieder zurück in Jaspaton!«

»Dann nimm das Vieh und flieg auf die andere Seite der Welt. Vielleicht findest du da ja Leute, die dich tatsächlich mögen.«

Silver schnappte nach Luft. Das hatte gesessen. So hatte Brajon noch nie mit ihr gesprochen.

»Mir ist ein Fliegender Schwarzäugiger Skorpion lieber als ein falscher Dwakka wie …«

»Haltet den Mund, alle beide!« Da war es wieder, dieses durchdringende Flüstern. Das Mädchen aus dem Gasthaus war wie aus dem Nichts aufgetaucht und funkelte sie wütend an. »Folgt mir.«

Es flitzte zum Ende der Straße und um die Ecke. Hinter den Häusern erstreckte sich eine im Schatten liegende Gasse, deren Ende nicht auszumachen war. In diese lief das Mädchen hinein.

»Nun kommt schon«, rief es über die Schulter hinweg.

Silver mied den Blick ihres Vetters und betrat die Gasse. Brajon folgte ihr, jedoch nicht ohne laut zu seufzen, damit Silver ja nicht entging, wie sauer er war.

»Hier«, sagte das Mädchen und hielt eine schlichte Tür auf.

Silver betrat eine winzige Kammer mit nur einem kleinen quadratischen Fenster, das den spärlichen Laternenschein aus der Gasse hereinließ. Als sich ihre Augen an die Umgebung gewöhnt hatten, sah sie eine Matte mit einer Decke, eine Schüssel und einen Krug mit dampfendem Wasser. In der Ecke lag ein kleiner Haufen ordentlich gefalteter Kleider.

»Wo sind wir?«, fragte Silver.

»In meiner Kammer. Das hier ist der hintere Teil des Gasthauses. Nun ja, ein kleiner Verschlag im hinteren Teil.«

»Du wohnst hier?«, sagte Silver ungläubig. Sofort wurde sie rot, denn das Gesicht des Mädchens nahm einen verschlossenen Ausdruck an. Sie hatte das Mädchen nicht beleidigen wollen, aber sie war so verblüfft, weil es keine Kissen, Bücher, Bilder oder sonst irgendwas gab, das ihr zu gehören schien. »Was ich damit sagen wollte, ist: Wir können nicht in deinem Zuhause bleiben. Das ist zu großzügig.«

»Das ist kein mildtätiges Angebot. Du hast gesagt, ihr könnt zahlen.« Das Mädchen verdrehte die Augen und streckte die Hand aus.

»Oh.« Silver suchte so viele Münzen zusammen, dass es für einen Kreis auf ihrer Handfläche reichte, und gab sie dem Mädchen, das sie mit kritischem Blick betrachtete.

»Ich hatte mehr erhofft, aber das geht schon in Ordnung, schließlich hast du eine Vorliebe für Wasserdrachen.« Das Mädchen steckte die Münzen in die Schürzentasche.

»Was meinst du damit?«

»Ich hab mitgehört, als der Mann in Blau von einem Straßenkind mit schlecht geschnittenen Haaren sprach, das sich einem Wasserdrachendieb in den Weg gestellt hat. Da hab ich mir gedacht, dass du das wohl bist.« Sie hielt sich die Nase zu. »Diese Beschreibung trifft nämlich nicht auf allzu viele Leute in dieser Gegend zu.«

»Wir sind keine Straßenkinder«, sagte Brajon. »Wir sind nur lange Zeit unter – aua!«

Silver bohrte die Hacke in Brajons Zehen. »Ja, wir haben einem Wasserdrachen geholfen.«

Das Mädchen nickte. »Freunde von Wasserdrachen sind hier willkommen.«

»Aber wo willst du schlafen?« Silver schaute sich in der Kammer um.

»In der Küche. Meistens schlafe ich sowieso da. Die Köchin gibt mir zu gern mitten in der Nacht irgendwelche Aufgaben. So muss sie wenigstens nicht hier rüberkommen, um mich zu wecken.«

Sie machte ein trotziges Gesicht, doch Silver konnte sehen, wie erschöpft sie war.

»Ich hab euch heißes Wasser zum Waschen gebracht.«

»Wir haben es kapiert, der Gastwirt hat es uns zu verstehen gegeben. Wir stinken«, sagte Brajon trocken.

»So schmutzige Kinder, wie ihr es seid, würde Herr Homm niemals ins Gasthaus lassen. Abgesehen davon ist alles belegt, zumindest bis die Drachenrennen vorüber sind. Wenn ihr zugucken wollt, geht ihr am besten morgen ganz früh zur Kaimauer runter. Die Leute brechen schon vor Sonnenaufgang dahin auf, um einen guten Platz zu ergattern.«

Silver biss sich auf die Lippe. Sie mussten Arkilah finden und Kirja holen – und das bald. »Und wo finden wir diese Kaimauer?«

Das Mädchen guckte sie fragend an. »Weißt du denn überhaupt nichts? Am Meer natürlich. Südlich von den Docks. Ich werde auch versuchen zu kommen. Wenn Herr Homm mich gehen lässt. Zurzeit sind über hundert Drachen in Calidia, die sich qualifizieren wollen. Oder bloß registriert werden.«

»Für eine Putzfrau weißt du ja wirklich viel über die Rennen«, sagte Brajon.

Das Mädchen funkelte ihn giftig an, drehte sich dann aber um und schluckte. »Du weißt gar nichts über mich.« Es wählte ihre Worte mit Bedacht. »Ich verstehe mich darauf zuzuhören. Eine wie ich wird nicht beachtet, deshalb reden die Leute unbefangen. Ich kenne den Klatsch in dieser Stadt besser als jede andere. Du solltest mal erleben, wie all die Rennreiter und Herrschaften hier rumsitzen und mit ihren Drachen prahlen. Alle sind sich ganz sicher, dass sie sich bei den Rennen qualifizieren und dann beim Frühlingsfestival den Pokal gewinnen. Die Absprachen, Betrügereien, das viele Geld, das beim Wetten eingesetzt wird ...« Das Mädchen schüttelte den Kopf. »Damit könnte ich mein eigenes Königreich gründen. Aber egal, ich muss mich wieder an die Arbeit machen, sonst wird Herr Homm mich noch suchen – und dann müssen wir heute Nacht alle in den Docks schlafen.«

»Warte«, sagte Silver. »Wie heißt du?«

»Mele«, rief das Mädchen über die Schulter. Dann verschwand sie um die Ecke und Silver und Brajon waren allein in dem winzigen Raum.

25. Kapitel

Silver seufzte vor Glück, als sie die Hände in die Wasserschüssel steckte. Brajon hatte ihr den Vortritt beim Waschen gelassen, er wartete draußen. Das war seine Art, sich für den Streit zu entschuldigen. In der Schüssel lag ein kleines Stück Seife, also machte Silver ihren neuen Schal nass, seifte ihn ein und wischte sich die Haut sauber. Als sie fertig war, versuchte sie den Schmutz aus dem Stoff zu waschen, aber es blieben Flecke zurück. Das war's mit dem hübschen Orange, das ihr so gut gefallen hatte.

Sie goss sich Wasser über den Kopf und sah, wie viel Dreck und Seife sie herausspülte. Sie konnte Herrn Homm keinen Vorwurf machen, dass er sie abgewiesen hatte. Erst recht nicht, wenn alle seine anderen Gäste so gut gekleidet waren wie die Männer in Blau, denen sie ins Gasthaus gefolgt waren. Woher die wohl kamen? Und welche Art Wasserdrachen hatte man versucht, ihnen zu stehlen?

Brajon klopfte an die Tür. »Bist du jetzt fertig?«

Silver schüttelte sich die Tropfen aus den Haaren und tauschte den Platz mit ihrem Vetter. Während sie vor der Tür wartete, machte sie sich über den Plan für den nächsten Tag Gedanken. Morgen würden sie zur Kaimauer gehen.

Das Wichtigste war, Kirja zu finden, das wusste sie, aber … sie musste sich auch hier und jetzt als Rennreiterin beweisen. Wenn sie sich für eines der Rennen meldete und gewann, konnte Sagittaria Wonder sie nicht ignorieren. Und wenn sie Hiyyan für sich forderte, wäre er in Sicherheit.

Das Problem war aber: Wie konnte Silver sich für ein Qualifizierungsrennen melden, ohne Hiyyan in Gefahr zu bringen?

Sie schüttelte den Kopf. Nein, sie mussten zunächst Arkilah finden. Nebekker hatte gesagt, sie könne helfen, Kirja vor Sagittaria zu retten.

Silver lief in der Gasse auf und ab. Ihr Herz tat weh. Jaspaton fehlte ihr, jedenfalls ein bisschen, und Hiyyan vermisste sie wirklich.

Hiyyan. Vielleicht konnte er ihr helfen. Silver schloss die Augen und stellte sich den Aquinder vor. Ein Gefühl von Frieden überkam sie.

In Gedanken sprach sie seinen Namen. *Kannst du mich hören aus dieser Entfernung? Ich habe eine Idee und ich brauche deine …*

»Was machst du da?«

Silver riss die Augen auf. Mele stand vor ihr und guckte sie neugierig an. Sie hatte ein kleines, in Tücher gewickeltes Paket in der Hand.

»Nichts. Ich warte nur darauf, dass Brajon mit dem Waschen fertig wird.«

Mele starrte Silver noch einen Moment länger an. »Du hast ganz angestrengt nachgedacht.«

»Ich hab mehr als Sand zwischen den Ohren«, sagte Silver grinsend.

Mele zog die Augenbrauen hoch, drang aber nicht weiter in sie ein. »Ich hab dir das hier mitgebracht.« Sie wickelte die Tücher ab und nahm den Deckel von einem kleinen Tontopf.

»Persimonenpudding!«, rief Silver. Ihr lief das Wasser im Mund zusammen. »Das wäre doch nicht nötig gewesen. Wie nett von dir.«

Mele guckte finster und drückte Silver das Geschirr in die Hand. »Das hat nichts mit Nettsein zu tun, das sind nur Reste vom Abendessen eines reichen Rennreiters. Dem war der Geschmack wohl zu gewöhnlich.«

»Das passt bestens. Ich bin gewöhnlicher als Sand. Schlecht für ihn, gut für mich.«

Zum ersten Mal hätte Mele fast gelächelt. Doch davon war gleich darauf keine Spur mehr zu sehen. »Na ja, du kannst es gebrauchen. Du bist das magerste Mädchen, das ich je gesehen habe.«

»Zum Essen ist uns auch nicht so viel Zeit geblieben, als wir gekämpft haben ...« Silver biss sich auf die Zunge. Mele hatte recht, es war leicht, in ihrer Gegenwart unvorsichtig zu reden. Und was wusste sie denn? Mele konnte durchaus eine Spionin von Sagittaria Wonder sein. Sie beendete ihren Satz mit einem schwachen »... in der Wüste«.

»Leute, die keine Ahnung vom Überleben in der Wüste haben, sollten nicht in die Wüste gehen«, sagte Mele schroff.

Silver verbarg ihr Lächeln. Das musste man sich mal vorstellen: Ein Mädchen aus Calidia wollte *ihr* was über die Wüste erzählen!

Mele drehte sich um und wollte gehen.

»Warte!«, sagte Silver. Sie traute dem Mädchen nicht, aber ihr Bauchgefühl sagte ihr, dass Mele Dinge wusste, von denen sie selber keine Ahnung hatte. »Du kennst dich also in der Wüste aus? Dann bist du nicht aus Calidia.«

»Das geht dich nichts an.« Meles Augen wurden ganz dunkel. Erst jetzt fiel Silver auf, dass sie eher grün als braun waren.

»Ich hab mich gefragt, wie du hier gelandet bist und warum du hinter Leuten herputzt, die nicht mal Persimonenpudding mögen.«

»Sei bloß still. Du kannst ja nicht mal hinter dir selbst aufräumen. Ich hab mir diese Arbeit verdient, für ein Mädchen wie mich ist das eine gute Stellung.«

Silver zog die Augenbrauen hoch. »Für ein Mädchen, das was zu verstecken hat?«

»Nein!« Aufgebracht ballte Mele die Fäuste. Sie sprach leiser: »Näher an den Wasserdrachen konnte ich keine Arbeit finden. Ich muss bleiben. Ich muss unbedingt bleiben.«

Tränen standen in ihren Augen, doch ehe Silver etwas sagen konnte, machte ein frisch geschrubbter Brajon die Tür auf. Mele nutzte das und rannte um die nächste Ecke. Silver atmete langsam aus. Mele Geheimnisse zu entlocken war schwieriger, als auf Dünen zu klettern.

Silver drängelte sich in die Kammer und ließ sich auf die Matte fallen. Sie präsentierte Brajon den Pudding. »Den teile ich mit dir, obwohl du schreckliche Sachen zu mir sagst.«

Die beiden leckten die Schüssel bis auf den letzten Rest aus.

Und als die Nacht das Zimmer schließlich in Tintenschwarz tauchte, streckte Silver sich aus und schloss die Augen für die letzte Anstrengung vor dem Schlaf.

Sie stellte sich ihren wunderschönen Aquinder vor. Seine herrliche blau-weiße Färbung, die Mähne, die mit jedem Tag länger wurde, seine strahlenden Augen und das schnelle alberne Grinsen. *Geht es dir gut?*

Silver bekam ein träges, warmes Gefühl im Bauch – und sie lächelte.

Schöne Träume, Hiyyan.

26. Kapitel

Obwohl das Fenster winzig war, badete die Morgensonne Silver auf ihrer Schlafmatte. Sie blinzelte ein paar Mal gegen das grelle Licht an und drehte sich lächelnd auf die andere Seite. Sie wusste genau, was sie zu tun hatte, um Kirja zu retten.

Brajon lag auf dem Boden und schnarchte vor sich hin wie ein Herdentier.

»Brajon, wach auf!«

»Nein danke«, murmelte er.

Silver stieß ihm den Fuß in die Seite. Kräftig.

Brajon schoss hoch. »Aua!« Er rieb sich die Rippen. »Was sollte das denn?«

»Komm, ich muss ein Rennen gewinnen.«

Brajon blinzelte seine Cousine an. »Was? Ich dachte, wir hätten beschlossen, dass du nicht reitest. Wir müssen Arkilah finden und Kirja retten.«

»Wir machen beides.« Silver packte ihre Sachen zusammen. Sie zählte ihre Münzen und nickte zufrieden, es war noch genug Geld da.

»Das geht nicht. Es sei denn, du willst ganz Calidia ein Aquinderbaby vorführen – mit einer Zielscheibe auf dem Rücken.«

»Er ist kein Baby mehr.« Silver rieb ihre Wasserdrachenbrandwunde mit dem Daumen. »Ich habe einen Plan. Hiyyan ist sicherer, wenn ich Anspruch auf ihn erhebe. Sieh dir doch an, was mit Kirja passiert ist.«

»Nebekker hatte gute Gründe dafür, nie ein Rennen auf ihr zu reiten.«

Silver hob die Hand und wollte sich gerade eine Haarsträhne hinters Ohr streichen, als ihr klar wurde, dass sie nicht mehr genug Haar dazu hatte. Sie ließ die Hand wieder sinken. »Sie hat getan, was sie für das Beste gehalten hat. Ich glaube nur, anders ist es besser.«

»Hast du bedacht, wie man in Calidia reagieren wird, wenn Sagittaria auf Kirja reitet? Und dann Hiyyan sieht?«

»Ich glaube nicht, dass Sagittaria Kirja reiten wird«, sagte Silver. »Jedenfalls nicht in der Qualifizierung.«

Queen Imeas Stimme hallte in Silvers Kopf wider. *Wozu alle Geheimnisse sofort enthüllen, das findest du wohl auch, oder? Oh, wie ich es liebe, wenn die letzte Karte auf den Tisch gelegt wird. Auf diese Art spiele ich alle meine Spiele. Politik ist sonst furchtbar langweilig.*

»Nein«, sagte Silver nachdenklich. »Die Königin wird Kirja bis zum allerletzten Rennen zurückhalten.«

»Du bist Königin Imea ein einziges Mal begegnet und schon kennst du ihre geheimsten Geheimnisse?«

»Ach was. Aber für alle Fälle gehen wir zuerst zum Basar. Arkilah wird uns helfen, Kirja zu finden, und du schmuggelst sie vor den Qualifizierungsrennen aus der Stadt. Ich komme dann bald nach.«

»Du kommst bald nach? Du meinst doch wohl, du kommst *mit?*«

Silver schüttelte den Kopf. »Ich muss das Rennen reiten, Brajon.«

Brajon trat unruhig von einem Fuß auf den anderen. »Ich weiß nicht, ob dieser Plan …«

»Hast du einen besseren?« Silver zog die Augenbrauen hoch, aber ihr Vetter sagte nichts mehr. »Gut. Es gibt nämlich keinen anderen Plan. Keine Sorge, ich habe Hiyyan, und der kann fliegen. Völlig ausgeschlossen, dass mich einer einholt.«

»Und wie willst du ihn vor der Menschenmenge in Calidia reiten, ohne preiszugeben, dass er ein Aquinder ist?«

»Ich werde Camouin auf seine Flügel streichen.« Silver reckte das Kinn vor, entschlossen, Brajons Einwände abzuwehren. »Ich hab das Höhlenungeheuer nur gestreift und für meine Hände hat das schon ausgereicht. Wir gehen zurück und« – Silver zog die Nase kraus – »ernten den Rest.«

»Du bist ja so leichtsinnig.« Brajon schüttelte den Kopf. »Wenn du mit Camouin erwischt wirst, droht dir die Todesstrafe. Und hast du Hiyyan überhaupt gefragt, ob er ins Rennen gehen will?« Da Silver schwieg, redete Brajon weiter. »Außerdem ist die wichtigste Frage noch nicht beantwortet.«

»Und die wäre?«

»Wo wird Kirja festgehalten? Das wissen wir nicht.«

Es klopfte. Silver grinste. »Pünktlich.« Sie riss die Tür auf. Mele stand in der Gasse und wischte sich noch den Schlaf aus den Augen. Sie hatte einen kleinen Teller mit Kräuterrührei mitgebracht. »Guten Morgen, Mele. Brajon und ich haben eine Frage an das Mädchen, das in dieser Stadt alles hört.«

27. Kapitel

Mele machte große Augen und wollte wegrennen, aber Silver packte sie am Arm, zog sie in die Kammer und knallte die Tür zu.

Wütend funkelte Mele ihre Übernachtungsgäste an und rieb sich den Arm. »Aua. Du bist stark für jemanden, der so klein ist.«

»Ich brauche deine Hilfe. Da wir ja beide viel für Wasserdrachen übrighaben. Du musst uns zu einer Frau namens Arkilah bringen. Sie liest aus den Sternen, im Basar.«

»Der Basar zieht sich über drei Ebenen und viele Straßen hin. Glaubst du, ich weiß, wo genau eine Frau in diesem Labyrinth steckt?« Aber Silver sah, dass Meles Blick zur Tür ging.

Sie verschränkte die Arme vor der Brust und versperrte Mele den Fluchtweg. »Gestern Abend hast du gesagt, du würdest alles hören …«

»Alles über die Rennen«, unterbrach Mele sie. »Aber in dieser Stadt leben Hunderttausende. Da weiß ich doch nicht, wo eine Person steckt!«

Silver nagte an der Unterlippe. Mele verfügte ganz bestimmt über die Information, auf die Silver aus war, doch wie sollte sie ihr die nur entlocken? Sie langte in ihren Beutel und holte eine Silbermünze heraus.

Meles Miene verfinsterte sich. »Glaubst du, du kannst mich bestechen?«

Silver zögerte, hielt ihr die Münze aber dennoch hin. »Sieh das als Zeichen der Wertschätzung. Gestern Abend hast du auch gesagt, dies sei der Ort, an dem man den Wasserdrachen am nächsten ist.«

Mele nahm die Münze, ließ sie in ihre Schürzentasche fallen und zuckte mit den Schultern. »Der Palast ist ganz in der Nähe, und jeder weiß, dass die Drachen nicht weit vom Palast gehalten werden. Das heißt nicht, dass jeder x-Beliebige Zutritt zu den königlichen Wasserbecken kriegt.«

»Aber gestern hast du gesagt, du kannst nicht weg. Du kannst es nicht. Nicht, dass du nicht wegwolltest. Warum musst du in der Nähe der Wasserdrachen bleiben?«

»Geht dich nichts an«, sagte Mele. »Ich hätte euch beiden nicht helfen sollen. Ich dachte, du wärst eine Freundin der …«

»Ich *bin* eine Freundin der Wasserdrachen.«

Silver holte tief Luft. Das war jetzt der riskanteste Teil ihres Plans. Was, wenn sie sich in Mele getäuscht hatte? Sie redete weiter, das aber in sanfterem Ton. Sie durfte sich nicht getäuscht haben. »Aber ich weiß, was ich letzte Nacht in deiner Stimme gehört habe. Ich weiß, was du fühlst, weil ich das Gleiche fühle, wenn ich an Hiyyan denke. Ich weiß, wie es ist, mit einem Wasserdrachen verbunden zu sein. Mit einem Aquinder.«

Mele schnappte nach Luft, ihre Augen funkelten gefährlich.

Silver redete schnell weiter, die Wörter überschlugen sich fast. »Ich weiß, wie das aussieht. Und ich sehe es in dir.«

Mele erstarrte, ihr Gesicht wurde ausdruckslos. In der viel zu langen Stille hämmerte Silvers Herz. Es war ein Fehler gewesen, ihre Geheimnisse zu enthüllen, davon war sie jetzt überzeugt. Bereit, die Beine unter den Arm zu nehmen, warf sie Brajon einen Blick zu.

Doch dann fing Meles Kinn an zu zittern. »Du weißt nicht, was du da redest.«

»Ich weiß es, weil …«

Mele wirbelte herum. »Nein! Du weißt nicht, was sie uns antun, wenn sie von der Verbindung erfahren.«

»Dann sag es mir!«, rief Silver. »Was machen sie?«

Meles Blick wurde unruhig, sie rang die Hände. »Ich kann dir nichts sagen. Ich weiß sowieso nicht alles. Aber eines weiß ich: Hier bin ich sicher – und mein Wasserdrachen ist da sicher, wo sie ist. Ich fühle es. Mehr können wir uns nicht erhoffen – im Moment. Wahrscheinlich nie. Eines Tages vielleicht, wenn ich genug Geld verdiene, kann ich …«

»Sie freikaufen? Warum solltest du das tun müssen, ihr gehört doch zusammen? Mele, hilf uns. Wenn wir Kirja, den Aquinder, nach dem wir suchen, gefunden haben, können wir einen Plan schmieden und sie retten. Du kannst deinen Drachen auch befreien. Dann fliehen wir alle zusammen.«

Mele fuhr sich mit der Zunge über die Lippen. »Noch ein Aquinder?« Sie lachte leise. »Ich dachte, die gibt es gar nicht.«

»Keiner weiß davon. Bitte, verrate es nicht.«

»Bestimmt nicht«, sagte Mele.

»Danke. Und wenn du uns jetzt hilfst, Arkilah zu finden, wird sie uns helfen, Kirja aus Calidia rauszubringen, bevor die Rennen beginnen.«

Mele schüttelte den Kopf. »Tut mir leid. Für ein paar

Fremde, die tatsächlich an Aquinder glauben, kann ich nicht alles riskieren. Soviel ich weiß, könnte euch die Wüste die Gehirne verdreht haben.«

Da war sie wieder, die alte Mele. Gerade als Silver angefangen hatte, sie zu mögen.

Mele seufzte. »Zwei Dinge kann ich euch sagen, aber dann bin ich fertig mit euch und den Rennen. Ich werde da nicht mit reingezogen. Abgemacht?«

Silver und Brajon wechselten einen Blick, aber Silver wusste, dass ein nervöser Wüstenfuchs nicht mal mit den schönsten Leckerbissen zu ködern war. Und Mele war nervös.

»In Ordnung«, sagte Silver. »Sag uns, was du erzählen willst, dann lassen wir dich in Ruhe.«

»Für die Sieger des Wüstenfinales gibt es einen inoffiziellen Preis. Habt ihr mal was über die Audienz der Sieger gehört?«

Als Silver den Kopf schüttelte, bedachte Mele sie mit einem besserwisserischen Blick. »Na, das überrascht mich nicht, du weißt ja kaum was über die Rennen.«

»Nun erzähl schon«, stöhnte Silver.

»Wenn man zu den fünfen gehört, die sich qualifiziert haben, bekommt man für denselben Abend eine Einladung zu einem Festessen im Palast mit einer Audienz bei der Königin. Sie gewährt jedem Gewinner einen Wunsch – das muss natürlich im Rahmen bleiben«, sagte Mele. »Meistens bitten die Gewinner um Geld. Das ist so üblich, dass schon vorher ein kleiner Tisch mit Schachteln voller Münzen neben dem Thron bereitgestellt wird, habe ich gehört.«

Mele lehnte sich verschwörerisch zu ihr herüber. »In einem Jahr hat ein Rennreiter darum gebeten, man möge seinen größten Rivalen umbringen.«

»Mord?« Brajon schaute nervös zu Silver.

»Keine Sorge. Königin Imea hat ihm ins Gesicht gelacht und ihn aus dem Palast fortgeschickt. Aber Rivalen sind tatsächlich schon umgebracht worden, allerdings nicht laut offiziellem königlichem Protokoll.«

Silver grauste es. Drachendiebstahl, enorme Wetten, Tod … Wasserdrachenrennen waren gefährlicher, als sie sich vorgestellt hatte. Trotzdem überlegte sie es sich nicht anders. Sie rieb sich wieder das Wasserdrachenmal am Handgelenk. Sie war fürs Rennen geboren.

»Wir wollen nicht, dass irgendjemand getötet wird«, sagte Silver.

»Nein, aber wenn du zu den fünf Finalisten gehörst, darfst du Königin Imea um einen Gefallen bitten und …«

»Kirja«, hauchte Silver. »Ich könnte um ihre Freiheit bitten. Wie werde ich Finalistin?«

»Du fängst unten an. Die beiden Besten aus jedem Halbfinale kommen in eines der fünf Qualifizierungsrennen. Dann heißt es: gewinnen um jeden Preis.«

Brajon wollte protestieren, er machte den Mund auf, doch dann kam nichts. Silver fühlte sich im Aufwind. Endlich lief es gut für sie.

»Danke für diese Information. Wir müssen Arkilah finden. Das ist unser Plan A. Und ich muss runter zur Kaimauer und mich für das Rennen registrieren lassen, falls die Sache mit Arkilah nicht klappt. Siegen ist unser Plan B.«

Silver warf sich den Beutel über die Schulter und wollte sich auf den Weg machen, als Brajon seine Stimme fand:

»Warte! Mele hat doch gesagt, sie habe uns zwei Sachen mitzuteilen. Was ist das Zweite?«

»Ach, das!« Mele zuckte mit den Schultern. »Die Frau, die ihr da sucht, Arkilah, die ist wahrscheinlich tot.«

Silver klappte der Mund auf. »Nein!«

»Arkilah war berühmt in dieser Gegend«, sagte Mele. »Meistens hat sie hier zu Abend gegessen. Eines Tages hat sie uns erzählt, sie sei in den Palast eingeladen worden. Sie ist hingegangen – und dann hat man nichts mehr von ihr gehört oder gesehen. Das war vor drei Jahren. Die meisten Leute glauben, sie habe jemandem etwas Schlimmes vorhergesagt und sei dafür aus dem Weg geräumt worden.«

Silver sah, wie Brajon schluckte. »Aus dem Weg geräumt«, sagte er. »Das scheint in Calidia häufig zu passieren.«

Mele zuckte wieder die Achseln.

Obwohl sie sehr besorgt war, straffte Silver die Schultern.

»Brajon, wir haben keinen Plan B mehr. Es gibt nur einen Plan. Ich muss das Rennen auf Hiyyan reiten und gewinnen!«

28. Kapitel

Das Meer – und damit auch die Docks und der Kai – konnten nur auf der anderen Seite des Palastes liegen, überlegte Silver. Der Rest der Stadt erstreckte sich nämlich in einem Halbkreis um sie herum und bestand aus Straßen und Häusern. Kein Wasser in Sicht, außer in den flachen Becken vor dem Palast, in denen die Abruq paddelten. Das konnten unmöglich die königlichen Wasserbecken sein, in denen die Renndrachen gehalten wurden, dazu waren sie nicht groß genug.

Einen Moment lang schloss sie die Augen und atmete durch die Nase. Arkilah. Nebekkers Freundin. Tot. Wie sollte Silver der alten Frau das beibringen? Sie fühlte mit Nebekker, die ohnehin nicht viele Freunde hatte – und strich mit dem Finger über den Anhänger.

Glücklicherweise konnte sie Kirja immer noch durch die Siegeraudienz aus Calidia hinausbringen, Nebekkers Freundin brauchte sie dazu nicht.

Silver machte die Augen auf. Der morgendliche Menschenansturm brachte eine enorme Energie in die Stadt.

Sowohl Calidianer als auch Besucher der Stadt zogen durch die Straßen in Palastnähe. Leute, wie die drei in Blau aus dem Gasthaus.

Silver sah die beiden Männer und den Jungen beim Verlassen des Gasthauses. Sie lachten und schlugen sich auf die Schultern. Einer der Männer musste der Rennreiter sein und der Junge sein Knappe. Plötzlich, als hätte er ihre Gedanken gehört, schaute sich der Junge um und entdeckte sie. Er zwinkerte Silver wieder zu, blieb stehen und bedeutete seinen Gefährten, ohne ihn weiterzugehen.

Silvers Gesicht brannte. Was bildete der sich ein? Dass sie zu ihm kommen würde? – Na gut, das würde sie auch.

»Heute werden wir ein gutes Frühstück brauchen.« Silver gab Brajon ein paar Münzen und zeigte auf einen Stand, vor dem eine lange Schlange stand.

Brajon nahm das Geld und stellte sich bereitwillig an, indessen ging Silver zu dem Jungen in Blau.

»Du hast dich gewaschen«, sagte der Junge. »Ich kann nur noch ein bisschen von dem Gestank von gestern Abend riechen.«

Silver klappte der Mund auf. Der Junge lachte.

»Ich ziehe dich nur auf. Das gehört zu meiner Kultur, aber ich entschuldige mich dafür, wenn du daran nicht gewöhnt bist.«

»Nein, bei uns neckt man sich auch«, sagte Silver schroff. »Wir machen das nur nicht mit Fremden.«

»Ich bin Ferdi. Jetzt bin ich für dich kein Fremder mehr. Keiner, der bereit ist, einen Wasserdrachen zu retten, ist ein Fremder für mich. Sondern ein Held.«

Obwohl der Junge so großspurig auftrat – wenn Brajon das machte, verdrehte Silver immer die Augen –, lächelte Silver ihn plötzlich an. »Ich heiße Silver.«

»Silver.« Der Junge grinste. »Du bist wegen der Rennen

hier, nehme ich an. Ich wollte gerade nach meinem Wasserdrachen sehen. Möchtest du sie kennenlernen?«

»Der Wasserdrache, der fast gestohlen worden wäre, gehört dir?« Silvers Herz machte einen Sprung, aber sie beruhigte sich schnell wieder. »Das würde ich gern, aber ich habe nicht viel Zeit.«

»Komm nur, Silver. Sie ist in den Gästebecken, nicht weit von der Kaimauer. Dauert nicht lange.« Ferdi wischte ihre Bedenken mit einer Handbewegung weg. »Dein Freund wird länger Schlange stehen, als wir brauchen. Sieh doch, was die zu tun haben. Übrigens ist sie der beste Wasserdrache, den du je gesehen hast, das verspreche ich dir.«

Ferdi schwoll die Brust. Silver gefiel, wie stolz der Junge auf seinen Wasserdrachen war, obwohl sie wusste, dass Hiyyan der beste Drache war, den sie je in ihrem Leben gesehen hatte – und sehen würde.

»Dann zeig sie mir.«

Sie gingen den breiten Weg entlang, der um den Palast herumführte, und als sie sich dem Meer näherten, staunte Silver über all die Menschen, die Fähnchen schwenkten. Die bunten Stoffstreifen waren mit den Wappen der größten Wasserdrachenreiter der Welt versehen: Das gelbe Horn auf weißem Grund war das Wappen von Honoria Messum, die Calypto ritt, den Drachen mit der Trompetenschnauze; die roten, pinkfarbenen und schwarzen Streifen der Bebisor-Rennreiter-Dynastie, in der jeder Reiter einen Bluteid auf den Sieg schwor – oder gelobte, anderenfalls zu sterben; und die Flagge der Wüstennationen auf meerblauem Grund von Sagittaria Wonder, die für die Königin selbst ins Rennen ging.

So als sei all das überhaupt nichts Neues für ihn, plauderte Ferdi weiter über seinen Wasserdrachen.

»Ich habe sie zu meinem fünften Geburtstag bekommen, aber mein Vater hat mich erst auf ihr reiten lassen, als ich acht war. Drei lange Jahre Ausbildung. Du hast ja keine Ahnung, wie gern ich mich meinem Vater widersetzt hätte. Aber meinem Vater muss man gehorchen. Er ist sehr streng.«

»Ich weiß genau, wovon du redest«, sagte Silver leise.

»Ich konnte es gar nicht fassen, als er mir erlaubt hat, allein zu diesen Rennen zu reisen! Nun ja, so allein nun auch wieder nicht.« Ferdi zeigte mit dem Daumen über die Schulter. Als Silver sich umschaute, stellte sie fest, dass einer der Männer, die sie mit Ferdi im Gasthaus gesehen hatte, hinter ihnen herschlenderte.

»Du hast Leibwachen?«

»Eher so was wie Babysitter.«

Die Menschenmenge wurde größer, und Silver bemerkte, dass mehr als eine Person stehen blieb und sie ansah oder besonders bemüht war, ihnen den Weg frei zu machen.

Sie zog die Augenbrauen zusammen. »Und wer ist dein Vater?«

Aber Ferdi fiel ihr ins Wort. »Da ist sie! Ist sie nicht ein großartiges Tier?«

Plötzlich war die Luft völlig verändert. Der Geruch von Salz und Tang, wie ihn die Händler manchmal mit nach Jaspaton brachten, stieg Silver in die Nase. Sie stellte sich auf die Zehenspitzen, um über die Köpfe der Umstehenden hinwegzuschauen.

»Oh, sie ist wieder abgetaucht«, sagte Ferdi. »Weißt du, Glithern machen das gewohnheitsmäßig.«

»Glithern?« Silver dachte nach. »Von denen hab ich noch nie gehört.«

Ferdi nickte. »Das geht vielen Leuten so. Die sind so selten, dass sie schon als Legende gelten.«

»Darüber weiß ich allerdings einiges«, sagte Silver.

Aber Ferdi war noch nicht fertig. Je aufgeregter er wurde, desto schneller redete er. »Sie sind die einzigen Wasserdrachen, die ihr ganzes Leben unter Wasser verbringen können. Selbstverständlich haben alle Wasserdrachen Kiemen, die ihnen beim Atmen unter Wasser helfen. Aber kein anderer Drache hat so große und leistungsfähige Kiemen wie der Glithern. Andere Arten können vielleicht ein paar Stunden unter Wasser bleiben – im Rennen viel weniger –, aber mein Drache? Der muss nie zum Luftholen auftauchen! Wenn wir Rennen reiten, bleibt er von Anfang bis Ende unter Wasser. Das macht Glithern zu den schnellsten Wasserdrachen des Rennuniversums. Und zu denen, die am schwersten zu finden sind.«

»Mit Ausnahme … uff!« Ein großer Mann rammte ihr den Ellenbogen in die Seite.

»Entschuldige bitte«, sagte er und dreht sich zu ihnen um. Es war der Palastwächter vom Vortag, in seiner makellosen weißen Uniform. Er lächelte Silver an, dann sah er Ferdi, und die Farbe wich aus seinem Gesicht.

»Wahrlich! Ich hatte nicht die Absicht …«, stammelte er.

»Kein Problem, es ist voll hier«, sagte Ferdi schnell und zog Silver am Arm weiter.

»Was war das denn?«, sagte sie. Aber im Inneren war sie entsetzt, weil sie Hiyyan beinahe verraten hätte. Es war schwer, nicht mit dem eigenen Wasserdrachen zu prahlen, solange Ferdi seinem Entzücken über den Glithern freien Lauf ließ.

Ferdi zuckte mit den Schultern und senkte den Kopf, sodass ihm die Haare vors Gesicht fielen. »Nichts. Nur ein freundlicher Fremder.«

Silver wusste, dass mehr dahintersteckte, aber es war besser, keine Fragen zu stellen, sonst fing er selber noch an, sie auszufragen.

»Nur ein Wüstenfuchs könnte sich hier durchschlängeln« murmelte sie, als sie sich durch die Menge drängelten.

Ferdi guckte belustigt. »Ich habe noch nie einen Wüstenfuchs gesehen. Aber – oh – guck mal da drüben!«

Dieses Mal konnte Silver den dunkelblau und leuchtend orangefarbenen Kopf eines Wasserdrachen im Wasserbecken auftauchen sehen. Er drehte ihn langsam, hielt aber inne, als er Ferdi entdeckte. Die Sonne schien auf seine Haut und reflektierte das Licht von Millionen von Regenbögen. Silver musste die Hand schützend über die Augen legen.

»So hell! So viele Farben! Auf dem Karren sah sie lila aus.«

»Sie hat jede Farbe, es hängt ganz davon ab, wie die Sonne auf ihre Haut trifft. Das ist ein weiterer Grund dafür, warum sie bei Rennen unter Wasser bleibt. Meine Gegner könnten sonst geblendet werden.«

»Ist das die Regel? Müssen Glithern bei Rennen unter Wasser bleiben?«, fragte Silver.

»Nein. Es gibt keine Regeln für die speziellen Eigenschaften eines Drachen. Ich halte es nur für fairer, wenn ich das Rennen so reite. Der Sieg soll mein Verdienst sein. Weil ich der beste Reiter bin.«

Ferdi winkte seinem Glithern zu. Die Miene des Wasserdrachen wurde weicher, er machte das Maul auf, grinste und ließ die Zunge raushängen.

Silver musste kichern. Wasserdrachen waren sich doch alle ähnlich.

Der Glithern schlug den Schwanz aufs Wasser und tauchte wieder ab.

»Sie ist wunderschön«, sagte Silver.

»Ihr Name ist Hoonazoor. Willst du sie kennenlernen?«

Ja, schrie jede Zelle in Silvers Körper. Aber Brajon würde sich bald fragen, wo sie steckte. »Ich kann jetzt nicht«, sagte sie. »Ich muss woandershin. Danke, dass du mir deinen Glithern gezeigt hast. Ich hatte noch nie einen gesehen.«

Silver machte sich wieder auf, zurück ins Gedränge.

»Die Rennen beginnen um sechs«, rief Ferdi ihr hinterher. »Vergiss nicht, mir zuzuschauen. Ich bin der, der gewinnen wird!«

29. Kapitel

Noch war früher Morgen, doch sechs Uhr würde es für Silvers Empfinden allzu schnell werden. Sie musste herauskriegen, wie sie Hiyyan für das Rennen registrieren lassen und wie sie dann zurück in die Höhle kommen konnte, um das Camouin zu ernten.

Zum Glück war der freundliche Palastwächter zum Greifen nah, er kaufte sich gerade eine Schachtel kandierte Früchte bei einem Straßenhändler. Brajon stand vermutlich immer noch Schlange vor dem Frühstückswagen. Sie hatte Zeit für einen kleinen Abstecher.

»Hallo noch mal«, sagte Silver und blieb neben dem Wächter stehen.

»Du schon wieder! Ein Stück kandierte Zitrone?« Er hielt ihr die Schachtel hin.

»Nein, danke. Ich frage mich gerade, ob du wohl weißt, wo man Wasserdrachen registrieren lässt.«

»Warum konntest du deinen Freund nicht fragen? Der weiß das.«

»Er ist nicht mein … er musste sich beeilen. Aber ich dachte, du siehst ja alles, was um den Palast herum vorgeht …«

Der Wächter zwirbelte seinen Bart und lehnte sich konspirativ zu ihr herüber. Seine Augen blitzten. »Ich sehe tatsächlich alles. Sogar Sachen, die ich nicht sehen soll.«

»Na ja, ich muss nur eines wissen«, sagte Silver ungeduldig. Die Sonne stand jetzt so hoch am Himmel, dass sich die Straßen der königlichen Wüstenstadt wie ein Backofen aufheizten.

Der Wächter zuckte die Achseln und stellte sich wieder gerade hin.

»Du bist ein Knappe und dein Reiter hat dich zum Registrieren losgeschickt? Ist das so? In deinem Alter wollte ich auch Wasserdrachenknappe werden. Aber hier in Calidia gibt es so viel Konkurrenz. Hunderte, nein Tausende bewerben sich und nur eine Handvoll schafft es.« Der Wächter steckte sich eine rosa Geleefrucht in den Mund. »Ist schon gut so. Der Wachdienst gefällt mir. Meistens ist es ein leichter Job. Selbst wenn am Kai so viel los ist wie heute, ist es nicht wirklich schlimm. Schon gar nicht, wenn kleine Knappen wie du einem die Zeit vertreiben. Mir nach. Ich bringe dich zur Registrierungsstelle.« Der Wächter ging auf den Kai zu und Silver schloss sich ihm dankbar an.

»Wen registrierst du?«, fragte der Wächter, der immer wieder in die Schachtel griff und naschte. »Und woher kommst du?«

Silver wand sich. Lügen war notwendig, trotzdem war es ein schreckliches Gefühl, es zu tun.

»Aus Kolghan«, sagte sie. So hieß eine Wüstenstadt weiter westlich von Jaspaton. Sie wusste nicht viel über sie, außer dass sie berühmt war für ihren Muschelschmuck.

»Das ist ja ganz schön weit weg«, sagte der Wächter. Seine Wangen wurden ganz rosig, als er mit ihr redete. »Ich dachte, ihr habt da gar keine Wasserdrachen mehr, seit der letzte

Vaprozy sich zur Ruhe gesetzt und die Stadt beschlossen hat, den Fluss statt zum Drachentraining zur Muschelzucht zu nutzen.«

»Es ist ein neuer«, schwindelte Silver weiter. »Ein junger … Vaprozy.«

»Zum Rennen gezüchtet, würde ich mal vermuten. Wie spannend für dich, daran teilzuhaben. Das Zuchtprogramm von Calidia ist das zweitgrößte der Welt«, prahlte der Wächter. »Das größte gleich nach dem von Runesque, da draußen in der Tiefsee. Aber das muss ich dir wohl nicht erzählen.«

»Stimmt.« Silver nickte, aber ihre Eingeweide verknoteten sich gewaltig. Runesque? Noch nie gehört!

»Wie viele Rennen hat dein junger Vaprozy denn schon gewonnen?«

»Keines. Ich meine, das ist heute sein erstes Rennen.« Silver nahm eine aufrechtere Haltung an.

»So ist es recht!« Der Wächter klopfte ihr auf die Schulter. »Obwohl ich sagen muss, dass ich mir das Lachen nicht verkneifen kann, wenn ich Vaprozy beim Rennen sehe. Seit euer altes Mädchen sich zur Ruhe gesetzt hat, habe ich keinen mehr am Start gesehen, aber gestern war einer beim Training auf dem Meer, glaube ich. Das muss deiner gewesen sein, oder?«

Silver nickte zu allem, hatte aber keine Ahnung, wovon der Wächter redete. Was konnte denn so witzig an einem Rennen sein?

»Die Leute mögen sich ja lustig machen, aber beachte sie gar nicht. Sei stolz darauf, wie gut ihr ihn ausgebildet habt.« Der Wächter lächelte.

»Mach ich. Bin ich. Also, das sind wir alle.« Schlimmer konnten Silvers Eingeweide sich eigentlich nicht mehr verknoten.

»Gut. Ah, da sind wir schon. Siehst du die Leute da auf dem Podest? Registriere dich bei denen. Und alles Gute für dich. Ich bin ein Glückspilz. Ich muss heute nicht arbeiten, kann also zu den Festlichkeiten kommen, bevor die Rennen anfangen. Ich werde Ausschau halten nach dir und deinem Vaprozy und ihn anfeuern. Oh, wo wir gerade beim Ausschauhalten sind, guck mal da drüben. Heute Morgen wimmelt es hier von berühmten Leuten.«

Der Lärm der Menschenmenge am Kai wurde größer. Silvers Magen krampfte sich zusammen, als sie Sagittaria Wonder entdeckte. Die Rennreiterin war an der Kaimauer aufgetaucht und schaute aufs Wasser. Als sie sich umdrehte, schweifte ihr Blick über die Menschenmassen und schien an Silver und dem Wächter hängen zu bleiben – oder bildete Silver sich das nur ein? Sagittaria setzte eine entschlossene Miene auf und ging auf den Palast zu. Die Menschenmenge teilte sich, um ihr Platz zu machen. Silver seufzte erleichtert. Nebekkers steinerner Anhänger wurde warm auf ihrer Haut. Sie sah sich um. Bedeutete das, dass Kirja in der Nähe war?

Silver winkte dem Wächter zum Abschied zu und steuerte auf die kleine Treppe zum Podest zu, um ihre Knappenpflicht zu tun. Sie schluckte und schaute über die Schulter, als sie hinaufstieg. Keine Sagittaria Wonder in Sicht. Ein Mann mit hellen, bis zur Hüfte wallenden Haaren hatte gerade vor ihr seine Registrierung abgeschlossen. Pergamente lagen überall verstreut und drei der vier Leute an den Tischen machten sich emsig Notizen mit ihren Federkielen.

»Wie kann ich dir helfen?« Die große, schmale Frau trug einen Hut in Blütenform. Die Blütenblätter wippten, als sie Silver von oben bis unten musterte.

»Ich will einen Wasserdrachen registrieren lassen für meinen Reiter.«

»In den Registrierungsunterlagen haben wir ausdrücklich vermerkt, dass keine Knappen geschickt werden dürfen.« Die Frau verdrehte die Augen und seufzte. »Zu spät jetzt. Ich nehme deine Angaben auf. Aber sag deinem Reiter, dass ich diesen Verstoß missbillige. Name?«

Silver lächelte. Das war aus ihrem Traum von letzter Nacht.

»Wüstenfuchs.«

»Alter des Drachen.«

»Ein Jahr«, sagte Silver. Ein Händler hatte ihr erzählt, das sei das Alter, in dem Drachen zur Bestform gelangten.

Die Frau nickte. »Trainingsort.«

»Die weite Wüste«, sagte Silver, ohne zu überlegen, dann zögerte sie. »Ich meine, ein Fluss in der Nähe der Wüste.«

Die Frau schaute zu Silver auf. »Wirklich? Wie interessant. Welches Gewässer?«

Einer der Männer an den Tischen ergriff das Wort. Er war so alt, dass seine Haut aussah wie Papier. »Keine Zeit für Plaudereien, Keppleroo, registriere einfach nur den Drachen.«

Unter den wippenden Blütenblättern heraus funkelte Keppleroo den Alten an. »Bevorzugte Rennzeit? Wir können nicht garantieren, dass das berücksichtigt wird, es sei denn, du registrierst einen Daknyan.«

Silver rief sich das Plakat mit den gesammelten Fakten über Wasserdrachen ins Gedächtnis, das in ihrem Zimmer an der Wand gehangen hatte. Daknyan. Lichtempfindliche Augen. Kann nicht vor Sonnenuntergang zum Rennen starten.

»Können Sie mir sagen, in welchem Rennen Sagittaria Wonder startet?«

Der Mund der Frau zuckte. »Ach, Kind. Jeder will sich mit Sagittaria Wonder messen. Aber das ist praktisch die Garantie dafür, das Finale nicht zu erreichen.«

»Ich werde ... ich meine, mein Reiter ... will diese Herausforderung annehmen«, sagte Silver bestimmt. Dann würde Sagittaria bestimmt nicht mehr so selbstzufrieden gucken.

»Nun, das steht dir nicht frei. Die Reiter werden nach dem Zufallsprinzip aufgestellt, sobald die Registrierungsstelle schließt. Keiner weiß, wer oder was ihn erwartet. Zu viel Wissen öffnet Betrug Tor und Tür.«

»Und davon gibt es ohnehin schon genug«, warf der alte Mann ein. »Du bist doch keine Betrügerin, oder?«

»Nein.« Silver hielt den Kopf hoch. Um Kirja zu retten, war sie vieles geworden, worauf sie nicht stolz war: eine Enttäuschung, eine Diebin, eine Lügnerin. Aber eine Betrügerin war sie nicht.

Die Frau hatte alle Angaben auf Pergament festgehalten und gab Silver jetzt einen der auf dem Tisch ausliegenden nummerierten Anhänger. »Hier ist deine Startnummer. Befestige sie auf dem Rücken des Trikots deines Reiters. Der Rennplan wird heute Mittag direkt unter uns an der Kaimauer ausgehängt, da siehst du dann, für welches Rennen deine Nummer eingetragen ist.«

»Ich weiß also nicht, gegen wen ich antrete ...«

»Bis du am Start stehst. Genau. In den ersten Rennen geht es um die Geschwindigkeit. Wenn du es ins Halbfinale schaffst, wird es um Geschwindigkeit und Wendigkeit gehen. Der Nächste bitte.«

Neben ihr hatte sich jemand registrieren lassen, der sie anrempelte, als sie sich vom Tisch abwendete.

»Oh, hallo. Du kommst mir bekannt vor.« Der Mann in Dunkelblau, einer von Ferdis Gefährten, zog die Augenbrauen hoch, als er sie sah. »Was machst du hier oben?«

»Ich hab die Registrierung für meinen Reiter erledigt.« Hastig steckte Silver die Startnummer in ihren Beutel.

Der Mann sah sie argwöhnisch an und streckte die Hand aus, ganz so als wolle er ihr den Beutel entreißen. Silver wich zurück und prallte mit einer weiteren kräftigen Gestalt zusammen. Dem anderen Mann in Blau.

»Ich glaube, dieses Gör hat was zu verbergen«, sagte er über Silvers Kopf hinweg. »Sie ist nicht bloß irgendein Straßenkind.«

»Ich bin kein Straßenkind!«, sagte Silver.

»Natürlich nicht. Du bist auch eine Heldin! Rettest Wasserdrachen davor, gestohlen zu werden.« Die Männer lachten. »Ahrid, was machen wir mit ihr?«

Der erste Mann schnappte sich ihren Beutel und holte die Startnummer heraus. »Nummer einhundertfünfzehn. Das sind ja viele Wasserdrachen. Cam, glaubst du, da sind jetzt wirklich hundertfünfzehn Wasserdrachen in Calidia? Das ist ja … also, das ist ja eine ganze Armee, oder?«

Silver lief ein kalter Schauer über den Rücken. Irgendwas an diesen Männern – wie sie redeten, wie sie lächelten, wie sie sich verhielten – erinnerte sie an Sagittaria Wonder.

Aber Silver reckte das Kinn und schnaufte abfällig. »So viele können es nicht sein. Wo sollten die untergebracht werden? Das Gästebecken wäre überfüllt.«

Ahrid schmunzelte. »Das wäre es, wenn alle hier besondere Gäste der Königin wären. Doch das sind sie nicht. Die meisten Drachen sind da drüben.«

Der Mann zeigte über Silvers Schulter. Cam drehte sie herum.

Silver machte große Augen. Die Kaimauer zog sich über das Palastgelände, sodass eine Rasenfläche und ein Strand exklusiv für die Königsfamilie abgetrennt waren, ehe die Mauer auf der anderen Seite des Palastes weiterlief. Dort, wo keine Docks oder imposante, mit exotischen Waren beladene Schiffe aus aller Welt lagen, toste das Meer mit weiß gekrönten Wellen. Wasserdrachen. Hunderte vielleicht nicht, aber viele. Dutzende. Mehr als Silver je erwartet hätte zu sehen.

Einige der Drachen schwammen, sie flitzten hin und her bei den Übungen mit ihren Reitern. Einige ließen sich faul treiben und saugten die Sonnenstrahlen auf. Andere bildeten Gruppen, spielten und redeten. Silver spitzte die Ohren.

»Sie singen«, flüsterte sie verwundert. Ob Hiyyan auch singen konnte?

Von den Bildern in ihrem Zimmer kannte Silver einige Rassen, andere waren neu für sie. Und wieder andere waren so weit weg, dass sie sie nicht mal richtig auseinanderhalten konnte, wenn sie die Augen zusammenkniff.

Es war magisch. Ein Traum war wahr geworden. Sie hätte abheben und zu den Wasserdrachen hinüberschweben können.

»Hättest du doch einen Schal, mit dem du dir den Sabber wegwischen könntest.« Ahrid grinste, er hielt immer noch ihre

Startnummer in der Hand. »Ich wette, ein Straßengör wie du träumt davon, einem Wasserdrachen mal so nah zu kommen, dass es ihn berühren kann. Ich glaube nicht, dass du einen Reiter hast.«

»Hab ich aber«, sagte Silver erbost. »Und einen Wasserdrachen auch.«

»Kein Reiter würde jemanden wie dich in die Nähe seiner kostbaren Tiere lassen, ganz gleich, wie oft du dich einem Karren in den Weg stellen magst. Drachen sind mehr wert als Seide, mehr als Edelsteine.«

»Mehr als Königreiche, in einigen Fällen«, fügte Cam hinzu.

»Das geht euch gar nichts an«, blaffte Silver.

»Was du nicht sagst. Ich hab es mir zur Aufgabe gemacht, mir einen Überblick über Ferdis potenzielle Gegner zu verschaffen. Und du hast dich hier immerhin registrieren lassen.«

»Ich hab das für meinen Reiter getan«, sagte Silver. »Und um Ferdi musst du dir keine Sorgen machen. Sein Vater glaubt, dass er gut genug ist, hier zu sein. Und das allein zählt.«

Die beiden Männer warfen sich düstere Blicke zu.

»Du weißt mehr über Ferdi, als du wissen solltest.«

»Och, hör doch nicht auf sie.« Cam drückte Silver ihre Startnummer in die Hand. »Du kannst den Leuten an der Tafel was vorlügen, aber mich langweilst du mit deinen Geschichten. Nun lauf schon, hau ab.« Cam schubste Silver vom Podest.

Zähneknirschend unterdrückte sie das Bedürfnis zurückzuschubsen und verschwand in der Menge. Sollte der Mann sie doch für eine Lügnerin halten, die sich eine Nummer erschwindelt hatte. Sollte er doch glauben, dass sie noch nie einen Wasserdrachen berührt hatte. Das war ganz gut so. Sie wollte ihr Geheimnis noch eine Weile hüten. Das musste sie sogar, wenn sie sich, wie Ahrid gesagt hatte, besonders für Ferdis Gegner interessierten. Doch als sie sich ein letztes Mal umschaute, sah sie Cam immer noch auf dem Podest stehen – mit einem ziemlich nachdenklichen Gesicht.

30. Kapitel

Silver verbannte die argwöhnische Miene des Mannes aus ihrem Kopf. Sie musste vor dem Rennen Camouin finden und irgendeine Art Verkleidung für sich und Hiyyan. Vielleicht war genügend Camouin aufzutreiben, um Hiyyans Flügel zu verbergen, aber sein Gesicht – und ihres – brauchten eine andere Verkleidung. Pech, dass ihr Aquinder nicht wie Ferdis Drache ein ganzes Rennen unter Wasser bleiben konnte.

Silver dachte nach, dabei fingerte sie unruhig an dem etwas mitgenommenen Schal herum, der sich an ihrer Haut rieb. Der Stoff war weich, fest gewebt, und Silver fragte sich, woraus er wohl gemacht war. Baumwolle? Seide? Jaspatonische Wolle war es nicht und ganz bestimmt kein Aquinderfell. Beides war so nützlich. *Garnverarbeitung ist auf tausend Arten nützlich und wundervoll,* hatte ihre Mutter einmal zu ihr gesagt, als Silver sich darüber beschwert hatte, so etwas lernen zu müssen.

Sie hatte eine Idee.

Viel Zeit blieb nicht, um alles zusammenzubekommen, was sie für ihren Plan brauchte – und sie war auf Brajons Hilfe angewiesen. Also flitzte sie zurück zum Frühstücksstand. Doch als sie dort ankam, war er nirgends zu sehen.

»War ja klar, dass du verschwindest«, murmelte sie, ungeachtet der Tatsache, dass sie sich zuerst davongemacht hatte. Sie reckte den Hals, schaute nach links und rechts, konnte ihren Vetter aber nicht entdecken.

Aber zwei Wächter fielen ihr auf, die einen neuen Anschlag an einer Mauer vor dem Palast anbrachten. Die Leute interessierten sich nicht besonders dafür, schließlich gab es so viele farbenfrohe Handzettel, die Waren oder Festivalveranstaltungen anpriesen, aber Silver schlich sich dennoch heran. Der Wind hatte gedreht, und an die Stelle der leicht würzigen Brise war etwas Harsches, Kaltes getreten, in dem eine Art Warnung mitschwang.

Und da – auf dem Poster – war ihr Gesicht.

Gesucht: Juwelendiebin. Belohnung ausgesetzt.

Silvers Atem ging schnell. Zum Glück waren ihre Haare auf dem Bild noch lang und die Ähnlichkeit mit der etwas grob geratenen Zeichnung nicht auf den ersten Blick zu erkennen, dennoch war sie sich sicher, dass sie das sein sollte. Sagittaria hatte Silver erst vor wenigen Augenblicken gesehen. Wie hatte sie es angestellt, dass die Aushänge so schnell verteilt wurden? Plötzlich war der Aufenthalt in Calidia gefährlicher als je zuvor.

»Nein«, sagte sie leise. »In Wirklichkeit bist du die Diebin, Sagittaria Wonder!«

Mit gesenktem Kopf wich Silver zurück. Aus den Augenwinkeln versuchte sie, Brajon zu erspähen, aber der blieb verschwunden. Sie hatte keine Zeit, ihn aufzuspüren. Die Anschläge wären allzu bald überall im Stadtgebiet verteilt. Sie musste sich an die Arbeit machen und hoffen, Brajon irgendwo über den Weg zu laufen. Weit von der Kaimauer würde er sich schon nicht entfernt haben.

Silver drängelte sich durch die Menschenmenge in der Stadtmitte und hoffte, die Läden noch zu erreichen, bevor die Anschläge überall aushingen. Zuerst kaufte sie einen neuen Schal, den sie sich um die untere Hälfte ihres Gesichts wickelte. Unauffällig braun war er dieses Mal. Und sie besorgte sich in einem Kosmetikgeschäft einen Kohlestift, den sie auf ihrem Handrücken ausprobierte. Er hinterließ einen öligen schwarzen Streifen.

Als Silver die Münzen dafür abzählte, bat sie den Ladenbesitzer, ihr zu sagen, wo sie ein Garngeschäft finden könne.

Der Mann wies ihr den Weg, sie steckte den Stift ein und lief mit gesenktem Kopf los. Hin und wieder begegnete ihr ein Rennreiter, der seinen Wasserdrachen durch die Stadt führte, was Scharen von Bewunderern anzog. Ein erwartungsvolles Kribbeln lag in der Luft. Silver hätte sich gern der Menge angeschlossen, aber sie eilte weiter und hoffte, die Leute würden sich mehr für die Wasserdrachen als für die Anschläge an den Mauern interessieren. Immerhin wimmelte es in der Stadt doch von Dieben. Aber – wie der Mann, der den Ring ihres Vaters gekauft hatte, schon gesagt hatte – es gab auch haufenweise Wächter.

Silver holte tief Luft. Essensverkäufer grillten mit Käse gefülltes Fladenbrot als Vormittagsimbiss, sowohl herzhaft mit einer dicken Schicht Kräuter als auch süß mit Honig beträufelt. Hunger und Heimweh überfielen sie mit so einer Wucht, dass sie an einer blau-weißen Tür Halt suchen musste.

Sie kaufte Brot und Obst auf dem Weg zum Garnladen und aß im Gehen. In Jaspaton setzte man sich zum Essen hin, aber hier in Calidia aßen die Leute allem Anschein nach gern auf der Straße.

Als ihr Blick auf einen weiteren Anschlag mit ihrem Gesicht fiel, fing sie an zu laufen. Sie lief bis zum Garnladen. Als sie den Verkaufsraum betrat, überwältigten sie all die verschiedenen Garne in den Regalen und die vielen Farben.

»Was ist das?«, fragte sie einen jungen Verkäufer. Ihre Finger streiften ein blassblaues Material, das so glatt und weich wie Wasser war.

»Seekristallseide«, sagte er und wedelte ihre vom Obstsaft klebrigen Finger weg. »Fass das nicht an, du hinterlässt Spuren.«

»Tut mir leid.« Silver konnte sich vorstellen, wie Königin Imea in einem Gewand aus Seekristallseide durch ihren Palast rauschte. Eines Tages war sie vielleicht auch so berühmt und beliebt wie Sagittaria Wonder, dann würde sie Gewänder aus Seekristall brauchen für all die Bälle im Palast und die Festessen.

Sie ging zum Verkaufstresen.

»Ich hätte gern ein dünnes Wollgarn, bitte. In Orange, Weiß und Braun. Ich bin in Eile.«

Der Junge hinter dem Tresen, der älter und größer war als der Junge, der die Regale auffüllte, holte ihr ein paar Knäuel vom Regal. Er musterte Silver, ganz so als versuche er, ihr Gesicht unter dem Schal zu erkennen.

»Die tun es.« Silver guckte sich das Garn nicht mal genau an. Sie bezahlte schnell, dankte dem Jungen und ging.

Als sie wieder in die Menge eintauchte, fiel ihr auf, dass die Straßen in der Stadtmitte ein bisschen ruhiger geworden waren. Vielleicht waren die Leute schon unten am Kai und sahen den Vorbereitungen für die Rennen zu. Sie brauchte jetzt unbedingt einen sicheren, ruhigen Ort, denn bis zum Beginn der

Rennen blieben ihr nur noch wenige Stunden. Und sie musste ihren Vetter finden.

»Warum hast du nicht einfach am Frühstücksstand auf mich gewartet?«, stöhnte sie laut. Brajon war nirgends zu sehen und die Zeit wurde knapp. Wenn sie doch mit ihm Kontakt aufnehmen könnte, indem sie ihm ihre Gedanken schickte.

Ein Geistesblitz durchzuckte sie. »Vielleicht kann Hiyyan ja helfen.«

Silver verzog sich in eine Seitenstraße, drückte sich dort an eine schattige Wand und verschloss die Augen vor der vorbeiströmenden Menge. *Hiyyan, kannst du mich hören?*

Sofort erfüllte sie dieses warme, beruhigende Gefühl. Trotz ihrer Sorgen konnte sie das Lächeln nicht zurückhalten. Ihr Aquinder, mit dem sie verbunden war.

Ich habe Brajon verloren. Kannst du ihn irgendwie erschnüffeln?

Sie wusste, wie unwahrscheinlich das war. Hiyyan hielt sich ziemlich weit entfernt von dieser Stadt mit den vielen Menschen auf. Das Gefühl, das Hiyyan zurückschickte, war denn auch voller Zweifel.

Versuch es doch, bitte.

Es war seltsam, Teil von Hiyyans Erkundung der Stadt zu sein, fast so wie Dünensurfen mit geschlossenen Augen. Die Gerüche nach Lehm und Erde, Brot und Süßigkeiten, Parfüms und Körpern, Tieren aller Art und – stärker als alles andere – der Geruch nach Meer stürzten schwindelerregend auf sie ein. Doch nicht einmal Hiyyan vermochte den einzigartigen Geruch von Brajon aufzuspüren.

Silver nagte an ihrer Lippe. Sie konnte den herumirrenden

Brajon nicht in der Stadt zurücklassen, aber bleiben konnte sie auch nicht. Sie hatte viel zu erledigen, ehe die Rennen begannen, und die Zeit würde sich nicht anhalten lassen, während sie Brajon suchte. Und nun wurde auch noch nach ihr gefahndet. Sie schaute sich ein letztes Mal um und traf eine Entscheidung.

»Hoffentlich kommst du auf die Idee, zum Höhleneingang zurückzukommen, Brajon«, flüsterte sie, dann machte sie sich auf und verließ die Stadtmitte.

Die Straßen schlängelten sich zu den äußeren Ringen der Stadt. Silver prägte sich die Gebäude ein, an denen sie vorbeilief, damit sie den Weg zurück leichter finden konnte.

»Schneider«, murmelte sie. »Bonbonladen, Verkaufsstand mit Papierdrachen.« Sie musste einen Augenblick stehen bleiben und die Drachen bewundern. So groß wie sie waren die. Und in das Papier waren feine Muster geschnitten, es wirkte wie Spitze.

»Das sind Drachen, die man auf Geburtstagsfeiern steigen lässt«, sagte der Verkäufer fröhlich.

Silver zog den Kopf ein und rannte weiter. Brajon und sie hatten bei ihrer Ankunft einen ganzen Tag gebraucht, um die Stadt zu durchqueren, so viel Zeit hatte sie nicht.

Ein Junge hatte eben einen Karren mit Obst entladen. Jetzt kletterte er auf seine Fahrradrikscha und wollte wieder losfahren.

»Warte!«, rief Silver. »Fährst du wieder zurück zu den Obstgärten?«

»Ja. Das ist dann hoffentlich meine letzte Lieferung. Ich will runter an den Kai!«

»Kannst du mich mitnehmen? Ich bezahle auch.«

Der Junge grinste. »Klettere rein. Du musst nicht bezahlen. Ich fahre gern ein hübsches Mädchen herum, da werden meine Freunde neidisch.«

Silver blinzelte, dann schüttelte sie den Kopf. Ein hübsches Mädchen? Das sagte er nur. Wahrscheinlich flirtete er mit jeder, wenn er sich was davon versprach. Genau wie Brajon.

Silver überging seine Bemerkung und stieg auf, während der Junge tief Luft holte und in die Pedalen trat. Sie flogen durch die Straßen, und der Karren schleuderte so stark hin und her, dass Silver sich an den Seiten festklammerte, bis die Handknöchel weiß wurden. Sie fuhren an einem grün-weiß gesprenkelten Drachen vorbei, der sich zischend auf sie stürzen wollte. Seine Trainer stemmten sich gegen die straff gespannte Leine und hielten ihn fest, so gut sie konnten. Der Junge lachte, aber Silvers Magen krampfte sich zusammen, sowohl aus Mitleid mit dem gefangenen Hop-Slawn als auch durch das Schlingern. Wie sollte sie nur eines Tages ohne Probleme auf Hiyyan durch die Lüfte reiten, hin und her, hoch und runter und auch noch kopfunter, wenn sie schon bei einer Fahrt auf dem Karren ihr Frühstück kaum bei sich behielt?

Der Junge radelte den ganzen Weg bis in die Außengebiete der Stadt und weiter. Er hielt vor einer Ansammlung niedriger Lehmbauten an. Silver sprang vom Karren.

»Bist du sicher, dass ich nichts bezahlen soll?«, fragte sie.

»Nein, aber …« Der Junge kniff die Augen zusammen, und schlagartig stellte Silver fest, dass ihr Schal ihr auf die Schultern gerutscht war.

Sie wartete nicht darauf, dass der Junge seinen Satz beendete. Hastig zog sie den Stoff wieder hoch und hielt auf die Bäume zu.

»Hab ich's mir doch gedacht! Du bist die Diebin!« Der Junge wollte sie packen, aber Silver entkam ihm und rannte davon.

31. Kapitel

Die Obstgärten kamen ihr vor wie eine ganz andere Welt. Wie still es war, ohne den Lärm Tausender von Menschen, die schreiend herumliefen. Silver war schnell und wendig, aber der Junge konnte mit seinen langen Schritten mühelos mithalten.

Lauf, lauf, lauf, weiter … rums*!*

Der Junge warf Silver zu Boden, setzte sich auf ihren Rücken und hielt sie fest.

»Runter von mir!«

Er lachte, riss Silver den Beutel weg und verstreute den Inhalt auf dem Boden.

»Nutzlos, nutzlos«, murmelte er. Silver sah ihre Garnknäuel und den Kohlestift davonrollen. »Aha!«

Obwohl sie noch immer auf den Boden gedrückt wurde, verriet ihr ein Klimpern, dass der Junge Geld und Schmuck gefunden hatte. Er rutschte von ihr herunter und hielt ihr ein Blatt Papier vors Gesicht.

»Siehst du das? Belohnung steht da. Ich frage mich, ob die Belohnung der Königin wohl so viel wert ist wie diese Juwelen. Sag mir, was sie wert sind, dann überlege ich mir, ob ich dich laufen lasse.«

Silver spuckte auf ihr Bild.

»Wie du willst. Dann nehme ich die Belohnung und die Juwelen.«

Er hievte Silver hoch. Sie wehrte sich, doch er war größer als sie, größer noch als Brajon, und er hatte einen festen Griff. Sie lehnte sich zurück, um ihm in seine selbstgefällige Fratze zu spucken, aber mit einer unerwarteten Bewegung drehte er sie herum, sodass sie mit dem Rücken zu ihm stand. Ihre Arme klammerte er mit festem Griff zusammen, während er ihr den Schal vom Hals wickelte.

»Lass mich los!« Je mehr Silver sich wehrte, desto heftiger wurde der Schmerz in ihren Armen. Sie war ganz sicher, dass ihr die Knochen gleich brechen würden. Der Junge schleifte sie mit, obwohl sie die Hacken in den weichen Boden der Obstplantage bohrte. Er schleuderte sie gegen einen Baum und schaffte es, sie mit ihrem Schal an den Stamm zu fesseln.

Dann stellte er sich vor sie hin und bewunderte sein Werk.

Silver funkelte ihn an. »Du weißt ja nicht, was du tust. Ich bin kein Diebin, aber du. Diese Edelsteine gehören meiner Familie.«

»Irrtum. Sie gehören mir. Und du gehörst bald der Königin. Geh hier ja nicht weg.« Damit sprintete der Junge zu seinem Karren zurück.

Silver kämpfte mit den Knoten und schlug frustriert den Kopf an den Baum. Sie hörte schon fast das bittere Lachen von Sagittaria Wonder durch den Obstgarten schallen. *Du bist nichts weiter als ein talentloses Kind.* Wie oft hatte Silver das schon bestätigt?

Der Geruch der Wüste stieg ihr in die Nase, die salzige Seeluft hatte sie weit hinter sich gelassen. Silver hörte auf, gegen die Fesseln zu kämpfen, und unterdrückte die Tränen.

Obwohl sie und Brajon erst einen Tag und eine Nacht in Calidia waren, vermisste sie die Schlichtheit der Wüste schmerzlich. Wo war sie nur hineingeraten? Hergekommen war sie, weil sie Kirja retten wollte – und nun war sie selber eine Gefangene.

Ihre Gedanken gingen wieder zu Hiyyan, der immer noch in der Höhle auf sie wartete. Es war leicht, die Verbindung zu ihm herzustellen, und sobald sie es geschafft hatte, spürte sie seine Aufregung. Er wusste, wie nah sie war. Ein verrücktes Kichern stieg in ihr auf – trotz allem.

Hallo, sagte sie im Geist. *Ich habe Kirja hängen lassen. Und mir sind gerade ein wenig die Hände gebunden.*

Sie beschwor ein Bild von sich mit gefesselten Händen herauf, das sie Hiyyan schickte. Darauf reagierte er mit Beunruhigung, dann schickte er ihr ein Bild von einem Drachenschwanz, der die Fesseln sauber durchschnitt.

So einen habe ich nicht zur Verfügung! Sie spürte, wie Hiyyan sich rührte, und wehrte eine Panikwelle ab. *Nein, komm nicht her! Sagittaria ist auf dem Weg hierher, und ich könnte es nicht ertragen, wenn sie auch noch von dir erfahren würde.*

Silver schaute sich um. Der Inhalt ihres Beutels lag überall verstreut herum. Aus einem halb aufgelösten Wollknäuel lugte die Spitze ihres Dolches heraus. Der Junge hatte ihn nicht bemerkt, als er das Garn zur Seite geworfen hatte. Wenn sie nur herankommen könnte …

Sie wand sich und streckte ihre Zehen so weit aus, wie sie nur konnte. Sie war ganz nah dran. Ein paar Zentimeter würde sie schon noch schaffen.

Auf dem Boden raschelte etwas, Silver erstarrte. Ein Wüstenskorpion schaute aus seinem Versteck, so als wollte er nachsehen, was die Ruhe vor seinem Haus störte. Aber das war nicht einfach irgendein Skorpion, es war ein Fliegender Schwarzaugenskorpion, der zu blitzschnellem Angriff fähig war. Da diese Tiere nur ein einziges Mal zustechen konnten, gingen sie in der Regel direkt auf die Augen ihres Gegners los. Den Namen trugen sie nicht wegen ihrer schwarzen Augen, sondern weil sie jeden, den sie stachen, für immer erblinden ließen.

Silver atmete langsam und leise, während sie und der Skorpion in regloser Spannung voreinandersaßen. Wer würde sich zuerst rühren?

Der Schwanz des Skorpions war erhoben, Schweiß tropfte von Silvers Händen in den Wüstensand. Ihr Dolch lag gleich rechts neben dem Skorpion.

Silver unterdrückte ein Wimmern, sie riss sich zusammen. Wenn ein Fliegender Schwarzaugenskorpion angriff, blieb einem nichts anderes übrig, als ihn zustechen zu lassen, irgendwohin, nur nicht in die Augen.

Sie kniff die Augen zu und holte tief Luft. Dann stieß sie den linken Fuß Richtung Skorpion, der ihr seinen Stachel in den Fuß bohrte. Der Schmerz war unbeschreiblich. Silver jaulte auf, doch nur ein einziges Mal, dann biss sie die Zähne zusammen, ertrug das stärker werdende Pochen in ihrem Fuß und machte die Augen wieder auf. Der Schmerz würde vorübergehen. Der Skorpion war stachellos davongehuscht. Mit dem rechten Fuß angelte Silver nach dem Garnknäuel, das sie Zentimeter für Zentimeter näher an sich heranzog. Als es zum Greifen nah war, wand sie sich um den Stamm herum, bis sie den Dolch packen und nach einigem Gefummel aus der Scheide ziehen konnte. Dann säbelte sie den Schal durch.

Sie rappelte sich auf, humpelte herum und sammelte ihre Sachen zusammen, bevor der schreckliche Junge zurückkam.

»Wer hätte gedacht, dass ich so viele Schals verbrauche«, murmelte sie.

Aus der Ferne hörte sie eine Gruppe von Leuten näher kommen. Sie schleppte sich weiter … zur Straße, zu ihrem Aquinder. Sie wusste immer noch nicht genau, wie die mentale Kommunikation zwischen ihnen eigentlich funktionierte, zumal Singen anscheinend die angeborene Sprache der Wasserdrachen war, aber irgendwie fühlte es sich richtig an. Silver dachte weiterhin in Worten und ganz so, als würde sie mit ihrem Wasserdrachen sprechen und ihm dabei vielleicht den pelzigen Bauch reiben. Sie musste sich von ihrem schmerzenden Fuß ablenken.

Bald starten wir zu unserem ersten Rennen. Wir sind registriert und alles. Ist das nicht umwerfend? Du und ich, wir werden durchs Wasser rasen und die größten Rennreiter aller Zeiten werden. Nun ja, vielleicht noch nicht bei unserem ersten Rennen, aber das wird schon noch. Mein Traum wird Wirklichkeit. Nur zwei Rennen, und wenn wir die gewinnen, kann ich Königin Imea bitten, deine Mutter zurückzugeben.

Silver wartete auf eine Reaktion. Nicht in Worten, sondern auf ein Gefühl. Etwas, das sie wissen ließ, ob der kleine Aquinder ihre Ideen gut fand oder nicht.

Aber es kam nichts.

Stattdessen kam Hiyyan.

32. Kapitel

Silver sah den dunkelblauen Leib am hellblauen Himmel, sie lief los, und die beiden trafen sich auf der anderen Seite der Straße nach Calidia.

Hiyyan warf Silver bei seiner Landung um. Fröhlich wälzte er sich im Sand und freute sich, dass sie wieder zusammen waren. Silver lachte und schluchzte, bis ihr der Bauch wehtat. Hiyyan blieb mit dem Rücken auf dem Boden und den Füßen in der Luft liegen, die Zunge baumelte ihm seitlich aus dem Maul. Er sah glücklich aus.

»Ich freue mich auch, dich zu sehen«, sagte Silver und schlang die Arme um Hiyyans Hals. Den pochenden Schmerz in ihrem Fuß ignorierte sie. »Wenn das hier ausgestanden ist, müssen wir uns hoffentlich nie wieder trennen.« Sie grub die Hände in Hiyyans weiche Mähne und lehnte den Kopf an seinen Hals, dann ging sie auf das Loch im Boden zu.

»Aber jetzt muss ich runter in die Höhle und Camouin holen. Du hältst Ohren und Augen auf. Leute suchen nach mir, und wenn sie sich nähern, müssen wir schnell verschwinden. Es sei denn, es ist Brajon.«

Ein Bild von Brajon, der schlecht gelaunt in der Höhle saß, kam Silver in den Sinn, und sie nickte.

»Hrrr.« Hiyyans Grummeln klang frustriert.

Silver ließ sich vorsichtig durch die Höhlenöffnung gleiten. Ihr geschwollener Fuß pochte heftig im Stiefel, daher zog sie ihn aus, um sich Erleichterung zu verschaffen. Dann tappte sie auf Zehenspitzen auf das weiße Höhlenungeheuer zu. In dem Licht, das durch die größere Öffnung fiel, wirkte der Knochenhaufen weniger bedrohlich als zuvor, trotzdem bewegte sich Silver langsam. Ihr Herz raste, denn irgendwie rechnete sie ständig damit, dass das Ungeheuer wieder lebendig werden und auf sie losgehen würde. Aber es regte sich nicht, als sie das Camouin von den Knochen kratzte.

»Es ist viel weniger da, als ich gedacht habe.« Silver verstaute die kleine Menge in ihrem Beutel und überlegte.

Es musste reichen. Sie konnte jetzt nicht aufgeben.

Silver ging wieder zum Höhleneingang und setzte sich dort. Mit aufgestellten Ohren ließ Hiyyan sich neben ihr nieder. Alle paar Sekunden drehte er seine Ohren in eine andere Richtung, so als würde er die ganze Wüste ablauschen. Wahrscheinlich würde Silver auch hören, was er hörte, wenn sie sich auf ihn einstellte, aber sie musste sich auf andere Dinge konzentrieren.

Sie holte das Garn aus dem Beutel. Das Bild von einem Wüstenfuchs tanzte ihr durch den Kopf. Sie versuchte, in Fuchsfarben einen Entwurf zu machen, den ihre Finger bewältigen konnten. Mit der braunen Wolle fing sie schließlich an zu arbeiten, sie wand das dünne Garn um Haken und Finger, genau wie Nebekker es ihr gezeigt hatte. Ein paar Mal musste sie ihre Arbeit aufribbeln und von vorn anfangen, aber schließlich konnte sie das Schuppenmuster mit ihrem Bild vom Wüstenfuchs in Einklang bringen.

Sobald sie den Bogen heraushatte, flogen ihre Finger nur so dahin. Sie nahm das orangefarbene Garn hinzu, dann das weiße, wieder orange und dann braun. Die Ohren stellte sie gesondert her und befestigte sie oben an der Maske. Mit dem Dolch schnitt sie die Fäden durch. Als sie fertig war, begann sie an Hiyyans Verkleidung zu arbeiten.

Dabei ließ sie die Gedanken schweifen. Sie stellte sich vor, wie sie und ihr Aquinder mit Medaillen, Gold und Bewunderung überhäuft wurden. Wie sie durch die Hallen des Palastes von Calidia gingen – und wie Sagittaria Wonder in die Ecke verbannt wurde. Silver grinste bei dieser Vorstellung.

»Wir werden Seekristallseide tragen«, sagte sie verträumt.

Und dabei arbeitete sie weiter, bis sie ein großes Tuch hergestellt hatte. Die Sonne stand mittlerweile hoch am Himmel, es war Mittag.

»Damit wollen wir es versuchen«, sagte Silver. Sie legte das Tuch über Hiyyans Rücken. Als sie es ihm unter die Flügel stecken wollte, sträubte er sich. »Halt still!«

»Mrrr.« Hiyyan schüttelte den Kopf und rutschte rückwärts aus dem Höhleneingang, Wolle schleifte durch den Sand.

»Hiyyan! Es ist nicht genug Camouin da, um deine Flügel zu bedecken.«

»Mrrauh!«

»Komm her!«

Der Aquinder schüttelte den Kopf, dann senkte er den Hals und schlüpfte aus der Wollverkleidung. Silver humpelte aus der Höhle und hob sie auf. Zu schwer konnte sie dem Wasserdrachen nicht sein, schließlich war er groß und stark.

»Sagittaria Wonder weiß, dass ich hier bin, aber sie kennt meine Gründe dafür nicht. Wenn die Leute erfahren, welche

Art Drache du bist, wird es Aufruhr geben.« Silver schickte Hiyyan ein Bild von den Menschenmengen in Calidia. »Sie werden durchdrehen – und wie sollen wir dann zur Audienz der Sieger kommen und um die Rückgabe deiner Mutter bitten?«

Hiyyan ließ sich auf den Bauch fallen und guckte in die andere Richtung.

Silver warf das Tuch auf den Boden, sie setzte sich neben den Wasserdrachen und legte die Arme um seinen Hals.

»Es geht nicht nur um Kirja. Reiten wir das Rennen nicht, werden sie versuchen, dich auch noch zu entführen. So sind die Regeln.«

Hiyyans Haut wurde kalt. Silver hörte seine Botschaft, laut und deutlich: *In* meiner *Welt sind das nicht die Regeln.*

»Wir sind aber nicht in deiner Welt.«

Silver dachte zurück an das, was Nebekker gesagt hatte, die nie ein Rennen mit Kirja geritten hatte. Eine Bindung war nicht dasselbe, wie auf einen Drachen Anspruch zu erheben. Silver verstand das, aber sie hatte auch andere Dinge gesehen. Den grün-weißen Drachen auf dem Karren zum Beispiel. Der hatte in Ketten gelegen, die ihm um Kopf und Körper gewickelt worden waren, und drei Männer hatten ihn festhalten müssen, damit er nicht wegrannte. Zunächst hatte sie gedacht, er würde wütend gucken, doch vielleicht war das Traurigkeit gewesen … oder Verzweiflung.

Hiyyan nahm das Bild in sich auf, dann drehte er ihr den Kopf zu und sah sie mit seinen großen, dunklen Augen forschend an.

»Andererseits waren da diese hinreißenden Abruq in den Becken. Denen schien es da ganz gut zu gefallen.«

Hiyyan stupste sie an und zeigte die Zähne.

»Nein, ich will dich nicht gegen einen Abruq eintauschen. Lass das.«

»Mrrgug.« Hiyyan reckte das Kinn in die Luft.

Silvers Stimme wurde sanfter. »Ich will dich gar nicht loswerden, Hiyyan. Niemals. Wir gehen da hin, wir kommen über die Ziellinie, und das war's. Ein Aquinder in Sicherheit. Wir gehören zusammen – in jeder Welt. Wir werden frei sein. Deine Flügel werden nie wieder zusammengebunden. Und dann müssen wir nur noch deine Mutter zurückkriegen.«

Hiyyan seufzte, dass der Sand staubte. Er drückte seine Schnauze in Silvers Hand.

»Wir üben das jetzt mal. Ohne die Verkleidung. Du kannst zum ersten Mal das Meer erleben.«

Hiyyans Augen leuchteten auf und sein Grinsen reichte von einem Ende der Wüste zum anderen.

33. Kapitel

Silver steckte den Kopf aus dem Höhleneingang, sie sah sich um. Vor ihr marschierte ein Wüstenkäfer vorbei, sonst war alles ruhig. Waren da immer noch Wächter zwischen den Bäumen, die in den Obstgärten nach ihr suchten? Würde der Junge zurückkommen?

Eigentlich müsste es einen Zugang zum Meer geben, der nicht erforderte, Calidia zu durchqueren. Die Stadt war in einem Halbkreis angelegt, der vom Meer begrenzt wurde. Sie schmiegte sich ans Wasser, die Küstenlinie musste jedoch über die Stadtgrenzen hinaus weiterführen, wenigstens in einer Richtung.

Hiyyan stand auf. Ungeduldig schüttelte er sich den Sand aus den Flügeln.

»Wir sollten nicht fliegen«, sagte Silver. »Damit wir nicht gesehen werden.«

Der Wasserdrache stieß einen Schwall Luft aus, was beinahe wie ein Seufzer klang.

»Aber für alles andere fehlt uns die Zeit.«

Vor Freude schlug Hiyyan so heftig mit den Flügeln, dass er vom Boden abhob und Silver mit Sand bespritzte. Sie spuckte Steinchen.

»Vielen Dank auch.« Sie lachte.

Hiyyan landete und ließ sie aufsteigen. Silvers Herz schlug so schnell, dass sie glaubte, ihre Brust würde zerspringen.

Endlich war es so weit. Sie würde fliegen.

Sie grub die Finger in Hiyyans ständig wachsende Mähne, zog sich hoch, schwang dabei das schmerzende Bein über den Rücken des Drachen und landete genau in der Mitte – mit dem Gesicht auf der echsenähnlichen Haut.

Hiyyan richtete sich auf und entfaltete seine riesigen Schwingen. Er begann zu laufen. Silver war noch nicht bereit. Ihre Hände umklammerten die Mähne, aber sie konnte sich nicht halten, rutschte und krachte auf die Erde.

»He!«

Hiyyan guckte Silver schuldbewusst an.

»Wir versuchen es noch mal«, sagte sie. »Dieses Mal warnst du mich, bevor du lossprintest.«

Hiyyan duckte sich. Silver stieg wieder auf. Sobald sie sicher auf dem Rücken ihres Wasserdrachen saß, drehte er den Kopf zu ihr um, mit einer Frage im Blick.

»Okay. Ich bin bereit.« Silver schmiegte sich an den Drachen, nur den Kopf reckte sie hoch, als sie sich an die Mähne klammerte.

Wieder streckte Hiyyan seine Flügel, die in den schönen Violett-, Pink- und Blautönen schimmerten, die für männliche Aquinder typisch waren. Er machte ein paar Schritte auf die Straße zu und schaute sich um, ob mit Silver alles in Ordnung war.

Silver klammerte sich so fest, dass die Fingerknöchel weiß wurden. Sie nickte.

Hiyyan rannte los.

Silver hüpfte auf seinem Rücken, sie spannte die Oberschenkelmuskeln an und drückte die Füße an Hiyyans Rumpf, damit sie ja nicht wieder abgeworfen wurde. Der beißende Luftzug zwang sie, die Augen zusammenzukneifen. Gleich würde sie fliegen. Sie erinnerte sich daran, wie es war, als sie auf Brajons Brett die Sanddünen hinuntergerast war.

Das wird Freiheit sein, das wird einfach alles sein, dachte sie, und diesen Gedanken schickte sie an Hiyyan.

Als er so viel Fahrt aufgenommen hatte, dass die Bäume in den Obsthainen nicht mehr klar zu erkennen waren, schlug Hiyyan ein Mal gewaltig mit den Flügeln. Silvers Magen sackte bis auf den Wüstenboden, als sie in die Luft schossen.

Im saphirblauen Himmel atmete sie dann zum ersten Mal durch und stieß einen Laut reinen Entzückens aus. »Woah!«

Die Luft war kristallklar und kühl. Hiyyan schlug mit den Flügeln, er war glücklich, und dieses Gefühl fuhr Silver in die Knochen. Sie löste ihren Klammergriff und richtete sich langsam und vorsichtig immer mehr auf.

Es war ein unglaubliches Gefühl zu fliegen. Nichts konnte sie aufhalten, die Begeisterung ging ihr bis ins Mark. Alles, was sie sich je gewünscht hatte, alles, was sie sich für Hiyyan wünschte, erwachte in diesem Augenblick zum Leben.

»Wir haben es geschafft, Hiyyan!« Silver konnte gar nicht wieder aufhören zu lachen, als sie über der Wüste dahinsausten. »Juhuuu!«

Ihr Kreischen erschreckte die Wüstenfüchse, die zurück in ihre unterirdischen Gänge huschten, und schläfrige Wüstenkäfer, die auf den Rücken kippten. Hiyyan posaunte auch laut, seine Freude hallte über die Sandflächen.

Nie hätte Silver es für möglich gehalten, dass es sich so natürlich anfühlen würde, auf Hiyyans Rücken zu sitzen. Wie geschmeidig, wie elegant sie beide waren. Wer hätte das gedacht … von zwei Wesen, die auf dem Boden ständig über ihre eigenen Füße fielen.

In der Ferne machte Silver das Indigoblau des Meeres aus.

»Schlag diese Richtung ein.« Sanft zupfte sie links an Hiyyans Mähne.

Er ließ sich lenken, sein Körper war ganz Muskeln und Kraft. Silver hielt sich wieder gut fest, damit sie nicht abrutschte. Die Füße presste sie in das Gelenk zwischen Flügeln und Leib.

Jeder Schwenk, jede Bewegung auf oder ab fühlte sich riesig an. So als würden sie den Himmel in Stücke schneiden. Schließlich glaubte sich Silver so sicher, dass sie sich aufrecht hinsetzen mochte. Mit geradem Rücken schloss sie die Augen, um einfach nur zu spüren, wie die Welt an ihr vorbeirauschte.

»Halt dich so weit wie möglich von Calidia fern«, sagte sie. »Die Wolken werden uns verbergen. Viele Leute werden wohl nicht zum Himmel schauen, solange sie von den Rennen abgelenkt werden, doch wir dürfen nichts riskieren.«

Silver schaute zurück. Die Palasttürme von Calidia überragten alles andere in der Stadt. Aus dieser Höhe konnte sie sogar aufs offene Meer sehen. Die großen Frachtschiffe am Kai wirkten wie Kinderspielzeug. Sie wünschte, sie könnte Kirja irgendwo entdecken.

Silver reckte den Hals und schaute noch weiter über ihre Schulter. Tief in den Obsthainen bewegten sich kleine Punkte zwischen den Bäumen. Einer dieser Punkte schaute auf. Schnell richtete Silver den Blick wieder nach vorne. Ob jemand sie gesehen hatte? Sie konnte nichts anderes tun, als ihre Pläne weiterverfolgen – und sich auf ihre Verkleidung verlassen. Mit einem zum Wasser gestreckten Arm schickte sie ihre Gedanken an Hiyyan. *Siehst du diese Klippen? Dahinter geht es aufs Meer hinaus. Da sieht uns von der Stadt her keiner mehr.*

Hiyyan grunzte zur Antwort. Silver grinste. Wenn Kirja erst gerettet und das alles überstanden war, würde sie die Grenzen ihrer Kommunikation austesten und sich immer weiter von Hiyyan entfernen, um festzustellen, wie lange er sie noch hören konnte. Als sie im Obsthain und er an der Flusshöhle gewesen war, hatte es funktioniert. Vielleicht spielte es für ihre Verständigung ja gar keine Rolle, wie weit sie voneinander entfernt waren.

Sie überflogen das Kliff, und sowie der Drache die Felsen hinter sich gelassen hatte, stürzte er aufs Wasser zu. Silver riss den Mund im stummen Schrei auf. Salzige Seeluft brauste ihr um die Ohren, laut wie eine wild gewordene Viehherde. Ihr Magen befand sich nun nicht mehr in Nähe der Füße, sondern wurde hochgedrückt und blieb ihr im Hals stecken.

»Hiyyan!« Silvers Augen tränten. Meerwasser trübte ihren Blick. Und dann stürzte Hiyyan sich mit einem gigantischen Platschen ins Wasser. Silver konnte gerade noch einen letzten Atemzug tun, ehe sie in den Wellen untertauchte. Sie quetschte die Beine an den Drachen und klammerte sich an seine Mähne. Ihre Lungen fingen an zu brennen, doch ehe sie in Panik geraten konnte, waren sie und ihr Drache schon wieder aufgetaucht und dümpelten auf dem Meer dahin.

»Ich kann nicht schwimmen, das weißt du!«, prustete sie. Ihre Kleider waren klitschnass, doch wenigstens hatte ihr Beutel aus weichem, aber starkem Leder das Wasser abperlen lassen.

Hiyyan schnaubte und ruderte mit den Beinen.

»Oh, du hättest mich gerettet, wenn ich runtergefallen wäre?« Silver hustete noch mehr Salzwasser aus. »Ich halte es für besser, dir einen Sattel anpassen zu lassen.«

Dieses Mal knurrte ihr Aquinder.

»Schwimmen lernen soll ich? Du hast leicht reden. Ich habe schließlich keine Schwimmhäute zwischen Fingern und Zehen.«

Der Aquinder schnaufte zwei Mal kurz. Silver funkelte ihn wütend an und drückte sich das Wasser aus den Haaren. Hiyyan lachte.

»Gut, zieh mich nur auf, aber jetzt ist Schluss mit lustig.« Silver schüttelte den Kopf. »In ein paar Stunden geht das Rennen los. Du bist noch nie im offenen Meer geschwommen. Also … schwimm.«

Das musste man Hiyyan nicht zwei Mal sagen.

34. Kapitel

Der Drache drückte seine Flügel fest an den Leib und ruderte heftiger mit den Beinen. Sie nahmen Fahrt auf, doch Silver war klar, dass sie so kein Rennen gewinnen würden.

»Setz auch den Schwanz ein«, schlug sie vor.

Zuerst bewegte er den Schwanz nur langsam hin und her, dann fand er seinen Rhythmus und wurde schneller. Das war auf jeden Fall ein Fortschritt. Hiyyan ließ sich tiefer ins Wasser sinken, bis Silvers Kopf gerade noch über dem Wasser war und sie sehen konnte, was vor ihnen lag.

»Jetzt die Flügel«, sagte Silver.

Der Aquinder entfaltete die Flügel über dem Wasser, dessen Oberfläche er mit den Spitzen streifte. Er tauchte sie tiefer ins Wasser, zog sie wieder heraus, hob sie und ließ sie wieder untertauchen. Jedes Mal wenn die Flügel aufs Neue ins Wasser tauchten, fürchtete Silver, ins Wasser zu rutschen. Nach einer Weile hatte sie aber den Bogen raus.

»Okay«, sagte sie. »Jetzt schneller.«

Hiyyan folgte ihrer Anweisung und schlug schneller mit den Flügeln. Zuerst waren die Bewegungen noch ungeübt. Es brauchte ein paar Anläufe, bis Hiyyan herausgefunden hatte, wie weit er die Flügel aus dem Wasser heben und wie tief er sie eintauchen musste, um die größtmögliche Geschwindigkeit zu erreichen.

Gut, dachte Silver. *Weiter so*.

Hiyyan reagierte darauf mit einem Bild: Gefolgt von Kirja flogen sie weg aus Calidia.

Genau, dachte Silver. *Tu's für Kirja. Und für uns*.

Wenn sie doch am Kai geblieben wäre und den anderen Wasserdrachen beim Training zugeschaut hätte! Sie hatte ja keine Ahnung, was die Wasserdrachen konnten, gegen die sie antreten würden. Sie wusste nicht einmal, wie lang die Rennstrecke eigentlich war. Ein Sprint oder eine längere Distanz? Würden sie sofort volle Leistung bringen müssen, oder hatten sie Zeit, ihr Tempo aufzubauen?

Silver schluckte. Sie war nicht besonders gut auf die Rennen vorbereitet. Was sie auch machte, eigentlich war sie nie gut vorbereitet. Doch sie würde es schaffen. Es blieb ihr gar nichts anderes übrig.

»Bei drei wendest du und fliegst dahin zurück, wo wir hergekommen sind«, befahl sie ihrem Aquinder. »Eins, zwei, drei!«

Was Wenden anging, war Hiyyan ein Naturtalent. Er tauchte einen Flügel ins Wasser, und sie wirbelten herum, dann schossen sie wieder in einer geraden Linie voran.

»Schön! Noch mal!«

Sie übten wenden, Fahrt aufnehmen, wenden und weitersprinten. Zuerst verbesserte Hiyyan mit jedem Versuch seine Leistung und wurde immer schneller, aber nach etwa einer Stunde Training erlahmte er und atmete hastiger.

Silver tätschelte ihm die Flanke. »Okay. Du bist müde. Wir machen eine Pause.« Sie guckte zur untergehenden Sonne.

»Wir müssen sowieso bald zurück nach Calidia. Die Rennen fangen bald an.«

Am Strand einer Bucht wechselte Silver die Kleider, während Hiyyan auf den Wellen wippte und alle paar Minuten untertauchte, um sich einen Fisch zu fangen. In den nassen Sachen hatte sie angefangen zu zittern, aber die Kälte hatte wenigstens den Schmerz im Fuß betäubt. In dem Augenblick, in dem Silver in den Rennanzug schlüpfte, den Nebekker für sie angefertigt hatte, wurde sie wieder warm bis in die Knochen. Sie zog die Tunika über den Rennanzug und zwängte sich in die Stiefel.

Erneut drang ein Bild von Kirja zu ihr, dann ein besonderer Geruch – und da begriff Silver, dass Hiyyan seine Mutter riechen konnte, denn ihr Fell war im Rennanzug verwoben. Wenn sie doch auch so etwas hätte … etwas, das sie jetzt mit ihrer Mutter verband.

Silver schüttelte diese Gedanken ab. Sie hatte keine Zeit, sentimental zu werden. Sie lief in der Bucht herum, bis sie in der steilen Klippe ein kleines Loch entdeckte, das kein Mensch sehen oder erreichen konnte.

Hiyyan, versteckst du meine Sachen bitte in diesem Loch?

Der Wasserdrache nahm ihren Beutel und flog zum Loch hoch. Als er zurückkam, guckte er sie fragend an.

»Ja. Tut mir leid, es wird Zeit, dich anzuziehen.«

Hiyyan wälzte sich auf den Strand und hielt still, als Silver ihm das Tuch über den Rücken drapierte. Beim Einwickeln der Flügel war sie ganz vorsichtig, aber sobald sie eine empfindliche Stelle an Hiyyans Gelenken berührte, spürte auch sie das in ihren Schultern.

Zum Abschluss musste Hiyyan die Haube über den Kopf

gezogen werden, die fuchsartig aussah, genau wie ihre eigene. Hiyyans Flügel waren größtenteils verborgen, aber Silver würde die kleine Menge Camouin auf den frei liegenden Stellen verteilen. Dann würde er eher gestromt als blau aussehen, ähnlich wie dieser grün-weiße Drache in Calidia. Hier und da lugte seine Mähne noch hervor, aber damit wirkte seine Wüstenfuchsverkleidung nur noch überzeugender. Das musste genügen.

»Hoffentlich sind Verkleidungen nicht gegen die Regeln«, sagte sie. Ihr Bauch tat wieder weh. Vor Aufregung würde sie noch krank werden. Aber dann drückte sie ihr Gesicht an Hiyyans, saugte seine Ruhe in sich auf … und nickte.

»Bereit zum Sieg?«, fragte sie. Ihr Aquinder grinste – Silver auch. »Dann los!«

35. Kapitel

Auf dem Weg zurück nach Calidia paddelten sie dicht am Ufer entlang. Silver überlegte hin und her, wie sie unbemerkt in die Stadt gelangen konnten, damit ihr Erscheinen beim Rennen eine Überraschung blieb. Erst einmal musste sie sich die Anschläge an der Kaimauer ansehen und in Erfahrung bringen, wann sie überhaupt an den Start gehen sollte. Und sie musste Brajon finden. Wenn das in der Menschenmenge überhaupt möglich war.

Hiyyan atmete schwer. Das riss Silver aus ihren Gedanken. »Du bist jetzt schon müde?«

Sie schaute an Hiyyans Flanke herunter, seine wollene Verkleidung war triefend nass und schwer vom Meerwasser. So konnte er kein Rennen gewinnen.

Silver runzelte die Stirn. »Das ist keine jaspatonische Qualitätswolle.«

Sie zerbrach sich den Kopf, aber erst einmal musste sie wissen, wie viel Zeit ihr zum Schmieden eines neuen Planes noch blieb.

Kurz vor der Kaimauer klopfte Silver Hiyyan die Flanke.

»Lass mich bei diesem großen Schiff dort drüben runter. Dem mit den roten Flaggen. Es scheint unbemannt zu sein.

Ich klettere auf den Kai und gucke nach, wann unser Rennen stattfindet. Versteck dich hinter dem Schiffsrumpf, bis ich wiederkomme.«

Hiyyan schwamm an den Kai, und Silver merkte, wie sich etwas in ihm veränderte. Er jaulte leise, als er den Kopf auf das Wasser senkte.

Silver folgte seinem Blick. Nicht weit von ihnen, gleich hinter einem anderen Schiff, konnten sie den Aufwärmplatz der Wasserdrachen sehen. Neugierig beobachtete Hiyyan die anderen Drachen, aber in die Neugier mischte sich noch ein anderes Gefühl: Unsicherheit.

Silver wurde plötzlich traurig. Hiyyan war ganz allein in der Wüste aufgewachsen.

»Tut mir leid, ich kann dich jetzt nicht zu diesen Drachen gehen lassen«, sagte sie. »Aber wenn wir gewonnen haben, darfst du alle Drachen der Welt kennenlernen.«

Hiyyan drehte den Kopf weg und schloss die Augen.

Indessen stülpte sich Silver die Maske über, kletterte auf den Kai und lief zur Mauer. Die Menschen standen Schulter an Schulter. Sogar jemand, der so klein wie Silver war, hatte Mühe durchzukommen.

»Entschuldige. Bitte, lasst mich durch.«

»Zurück auf deinen Platz!« Ein großer Mann mit rauer Stimme schubste sie zurück. Silver fiel auf den Hintern.

»Wie unhöflich.« Eine Frau half ihr auf, dann tippte sie dem Mann auf die Schulter. »Hast du dieses kleine Mädchen geschubst?«

Der Mann drehte sich um und verschränkte die Arme vor der Brust. »Wenn sie einen besseren Platz will, hätte sie eher kommen müssen.«

»Hör mal …«

Während die Erwachsenen stritten, flitzte Silver los und drängelte sich in die erste Reihe vor. Da begriff sie, warum kein Durchkommen mehr war. Die Rennen hatten schon angefangen!

»Oh nein.« Sie stellte sich auf die Zehenspitzen und spähte auf den Plan. Was sollte sie nur machen, wenn ihre Startnummer schon aufgerufen worden war? Ehe sie mehr herausfinden konnte, entdeckte sie noch etwas, etwas Gutes. Dort, oben auf der Kaimauer, in der Nähe der Registrierungsstelle stand nämlich ihr Vetter. Sie war so erleichtert, fast wäre sie lang hingeschlagen.

»Brajon!«, sie winkte ihm zu und schob ihre Maske ein wenig hoch, damit er ihr Gesicht erkennen konnte. »Entschuldige, da ist mein Vetter. Ich muss zu ihm.« Silver kletterte an Leuten vorbei, die in die bunten Flaggen ihrer Favoriten gehüllt waren, und griff nach Brajons Hand.

Auf dem Meer kämpften die Wasserdrachen sich indessen zur Ziellinie vor. Silver wäre unwahrscheinlich gern zum Zuschauen geblieben. Besonders, als sie Ferdi auf … *nichts*? reiten sah. Der Junge zischte mit gekreuzten Beinen übers Wasser, in den Händen hielt er Zügel, die unter der Wasseroberfläche verschwanden. Sein Glithern tauchte gar nicht auf, nicht einmal, nachdem die beiden die Ziellinie als Erste überquert hatten. Faszinierend!

»Wo bist du gewesen?« Brajons Gesicht war düster wie eine Wüstensturmwolke. »Du bist einfach abgehauen!«

»Pst«, zischte Silver. »Tut mir leid. Ich musste weg von den Leuten.«

Brajon senkte die Stimme. »Ich dachte, du wärst entführt

worden. Ich dachte, du wärst tot! Wenn Mele nicht gewesen wäre, würde ich jetzt auf der Suche nach dir an die Tür von Königin Imea hämmern. Hast du die Anschläge gesehen?«

»Ja, deshalb musste ich ja weg. Aber was ist mit Mele?« Während sie redeten, guckte Silver ihrem Vetter über die Schulter und fand ihre Nummer auf dem ausgehängten Plan. »Mein Rennen beginnt um sechs Uhr dreißig.«

»Sechs Uhr dreißig?«, wiederholte Brajon. »Das ist in zehn Minuten.«

»Was?«, quiekte Silver. »Hilf mir, Brajon. Die Verkleidung, die ich für Hiyyan gemacht habe, funktioniert nicht. Sie hat sich mit Meerwasser vollgesaugt.«

»Was anderes fällt mir auch nicht ein.« Brajon schaute zu Boden, er wollte Silver nicht in die Augen sehen. »Du musst ja nicht gewinnen, um auf ihn Anspruch zu erheben. Geh es ruhig an, Hauptsache, du kommst über die Ziellinie. Beschütze Hiyyan.«

»Die Wolle verrutscht aber. Was, wenn ein Stück von seinem Flügel rausguckt? Ich kann es blau durch den Stoff schimmern sehen. Wenn jemand genauer hinsieht, wird er Verdacht schöpfen. Überleg dir was, Brajon. Wir haben nur noch zehn Minuten Zeit!«

Brajon seufzte tief. Dann bekam seine Miene etwas sehr Entschlossenes. Er nahm Silvers Arm und zog sie vom Kai, heraus aus der Menge.

»Als ich dich nicht wiederfinden konnte, bin ich zurückgegangen und hab das hier geholt.« Er langte in seinen Rucksack und gab Silver einen kleinen Beutel.

Silver warf einen Blick hinein, sie schnappte nach Luft. Plötzlich bekam das Bild einen Sinn, das Hiyyan ihr von Brajon am Höhleneingang geschickt hatte. Sie hatten sich verpasst. »Aber du hast gesagt …«

Brajon lächelte verlegen. »Ich weiß, was ich gesagt habe. Und es ist wahr. Sei also vorsichtig, Silver. Das meine ich ernst. Nimm nur, was du unbedingt brauchst, und wasche es so bald wie möglich wieder von Hiyyan ab.«

»Brajon, ich danke dir.«

»Irgendwie träume sogar ich von Ruhm.« Brajon zuckte die Achseln. »Der erste Bergarbeiter seit hundert Jahren, der Camouin findet! Jetzt verstehe ich, wie leicht man davon gefangen genommen wird, was Besonderes sein zu wollen.«

»Du bist schon immer was Besonderes gewesen, Vetter«, sagte Silver.

Brajons Wangen röteten sich, aber dann schüttelte er den Kopf, lächelte und fuhr fort.

»Im Moment ist es flüssig, aber denk dran, Hitze aktiviert die Tarnfähigkeit und härtet das Metall. Nun geh und fordere Hiyyan ein. Ich hab mir überlegt, wie wir Kirja finden können. Mele hat mir vorhin den Weg zu den königlichen Trainingsplätzen gezeigt …«

»Da muss sie sein! Wenn du sie da rausholen kannst, während ich das Rennen reite, müssen wir uns keine Gedanken um die Audienz bei der Königin machen!«

»Aber …«

Silver lief schon los. »Du wirst fliegen müssen. Nach Norden. Zu der Klippe, die wie ein kurzschnabeliger Vogel aussieht. Ich komme zu dir, sobald ich kann.«

»Warte!«

Doch Silver konnte nicht warten. Sie sprintete den Kai entlang. *Hiyyan, es ist so weit!,* rief sie in ihrem Inneren.

36. Kapitel

Hiyyan lugte hinter dem Schiff hervor. Silver riss sich die Tunika vom Leib und warf sie ins Wasser. Sie hatte Visionen von ihren Siegen im Kopf. Dieses Rennen, das Halbfinale …

Und dann das ruhmreiche Finale beim Frühlingsfestival der Inselstaaten.

Als Silver bei Hiyyan angekommen war, vermischte sie ihren Camouinvorrat mit dem von Brajon und trug eine dünne Schicht auf die Flügel des Aquinders auf. Seine Haut war noch warm vom Schwimmen und Fliegen, das Metall wurde durchaus fest, aber nicht so fest, wie Silver gehofft hatte. Wichtiger war jedoch, dass Hiyyans Flügel verschwanden und seine Mitte aussah, als würde sich das Meer auf ihm spiegeln.

»Beim Rennen wird dein Körper wärmer werden, dann bleibt das Camouin an Ort und Stelle. Hoffe ich wenigstens«, sagte sie, als das Metall am Rand der Flügel ganz langsam an Hiyyans Seiten heruntertropfte. »Es muss nur halten, bis wir über die Ziellinie kommen.«

Sie hatte noch trockene Wolle, auf der sie sitzen konnte, und sorgte dafür, dass die das Camouin verdeckte, damit nicht der Eindruck entstand, als habe Hiyyan ein Loch in der Mitte.

Dann schnitt sie mit ihrem Messer die restlichen Fasern von der Haube, die Hiyyans Gesicht verkleidete.

Hiyyan wehrte sich gegen das Camouin auf seinen Flügeln und stieß einen kleinen, verstörten Schrei aus.

»Nur ein Rennen, mein Freund«, beruhigte Silver. »Und nur, damit ich Anspruch auf dich erheben kann.« Sie nahm sich vor, das Bild vom Frühlingsfestival zu unterdrücken.

Dann kletterte sie auf Hiyyans Rücken, befestigte die Startnummer an ihrem Anzug und zupfte an der Drachenmähne, um ihn zum Start zu lenken. Ihr blieb kaum Zeit nach rechts und links zu den anderen Drachen zu schauen, wo sie nur eine Vielfalt von Farben und Formen wahrnehmen konnte, da ertönte auch schon das Horn, und das Rennen begann.

Hiyyan schoss so schnell voran, dass Silver die Luft wegblieb. Sie rutschte auf seinem Rücken weit nach hinten, konnte sich jedoch festhalten, ehe sie den Schwanz des Aquinders hinuntergeglitten wäre. Der Reiter zu ihrer Linken lachte. Beinahe hätte sie Hiyyan angebrüllt, er möge doch langsamer werden, aber sie biss sich auf die Zunge. Ihre Träume vom Ruhm waren jetzt so nah, sie konnte sie beinahe schmecken. Hiyyan hielt mit im Rennen.

Silver zog sich nach vorn, bis sie schließlich wieder direkt hinter der Mähne saß.

»Los!«, schrie sie. »Schneller!«

Die Flaggen an der Ziellinie flatterten in weiter Ferne, waren nichts als Punkte am Horizont. Noch war also genug Zeit, an allen anderen vorbeizuziehen, wenn Hiyyan sein Tempo halten konnte. Silver klammerte sich an die Mähne, drückte sich an ihren Drachen und biss die Zähne zusammen. Wieder schaute sie nach links und rechts, um ihre Gegner einschätzen zu können.

Den Drachen mit dem lachenden Reiter kannte sie. In ihrem Zimmer zu Hause hing ein Bild von einem Floatillion. Der Wasserdrache war so riesig und rund, es war geradezu unfassbar, dass er überhaupt mit nennenswerter Geschwindigkeit schwimmen konnte. Doch er hielt mühelos mit Hiyyan mit, indem er unter der Wasseroberfläche seine beachtliche Masse mit – vermutlich – enorm muskulösen Beinen vorantrieb.

Auf ihrer anderen Seite nutzte ein Umbrillo seine fächerartigen Flossen, um an Fahrt zu gewinnen. Beim Öffnen und Schließen der Flossen entstanden kleine Luftwirbel. Den Umbrillo hatten sie schon fast eingeholt. Hinter dem Flossendrachen lagen noch zwei weitere Drachen zurück, darunter ein Vaprozy. Endlich begriff Silver, warum der Wächter diese Rasse so komisch fand. Sie hatte gewusst, dass diese Wasserdrachen die Luft mit dem Maul einsaugten und die Schubkraft nutzten, indem sie sie hinten wieder rausließen. Doch erst jetzt erfuhr sie, mit welchem Gestank das verbunden war.

Der Wasserdrache, der Silver am meisten Sorgen bereitete, befand sich in der letzten Bahn. Der Shorsa, der salbei- und lavendelfarben glitzerte, war bekannt für seine Schnelligkeit. Mit gerecktem Hals führte er das Feld an, wühlte das Wasser mit seinem Schwanz auf und war vollkommen auf die Ziellinie konzentriert.

Den müssen wir einholen, Hiyyan!, dachte Silver. *Wenn er zu viel Vorsprung gewinnt, haben wir keine Chance. Schneller!*

Hiyyan schien das zu verwirren. *Schneller?,* dachte er.

Silver war bewusst, dass sie eigentlich nur hier waren, damit sie Anspruch auf Hiyyan erheben konnte, aber je weiter sie auf der Rennbahn vorankamen, desto stärker wurde dieser andere Wunsch, der in ihr aufstieg wie eine Blase. Und die drohte wie ein Feuerwerk zu explodieren. Sie wollte mehr, als Hiyyan rechtmäßig zu besitzen, sie wollte gewinnen.

Das war ihr Schicksal.

Die Brandwunde an ihrem Handgelenk pochte, als sie die Finger tiefer in Hiyyans Mähne krallte.

»Los, Hiyyan!«

Silver wusste nicht, ob das von der Haube gedämpfte Gebrüll in ihren Ohren das Jubeln der Menge oder das Tosen des Meeres war. Sie hakte die Füße unter die Gelenke zwischen Hiyyans Flügeln und Leib. Hiyyan behagte das nicht. Silver ahnte, wie er sich unter dem Camouin eingeengt fühlte. Doch selbst wenn er seine Flügel hätte ausbreiten können, war dazu nicht genug Platz. Die Bahnen waren zu eng, und ihre Gegner, besonders der Floatillion, der seine ganze Bahn und ein Stück von ihrer vereinnahmte, waren viel zu nah an ihnen dran.

Um den Windwiderstand auf ein Minimum zu reduzieren, drückte Silver sich ganz fest an Hiyyan. Nasse, kalte Seeluft glitt an ihrem Rennanzug ab. Im Stillen dankte sie Nebekker für ihre Kunstfertigkeit. In einem so knappen Rennen wie diesem war es von Vorteil, trocken und leicht zu sein. Der Reiter des Umbrillo war durchnässt vom Wasser, das sein eigener Drache und der Vaprozy rechts neben ihm aufwirbelten.

Silvers Blut raste durch ihren Körper. Ihre Fingerknöchel wurden weiß. Sie leckte sich die Lippen und spürte eine Salzschicht.

Visionen von Aquindern aus längst vergangenen Schlachten zogen durch ihren Kopf. Damals waren die Reiter über die Wüsten dahingerast, mit straffen Zügeln hatten sie ihre Drachen gelenkt. Silver konnte den Ruhm der vergangenen Zeiten förmlich schmecken. Sie begehrte ihn.

»Schwimm, Hiyyan!«, schrie sie.

Ein Brüllen, dann ein Kreischen. Der Umbrillo hatte mit einem Wutschrei die Bahn gewechselt und schlug mit dem Schwanz auf den Vaprozy ein. Der Vaprozy buckelte und schleuderte seinen Reiter im hohen Bogen durch die Luft, sodass er irgendwo jenseits der Rennstrecke im Meer landete. Der Umbrillo kehrte in seine Bahn zurück und fletschte Hiyyan an.

Ob derartige Angriffe bei Wasserdrachenrennen erlaubt waren?

Silvers Herz hämmerte heftig, als sie wieder nach vorn schaute. Der Umbrillo hatte durch den Angriff ein wenig Vorsprung verloren. Jedoch nicht so viel, dass Silver überzeugt war, ihn einholen zu können.

Die Rennstrecke verlief nicht in gerader Linie, vor ihnen lag eine Kurve. Silver zerbrach sich den Kopf. Wie konnten sie diese Kurve zu ihrem Vorteil nutzen? Sie schloss die Augen und schickte Hiyyan ein Bild: Hiyyan, der, fast auf der Seite liegend, die Kurve nahm, einen Flügel im Wasser, den anderen ruderartig in die Luft gestreckt.

Sie vertraute nicht darauf, dass das Camouin Hiyyans Flügel vollständig bedecken würde, wenn er sie ganz ausstreckte. Aber ein Flügel, halb hinausgestreckt, könnte auch schon nützlich sein.

Silver holte tief Luft und kratzte mit dem Fuß etwas von dem Metall an Hiyyans linker Seite ab. Gleich würden sie die Kurve erreichen. Hinter seiner Verkleidung atmete Hiyyan schwer. Er wollte langsamer werden.

»Fast geschafft, Hiyyan«, sagte Silver. Sie stellte sich eine mächtige Energie vor, die sie Hiyyan schickte. »Wir sind ganz nah dran! Benutze deinen Flügel!«

Hiyyan neigte sich zur Seite. Silver schloss die Augen und drückte die Beine fest in seine Flanken, damit sie nicht im Wasser landete. Sie ballte die Fäuste so sehr, dass ihre Fingernägel sich in die Handflächen bohrten, und biss die Zähne zusammen.

»Arrrgh«, stöhnte sie. Alle Glieder waren bis zum Zerreißen gespannt, die Muskeln in Armen und Beinen taten weh. Und dennoch rutschte sie.

Sie musste ihre letzten Kraftreserven mobilisieren, um sich festzuhalten, und doch glitt Hiyyans Mähne ihr aus der linken Hand. Sie wurde hin und her geschleudert. Die gierige See wollte sie packen und in dunkle Leblosigkeit hinabziehen.

Sie verlagerte das Gewicht aufs rechte Bein, das immer noch über Hiyyans Rücken lag, und klammerte sich fest. Sie musste sich auf seinem Rücken halten. Damit sie gewannen. Für Kirja. Damit sie am Leben blieb.

Silver schrie ins Wasser. Ihre Muskeln brannten. Aber nicht nur ihre, auch Hiyyans. Am liebsten hätten sie beide aufgegeben.

Nein! Mach weiter.

Hiyyan richtete sich wieder auf und zog Silver aus dem Meer. Sie musste sich noch einmal gewaltig anstrengen, um nicht von seinem Rücken zu rutschen.

Und als sie wieder gerade auf dem Drachenrücken saß, nach Luft schnappte und ihrem Körper eine Sekunde Ruhe gönnte, schaute sie sich um. Der Floatillion lag weit zurück, keuchend versuchte er sie einzuholen. Sie hatten den Umbrillo überholt.

Der einzige Drache, der sie schlagen würde, war der Shorsa. Die Flaggen wurden immer größer. Sie hatten das Ende der Rennstrecke fast erreicht. Sie hatten Chancen auf einen Platz auf dem Podest.

»Gib alles!«, brüllte Silver und tat das Einzige, was ihr noch einfiel. Sie schickte Hiyyan ein Bild: Königin Imea, die Kirja an Silver übergab. »Für deine Mutter.«

Mit einem riesigen Flügelschlag, der eine riesige Welle hinter ihnen ließ, katapultierte Hiyyan sie über die Ziellinie.

37. Kapitel

Silver riss die Arme hoch.

»Wir haben es geschafft!«, schrie sie. »Zweiter Platz, aber wir haben uns qualifiziert! Und beim nächsten Rennen machen wir es noch besser.«

Sie schlang ihrem Aquinder die Arme um den Hals und kam langsam wieder zu Atem. Das Grinsen von einem Ohr zum anderen wollte nicht verschwinden.

Doch Hiyyans Körper war kälter als das Meerwasser, so kalt, dass das Camouin langsam weich wurde.

»Wie kann dir kalt sein nach so viel Bewegung?« Silver sah ihn besorgt an. »Bleib warm, sonst tropft das Metall ins Meer.«

Die anderen Wasserdrachen und ihre Reiter entfernten sich von der Ziellinie. Einige schüttelten Silver die Hand, gratulierten ihr und tätschelten Hiyyan die maskierte Nase. Mit jeder wohlwollenden Bemerkung schwoll Silvers Brust ein bisschen mehr an. Andere Reiter warfen ihr wütende Blicke zu, als sie davonschwammen, denn alles, was sie sich beim Festival erhofft hatten, war von dem geheimnisvollen Paar zunichtegemacht worden. Wieder andere drückten sich in ihrer Nähe herum, weil sie sich den seltsam anmutenden Wasserdrachen genauer ansehen wollten. So einen hatten sie noch nie gesehen.

Silver klopfte Hiyyan zur Beruhigung, aber unter ihren Fingerspitzen blieb seine Haut kalt.

»Was ist denn los?«, flüsterte Silver in Hiyyans linkes Ohr. Er drehte den Kopf in die andere Richtung und knurrte leise.

Die Zeit reichte nicht, um weiterzubohren. Silver schaute suchend zum Horizont. Kein Brajon, keine Kirja. Und kein Chaos in der Menge, denn es war nicht Alarm geschlagen worden, weil Eindringlinge Kirja entwendet hatten. Ob sie es geschafft hatten, Calidia zu verlassen? Sie musste jetzt zu den Klippen und sich dort mit ihnen treffen. Und dann galt es, Calidia so weit wie möglich hinter sich lassen.

»Herzlichen Glückwunsch, Wüstenfuchs.« Die Frau, die Silver am Morgen registriert hatte, kam auf einem pink-orangen Droller angeritten. Ihren Blütenhut hatte sie abgelegt, sie trug einen blauen Overall aus einem glänzenden Material, von dem das Wasser abperlte. Es glitzerte, als sie auf ihre Liste schaute und Notizen machte.

Der Droller, ein riesiger Wasserdrache, auf dem zwanzig Personen Platz finden konnten, begrüßte Hiyyan mit Nasereiben. Silver wusste, dass Droller die bei Weitem friedlichsten und ruhigsten Wasserdrachen waren.

Die Frau warf Silver einen kleinen Geldbeutel zu, den sie vor der Brust auffing. »Du hast dich für das morgige Halbfinale qualifiziert. Finde dich um zwölf Uhr mittags an der Kaimauer ein, dann kannst du deine Startnummer abholen.«

Silver lächelte, aber das Gewicht der Münzen im Beutel wog so schwer wie der Stein, der ihr im Bauch lag. Hoffentlich hatten Brajon und Mele Kirja gefunden. Hoffentlich musste sie nicht der Königin gegenübertreten. Oder Sagittaria Wonder.

Sanft drückte Silver die Hacken in Hiyyans Flanken, damit er an der Frau vorbeischwamm. Sie paddelten an den Docks entlang. Sobald sie hinter den unbemannten Schiffen angekommen waren, zog sie Hiyyan die Haube vom Kopf.

»Hiyyan, ich hab keine Ahnung, was nicht stimmt, aber wir müssen jetzt zurück zu den Klippen. Kirja *muss* dort sein.«

Sofort besserte sich Hiyyans Laune, er jaulte vor Aufregung. Mit frischer Energie schwamm der Aquinder los. Als Calidia nicht mehr in Sicht war, entfernte Silver das weich gewordene Camouin von Hiyyans Flanken und sammelte es in einem Beutel. Hiyyan breitete die Flügel aus.

Sie stiegen auf. Während sie flogen, suchte Silver die Küste nach irgendwelchen Zeichen von ihrem Vetter und Kirja ab. Doch alles sah noch genauso aus wie vorher. An den Klippen angekommen, schwebte Hiyyan so lange vor dem Loch in der steilen Wand, bis Silver ihre Sachen herausgenommen hatte. Alles war so, wie sie es hinterlassen hatte. Und von dem anderen Aquinder war immer noch nichts zu sehen.

»Brajon!«, rief sie. Ihre Stimme wurde von den Klippen zurückgeworfen und hallte übers Meer. Keine Antwort. Ein paar Minuten lang kreisten sie über dem Wasser, weil sie hofften, Kirja und Brajon würden auf wundersame Weise am Horizont erscheinen. Das taten sie nicht. Silver wurde das Herz schwer, als es ihr klar wurde: Brajon und Kirja waren noch in Calidia.

»Wir müssen zurück und sie holen«, sagte Silver.

Hiyyan knurrte leise, dann legte er sich stur auf den Boden.

»Hiyyan, wir können uns jetzt nicht ausruhen«, drängte Silver. »Es tut mir leid, dass wir deine Mutter noch nicht gefunden haben, aber ich brauche deine Hilfe. Ich hab das alles für dich gemacht, die weite Reise, meine Familie in Aufregung versetzt, die Verkleidungen. Sie halten mich für eine Diebin! Und ich will nicht wieder vor Sagittaria Wonder stehen, nachdem sie … sie …« Silvers Gesicht brannte vor Scham, und sie schüttelte den Kopf, als ob sie die erste Begegnung mit der berühmten Wasserdrachenreiterin abschütteln könnte.

Hiyyan ignorierte sie weiterhin, er weigerte sich sogar, ihr in die Augen zu schauen

»Hiyyan, ich habe Camouin benutzt!«, rief Silver. »Wenn das jemand herauskriegt, weiß ich nicht mal, was mich erwartet. Willst du denn einfach hier rumsitzen und maulen?«

Einen Moment lang war Hiyyan still. Dann zog er die Lippen hoch und zeigte die Zähne, er reckte den Kopf in den dunklen Himmel und stieß einen Laut aus, der die Erde erzittern ließ – und in einer Art Schluchzen endete.

Dann stapfte er davon.

Silver ließ sich in den Sand fallen, ihre Hände zitterten. Vielleicht war das Rennen ja schwer gewesen. Vielleicht hatten sie sich für eine gute Platzierung sehr anstrengen müssen. So war das nun mal, wenn man ein großer Wasserdrachenreiter werden wollte! Das war harte Arbeit, Anstrengung. Nichts, was Silver bisher auf ihrem Weg zur Rennreiterin getan hatte, war leicht gewesen … und sie hatte das alles doch nur getan, um Kirja zurückzubekommen.

Alles nur, damit *Hiyyan* glücklich war.

Sie starrte aufs Meer. Wenn Hiyyan glücklich war, war sie es auch. Und umgekehrt war es genauso.

Hinter ihr knirschten Steine. Hiyyan kam näher. Eine Weile herrschte Stille, dann sah Silver ein Bild vor ihrem inneren Auge.

Hunderte von Aquindern flogen über brennende Wüstenstädte. Mit blutrünstigen, verzerrten Gesichtern stießen ihre menschlichen Reiter Siegesschreie aus. Sie zerrten an den Ketten, mit denen sie ihre Wasserdrachen unter Kontrolle hielten, das Metall grub sich schmerzhaft in die Mäuler der Aquinder.

Heiße Tränen liefen Silver übers Gesicht.

»Das denkst du also von mir?«, fragte sie. »Dass ich so bin wie sie? Weil ich dich beim Rennen angetrieben habe? Ich wollte nur, dass wir unser Bestes geben. Mein Vater hat mir immer zu verstehen gegeben, dass ich mich nicht genügend anstrenge. Dass ich nicht gut genug bin.«

Silver wischte sich die Tränen ab. »Aber vielleicht wollen wir ja nicht dasselbe. Vielleicht sind wir gar nicht dazu bestimmt …« Es war zu schmerzhaft, diesen Gedanken auszusprechen.

Mit jedem Wort, das Silver sagte, ließ Hiyyan den Kopf tiefer hängen, bis sein Kinn schließlich im Sand lag. Zwei riesige traurige Augen schauten zu Silver hoch.

»Vergiss es, Hiyyan. Bring mich einfach zurück zum Kai, damit ich Brajon suchen kann.«

Stumm brachte Hiyyan sich in Stellung und Silver kletterte auf seinen Rücken. Die Drachenhaut war kalt und ihre Glieder waren steif. Als die beiden in den Himmel aufstiegen, gab es viel Geruckel und Geholper, denn ihre Bewegungen harmonierten überhaupt nicht. Silver knirschte mit den Zähnen, sie bekam Kopfschmerzen.

Hiyyan flog so dicht an den Kai heran, wie es die Vorsicht erlaubte. Mit einem wenig eleganten Platscher landete er im Wasser. Keuchend rutschte Silver von seinem Rücken und fiel ins Meer.

Ehe sie in Panik geraten konnte, packte Hiyyan die Rückseite ihres Rennanzuges, zog sie heraus und setzte sie auf den Holzbohlen des Kais ab.

Silver wickelte sich, so gut sie konnte, die Fetzen ihres braunen Schals um den Kopf und humpelte durch das Tor zum Hafen, doch bevor sie zwischen den steinernen Säulen in der Dunkelheit verschwand, tauchte noch ein anderes Bild in ihr auf: Hiyyan, der bei ihrem ersten Wasserdrachenrennen verzweifelt kämpfte. Silver saß auf seinem Rücken, das Gesicht verzerrt von dem brennenden Verlangen, um jeden Preis zu gewinnen. Die Silver in der Vision schloss die Augen.

Das war der Augenblick gewesen, in dem Silver Hiyyan manipuliert hatte – mit dem Versprechen, ihm Kirja wiederzugeben.

Eisige Kälte lief Silver den Rücken hinunter. Sie hatte diese Vision nicht geschickt, weil sie Kirja retten, sondern weil sie um jeden Preis gewinnen wollte. Hiyyan kannte die Wahrheit und Silver musste jetzt endlich sich selbst gegenüber ehrlich sein.

38. Kapitel

Mit den Schalfetzen vorm Gesicht hielt Silver in der Menschenmenge nach Brajon Ausschau. Alles, was in den letzten Tagen geschehen war, stürzte nun auf sie ein. Am liebsten hätte sie ihren Beutel fallen gelassen und sich schlafen gelegt. Stattdessen passte sie sich dem Tempo ringsum an. Ihr Magen knurrte. Es war schon lange her, seit sie Brot und Obst gegessen hatte.

»Essen«, krächzte sie.

Silvers ganze Aufmerksamkeit richtete sich auf den ersten Verkäufer von frittiertem Teig, den sie entdecken konnte. Der Duft von Zucker und Gewürzen zog sie an, und als plötzlich eine Hand ihren Ellenbogen packte, stolperte sie widerstandslos mit in eine Gasse. Ihr Angreifer zerrte die Fuchsmaske aus ihrem Beutel und hielt sie hoch.

»Ich wusste doch, dass du nicht bloß ein Straßenkind bist, Wüstenfuchs«, sagte Ferdi. Seine Augen blitzten vergnügt. »Heldinnen wie du begnügen sich nicht damit, gestohlene Glitherns zu retten, oder? Und dein Drache hat auch etwas zu verbergen, glaube ich. Wie wäre es denn, wenn du mich in deine Geheimnisse einweihst?«

»Meine Geheimnisse gehen dich gar nichts an. Lass mich

los.« Silver wollte den Arm wegreißen, aber Ferdi hatte einen festen Griff. Würde er sie der Königin ausliefern?

»Ich bin nicht dein Feind.« Ferdis Blick schweifte die Straße entlang, er musterte die Gesichter der Leute, die hier unterwegs waren. Dann zog er Silver weg von der Menschenmenge in die Dunkelheit. Mit leiser Stimme sagte er:

»Du spielst ein gefährliches Spiel. Ich glaube nicht, dass dir klar ist, was hier vorgeht.«

»Ich muss meinen Vetter finden und Calidia verlassen. Das geht hier vor.« Silver presste die Worte hervor, aber ihre Stimme zitterte, und die Nackenhaare standen ihr zu Berge. Wie viel wusste Ferdi über Hiyyan? Oder Kirja?

»Ich kann dir helfen. Ich weiß, wie man unter die königlichen Becken gelangt.« Ferdi leckte sich die Lippen, ehe er die nächsten Worte sprach. »Hoonazoor erkundet die Gegend unter Wasser recht oft und davon weiß niemand außer mir.«

Silver stockte der Atem. War Ferdi mit seinem Glithern verbunden? »Und sie zeigt dir, was sie sieht?«

Ferdi sah sie fragend an. »Zeigen? Wie denn?«

»Egal«, sagte Silver hastig.

Ferdi guckte Silver scharf an. »Am Tag meiner Ankunft in Calidia war Hoonazoor ziemlich lange verschwunden. Als sie wiederkam, haben wir einen Trainingsritt unternommen, dabei hat sie mich zu mir unbekannten Becken gebracht. Ich habe gesehen, wo Königin Imea ihren Drachenbestand hält.« Ferdis Augen fingen wieder an zu glänzen und Silver wich einige Schritte zurück.

»Hast du die Anschläge gesehen?«

Ferdi nickte. »Aber die kümmern mich nicht. Ich hab auch den Aq…«

»Nein!«, sagte Silver. »Sprich es nicht aus.« Sie schaute sich um, sie waren allein. »Bitte, Ferdi. Dieser Drache gehört der Königin nicht. Sie gehört einer Freundin von mir, und ich versuche, die beiden wieder zu vereinen.«

»Die Königin hat ihn gestohlen? Diebe, wohin man nur schaut.«

»Das stimmt so nicht.« Silver hielt inne, Spannung lag in der Luft. Konnte sie Ferdi ihre Geschichte anvertrauen? Es war gefährlich, seine Geheimnisse zu vielen Leuten zu erzählen.

Nach einer Weile seufzte Ferdi. »Selbstverständlich traust du mir nicht. Du weißt ja nicht mal, wer ich bin. Und wenn du es wüsstest, würdest du mir noch weniger trauen. Ich werde dich niemandem ausliefern. Geh, du bist frei. Such deine Freunde. Aber bevor du gehst, nenn mir etwas, das ich für dich tun kann. Das mache ich dann, ich verspreche es. Und vielleicht beschließt du danach, dass du mir trauen kannst.«

»Warum?«

Ferdi schaute über Silvers Schulter und nickte. »Ich zögere auch, dir meine Geschichte zu erzählen.«

Silver riskierte einen Blick und sah die beiden Gefährten, die Ferdi überallhin folgten. Sie standen am Anfang der Gasse und diskutierten über irgendetwas.

»Ich hoffe, dass ich deine Hilfe nicht brauchen werde«, sagte Silver. »Ich habe vor, das Rennen morgen zu gewinnen und Königin Imea um das zu bitten, was ich haben will.«

»Die Audienz der Gewinner.« Ferdi stieß einen leisen Pfiff aus. »In voller Verkleidung, nehme ich mal an. Glaubst du, das funktioniert? Niemand hat sie je um einen ihrer Drachen gebeten.«

Silver griff nach Nebekkers Anhänger. »Es ist nicht ihrer.«

»Leise!« Ferdi rieb sich das Kinn mit dem Daumen. »Wenn du dich der Königin näherst, sind alle Augen und Ohren auf dich gerichtet. Bist du bereit, der ganzen Welt dein Geheimnis zu enthüllen?«

»Nein, aber wenn alle zugucken, muss die Königin sich ehrenhaft verhalten.«

Daraufhin guckte Ferdi ein bisschen verunsichert, aber er nickte schnell.

»Ich weiß nicht, ob ich dir helfen kann, morgen das Rennen zu gewinnen, aber wenn du gewinnst, werde ich tun, was ich kann, um es dir bei der Audienz der Gewinner so leicht wie möglich zu machen. Soll ich für Ablenkung sorgen, damit die Wächter nicht merken, dass du das Mädchen auf den Anschlägen bist?« Ferdi lächelte schelmisch. »Das könnte lustig werden. Mein Vater würde vor Wut schäumen, wenn ich Unruhe stifte im Palast von Calidia.«

»Danke für deine Hilfe.« Silver lächelte dankbar. »Wenn das nicht klappt, muss ich dich vielleicht bitten, mir zu zeigen, wie man unter diese Becken gelangt.«

Ferdis Gefährten redeten lauter, sie schauten in die Dunkelheit, die sie und Ferdi verbarg.

»Klingt nach einem Abenteuer. Eines, das wir morgen früh fortsetzen müssen.« Ferdis Gefährten waren in die Gasse gekommen. »Lauf, hier entlang.« Ferdi zeigte auf eine Abzweigung am Ende der Gasse. »Du kommst in der Nähe der Läden raus.«

Silver zog ihren Schal hoch und drehte sich um. Noch einmal packte Ferdi sie am Arm. Er sah sie mitfühlend an.

»Viel Glück – und sei vorsichtig!«

39. Kapitel

Silver ging auf demselben Weg zum Kai zurück, den sie gekommen war. Sie blieb bei dem Stand stehen, an dem frittiertes Gebäck verkauft wurde. Ihr Gewinn hätte für sehr viele reichhaltigere – und feinere – Mahlzeiten in Calidia gereicht. Doch als Silver sich im Gedränge in der Nähe des Gasthauses in Teig gebackene Eier mit Tomaten in den Mund schob, stellte sie fest, dass nach ihrem Streit mit Hiyyan alles wie Sand schmeckte. Sie schluckte, schaute sich um und lief zur Gasse hinter Homms Gasthaus. Dort klopfte sie an die Tür von Meles Zimmer.

»Brajon?«, flüsterte sie.

Ihr Vetter riss die Tür auf, zerrte Silver ins Zimmer und knallte die Tür hinter ihr zu. Brajon strahlte wie die Wüstensonne. Sogar Mele sah ausnahmsweise mal glücklich aus.

»Du bist durchgekommen! Die ganze Stadt redet von der kühnen maskierten Reiterin und fragt sich, wer unter der Verkleidung steckt. Wie fühlt sich das an, Wasserdrachenreiterin?«

Silver wollte sich ein Lächeln abringen, doch innerlich hatte sie einen Knacks bekommen. Diesen Augenblick hatte sie sich ganz anders vorgestellt. Statt Triumph zu empfinden, schämte sie sich.

»Und das Beste ist«, sagte Brajon, »du kannst morgen ein weiteres Rennen hinter dich bringen, in den Palast marschieren und Kirja zurückfordern. Dann geht es endlich nach Hause. Zum Abendessen sitze ich dann schon vor den warmen gewürzten Bohnen meiner Mutter. Mmmmh!«

»Wie schön für dich!«, platzte Silver heraus. »Und was ist mit mir?«

Brajon und Mele wechselten einen Blick. Er lehnte sich an die Wand und schloss die Augen.

»Also gut, Silver. Raus damit. Was ist los mit dir?«

Silver ließ ihren Beutel fallen, sie rutschte auf den Boden. Die Kühle des Steinbodens drang durch ihre Kleider. Langsam rieb sie ihr Handgelenk. Die heilende Wunde fühlte sich rau an. Die Wunde, die in ihren Augen genauso aussah wie ein zusammengerollter Wasserdrachen.

»Fast jeden wachen Augenblick hat mich der Wunsch nach Ruhm begleitet, ich wollte auf dem Wasser sein, ich wollte den Staub, den Lärm, die Aufregung in Calidia genießen. Hier gehöre ich her, hierfür bin ich geschaffen. Und nun habe ich das Gefühl, alles zu verlieren.«

Silver dachte an Hiyyans Knurren und kämpfte gegen die Tränen. Sie schüttelte den Kopf. Jetzt musste sie ehrlich sein.

»Nein, das ist es nicht. Ich glaube, ich habe Hiyyan verloren. Und das, was zählt, aus den Augen verloren. Während des Rennens vorhin ist etwas passiert. Wenn du denkst, dass ich vorher schon davon besessen war, Drachenreiterin zu werden … das ist jetzt noch schlimmer«, sagte Silver. »Die Anziehungskraft ist so stark, dass ich sicher bin, ich sterbe, wenn ich ihr nicht folge. Und deshalb hatte ich einen riesigen Streit mit Hiyyan.«

Silver leckte sich die Lippen, die das Salz ausgetrocknet hatte. Sie taten weh. Wäre sie zu Hause in Jaspaton gewesen, hätte ihre Mutter wohltuenden Balsam beschafft und ihn mit zarter Hand aufgetragen. Die Mutter fehlte ihr. Der Vater auch. Aber ihr Schuldgefühl war stärker.

»Ich bin so egoistisch gewesen«, sagte Silver. »Wir sind hergekommen, weil wir Kirja retten wollten. Und ich wollte ein Rennen auf Hiyyan reiten, damit ich Anspruch auf ihn erheben kann. Aber ich habe dich und Kirja im Stich gelassen, als ihr mich am meisten gebraucht habt. Und ich habe mich nicht darum gekümmert, wie Hiyyan sich fühlt. Nur weil ich siegen will.«

Mele räusperte sich, dann trat sie vor und nahm Silvers Hände.

»Ich verstehe dieses Gefühl. Aber du hast eine Bindung – deshalb kannst du nicht nur an dich denken. Ihr seid ein Team, Hiyyan und du. Nichts kann das ändern, niemals. Was glaubst du denn, warum ich hier arbeite und hinter undankbaren Gästen herputze? Bindung bedeutet Opfer bringen.«

»Dein Herz war am rechten Fleck«, fügte Brajon hinzu. »Du hast dich nur vom Augenblick mitreißen lassen. Wahrscheinlich solltest du Hiyyan nicht noch öfter verärgern. So groß, wie er ist, könnte er dich mit einem Happs verschlingen.«

Silver lachte leise. »Im Moment kann ich nichts Besseres für Hiyyan tun, als Kirja zu befreien. Wir müssen also noch mal zum Rennen antreten.« Sie guckte Mele an. »Es sei denn …«

»Oh nein. Lass mich da raus«, sagte Mele.

»Ich habe gehört, dass es unterirdische Becken gibt, weiß aber nicht, wie man da hinkommt«, sagte Silver. »Ferdi, dieser

Junge, den ich kennengelernt habe, will sie mir nach der Audienz der Sieger zeigen. Wenn es denn so weit kommt.« Silver schüttelte den Kopf. »Ich weiß nur nicht, ob Hiyyan für ein weiteres Rennen bereit ist. Wenn es hier aber jemanden gäbe mit einer Beziehung zu Wasserdrachen …«

Mele schüttelte den Kopf. »Wie oft soll ich dir noch sagen, dass ich damit nichts zu tun haben will? Alles, was du machst, ist gefährlich. Du denkst, die Rennen sind nur ein Spiel, aber ich habe Dinge gehört! Ich weiß, wozu Leute fähig sind, wenn sie gewinnen wollen … Ich weiß, worum sie wetten, was sie verlieren. Da geht es um weit mehr. Es geht um Leben! Und ich spreche hier nur von den total normalen Teilnehmern. Mit den königlichen Wasserdrachen ist das eine ganz andere Geschichte. Eine, mit der ich nichts zu schaffen haben will.«

»Aber der Wasserdrache, den wir suchen, ist kein königlicher Drache«, betonte Brajon. »Und wir wollen uns auch nirgendwo einmischen. Wir machen nur, was wir uns vorgenommen haben, und dann sind wir hier weg.«

Brajon sah Silver an, als er *wir* sagte. Aber Silver konnte ihm nicht in die Augen schauen. Sie starrte auf den Boden.

»Ich werde euch erst los, wenn ich euch helfe, stimmt's?« Sie stöhnte, dann kniff sie die Augen zusammen. »Es sei denn, ich verrate euch. Dann hab ich meine Ruhe und volle Taschen.«

»Mele, bitte.« Silver streckte flehend die Hände aus. »Wir brauchen deine Hilfe. Die Drachen brauchen deine Hilfe.«

»Wenn du nicht von meiner … Lage wüsstest, würde ich wahrscheinlich helfen. Aber ich kann nicht riskieren, dass man hinter mein Geheimnis kommt.« Mele seufzte. »Die königlichen Becken befinden sich an der Südseite des Palastes, das heißt, höchstwahrscheinlich werden sie vom Fluss Sonflir gespeist. In den Höhlen gibt es unterirdische Quellen. Vermutlich könntet ihr euch durch die südlichen Obsthaine Zugang verschaffen. Als ich noch klein war, bin ich oft da runtergegangen.«

Silver und Brajon sahen sich mit leuchtenden Augen an. Mit unterirdischen Flusshöhlen kannten sie sich aus.

»Ich hole Hiyyan«, sagte Silver. »Mele, zeigst du Brajon, wie er zum Fluss Sonflir kommt? Wenn ich morgen gewinne und mir eine Audienz gewährt wird, während Ferdi für Ablenkung sorgt und ihr beiden auf unterirdischem Weg zu den Becken gelangt … stehen unsere Chancen gut, Kirja rauszuholen.«

Nachdem Brajon und Mele gegangen waren, lief Silver in Meles Kammer auf und ab und überlegte, was sie zu Hiyyan sagen sollte. *Es tut mir leid* schien ihr zu wenig zu sein angesichts dessen, was sie getan hatte, wie sie ihn ausgenutzt hatte.

Obwohl sie ihren Drachen am liebsten sofort wiedergesehen hätte, wusste sie, dass vorher noch Arbeit auf sie wartete. Ehe sie sich entschuldigen und Hiyyan bitten konnte, zu einem weiteren Rennen zu starten, musste sie dafür sorgen, dass dieses Rennen für ihn so bequem wie möglich war. Das hatte er verdient.

In Jaspaton war der öffentliche Brotofen der soziale Mittelpunkt der Stadt. Er war glühend heiß und so groß, dass ein Mädchen ihrer Größe sich dort unbemerkt aufhalten konnte. In Calidia gab es doch bestimmt auch kommunale Brotöfen. In welcher Wüstenstadt gab es so was denn nicht?

Obwohl die Sonne schon vor einiger Zeit untergegangen war, leuchtete die ganze Stadt: An jeder Ecke waren verzierte calidianische Metalllaternen angezündet worden und Kinder liefen mit großen, funkelnden Wunderkerzen herum. Über dem Hafen explodierte ein Feuerwerk in Pink, Blau und Grün. Silver drückte die Fetzen ihres Schals ans Gesicht und hielt sich in den Schatten. Ständig schaute sie sich nach Leuten um, die sie eventuell verfolgten.

Sie wünschte, Hiyyan wäre bei ihr. Sein scharfer Geruchssinn würde die Öfen sofort aufspüren. Doch sie musste sich allein durchschnüffeln. Ein paar Schritte vom Palast entfernt hing er dann in der Luft: der Duft nach frisch gebackenem Brot.

Silver flitzte die kleinen Straßen entlang und um allerlei Ecken, bis sie vor dem größten Tonofen stand, den sie je gesehen hatte. Er hatte mehrere große Luken, damit Hunderte von Broten gleichzeitig gebacken werden konnten. Momentan wurde allerdings nur ein kleiner Bereich des Ofens genutzt.

Silver setzte sich an einen ruhigen, dunklen Platz neben die Ofenluke, die von der Straße am weitesten entfernt war, und holte das restliche Camouin und Wolle aus ihrem Beutel. Sie merkte, wie sie ihre Eltern brauchte und die Fertigkeiten, die diese ihr beigebracht hatten.

Silver formte das Metall zu kleinen Stiften mit Löchern an beiden Enden. Ihre ersten Versuche missglückten völlig, denn das Metall war schwer zu bearbeiten. Doch sie erinnerte sich an das, was ihr Vater sie gelehrt hatte, und rief sich die Eigenschaften des Metalls ins Gedächtnis. Es brauchte Hitze, damit es stabil blieb. Also häkelte sie Ketten aus der Wolle, die sie mit Camouin umwickelte. Dann, als die Bäcker nicht hinschauten, schob sie ein Ende des Wollfadens ins Ofenfeuer, wartete, bis das Material sich entzündete, und zog es wieder heraus.

Die Hitze lief durch das um die Wolle gewickelte Camouin und verwandelte es in ein hohles Stück Metall, das leichtgewichtig, aber stark war. Daraus fertigte Silver ein grobes Kettenhemd, das über Hiyyans Flanken gebreitet seine Flügel verbarg, ohne ihn einzuengen, wenn er sich bewegte. Das würde ihm das Rennen hoffentlich angenehmer machen, solange es nicht sicher war, seine wahre Natur zu offenbaren.

Die Straße lag menschenleer da, als sie fertig wurde. Die Bäcker schaufelten Asche über die Feuer und ließen den Ofen bis zum nächsten Tag ruhen. Silver packte ihre Sachen zusammen und machte sich wieder zu den Docks auf, ihre Wangen waren rot, ihr Herz raste. Ob Hiyyan sie abholen würde?

Zuerst musste sie klären, ob er ihr überhaupt zuhören würde.

Sie befreite sich von allen anderen Gedanken und stellte sich den Aquinder vor. Sie hatte ihre erste Begegnung wieder vor Augen. Zuerst war da ein wenig Neugier gewesen. Was war das nur für ein Geräusch da drüben am anderen Flussufer? Dann überwältigende Gefühle, als Hiyyan auf sie zugerannt kam … und schließlich: die Umarmung, der Augenblick, an dem sich alles auf der Welt ganz richtig angefühlt hatte.

»Wenn ich die Zeit zurückdrehen könnte, würde ich es tun«, sagte Silver. »Wenn ich geduldig sein könnte, weil ich wüsste, dass wir uns eines Tages begegnen würden, egal, was passiert, dann würde ich warten.«

Silver erinnerte sich an die gemeinsamen Augenblicke in den Höhlen auf dem Weg nach Calidia, als sie gedankenverloren die Hand ausgestreckt hatte, um Hiyyan zu berühren, oder wie sie seine Flügel untersucht hatte, um sich zu vergewissern, dass das zarte Gewebe nicht verletzt worden war. Sie hatten ihre Verbindung so schnell aufgebaut, Silver und ihr Aquinder, und sie war stark.

Stärker als ihr Wunsch, eine große Drachenreiterin zu werden.

Sie schickte Hiyyan eine Vision von dem Ort, an dem sie sich befand. *Hier bin ich.*

An den Docks war immer noch Betrieb, Schiffe wurden Tag und Nacht be- und entladen, Nagetiere huschten herum, und Lichtstreifen glitzerten auf der von den Gezeiten bewegten Wasseroberfläche. Hier war es viel dunkler als in der Nähe des Palastes. Silver hockte sich hinter eine Tonne und richtete ihren Blick auf einen dunklen Fleck in der Ferne. Ihre Brust wurde warm, und sie griff nach Nebekkers Anhänger, aber das Schmuckstück war kühl.

Nein, etwas anderes erfüllte sie mit Glück. Hiyyan schwamm auf sie zu.

»Du bist gekommen.« Silver schlang die Arme um den Hals des Aquinders, der auf den Kai geklettert war. Sie sah ihm in die Augen. Es gab so viel zu sagen, doch es war unmöglich, es auszusprechen.

Ich lasse es bleiben, wenn das dein Wunsch ist. Du bist wertvoller als eine Trophäe. Und ich werde mich bessern. Ich werde an uns beide denken, nicht nur an mich. Ich hab verstanden, dass mich ein sehr menschlicher Hunger nach Ruhm antreibt, der gefährlich werden könnte. Dagegen werde ich ankämpfen, damit dir nichts zustößt. Hiyyan setzte sich, er reckte den Hals und kam so nah an Silvers Gesicht heran, dass sie seinen Atem auf der Haut spürte. Sie hielt seinen Kopf mit beiden Händen.

Es tut mir leid, Hiyyan.

Sofort wurden ihr Hände und Füße warm. Ihre Schultern hoben sich, die Brust wurde weiter, und die Lungen konnten mehr Luft aufnehmen. Sie atmete tief ein und ließ den Atem langsam wieder entweichen, dann lächelte sie.

Das Mädchen und der Wasserdrache legten Stirn an Stirn. Silver schloss die Augen, ihre Mundwinkel wanderten nach oben. So war es richtig, so sollte es zwischen ihnen sein.

Plötzlich hatte sie eine Vision im Kopf: Hiyyan und Silver, die über die Ziellinie schossen, die Konkurrenten weit abgeschlagen.

Verwundert zog Silver den Kopf zurück.

Du willst Rennen reiten?

In der Vision scharten sich die Bewunderer um sie. Unter ihnen Kirja.

»Mrrau«, machte Hiyyan leise.

Hiyyan wollte mehr als Rennen reiten. Er wollte wahre Freiheit, um ganz er selbst zu sein.

Genau wie Silver.

Sie nickte und rieb das Gesicht an seiner Mähne. Eigentlich wollte sie noch etwas sagen, doch sie wusste, dass es nicht mehr zu sagen gab. Ihre Verbindung war alles.

Sie kletterte auf Hiyyans Rücken und Drache und Reiterin paddelten gemeinsam an der Küste entlang.

40. Kapitel

Sie schliefen, bis die Vormittagssonne Silver beinahe den Nacken versengte. Sie stupste Hiyyan wach und spürte das Kribbeln aufgeregter Spannung zwischen ihnen. Heute war der Tag des großen Rennens.

Silver zeigte Hiyyan die Camouin-Verkleidung und legte sie ihm an.

»Passt ganz gut«, sagte sie. »Was meinst du?«

Hiyyan zupfte hier und da, bis das Metall so fiel, wie es für ihn angenehm war. Er knurrte anerkennend. Silver lächelte. Zwischen ihnen hatte sich etwas verändert. Es herrschte nun eine ruhige Entschlossenheit zusammenzuarbeiten, um die gemeinsamen Ziele zu erreichen.

Silver ritt auf Hiyyan zurück nach Calidia, wo sie sich den Rennplan ansah. Auf dem Aushang an der Kaimauer war Wüstenfuchs für das dritte Halbfinalrennen eingetragen. Gleich unter Ferdis Namen.

»Beginnt jetzt das erste Halbfinalrennen?«, fragte Silver, die sich den Schal wieder übers Gesicht gezogen hatte, eine Frau neben ihr.

»Das erste und das beste. Sieh nur!«

Sagittaria Wonder war auf einem Dwakka in der mittleren

Bahn angetreten. Silvers Herz klopfte hoffnungsvoll. Auf Kirja würde heute kein Anspruch erhoben werden. Der Aquinder wurde immer noch geheim gehalten.

Sie schaute aufs Meer hinaus. In der Ferne schien Ferdi über das Wasser zu schweben. Sein Glithern wärmte sich für das Rennen auf.

Sagittaria Wonders Rennen begann mit einem Knall.

Die Menge gröhlte vor Begeisterung, schwenkte Banner und Flaggen der Wüstennationen zur Unterstützung der Reiter. Ein Mann auf einem hohen Hocker kommentierte das Renngeschehen lautstark über den Lärm hinweg, während in fieberhafter Hektik immer mehr Münzen von einer Hand in eine andere wechselten.

»Wo sind deine Farben, Mädchen?«, fragte die Frau. »Wen feuerst du an?«

»Meine Favoriten starten erst später«, sagte Silver.

Trotz allem verschlug Sagittarias Stil Silver den Atem. In Kurven und vor Hindernissen hatte Sagittaria Wonder ihren Dwakka sehr fest im Griff. Einen Moment lang tauchten beide im Meer unter und waren nicht mehr zu sehen, bis sie wieder an der Oberfläche erschienen. Sagittaria wirkte immer noch entspannt, als ihre Gegner schon ihre Wasserdrachen anschrien. Sie strahlte die Zuversicht aus, dass sie gewinnen würde, komme, was wolle. So gut war sie.

Die Flamme, die in Silver brannte, wurde zum lodernden Feuer. Ob sie auch einmal so eine fantastische Rennreiterin werden würde?

Ein kurzer Zug an den Zügeln von Sagittaria Wonder reichte – und der Dwakka wich geschickt den aalähnlichen Tentakeln des mattgrauen Decodro in der nächsten Bahn aus.

Die Menge brüllte vor Lachen und bejubelte ihr Manöver, doch Sagittarias gelassene Miene veränderte sich nicht. Sie war so cool.

Das Rennen wurde enger, die Teilnehmer verzweifelter. Alle Mittel waren ihnen recht, um die Gegner zu schlagen. Das Feld von acht verkleinerte sich auf sechs, dann fünf, nein, vier Gegner, denn zwei Wasserdrachen waren verletzt, und zwei blieben so weit zurück, dass sie keine Chance mehr hatten aufzuholen. Ein Reiter wurde abgeworfen, blieb aber noch durch ein Seil mit seinem Wasserdrachen verbunden und wurde durch das aufgewühlte Wasser gezerrt. Sagittaria hatte immer noch einen beachtlichen Vorsprung, der alles ganz mühelos erscheinen ließ. Als sie und ihr Dwakka als Erste die Ziellinie kreuzten, drehte die Menge völlig durch. Silver jubelte laut mit. Sie hatte das Gefühl, etwas Einmaliges zu erleben.

Die Frau neben ihr schmunzelte. »Das war ja zu erwarten. Die Rennreiterin unserer Königin ist die beste auf der Welt.«

Sagittaria Wonder drehte eine Ehrenrunde. Sie winkte ihren Bewunderern zu und hielt kurz inne, um sich vor Königin Imea zu verbeugen, die vom Balkon ihres Palastes zugeschaut hatte. Danach begab Sagittaria sich in den Aufwärmbereich. Ferdi und sein Glithern kreuzten ihre Bahn auf dem Weg zum Start. Sagittaria sagte etwas zu ihm, worüber er lachte – und Silver lief ein Schauer über den Rücken. Waren Sagittaria und Ferdi Freunde?

Ehe sie entdeckt werden konnte, verließ Silver die Kaimauer und holte Hiyyan von den Docks ab. Dort korrigierte sie den Sitz der Verkleidungen, damit möglichst viel von ihnen bedeckt war. Während das zweite Rennen lief, paddelten sie zum Aufwärmbereich. Dann war es Zeit, an den Start zu gehen.

Um sie herum hatten die an die Startlinie drängenden Wasserdrachen das Meer aufgewühlt. Misstrauisch sah Silver sich um – keine Sagittaria, keine Wächter, kein Abruq weit und breit. Ob sie wussten, wer sich hinter der Wüstenfuchsmaske verbarg? Sie holte tief Luft, dann lenkte sie Hiyyan auf die Flagge von Calidia zu, die den Anfang der Rennstrecke markierte. Ihre Hände in Hiyyans Mähne kribbelten, ihr Blick ging zu dem Camouin, das sie so sorgfältig geformt und um Hiyyans Flügel gewickelt hatte. Instinktiv drückte er gegen das Metall, aber er beklagte sich nicht.

Silver war Bahn zwei zugewiesen worden. Links von ihnen, nah an der Kaimauer, war ein Dwakka. Dieser war um einiges kleiner als der von Sagittaria Wonder, seine beiden Köpfe waren allerdings nicht weniger aufmerksam und schwenkten von einer Seite zur anderen. Zu Silvers Rechten zeigte ein bekanntes Gesicht seine Zähne. Es war der grün-weiße Hop-Slawn. Er sah aus, als sei er immer noch wütend. Sogar jetzt hielt der Reiter die Ketten straff, die an sechs verschiedenen Stellen des Geschirrs befestigt waren.

Hiyyan mochte ja ein wenig Vorbehalte gegen das Rennreiten haben, dieser Drache hasste es ganz offensichtlich. Obwohl Silver sich etwas vor dem Wasserdrachen fürchtete, tat er ihr trotzdem schrecklich leid.

Ferdi ging zwei Bahnen weiter an den Start. Er war stumm, aber sein Körper war vorgebeugt, und die Knöchel seiner Hände, um die er Hoonazoors Zügel gewickelt hatte, waren weiß. Konnte Silver darauf hoffen, ihn und seinen Glithern zu schlagen?

»Wüstenfuchs!« Von der Kaimauer her drang der Ruf zu Silver. Sie beugte sich vor, um zwischen all den Drachen hinüberzugucken.

Was sie dort sah, gab ihr so eine Leichtigkeit, dass sie sicher war, gleich abzuheben. Eine Gruppe von Leuten drückte sich an die Kaimauer, alle trugen Fuchsmasken. Der Größte der Gruppe schwenkte eine dunkelbraune Flagge, auf der ein Wüstenfuchsgesicht prangte. Die Gruppe war klein, und ihre Flagge war aus Stofffetzen zusammengestückelt, doch für Silver spielte das keine Rolle.

Diese Leute jubelten ihr zu. Sie wollten, dass sie gewann. Sie waren gekommen, um Hiyyan zu unterstützen.

Sie hatten Fans.

Silver schluckte, das hatte sie nicht erwartet. Plötzlich merkte sie, dass sie von einem Ohr zum anderen lächelte. Ihre Wangen fingen schon an wehzutun.

Guck mal, Hiyyan. Die sind unseretwegen gekommen.

Silver entspannte ihre Gesichtsmuskeln und hob die Hand zum Winken. Die Gruppe war begeistert, alle hüpften, kreischten und johlten. Der Reiter zu ihrer Linken geriet in ihr Blickfeld und versperrte ihr die Sicht auf die Wüstenfuchsfans.

»Du musst ziemlich jung sein, wenn du diese Gruppe Sandflöhe aufregend findest«, flüsterte der Hop-Slawn-Reiter Silver zu. »Gib auf, solange es noch gut für dich steht. Mein Herr zahlt dir dein Gewicht in Gold, wenn du verlierst.«

Silver warf ihm einen wütenden Blick zu. »Meinen Preis kannst du nicht zahlen.«

»Nenn ihn doch. Mein Herr hat sein Vermögen mit Seide gemacht. Er kann zahlen. Die Dwakka-Reiterin hat mein Angebot angenommen.«

Silver schaute zur Dwakka-Reiterin hinüber. Sie hatte graue Haare und die Jahre hatten Furchen in ihr Gesicht gezogen. Vielleicht hatte sie genug von Wasserdrachenrennen und wollte Ruhe. Aber Silver hatte noch gar nicht richtig angefangen.

Wieder sah sie den Hop-Slawn-Reiter an. »Dieses Cape ist aus sehr schöner Seide. Aber es wird dich behindern. Zwingt dein Herr dich, es zu tragen? Er denkt wohl mehr an seine Seide als an dich.«

»Das ist bestimmt genauso bei deinem Herrn. Wer ist der Besitzer von deinem Drachen?«

»Er hat keinen Besitzer und ich auch nicht.«

»Das mag so sein, aber dieses Rennen wird von dir Besitz ergreifen. Vergiss mein Angebot. Ich wette mit dir um die Gewinnsumme deines ersten Rennens, dass für dich nach dem ersten Hindernis Schluss ist.« Der Hop-Slawn-Reiter lachte höhnisch. Sogar sein Wasserdrache schnaubte ein paar Mal.

Hiyyan schickte Wärmewellen durch seinen Körper, damit Silver sich sicher fühlte, doch nicht einmal er konnte ihre sorgenvollen Gedanken zerstreuen. Sie hatte so oft über die Wundertaten geredet, die Sagittaria Wonder vollbracht hatte. Die Geschwindigkeit, die Strudel … aber Silver hatte nie darüber nachgedacht, wie sie selbst diese Herausforderungen meistern sollte. Bis jetzt.

Sie presste die Lippen aufeinander und kniff die Augen zusammen. Der Startknall ertönte und sie schossen los.

41. KAPITEL

Hiyyan senkte den Kopf und bewegte sich konzentriert auf die Ziellinie in der Ferne zu. Silver presste sich an ihn und verfolgte, wie sich die eben noch freie Rennbahn völlig veränderte. Hindernisse erhoben sich aus dem Wasser, Streckenmarkierungen verschoben sich und Teile des Meeres schienen völlig im Schwarz zu verschwinden.

Es verändert sich, sagte Silver in Gedanken zu Hiyyan. Sie wusste, dass die Rennleitung den genauen Verlauf der Strecke geheim hielt, um Betrügereien vorzubeugen. Allem Anschein nach hatte man einen sich ständig verändernden Parcours entwickelt, damit die Rennreiter die Herausforderungen nicht vorhersehen konnten.

Wenn Silver nicht solche Angst gehabt hätte, wäre sie beeindruckt gewesen. Aber ihre Hände zitterten. Hiyyan schickte ihr noch mehr Wärmewellen, und sie ballte die Hände zu Fäusten, bis sie ruhig wurden.

»Du hast recht. Für uns gibt es nur den Weg nach vorn«, sagte sie.

Hiyyan brüllte ein Mal ganz laut und die Menge erwiderte dieses Brüllen in gleicher Lautstärke. Silver schoss das Blut in den Kopf.

Unter der Wasseroberfläche arbeiteten Hiyyans Beine wie wild, während Silver sich gut festhielt und nach dem ersten Hindernis Ausschau hielt.

Das Rennen war sehr ausgewogen. Kein Wasserdrache preschte voran und keiner blieb zurück. Das beruhigte Silver ebenso, wie es ihr Sorgen machte. Es würde eng werden, und das bedeutete, dass die Teilnehmer hart um den kleinsten Vorteil kämpfen würden. In höchster Alarmbereitschaft beobachtete sie ihre Gegner aus den Augenwinkeln, damit ihr kein gemeines Manöver entging.

Zwei Bahnen weiter flitzte Ferdi mit entschlossener Miene übers Wasser. Dann riss er plötzlich die Augen auf und auch Silver fuhr der Schreck in die Glieder.

Aus den Tiefen des Meeres schnellten ovale Wesen mit langen, dünnen Schwänzen in den Himmel hinauf. Sie hatten die Größe von jaspatonischen Fladenbroten, und ihre glänzenden schwarzen Flossen, die hin und her schlugen, hielten sie einen Moment in der Luft. Dann stürzten die Wesen hinunter und gingen auf die Rennreiter los.

»Pass auf!«, brüllte Silver.

Dem ersten Angriff wich Hiyyan geschickt aus, dann schoss ein zweites Wesen auf Silver zu. Sie lehnte sich nach rechts, doch das Wesen streifte ihren Arm mit der scharfen Kante seiner Flosse und hinterließ einen blutigen Kratzer auf ihrer Haut. Silver drückte die Hand auf die Wunde, um die Blutung zu stillen, während Hiyyan sich durch einen Schwarm fliegender Rochen schlängelte. Als sie die letzten dieser Meerestiere mit den rasiermesserscharfen Flossen hinter sich gelassen hatten, drängte der Aquinder mit voller Kraft voran – dem nächsten Hindernis entgegen.

Im gleichen Moment verschwanden sie und Hiyyan von der Erdoberfläche. Jedenfalls fühlte es sich so an, als sie in einen Strudel gerieten, der sich mitten auf der Rennbahn aufgetan hatte. Das war also einer dieser berühmten Strudel, die Sagittaria nahezu mühelos durchreiten konnte.

Silver hingegen geriet in Panik.

»Hiyyan!« Sie konnte gerade noch aufschreien, bevor ihr Meerwasser ins Gesicht klatschte und ihre Worte erstickte. Ihr Kopf wurde in die eine Richtung gewirbelt, ihr Körper in die andere, bis sie nicht mehr klar sehen konnte, weil ihr so schwindelig wurde.

Wasser schwappte an Hiyyans Flanken hoch, aus dem Strudel kam ein hoher Pfeifton. Etwas packte ihren verletzten Arm und wieder schrie Silver los.

»Wehr dich nicht dagegen!« Ferdi war plötzlich neben ihr. »Sieh mich an.«

Aber das Wasser klatschte Silver immer noch ins Gesicht, Hiyyan drehte sich weiter und sie bekam keine Luft. Ihre Hände konnten sich nicht mehr in Hiyyans Mähne halten und sie rutschte über seinen Rücken.

Ferdi schrie: »Konzentrier dich!«

»Ich kann nicht.« Silver spuckte, Salzwasser brannte ihr in den Augen und stieg ihr in die Nase. Die Aussichtslosigkeit ihrer Situation – als Anfängerin versuchte sie, ein Wasserdrachenrennen zu gewinnen – drohte sie in die Tiefe zu ziehen.

»Du bist Wüstenfuchs. Du schaffst das!« Das waren die letzten Worte, die Ferdi ihr zurufen konnte, ehe der Strudel ihn und seinen Glithern von Silver wegschleuderte.

Sie wischte sich mit der Hand übers Gesicht und ignorierte

das Brennen. Ihr verletzter Arm war taub geworden. Ferdi tauchte langsam auf der anderen Seite des Strudels auf und kam mit jeder Umdrehung der Wasseroberfläche wieder ein Stück näher.

Ihr klapperten die Zähne. »Ich lass mich doch von einem Strudel nicht kleinkriegen. Klettere, Hiyyan. So wie sie. Immer ein bisschen weiter nach oben.«

Hiyyan richtete die Schnauze himmelwärts und stieß die Hinterbeine nach unten. Silver presste sich an seinen Rücken, wobei sie das Gesicht, so gut es ging, vom spritzenden Wasser wegdrehte. So arbeiteten sie sich im Strudel hoch. Andere Reiter hatten auch mit den Strudeln zu kämpfen. Aber die meisten hatte Silver aus den Augen verloren, und sie befürchtete, dass sie weit vorne im Rennen lagen.

Hiyyan atmete schwer.

Weiter so, du machst das toll.

Als sie sich endlich aus den Strudeln befreien konnten und sich wieder an die Oberfläche gekämpft hatten, schnappten Drache und Reiterin nach Luft.

Silver suchte den Horizont ab. Vier Drachen waren ihnen voraus, darunter Ferdis Glithern.

»Wir … können uns nicht … ausruhen«, sagte Silver, vor Anstrengung keuchend. »Also, weiter!«

Eine Weile führte die Strecke geradeaus. Es gab einen Abschnitt, in dem Bäche die Meeresströmung zu kreuzen schienen. Dort kam der Shorsa von der äußeren Bahn aus dem Takt, sodass Silver und Hiyyan aufholen konnten. Als sie schließlich ihren Rhythmus gefunden hatten und schneller wurden, machte Silver sich wieder Sorgen. Irgendein neues Hindernis musste auftauchen, und das bald.

Heftiges Schnaufen drang durch die Luft. Zwischen den meisten Reitern war der Abstand gering, nur zwei waren zurückgefallen, darunter die Reiterin, die sich hatte bestechen lassen. Ferdi schaute zu Silver und nickte ihr zu. Sie biss die Zähne zusammen und blinzelte sich das Salzwasser aus den Augen.

Der Himmel veränderte sich.

Nein, es war nicht der Himmel ... die blaue See erhob sich zu einem Berg mit gefährlich steilem Hang. Der Shorsa erreichte den Fuß des Berges zuerst und begann, langsam hochzuklettern. Der Hop-Slawn-Reiter grunzte.

»Alle gehen drüber weg«, näselte er. Dann bohrte er die Fersen in die Flanken seines Wasserdrachen und die beiden verschwanden im Wasserberg.

Auch Ferdi kletterte und Silver hatte es ebenfalls vor. Eine größere Herausforderung als die Sanddünen zu Hause war das hier nicht.

»Wir haben es fast geschafft, Hiyyan.«

Der Aquinder stürzte sich den wogenden Berg hinauf und strengte seine Muskeln gewaltig an, konnte aber nur ein klein wenig an Höhe gewinnen. Seine Flügel kämpften gegen den Camouinkäfig an, er hätte den Berg so leicht hochfliegen können. Silver spürte die Anstrengung in ihren Gliedern und hatte Mühe, sich auf Hiyyans Rücken zu halten. Von ihren Schläfen tropfte eine Mischung aus Meerwasser und Schweiß. Ihre heißen, feuchten Hände rutschten immer wieder von Hiyyans Mähne ab. Aber sie konnte den Gipfel des Berges sehen. Schnell riskierte sie einen Blick zurück, und ihr wurde klar, dass sie schon mehr als die Hälfte des Hanges erklettert hatten. Ferdi blieb zurück und der Shorsa hatte auch nur noch eine Kopflänge Vorsprung.

Während sie und Hiyyan den Gipfel erklommen, schlugen ihre Herzen im Gleichtakt, laut und mit voller Kraft, dann blies ihnen ein Schwall kalte Luft ins Gesicht. Nicht weit vor ihnen glitzerte die Ziellinie in der Morgensonne.

»Los, Hiyyan!«

Silver wünschte, ihr Wasserdrache könnte die Flügel ausbreiten und ins Ziel fliegen, aber sie purzelten wenig elegant die Rückseite des Berges hinunter und schlugen hart auf die spiegelglatte Wasserfläche auf. Hiyyan legte sich mit aller ihm noch verbleibender Kraft ins Zeug, aber der Shorsa holte sie ein und preschte voran.

Silver riskierte einen Blick zu dem Hop-Slawn, der den Weg durch den Berg genommen hatte. Auch er kam näher. Dabei zerrte er wutschnaubend an seinen Ketten. Sein Reiter schrie und knallte ihm die Peitsche auf die Flanken. Silver zuckte zusammen. Der Reiter erinnerte sie allzu sehr daran, wie sie sich bei ihrem ersten Rennen gefühlt hatte.

So was würde sie Hiyyan nie wieder antun.

Silver lockerte den Griff um Hiyyans Mähne, schloss die Augen und atmete tief. Sie ließ sich auf das Auf und Ab der Bewegungen ihres Aquinders ein. Langsam wurde es in ihren Beinen wärmer – dann in ihrem Bauch. Sie sah die Dinge, die Hiyyan sah: das bevorstehende Ende des Rennens, das Leben danach mit Kirja, dem Meer und … ihr.

Ihre Gedanken gingen nach Jaspaton, der großen, hellen Stadt, die in der tiefsten Wüste in die Klippen gehauen worden war. In ihrer Brust begann es gleichmäßig zu pochen, ein kräftiger, rhythmischer Herzschlag, der in die Trommelklänge des Festivals einstimmte.

Bumm … bumm.

Sie stellte sich Sternschnuppen vor, die über den Wüstenhimmel zogen. Ihre Eltern hielten Ausschau auf den Dünen und hofften auf ein Zeichen von ihr.

Ich bin hier und ich bin in Sicherheit. Sie stellte sich vor, wie ihre Worte zu ihren Eltern flogen.

Und immer noch schlugen die Trommeln von Jaspaton.

Bumm … bumm.

Sie warteten auf sie, ihre Eltern, Brajon, Kirja, ganz Jaspaton und die ganze weite Wüste. Sie warteten darauf, dass Silver ihre Bestimmung fand.

Nebekker wartete auf sie und die Legende von Gulad Nakim. Eine zusammengewürfelte Gruppe von Wüstenfuchsfans hielt den Atem an und Silver fühlte sich ihnen ganz seltsam nah. Sie würde den Weg dafür ebnen, dass Aquinder sich wieder gefahrlos in der Welt zeigen konnten.

Bumm … bumm.

Die Trommelklänge dröhnten über Sand und See. Silver machte die Augen auf und kam wieder zurück zu Hiyyan. Ihre Herzen schlugen im Takt, die Temperatur ihrer Haut war gleich, sie atmeten im selben Rhythmus. Sie waren eins. Die Luft bot ihnen Widerstand, aber das Meer trieb sie voran, bis sie eine Nasenlänge vor den Konkurrenten lagen, dann eine Halslänge und schließlich eine halbe Körperlänge.

Silver lächelte. *Nur los, Hiyyan. Ganz locker. Wir beide schaffen das zusammen.*

Hiyyan seufzte zufrieden. Seine Beine arbeiteten sich durchs Wasser, sein Körper hatte seinen natürlichen Rhythmus gefunden.

Er entspannte sich und schoss mit einem triumphierenden Schrei über die Ziellinie.

42. Kapitel

»So wie du aussiehst, kannst du nirgendwohin«, sagte Mele.

Eine Stunde war es her, dass Silver das Rennen gewonnen hatte, und ihr Körper war immer noch in Aufruhr. Hiyyan ruhte sich in der Bucht aus, Silver und Brajon verbargen sich in Meles Zimmer. Dort konnten sie den Jubel beim Abschluss der letzten Rennen hören und später dann Musik und Gesang der Feiernden. Der Anhänger an Silvers Hals pulsierte leicht. Das rief ihr wieder ins Gedächtnis, warum sie nach Calidia gekommen war – und wie nah sie daran war, Kirja zu befreien.

»Du bist nicht die Erste, die mir das sagt.«

»Zeig mir mal deinen Gewinn.« Mele hielt die Hand auf und Silver ließ den Geldbeutel in die Hand des Mädchens fallen. Mele warf einen Blick hinein und nickte zufrieden. »Das ist mehr als genug, um uns alle für Königin Imea vorzeigbar zu machen.«

»Alle?«

»Ich hab den Palast schon von innen sehen wollen, seit ich nach Calidia gekommen bin. Du wirst nicht glauben, was ich für Geschichten gehört habe! Bögen aus Granit, Wände aus Gold, Mosaikdecken. Und«, schloss sie mit funkelnden Augen, »es sollen sich Wasserbecken durch alle Teile des Palastes ziehen, in denen die Drachen schwimmen können. Wenn ihr mich nicht mitnehmen wollt, lasse ich euch nicht gehen!«

»Könnte ich nicht ein Gewand aus Meerkristallseide anziehen?«

Mele blies die Backen auf. »So viel hast du nun auch nicht gewonnen.«

»Die Wüstenfuchsmaske trägst du nicht, oder?«, sagte Brajon.

Silver nickte. »Doch. Das muss ich. Ich verstehe nicht … ich bin beinahe sicher, die wissen, wer ich bin! Aber solange ich keine Gewissheit habe, darf ich meine Identität nicht preisgeben. Sagittaria könnte Kirja sonst irgendwo verstecken, wo wir sie niemals finden.«

»Deine klatschnasse Maske wird lächerlich aussehen zu einem Kleid. Lass mich nur machen«, sagte Mele.

Silver zupfte an ihren schlecht geschnittenen Haaren. Sie nickte. »Richte uns würdig her für die Audienz bei der Königin, Mele, dafür nehme ich euch beide als Knappen mit.«

Mele jubelte, während Brajon stöhnte.

Mele huschte davon. Silver lief in dem kleinen Zimmer auf und ab, ihre Hände waren feucht. Sie wusste, dass sie das Unmögliche versuchte.

Aber jetzt konnte sie keinen Rückzieher mehr machen.

Silver und Brajon wechselten sich an der Waschschüssel ab. Als sie beide gut geschrubbt waren, kam auch Mele, mit Schachteln beladen, wieder. Sie stellte alle auf den Boden und öffnete die erste. Ein mit Perlen besetztes, hauchdünnes orangefarbenes Kleid. Wie Wasser glitt es Silver über die Haut.

»Das hier war mit deinen Mitteln zu beschaffen, es kommt Meerkristallseide wohl am nächsten«, sagte Mele.

In einer kleineren Schachtel befand sich ein passender Schleier, mit dem Silver Gesicht und Haare bedecken konnte, und in feines Papier gewickelter Schmuck. Silver berührte die kupferfarbenen Metalle und die Halbedelsteine und dachte an ihren Vater. So etwas Einfaches würde Rami Dust nicht fertigen, das war unter seiner Würde, trotzdem fühlte Silver sich ihrem Zuhause näher, als Mele ihr Schleier und Schmuck umlegte. Sie hatte sich geschämt beim letzten Mal, als sie Gold und Edelsteine getragen hatte, wegen der Aufgabe, die sie hatte übernehmen müssen, und wegen Sagittaria Wonder. Jetzt würde sie wieder vor ihr Idol treten, aber dieses Mal triumphierend … als Gewinnerin. Instinktiv hob Silver das Kinn.

Mele musterte sie und sagte dann: »Du siehst königlich aus. Ich glaube fast, du kannst es mit Königin Imea aufnehmen.«

»Glaub es, denn das muss ich«, flüsterte Silver.

Auch wenn Silver in ihren Audienzkleidern ganz anders aussah, stellte Meles Veränderung, nachdem sie ihr schlichtes Kleid und einen Schleier angelegt hatte, alles in den Schatten. Ihr zartes, warmes inneres Leuchten hatte etwas von einem Wüstensonnenaufgang im Frühling. Ihre Schönheit – und sie war sehr schön mit ihren großen Augen, der geraden Nase und den vollen Haaren – wurde noch gesteigert. Einen Moment lang überlegte Silver, ob es wohl dieses innere Licht, diese Transformation war, nach der die alten Weisen Ausschau gehalten hatten, wenn sie die Wüsten nach einer neuen Königin abgesucht hatten.

»So frisch gewaschen siehst du richtig gut aus«, sagte Brajon, der Mele mit unverhohlener Bewunderung ansah. Er drehte sich zu seiner Cousine um. »Und du machst dich gut für einen Wüstenfuchs. Wie findet ihr mich?« Brajon breitete die Arme aus und drehte sich langsam im Kreis. Sein blaues Hemd war von Silberfäden durchzogen, die bei jeder Bewegung glitzerten.

»Sehr hübsch«, sagte Mele.

»Ich hab schon Wüstenkäfer gesehen, die rausgeputzter waren«, neckte Silver ihn. »Aber das muss so gehen. Hoffentlich wirst du nicht aus dem Palast geworfen.«

Brajon klatschte in die Hände. »Ich bin ja so froh, dass ich dir gefalle, Cousine.«

Silver holte tief Luft und straffte die Schultern. Vor dem kleinen Fenster senkte sich die Dämmerung über Calidia.

»Auf zur Königin.«

43. Kapitel

Wenn Silver geglaubt hatte, sie könne in den Palast gehen, Königin Imea ganz ruhig bitten, Kirja zurückzugeben, und dann unbemerkt davonfliegen, so war das ein Irrtum gewesen.

Silver, Brajon und Mele gingen den Weg zum Palasteingang entlang, der von calidianischen Laternen beleuchtet war. Links und rechts von ihnen warfen Hunderte von Schlachtenbummlern mit rosa- und orangefarbenen Blüten, schwenkten Fähnchen und Wunderkerzen, jubelten und ließen sogar Papierdrachen fliegen. Der Lärm war ohrenbetäubend. Silver war froh, dass ihr Schleier verbarg, wie geschockt sie war und wie unwohl sie sich fühlte. Aus dem Augenwinkel sah sie den freundlichen Wächter in der Menge. Fast wäre sie zu ihm gegangen und hätte ihm Hallo gesagt, aber dann fiel ihr ein, dass er sie für einen einfachen Knappen hielt. Sie war in so viele Lügen verstrickt, das machte sie ganz traurig. Sie sehnte sich danach, endlich wieder nur Silver Dust zu sein.

Silver schaute zu Brajon und Mele, die beide ebenso sprachlos waren wie sie selbst.

»Steh gerade. Lass die Schultern nicht hängen.« Eine sanfte Hand nahm sie am Ellenbogen. Ferdi hatte sich ihnen angeschlossen, er schaute Silver freundlich an.

»Was machst du denn hier? Du …«

»Hast das Rennen verloren? Gegen einen Emporkömmling mit einem mythischen Drachen?« Die Augen des Jungen blitzten im Laternenschein und er grinste schief. Sein langes weißes Brokatjackett schimmerte über golddurchwirkten Leggins. Er sah aus, als gehöre er in einen Königspalast. »Zum Glück musste ich nicht gewinnen, um eine Einladung für heute Abend zu erhalten.«

Silver dachte daran, wie er mit Sagittaria Wonder gelacht hatte. »Weil du Sagittarias Freund bist? Warum sollte ich dir trauen?«

»Weil ich dich nicht den Wachen übergeben habe?« Ferdi stöhnte entnervt. »Freu dich, dass ich da bin. Ich hab ein Chaos anzurichten, du erinnerst dich noch?« Mit einer Kopfbewegung wies er auf die Menge. »*Du* musst ja nicht viel tun, um Chaos zu schaffen. Guck dir nur diese tuschelnden Leute an. Die brennen darauf zu erfahren, wer das Mädchen unter der geheimnisvollen Fuchsverkleidung ist.«

»Sie werden enttäuscht sein, wenn sie erfahren, dass es ein gescheiterter Goldschmiedelehrling aus einer unbedeutenden Stadt in der miesesten Ecke der Wüste ist.«

»Oder ein großer Wasserdrachenchampion. Hm …« Ferdi schaute über Silvers Kopf hinweg. »Spreche ich hier vielleicht mit der falschen Person? Ich hab Wüstenfuchs noch nie irgendwas sagen hören, das keine große Prahlerei gewesen wäre.«

Silver überraschte sich selbst mit ihrem Lachen. Sie konnte sich nicht erklären, warum er so mysteriös tat, aber er hatte ihr wirklich geholfen, das Rennen zu gewinnen. Ohne ihn wäre sie wohl kaum durch den Strudel gekommen.

»Es ist nur alles ein bisschen überwältigend.«

»Wenn du glaubst, das hier wäre schon was, dann schau mal dahin.« Ferdi zeigte geradeaus.

Die vier überquerten eine weiße Marmorbrücke, die über einen Wasserlauf führte, und gingen unter einem gold verzierten Torbogen hindurch. Vor ihnen lag der Palasteingang. Silver stockte der Atem.

Sie liefen über Bodenmosaiken, die Szenen aus dem Wüstenleben zeigten, über poliertes Holz und entlang an Mosaikfriesen, die mit kleinen Wasserdrachen bemalt waren. Die Schuhe von Silver und Mele machten leise Geräusche, während die Stiefel von Ferdi und Brajon vernehmlich klackten. Weitere Fliesen schmückten die Wände, Millionen glitzernder Quadrate, klein wie Silvers Daumenspitze. Sie waren nicht aus Ton, stellte Silver fest, es waren Edelsteine. Meereswogen aus Lapislazuli, Wüstendünen aus Karneol und Agath. Gärten wurden hier dargestellt – mit Blüten aus Amethyst und Granat. Paneele mit bekannten Wüstenmotiven trennten die verschiedenen Bilder.

Über ihnen, in schwindelnden Höhen, wölbten sich Decken, die von filigranen Metallkonstruktionen gestützt wurden. Sie waren so atemberaubend, dass Silver beim Hinaufschauen ganz schwindelig wurde.

Sie gingen unter einem weiteren Bogen hindurch und kamen auf einen Platz, der an drei Seiten von Wasser begrenzt war. Ein üppiger Hain mit Miniaturobstbäumen und steinernen Bänken war das Zentrum. Dieses Mal blinzelten Silver die Sterne über Calidia zu, als sie nach oben schaute. Auf diesem Platz verweilten die Leute, spazierten mit Likörgläsern in der Hand herum und nahmen sich kleine Häppchen von Tabletts, die weiß gekleidete Diener herumreichten. Aus einer Ecke des

Hofes wehte Musik herüber, während kleine, mit Schmucksteinen besetzte Laternen das Treiben in ein gedämpftes Licht hüllten.

»Bleib nicht stehen«, sagte Ferdi. »Zum Thronsaal geht es dort entlang.«

»Du kennst dich hier ja gut aus«, sagte Brajon, der alle Hände voll damit zu tun hatte, sich mit duftenden Fleischpasteten und knusprigen karamellisierten Nüssen zu versorgen. Mele nippte elegant an ihrem Likör, nur Silvers Magen war so verknotet, dass an Essen oder Trinken nicht zu denken war.

»Ich lege Wert darauf, immer den Überblick zu behalten«, sagte Ferdi. »Ein Glück für euch, denn das bedeutet, dass ich helfen kann.«

Blechinstrumente ließen einen gewaltigen Tusch erklingen, die Stimmen verstummten und die Leute wandten sich dem Eingang zum Thronsaal zu. Weiß gekleidete Wächter traten paarweise hindurch und bildeten ein Spalier. Der Regent erschien, blieb auf den Stufen stehen, die vom Thronsaal in den Hof hinunterführten, und beugte das Knie.

»Königin Imea«, wisperte Silver, die am Eingang zum Thronsaal eine Bewegung registrierte. Dort stand in den Schatten eine ganz in Schwarz gekleidete Gestalt, die Silver beobachtete.

Sagittaria Wonder.

Silver stupste Ferdi an. »Sie weiß, dass ich hier bin.«

»Die Königin?« Er folgte Silvers Blick. »Ah, der Champion. Ich kümmere mich um sie.«

Aber ehe Ferdi den Platz durchqueren konnte, erschien die Königin. Sie war genauso schön und gelassen, wie Silver sie in Erinnerung hatte, doch statt eines Reisekleides war Königin

Imea jetzt in feinste, mit Edelsteinen bestickte Seide gehüllt. Dazu trug sie Schmuck aus Gold und Silber, so fein gearbeitet, dass er aussah wie gesponnener Zucker. »Guten Abend«, sagte die Königin. »Ich heiße alle Gäste willkommen, ganz besonders meine Ehrengäste: die Gewinner meines Rennens. Unsere lange Tradition, die Besten der Wüste zum Frühlingsfestival der Inselnationen zu schicken, hat in diesem Jahr eine Aufwertung erfahren.« Königin Imeas Blick schweifte durch den Raum und traf Silver.

Silvers Blut raste. Was meinte die Königin damit? Der Anhänger erwachte zum Leben und wurde warm auf ihrer Haut. Schnell legte sie die Hand darüber. Ob die Königin das Leuchten unter ihrem Kleid sehen konnte?

Königin Imea wendete den Blick von ihr ab, sah sich suchend im Raum um und strahlte. »Eine Aufwertung durch ein Feld von Rennreitern, das ich für das stärkste und talentierteste halte, das wir je zu den Inseln geschickt haben. Ich fühle … ich weiß, dass die Wüstennationen dieses Jahr siegreich sein werden und den Titel *Weltbeste Wasserdrachenreiter* erringen werden!«

Die Königin hob die glitzernden Arme in die Höhe und die Menge brach in Jubel aus.

»Bis später«, flüsterte Ferdi, bevor er sich in der allgemeinen Unruhe davonmachte. Silver beobachtete, wie er sich zwischen den Anwesenden hindurchschlängelte, bis er schließlich an Sagittarias Seite stand. Er sprach mit ihr und sie lachten beide.

Wieder meldete sich Silvers Argwohn. War Ferdi an irgendeinem Plan beteiligt, der sie in einen Hinterhalt locken sollte? Nein, er war ein Freund. Das hatte er unter Beweis gestellt.

Ihre Nervosität machte sie unsicher. Silver rückte näher an ihren Vetter heran. Die Luft auf dem Platz wurde schwer.

»Welcher Reiter wird die Wüste zum Ruhm führen? Dieses Geheimnis fesselt mich so sehr, dass ich eine Freundin zur Audienz der Gewinner gebeten habe«, fuhr Königin Imea fort. »Arkilah wird uns die Sterne deuten – und vielleicht wird der Kosmos großartige Geheimnisse enthüllen!«

»Arkilah?«, sagten Silver und Brajon gleichzeitig.

Als Königin Imea jetzt die Arme ausbreitete, geschah das, um die Aufmerksamkeit auf eine Frau in der Menge zu lenken, die hinter einem Zitronenbaum von einer Bank aufstand.

Diese Frau war ungefähr so alt wie Silvers Mutter und – verglichen mit den anderen Anwesenden – ziemlich auffällig. Statt eines glitzernden Gewandes trug sie mehrere Lagen grob gewebten nomadischen Leinens, und auf allen sichtbaren Hautstellen – von den Fingerspitzen bis zum rasierten Kopf – war sie mit Abbildern der alten Gottheiten tätowiert.

Silver und Brajon rissen sich vom faszinierenden Anblick der Nomadenfrau los und sahen Mele an, deren Augen größer geworden waren als der Rand ihres Glases.

»Ich dachte, sie wäre tot«, flüsterte Silver.

»Das hab ich nicht gewusst«, sagte Mele. »Meine Quellen sind nicht zuverlässig. Sie ist vor Jahren verschwunden.«

»Nun ja, je mehr Verbündete, desto besser«, sagte Brajon. Er schob seine Cousine auf die Zitronenbäume in der Mitte des Hofplatzes zu. »Komm schon, Silver, schließ eine neue Freundschaft.«

44. Kapitel

Schweißperlen sammelten sich unter ihrem Schleier, aber Silver ging mit hocherhobenem Kopf zur Nomadenfrau. Das war ihre Chance, Kirja zu bekommen und aus dem Palast zu verschwinden, ohne ihre Identität preiszugeben.

Die im jaspatonischen Stil gefertigten Laternen verliehen Arkilahs Gesicht einen seltsamen grünlichen Schimmer. Als sie den Blick senkte, sah Silver, dass sogar ihre Augenlider mit Linien und Sternen tätowiert waren. Sie hatte sich wieder auf die steinerne Bank gesetzt. Sie regte sich nicht, als Silver auf sie zutrat, und hieß sie nicht willkommen.

Silver räusperte sich. »Nebekker schickt mich«, flüsterte sie. Nebekker, die sich freuen würde zu hören, dass ihre Freundin noch am Leben war. Nebekker, die schwach und gebrechlich darauf wartete, dass Silver mit Kirja zurückkehrte.

»Sie hat gesagt, du könntest mir helfen bei der Suche nach …«, Silver sprach noch leiser. Sie ließ einen kurzen Moment lang Nebekkers Anhänger aufblitzen, bevor sie ihn wieder versteckte. »Kirja.«

Arkilah antwortete nicht, aber eine Brise kam auf und ließ zwei kleine Fläschchen klimpern, die an ihrem Gürtel hingen. Sie fixierte Silver mit einem Blick, der ihre Gefühle nicht verriet. Weder Bestätigung noch Überraschung oder Verwirrung.

»Nebekker hat gesagt, du seist eine Freundin von … Wasserdrachen. Ich weiß nicht, warum oder wie, aber du sollst mir helfen«, sagte Silver, die noch ein wenig näher an die Nomadenfrau herangerückt war.

Als Arkilah schwieg, schaute Silver sich schnell um. Hinter den Zitronenbäumen konnte sie die Königin nicht sehen, aber Ferdi, der immer noch Sagittaria Wonder mit irgendwelchen Geschichten unterhielt. Allerdings wurde sie immer ungeduldiger. Sagittaria war abgelenkt, andere Leute beobachteten Silver und Arkilah hingegen neugierig. Silver musste sich beeilen.

»Ist es wahr, dass du die Zukunft vorhersagen kannst?«, platzte sie in einem Anflug von Verzweiflung heraus.

Das entlockte Arkilah eine Reaktion.

»Wenn ich das könnte, hätte ich dich kommen sehen«, sagte sie. Ihre Stimme war so rau wie der Boden rund um Jaspaton und sie sprach wie die Bewohner der tiefsten Wüste. »Wüstenfuchs. Alle wollen die großen Geheimnisse lüften und wissen, wer du bist und woher du stammst. Ganz zu schweigen davon, welche Drachenrasse du reitest.«

»Du bist eine Wahrsagerin!«, hauchte Silver.

Arkilah schnaubte höhnisch. »Königin Imea glaubt, ich würde Dinge wissen, weil ich über eine göttliche Gabe der Auslegung verfüge. Aber ich weiß Dinge, weil ich mein Leben lang gelernt … und Antworten gesucht habe. Und es gibt viele Dinge, die ich immer noch wissen will. Etwa, wie Nebekker darauf kommt, dass ich dir helfen würde, wo sie mich doch vor so vielen Jahren in einer eiskalten Einöde allein zum Sterben zurückgelassen hat?«

Silver machte große Augen. Was hatte Nebekker getan? Es schien ihr unmöglich, dass Nebekker jemandem so etwas antun konnte.

»Ah«, sagte Arkilah. »Das hat die Alte dir also nicht erzählt. Du solltest deine Freundschaft mit ihr hinterfragen. Vertraue Menschen niemals, Wüstenfuchs. Nur uneingeschränkte Wahrheit ist etwas wert. Und ich glaube, du kannst mich zu einigen neuen Wahrheiten führen, so wie ich Sagittaria Wonder zu Nebekker geführt habe.«

»Du warst es also, die es ihr erzählt hat?«, rief Silver, deren Gesicht vor Wut rot anlief.

»Was dachtest du denn, wer Sagittaria Wonder das Schuppenmuster gezeigt hat? Nebekker hat ihre Arbeiten immer gehütet wie ihren Augapfel, und das aus gutem Grund. Aber sie hat nicht geahnt, wie genau ich sie beobachtet und ihre besonderen Fertigkeiten erlernt habe. Und das schon, bevor sie mich verraten hat.«

»Also hast du sie im Gegenzug verraten«, sagte Silver wütend. »Du hättest sie fast getötet! Sie könnte immer noch sterben.«

Arkilah zuckte mit den Schultern. »Ich sehe der Gelegenheit entgegen, die Verbindung mit einem Wasserdrachen aus nächster Nähe zu studieren.«

Mit klimpernden Glöckchen und Ornamenten verschwand die Nomadenfrau hinter den Zitronenbäumen. Silver starrte ihr hinterher, ihr Herz raste. *Aus nächster Nähe studieren* … Hatte die Frau damit sie und Hiyyan gemeint?

Schnell lief Silver wieder zurück zu Brajon und Mele.

»Was hat sie gesagt?«, fragte Brajon. »Wird sie uns helfen?«

Silver schüttelte den Kopf. »Sie ist nicht so, wie wir gedacht haben. Sie hat gesagt, Nebekker …« Silver schluckte. Nebekker hatte bewiesen, dass sie fast alles tun würde, um Kirja zu beschützen. Aber jemanden zum Sterben zurücklassen? »Sie sind keine Freunde mehr.«

»Und was machen wir jetzt?«, stöhnte Brajon.

»Was wir schon die ganze Zeit vorhatten. Wir ziehen die Sache mit der Audienz durch. Ich muss Kirja ohne Hilfe zurückkriegen.« Arkilahs Worte hallten noch in ihrem Kopf. »Und dann nichts wie weg.«

»Leichter gesagt als getan, Cousine.« Brajon zog die Augenbrauen zusammen. »Guck dich mal um.«

Silver schaute an den Wänden entlang. Die Anzahl der Wächter schien in den letzten paar Minuten um ein Vielfaches gewachsen zu sein. Und sie waren nicht der einzige Grund, warum es Silver eiskalt den Rücken herunterlief. Allem Anschein nach waren sämtliche Blicke auf sie gerichtet. Die Menge hatte einen großen Kreis um Silver und den Eingang zum Thronsaal gebildet.

»Ich hab Brajon gesagt, wir sollten jetzt verschwinden«, sagte Mele. »Aber er hat sich geweigert.«

»Dir steht frei zu gehen«, erwiderte Brajon verärgert. »Bist du nicht bloß zum Gaffen mitgekommen?«

»Das reicht! Es ist gefährlich«, sagte Silver. »Mele, sie haben dich mit uns zusammen gesehen. Ich will nicht, dass du allein das Gelände verlässt.«

»Ich hab es gewusst, ich hätte mich um meinen eigenen Kram kümmern sollen.« Mele verschränkte die Arme vor der Brust.

Die Stimmung im Raum veränderte sich, als alle zusahen, wie Königin Imea langsam die Stufen zum Thronsaal hinaufstieg und in einer Wolke aus Seide darin verschwand. Arkilah folgte ihr, blieb aber am Kopf der Treppe stehen und wendete sich der Menge zu.

»Unsere Sieger sind nun zu ihrer Audienz bei der Königin geladen. Möge euer Wunsch rein sein und in Erfüllung gehen.«

Sagittaria Wonder stieg mit großen Schritten die Stufen hinauf, so als sei das völlig normal für sie, ihr folgte der Reiter des Shorsa aus Silvers erstem Rennen.

»Geh«, sagte Brajon. »Ich warte hier unten an der Treppe auf dich. Schrei, wenn du mich brauchst.«

»Wüstenfüchse schreien nicht«, sagte Silver. »Sie bellen.«

Silver sah, wie Ferdi sich neben Brajon und Mele stellte. Ihre Freunde zusammen zu sehen, gab ihr mehr Selbstvertrauen. Sie konnte sogar spüren, wie Hiyyan an der Küste entlang Richtung Calidia schwamm. Jetzt stand der wichtigste Augenblick ihrer Reise bevor. Sie würde Kirja zurückbekommen.

Silver folgte den anderen Siegern und betrat Königin Imeas prächtigen Thronsaal.

45. Kapitel

Königin Imea war eine eindrucksvolle Erscheinung. Ihr Thron war eine kunstvoll gearbeitete Eisenkonstruktion, auf der bunt bestickte Kissen lagen. Er stand auf einem Podest aus dickem Glas. Durch den Raum strömte ein Wasserlauf, in dem zwei Abruq träge ihre Kreise zogen.

Die Armlehnen des Thrones waren eiserne Wasserdrachen, auf deren Köpfen die Hände der Königin ruhten. Ein weiterer Drachenkopf aus reinem Gold hing zwischen mit Edelsteinen geschmückten Quasten von der Decke. Rechts vom Thron standen fünf vergoldete Holzkästen auf einem kleinen Tisch. Jeder Kasten enthielt ein kleines Vermögen in Münzen, vermutete Silver. Aber sie war vor allem von der Aussicht beeindruckt, die sich hinter dem Thron bot.

Drei mit Mosaiken geschmückte Bögen führten hinaus auf einen steinernen Balkon, hinter dem sich der nachtschwarze Himmel über dem Meer wölbte. Von diesem Platz hatte Königin Imea wahrscheinlich jedes Wasserdrachenrennen verfolgt. Man konnte weit schauen, vielleicht sogar bis zu den Inselstaaten, dachte Silver. Aber jetzt stand Arkilah auf dem Balkon, mit dem Rücken zum Thronsaal schaute sie zu den Sternen hoch. Wie viel mochte Nebekkers ehemalige Freundin der Königin über Silver erzählt haben? Wie viel konnten die Himmel enthüllen?

»Sagittaria Wonder«, verkündete der Regent, der links neben der Königin stand. Sagittaria Wonder trat vor.

Silver beobachtete, wie die Lieblingsdrachenreiterin der Königin auf das Podest stieg. Sie verneigte sich vor Königin Imea und nahm, ohne dass ein Wort gewechselt wurde, den Holzkasten an, der ihr gereicht wurde. Offenbar hatte sie das schon viele Male gemacht. Sagittaria wirkte beinahe gelangweilt.

»Sie wird der Wüste großen Ruhm bringen«, sagte Arkilah auf dem Balkon.

Silver entging nicht, wie Sagittaria das Kinn anspannte, fast so, als wolle sie eine Grimasse unterdrücken. Oder ein Lachen? Vielleicht kamen die Wasserdrachenreiterin und die Nomadin nicht gut miteinander aus, weil sie beide um die Gunst der Königin konkurrierten. Dagegen sprach allerdings, dass es Arkilah gewesen war, die Sagittaria Wonder zu Kirja geführt hatte.

Die anderen drei Gewinner wurden der Reihe nach aufgerufen, zwei von ihnen baten um den Inhalt der Holzkästen, während der dritte um Ackerland für seine Familie in der südlichen Region ersuchte.

»Das ist wirklich eine sinnvolle und selbstlose Bitte.« Königin Imea lächelte und verdoppelte die Fläche, um die der Rennreiter gebeten hatte.

»Der Reichtum, den deine Familie erlangt, wird alles übertreffen, was bisher auf dem Tisch stand«, sagte Arkilah.

Der Wasserdrachenreiter strahlte und verneigte sich noch einmal. Alle Bitten waren mit einem warmen Lächeln von der Königin gewährt worden. Silver machte das zuversichtlich.

»Wüstenfuchs«, verkündete der Regent. Silver hob ihre Röcke an und trat vor. Sie versuchte auszublenden, dass Sagittaria Wonder ihren Holzkasten lautlos auf den Boden stellte und die Arme vor der Brust verschränkte – und dass die anderen Rennreiter versuchten, einen Blick unter den Schleier zu werfen.

»Königin Imea.« Silver verneigte sich. Als sie den Kopf wieder hob, bemerkte sie, dass die Königin nicht nach einem Holzkästchen gegriffen hatte wie bei den anderen Reitern. Die Königin saß so still und ausdruckslos da wie aus Granit gehauen.

Silver schluckte. Waren die Wächter, die an den Wänden standen, ein Stückchen näher gerückt – oder bildete sie sich das ein? Und waren die Geräusche lauter geworden, die vom Hof hereindrangen? Oder war das nur eine Sinnestäuschung? Dass alle sie beobachteten, abwarteten, das war bestimmt keine Sinnestäuschung. Silvers Arme waren kalt, ihr Kopf fühlte sich leer an. Ferdis Ablenkung käme ihr jetzt wirklich gelegen.

Ich brauche dich, sagte Silver zu Hiyyan. Ihr Körper wurde warm. Jetzt war ihr Aquinder schon nah an Calidia.

Ehe Silver ihre Bitte vortragen konnte, betrat Arkilah wieder den Thronsaal und stellte sich neben das Podest. Die Königin presste die Hände ungeduldig auf die Köpfe der Wasserdrachen und blaffte: »Wer bist du?«

Die Frage traf Silver mit der Wucht eines Wüstensturms und rüttelte sie auf.

»Ich bin Wüstenfuchs«, sagte Silver.

Die Königin schwieg und sah sie erwartungsvoll an. Silver rauschte das Blut in den Ohren. Langsam zog sie den Schleier vom Gesicht.

Sagittaria Wonder machte einen Schritt nach vorn, sie runzelte die Stirn. »Ich kenne dich. Du bist diese nervtötende kleine Ele-Goldschmiedin aus Jaspaton.«

Silver war das peinlich, doch dann riss sie sich zusammen. Sie schämte sich nicht für ihre Herkunft. Von den Goldschmieden hatte sie gelernt, Metall zu bearbeiten, nur deshalb hatte sie für Hiyyans Flügeltarnung bessere Schlaufen fertigen können. Die Garnfrauen hatten ihr gezeigt, wie man Wolle verarbeitet, nur deshalb hatte sie sich eine Verkleidung für die Rennen machen können. Familie und Tradition hatten sie gelehrt, stark und widerstandsfähig zu sein, und sie mit nützlichen Gaben und dem Verlangen nach Großartigem in die Welt geschickt.

Das alles und noch mehr machte Silver Dust aus.

»Ich bin Wüstenfuchs«, sagte sie. Ihre Stimme drang bis in den Hof. »Ich bin die Ele-Goldschmiedin. Ich bin die Tochter einer Garnfrau. Ich bin Jaspatonierin.«

Ihre Stimme wurde noch lauter, Stolz erfüllte sie. In ihren Ohren begann es zu rauschen, als ob die gesamte heimische Wüste ihren Anstrengungen Beifall spendete. Die heilende Wunde an ihrem Handgelenk brannte, als wäre sie ganz frisch. Irgendwo auf dem Meer hinter dem Balkon des Thronsaales hob Hiyyan den Kopf und schickte ihr Kraft.

Silver straffte die Schultern.

»Ich bin Silver Dust, Aquinderreiterin!«

Wieder wurde es lauter auf dem Hof. Hinter ihr spielte sich irgendetwas ab, aber Silver hatte nicht den Mut, den Blick von der Königin abzuwenden. Mit zusammengepressten Lippen lächelte die Königin vom Thron herab. Die violetten Augen blitzten und das Licht wurde von ihrem platinfarbenen Haar reflektiert.

»Ja, Arkilah hat mir ein wenig von dir erzählt. Sie hat großes Interesse daran, dich zu studieren – und ich glaube, ich werde es ihr erlauben.« Die Königin trommelte mit den Fingern. »Silver. Silber ist ein nicht ganz so wertvolles Metall, nicht wahr? Ich glaube, dein Vater hat mir Gold versprochen. Wie enttäuschend.«

Früher hätte diese Bemerkung Silver vernichtet, aber jetzt hielt sie dem Blick der Königin stand, und eine kleine, in ihr schlummernde Erinnerung wurde wach.

»Du hättest Ruby heißen sollen«, hatte Sersha Dust ihrer Tochter zugeflüstert. »Der Rubin ist der Lieblingsstein deines Vaters. Aber die Nacht, in der du geboren wurdest, war so klar wie keine andere. Es war Vollmond und du hast die Augen aufgemacht und lange in das silbrige Licht geschaut. Dann hast du gelächelt.« Silvers Vater hatte sie an sich gedrückt. *»Du bist immer noch mein Lieblingsstein, aber es war richtig, dass deine Mutter den Namen Silver gewählt hat. Mein erstaunliches, geheimnisvolles Mädchen. Du wirst in diesem Leben so großartige Dinge vollbringen.«*

»Ich bin keine Enttäuschung«, sagte Silver.

»Mir ist egal, was du bist.« Königin Imea wedelte Silvers Worte weg. »Bring mir den Aquinder, auf dem du das Rennen geritten hast.«

»Dieser Aquinder gehört mir«, sagte Silver. »Ich bin ein Rennen auf ihm geritten, ich habe Anspruch auf ihn. Aber der andere Aquinder, den Sagittaria Wonder gestohlen hat, der gehört jemand anders, und jetzt fordere ich von dir hier, bei der Audienz der Sieger, ihre Rückgabe.«

Königin Imea erhob sich, ihre Präsenz war so Ehrfurcht gebietend, dass zwei der anderen Sieger schnell mit ihren Holzkästen unter dem Arm den Raum verließen. Silver hörte Gebrüll und Schreie vom Hof. Hatte Ferdi endlich mit seinem Ablenkungsmanöver begonnen?

»Lächerlich, dieses Kind«, sagte Königin Imea. »Beide Aquinder müssen vernichtet werden. Das verlangt ein altes Abkommen. Sie am Leben zu lassen, würde Krieg bedeuten.«

»Dann musst du wählen, welchem Gesetz du folgen willst. Ich bin ein Rennen auf meinem Aquinder geritten, also gehört er mir. Du würdest ihn mir stehlen? Dem Gesetz nach …«

»Du Närrin!«, mischte sich Sagittaria Wonder ein. »Das Gesetz gilt nicht für die Königin.«

Die Abruq kamen näher.

Und auf dem Meer näherte sich Hiyyan.

Ehe Silver reagieren konnte, platzte eine Gruppe von Leuten in den Thronsaal. Es waren Ferdis Gefährten und ein anderer Mann, der größte Mann, den Silver je gesehen hatte. Er schlug die Kapuze seines Umhangs zurück, unter dem wellige weiße Haare hervorquollen.

»Königin Imea!«, dröhnte er. »Die königlichen Familien sind Diener des Gesetzes, sie stehen nicht darüber.«

Als die Anwesenden die Köpfe neigten, huschte ein Ausdruck des Erschreckens über ihr Gesicht. Doch schnell hatte Königin Imea sich wieder gefasst und neigte ebenfalls ihren Kopf.

»König A-Malusni. Dein Botschafter hat vor einigen Wochen verlauten lassen, du würdest bedauern, nicht zum Festival erscheinen zu können. Dein Sohn nehme deinen Platz ein, sagte er. Wie du dir vorstellen kannst, ist mein Erstaunen groß, dich jetzt zu sehen.«

Hinten im Raum sagte jemand zutiefst erschüttert: »Vater?«

46. Kapitel

Flankiert von Brajon und Mele stand Ferdi am Eingang des Thronsaals. Silver klappte der Mund auf. »Ferdi? Er ist dein Vater … du bist ein …«

König A-Malusni hielt eine Hand hoch. »Das Mädchen hat nicht gegen das Gesetz verstoßen, ganz gleich welche Drachenrasse sie auch reiten mag.«

Königin Imea strich über ihr seidenes Gewand und lächelte zustimmend. »In dieser Angelegenheit hast du recht, König A-Malusni. Aquinder komplizieren den Sachverhalt allerdings. Vielleicht können wir den überlieferten heiligen Wortlaut des Abkommens in allen Einzelheiten besprechen und zu einer Übereinkunft zwischen unseren Nationen kommen.«

Ihr süßes Lächeln wich und die Augen sprühten Funken. »Allerdings hat dieses Mädchen bei ihrem Rennen ein illegales und hochgefährliches Metall verwendet.«

»Was?«, schrie Silver. *Die Königin spielt ihren Trumpf aus.*

»Der Besitz von Camouin ist verboten und du bist verhaftet. Wachen, ergreift sie!«

Chaos brach aus. Die Männer der Königin drängten zu Silver, doch Ferdis Gefährten – die Männer von König

A-Malusni – schnitten ihnen den Weg ab. Arkilah verließ schnell das Podest, die beiden Abruq stießen auf halbem Weg zu ihr. Und das Seltsamste von allem waren die merkwürdigen Gestalten in riesigen Wasserdrachenkostümen, die wild tanzend in den Saal einfielen.

Im Gewimmel schlüpfte Sagittaria Wonder an allen vorbei und war als Erste bei Silver.

»Komm mit«, sagte sie und zerrte Silver am Arm mit.

»Brajon, hilf mir!«, brüllte Silver, aber ihre Stimme ging im Lärm unter.

Erbarmungslos von der Wasserdrachenreiterin der Königin mitgeschleift, stolperte sie die Stufen vor dem Thronsaal in den Hof hinunter.

»Lass sie los!«, schrie Brajon. Er versuchte hinterherzulaufen, wurde aber von zwei Wächtern daran gehindert. Ein dritter hielt Mele fest. Immer mehr als Drachen maskierte Tänzer erhöhten das Chaos, es war wie der Albtraum eines Wüstenfestivals.

»Schneller, mach schon«, sagte Sagittaria Wonder. »Oder willst du, dass die Wachen dich schnappen?«

Sie zerrte Silver durch den Obsthain im Hof und schlängelte sich mit ihr zwischen Bäumen hindurch auf den Palasteingang zu.

»Was hast du vor?«, keuchte Silver. Half Sagittaria Wonder ihr etwa bei der Flucht? Sie hielt Silver so fest, dass ihr Arm wehtat. Silvers Gewand wickelte sich um ihre Beine, sie stolperte, aber Sagittaria Wonder rannte weiter. Als sie den Eingang erreichten, schlüpfte Sagittaria zwischen zwei Wächtern hindurch, Silver aber lief einem dritten genau vor die Brust.

»Bitte, hilf uns«, flüsterte Silver.

»Ich wusste doch, dass an dir etwas Besonderes ist.« Der freundliche Wächter schaute streng auf sie herab, dann schubste er mir nichts, dir nichts seine beiden Kollegen in die Wasserbecken.

»Lauf, Wüstenfuchs.«

»Aber … mein Cousin!«

Sagittaria Wonder schnaubte und zog Silver um die nächste Ecke. In einer dunklen Nische verschnauften sie, doch Silvers Arm behielt sie fest im Griff.

»Du hast seltsame Freunde. Wächter, Prinzen, Zimmermädchen …«

»Und du? Warum hilfst du mir jetzt? Warum hast du mich nicht schon früher ausgeliefert?«

»Selbst wenn ich das getan hätte, würde die Königin diese Angelegenheit so diskret wie möglich handhaben wollen. Wenn die Nachricht vom Aquinder sich verbreitet, wird Chaos ausbrechen. Ich hab diese Aushänge machen lassen, weil ich gehofft hatte, du würdest als Diebin gefasst, und ich könnte dich überzeugen abzureisen, ehe du dich zu tief in dieses gefährliche Spiel verstrickst. Aber du kannst dich ja nicht beherrschen, oder?« In Sagittarias Augen blitzte ein Funke, während sie Silver taxierte.

»Du musst begreifen, dass ich nicht deine Freundin bin und das auch niemals sein werde. Aber, Wüstenfuchs … Silver Dust, Aquinderreiterin, dein Mut hat mich beeindruckt. Ich erkenne mich in dir wieder. Ich war wie du als Mädchen. Du bist eine Wasserdrachenrennreiterin. Du bist eine Gewinnerin. Und man sollte dir erlauben, der Wüste Ruhm einzubringen mit deinen Rennen.«

Silver wurde von Gefühlen überwältigt. Sie wusste nicht, was sie zu Sagittaria Wonder, der Rennreiterin der Königin … der Heldin sagen sollte. Die Worte, die ihr jetzt in den Ohren klangen, würde sie ihr Leben lang hören wollen. Sie presste den Daumen auf die Brandwunde.

»Du glaubst, ich bin eine Gewinnerin?«

»Nun ja, nicht in allem. An deinen Garnkünsten solltest du noch etwas arbeiten.« Sagittaria Wonder lachte tatsächlich. »Aber deine Verbindung zu deinem Drachen ist etwas Besonderes. Unter uns Rennreitern: Die würde ich niemals beschneiden. Und dich würde ich auch nicht beschneiden. Aber Arkilah ist anders, du musst also laufen, Wüstenmädchen. Hol deinen Aquinder – und dann nichts wie weg hier.«

»Ich kann nicht wegrennen. Mein Vetter ist da drinnen. Und Kirja …«

»Hör auf mich! Ich hab dich da nicht rausgeschleppt, damit du dich für andere opferst. Die werden deinen Vetter schon bald wieder laufen lassen.«

»Und Kirja?«

»Gehört dir nicht. Um die musst du dir also keine Sorgen machen. Rette dich selbst. Rette deinen Aquinder. Die Königin hat gelogen, sie würde keinen Aquinder töten – die sind viel zu kostbar. Eines Tages lernst du vielleicht die Freiheit kennen und dann wirst du wieder Rennen reiten. Lauf jetzt!«

Hiyyan pflügte durchs Meer und näherte sich dem Kai. Silver konnte es spüren – seine Unsicherheit spürte sie auch. Und seine Hoffnung, dass sie, Silver Dust, die von der größten Wasserdrachenrennreiterin aller Zeiten anerkannte Wasserdrachenrennreiterin, seine Mutter gerettet hatte. Endlich hatte sie

Sagittarias Anerkennung gewonnen. Doch das war nicht das Versprechen, das sie Hiyyan gegeben hatte.

»Ich kann nicht wegrennen. Und Kirja gehört der Königin nicht.«

Silver flitzte davon.

47. Kapitel

Silver riss sich den Kopfschmuck ab und raffte die Röcke, damit sie so schnell wie möglich zum Kai kam. In den Straßen von Calidia war es viel ruhiger als im Palast. Entweder wussten die draußen postierten Wachen nicht, was los war, oder alle suchten im Palast nach ihr. Sie lief am Gasthaus vorbei, in dem die Geschichtenerzähler sich eingefunden hatten, und an Verkaufswagen, die in dunklen Straßenecken standen.

Im Hafen rannte sie unter den hölzernen Torbögen hindurch und am tiefschwarzen Wasser entlang, das an den Pollern hochschwappte. Am Ende des Kais wartete Hiyyan auf sie.

Ohne nachzudenken, sprang Silver vom Kai auf Hiyyans Rücken und schlang ihm die Arme um den Hals. *Mein Hiyyan.* Sie zog ihm das Camouin von den Flanken und ließ es in der Tiefe des Meeres untergehen.

»Der Ärger lohnt sich nicht.« Silver schob die Füße unter Hiyyans Flügel. »So, mein Freund, jetzt retten wir deine Mutter.«

Sie lenkte Hiyyan durch den Hafen zur Kaimauer. Schon bald wurden sie von Dutzenden dunkler Schemen eingekreist.

»Abruq. Oh, und da ist Ferdi!«

Ehe die Abruq sie erreichten, kamen Ferdi und Hoonazoor auf Silver zugerast.

»Wie hast du mich gefunden?«, rief Silver ihm zu.

»Ganz egal, folg mir!«, sagte Ferdi. Er zupfte am Zügel und sein Wasserdrache machte kehrt.

Der Glithern war erstaunlich schnell. Viel schneller noch als in den Qualifizierungsrennen. Ferdis Umrisse verschwammen vor Silvers Augen, und Hiyyan musste seine Flügel ausbreiten und sich in den Himmel aufschwingen, um mithalten zu können.

»Du bist ein Prinz?«, brüllte Silver zu Ferdi hinunter. »Warum hast du mir das nicht erzählt?«

»Hat nie so richtig gepasst. Aber ich hab bewiesen, dass du mir trauen kannst.«

Hoonazoor verschwand vor dem Palast durch eine Öffnung in der Kaimauer. Hiyyan war nicht weit hinter ihm. Er flog so nah an den Palast heran, dass Silver das Herz im Halse schlug. Aber die Wachen waren unten auf dem Boden, sie drängten über den Strand des Palastes, doch ihre schweren Stiefel versanken im weichen Sand. Und die kleinen Abruq konnten nicht mit den größeren und schnelleren Wasserdrachen mithalten. Hinten an der Mauer wurden Harpunen geladen, aber ehe die schussbereit waren, war Hiyyan längst um die Ecke gefegt.

Angefeuert von den Rufen der Menge sausten sie um die Türme des Palastes herum durch die Luft. Unter ihnen lag ein großer See mit zahlreichen Wasserdrachen. Das mussten die sagenhaften königlichen Teiche von Calidia sein. Silver blinzelte, um den Blick zu schärfen. Viele Drachen … aber keine Kirja. Dennoch wurde der Anhänger auf Silvers Brust zum ersten Mal ganz heiß, er pulsierte intensiv. Kirja konnte nicht weit sein.

»Wo ist sie?«

Hiyyan stieß ein aufgeregtes Geräusch aus und stürzte sich in die Tiefe.

»Hast du deine Mutter gesehen?« Silver lugte über seine Schulter, sie konnte Kirja nicht entdecken. Doch sie sah ein Mädchen, das mit den Armen wedelte. »Mele! Flieg nah an sie heran.«

Hiyyan hielt auf das Mädchen zu und bremste ab.

»Wo ist mein Vetter?«, rief Silver Mele zu.

»Sie haben ihn laufen lassen. Aber ich hab ihm heute Morgen gezeigt, wie man unter die Erde kommt. Da müsste er jetzt irgendwo sein. Hoffentlich ist ihm niemand gefolgt.«

»Darauf würde ich mich nicht verlassen. Halt die Augen offen«, sagte Silver.

Hoonazoor drehte eine Runde in den Wasserbecken.

»Wir müssen uns beeilen«, sagte Ferdi. »Mir nach.«

»Komm mit«, sagte Silver zu Mele.

Aber Mele schüttelte den Kopf. Ihr Blick ging zu einem Shorsa in der Nähe. »Ich kann nicht.«

»Ist das dein Drache? Hol ihn und komm mit uns«, drängte Silver.

»Ich kann nicht. Das ist Diebstahl.«

»Was auf irgendeinem Papier steht, spielt keine Rolle. Ihr gehört zusammen. Das ist das Wasserdrachengesetz.«

»Aber nicht unser Gesetz.« Mele zögerte.

»Bitte, Mele«, flehte Silver. »Die Wachen kommen. Ich kann dich hier nicht zurücklassen, du darfst meinetwegen keinen Ärger kriegen.«

»Ich kenne den Weg nicht. Nicht durch diese Seen.«

»Ferdis Drache kennt sich aus.« Vom anderen Ufer des Sees kamen Rufe. »Mele, wir müssen uns beeilen. Bitte!«

Der hübsche Shorsa beobachtete sie. Sein Schwanz ging langsam hin und her, so als würde er darauf warten, dass Mele eine Entscheidung traf.

»Dein Wasserdrachen will gehen«, sagte Silver. »Mach die Augen zu … fühle, was er fühlt. Dein Shorsa wird dir sagen, dass ich recht habe.«

»Dazu haben wir jetzt keine Zeit!«, brüllte Ferdi.

Die Wächter kamen näher. Jetzt oder nie. Mele stieß einen schrillen Pfiff aus und der Shorsa tauchte zu ihr herüber. Mele kletterte auf seinen Rücken.

»Folgt mir«, sagte Ferdi. Dann verschwand er im See, dicht gefolgt von Mele und ihrem Shorsa.

Hiyyan schwang sich in den Himmel hinauf. Silver holte tief Luft. Dann machten sie eine Drehung und tauchten ab.

Sie glitten durchs Wasser. Silver hielt die Augen auf. Wo waren Ferdi und Mele? Es war kaum etwas zu erkennen. Der Shorsa war klein und sehr schnell, und Hoonazoors glitzernde Färbung passte sich der Dunkelheit an, sowie sie unter Wasser war. Doch sie hinterließen eine Spur von Blasen, die im Schein von Nebekkers Anhänger unheimlich leuchteten. Diesen Luftblasen folgte Hiyyan, bis sie schließlich hinter Mele wieder auftauchten. Silver fischte in ihrem Beutel nach ihrer Laterne, doch dann fiel ihr ein, dass die ja in den Höhlen zu Bruch gegangen war. Ihre Hand streifte den Dolch. Sie holte ihn hervor und befestigte ihn mit einem Stück Schal an ihrer Hüfte.

»Ist nicht mehr weit«, sagten Ferdi und Mele fast gleichzeitig.

»Wo sind wir?«

»In den Höhlen des Flusses Sonflir«, sagte Mele. »Weiter unten am Flusslauf sind die Brunnenschächte der Obsthaine. Da steigt Brajon ein. Und da haben wir dann auch ein bisschen Licht.«

»Warum kennst du dich hier aus?«

»Meine Familie arbeitet in einem der Obsthaine. Da unten habe ich Luap zum ersten Mal gesehen.« Mele tätschelte ihrem Shorsa den Hals.

»Dieser Shorsa war nicht für die Calidianer bestimmt«, sagte Ferdi. »Sie wurde für eine andere Nation gezüchtet. Für meine. Siehst du das Zeichen an ihrem Schwanz?«

Silver und Mele sahen sich die Stelle genauer an: drei diagonale Linien und eine strahlende Sonne.

»Das Wappen meines Vaters«, sagte Ferdi.

»Dein Vater. Einen Moment lang hatte ich vergessen, dass du Prinz Ferdi bist.«

Ferdi seufzte. »Ein freier Prinz, ausnahmsweise. Hatte ich jedenfalls gedacht.«

»Ein Ehrengast der Königin und Freund von Sagittaria«, sagte Silver vorsichtig.

»Das Erste trifft zu, das Zweite nicht.«

»Deshalb hast du dich nicht aufgeregt, als ich dich heute geschlagen habe.«

»Das wirst du mir wohl noch ewig vorhalten.« Ferdi lachte. »Ja, ob ich gewonnen oder verloren hätte, ich wäre so oder so bei der Audienz der Sieger gewesen. Das ist meine Pflicht«, sagte er. »Aber wir müssen uns beeilen. Die Wachen – und wer weiß, wer noch – werden hier herunterkommen, ehe wir uns es versehen. Die Becken sind ganz in der Nähe.«

»Schwimm schneller«, sagte Mele. »Brajon müsste gleich vor uns sein.«

Das »müsste« machte Silver Sorgen. Ihr Vetter könnte in echten Schwierigkeiten stecken.

Die Wasserdrachen kämpften sich gegen die Strömung voran. Hiyyan war stark, aber nach dem Rennen und den Anstrengungen des Tages war er erschöpft. Silver konnte das in ihren Knochen spüren. Sie waren beide erledigt.

»Wir müssen nur deine Mutter finden und dann ganz schnell weg von hier, damit wir uns in Sicherheit ausruhen können«, sagte sie ihrem Aquinder. »Es ist fast vorbei.«

Plötzlich weitete sich die Höhle. Sie schwammen in ein so enormes unterirdisches Gewölbe, wie Silver es noch nie gesehen hatte. Kristalle glitzerten an der Decke, sodass Silver nach unten schauen musste, weil das gleißende Licht sie ganz schwindelig machte.

Als sich vor ihren Augen nicht mehr alles drehte, schaute sie wieder auf. Die Wände strahlten in allen Farben des Regenbogens und erzählten die Geschichte des Flusses, der durch die Höhle floss. Und mittendrin standen riesige Glaskäfige mit Wasserdrachen.

Die meisten dümpelten brav vor sich hin. Einige schliefen sogar. Aber ein paar schwammen nervös herum, und ein Decodro schlug sogar immer wieder den Kopf an die gläserne Wand des Käfigs und versuchte, sich zu befreien. Silver tat es weh, so etwas mit anzusehen.

»Wir müssen sie alle freilassen«, sagte sie zu Mele.

»Das können wir nicht. Und sie sind auch nicht alle gegen ihren Willen hier. Einige gehören zum offiziellen königlichen Zwinger.«

»Zwinger?«

»So nennen wir die Wasserdrachenherde, die dem Königshaus gehört.«

Silver drängte Hiyyan, nach Kirja zu suchen. Immer wieder schaute sie verstohlen zu dem Wasserdrachen, der seinen Kopf gegen die Wand schlug, bis ihr schließlich die Tränen übers Gesicht liefen.

»Au!«, schrie sie plötzlich. Nebekkers Anhänger war so glühend heiß, dass ihr die Haut verbrannte. Dann kühlte er ab. »Da ist Kirja!«

Hiyyan stieß einen Glücksschrei aus, aber der alte Aquinder blieb still stehen und schnaubte in ihre Richtung. Das war eine Warnung.

»Oh, ihr habt uns gefunden. Ich dachte mir schon, dass ihr hierherkommen könntet.«

Die hochmütige Stimme von Sagittaria Wonder ertönte. Silver drehte blitzschnell den Kopf. Auf der anderen Seite der Höhle schlängelte sich Sagittaria Wonder auf dem Rücken ihres Dwakka zwischen den Wasserbehältern hindurch. Die beiden Köpfe ihres Drachen waren auf Silvers Gefährten gerichtet, einer auf Ferdi, der andere auf Mele.

»Wie gefällt euch mein Zwinger?«, fragte Sagittaria. »Mein ganzes Leben habe ich damit verbracht, dieses Wasserdrachenimperium aufzubauen. Ich hab jung angefangen. Wie alt bist du, Ele-Goldschmiedin?«

»Dreizehn«, antwortete Silver, um sie abzulenken. Schnell sah sich sich in der Höhle um. Wo war Brajon?

»Ich habe als fünfjähriges Waisenkind angefangen, mit Wasserdrachen zu arbeiten. Meine Eltern waren Händler, die auf der Straße nach Calidia umkamen. Als meine Verwandten erfuhren, dass sie tot waren, haben sie mich in den Docks ausgesetzt. Wisst ihr, was das für ein calidianisches Kind bedeutet?«

Eine zuckende Bewegung erregte Silvers Aufmerksamkeit. Wahrscheinlich war es nur Sagittarias Schatten auf den Kristallen. Aber für alle Fälle wendete Silver den Blick nicht von Sagittaria ab. Sie sollte keinen Verdacht schöpfen.

»Die, die Glück hatten, schlugen sich als Bettler durch, aber andere Kinder wurden von Seefahrern weggeholt, damit sie auf den Schiffen schufteten. Die hat man nie wieder gesehen. Sobald sie nicht mehr nützlich waren … wollen wir mal sagen … das Meer ist weit.«

Silver schluckte. Wieder eine Bewegung. Sie riskierte einen Blick in die Kristalle und hätte fast aufgeschrien. Ihr Vetter lugte hinter einem Felsen hervor. Er legte die Finger auf die Lippen. Silver musste die große Drachenreiterin in Schach halten.

»Aber du nicht …«, sagte sie laut. »Du bist nicht verschleppt worden und du bist nicht getötet worden.«

»Nein. Ich wollte überleben und mich an meiner Tante rächen.«

»Was meinst du damit?«, fragte Silver.

Plötzlich drehten sich die Köpfe des Dwakkas von Ferdi und Mele weg. Die kleinen Ohren schwenkten nach links und rechts und lauschten.

»Ich hab dir eine Frage gestellt«, brüllte Silver. Ihre Stimme hallte von den Höhlenwänden wider. Brajon brauchte mehr Zeit.

Sagittaria Wonder zog die Augenbrauen hoch. Die Dwakkaköpfe drehten sich zu Silver. Was auch immer sie gehört hatten, war von ihr übertönt worden.

»Ein Dwakka lümmelte bei den Docks herum.« Sagittaria tätschelte ihren Wasserdrachen. »Und ich war die Einzige, die keine Angst vor ihm hatte, ihn nicht verletzen oder ihn stehlen wollte. Dwakkas können ein wenig heftig sein.«

Sagittaria Wonder feixte. Silver schluckte, als sie den Dwakka ansah, der kein freundliches Gesicht zum Ausgleich des grimmigen hatte. Beide Köpfe zeigten ziemlich finstere Mienen.

Sagittaria fuhr fort. »Obwohl ich diesen Drachen gepflegt und seine Treue gewonnen habe, obwohl ich unsere ersten Rennen gewonnen habe, obwohl ich die Aufmerksamkeit und die Gunst des Königshauses gewonnen habe – als Waise! –, gab es immer noch etwas, das ich mir mehr wünschte als alles andere auf der Welt.«

»Rache an deiner Tante.«

Sagittaria Wonder winkte ab. »Ach, das. Nein, das war schnell erreicht. Hast du gewusst, dass Wasserdrachen den Geschmack von Menschenfleisch lieben?«

Sagittaria tätschelte den Dwakka wieder. Silver drehte sich der Magen um.

»Nein, ich wollte meine Träume wahr werden lassen. Kommt dir das bekannt vor, Wüstenfuchs? Die Streitereien im Königshaus interessieren mich nicht, Geld auch nicht. Aber die Größte sein? Der ganzen Welt zeigen, wozu dieses ungewollte, bemitleidenswerte kleine Hafenmädchen fähig ist? Das treibt mich an, Wüstenfuchs. Das treibt uns an. Und später, als ich erfuhr, dass es eine Wasserdrachenrasse gab, die seit Jahrhunderten nicht mehr gesehen worden war … da musste ich es wissen. Konnte das wirklich stimmen? Konnte ich, ein Niemand aus Nirgendwo, eine Legende in meinen Händen halten?«

Plötzlich wirbelte Sagittaria Wonder herum und sah Kirja an. Brajon, der auf halbem Weg zu Hiyyans Mutter war, ließ sich auf den Boden fallen und drückte das Gesicht auf den Boden. Seine dunkle Kleidung verschmolz fast mit den Schatten, aber Sagittaria musste nur an Kirjas Becken vorbeischauen, dann würde sie ihn sehen.

»Du kennst dieses Gefühl, Silver Dust aus Jaspaton«, sagte Sagittaria Wonder leise und drehte sich wieder zu Silver um. »Du weißt genau, wie sich all das anfühlt.«

Dieses Mal wirkte das Bedauern in ihrem Gesicht aufrichtig. »Das Schicksal der Wasserdrachen liegt mir mehr am Herzen als alles andere, aber ich kann Kirja trotzdem nicht zurückgeben.«

»Aber sie gehört dir nicht!«, rief Ferdi. »Lass sie mit uns gehen.«

»Nein, sie gehört mir nicht. Aber gerade du, Prinz, solltest wissen, dass diese Spiele komplexer sind, als sich gewöhnliche Bürger vorstellen können.« Sagittaria Wonder fauchte Ferdi beinahe an. »Und vielleicht überlebst du es nicht, wenn du dich einmischst.«

»Die Spiele sind mir egal«, sagte Silver. »Kirja und Nebekker gehören zusammen.«

»Bedaure«, sagte Sagittaria Wonder. Und es hörte sich tatsächlich so an, als würde sie es bedauern. Der Dwakka bewegte sich langsam auf Silver zu, beide Köpfe auf sie gerichtet. »Kirja gehört jetzt der Königin. Und du, kleine Goldschmiedin … ich wünschte, du wärst weggelaufen, als du die Gelegenheit dazu hattest.«

Beide Mäuler weit aufgerissen und erwartungsvoll sabbernd schoss der Dwakka auf Silver zu.

48. Kapitel

Mele schrie. Ihr Shorsa bäumte sich überrascht auf und warf sie ab, sie klatschte ins Wasser. Ehe Silver auf sie zuhechten konnte, war ein riesiger Dwakkakopf über Hiyyan hergefallen und hatte dem Aquinder seine Fänge in den Hals geschlagen. Hiyyan kreischte auf und warf den Kopf zurück.

»Nein, Hiyyan!«, brüllte Silver. Sie musste ihre ganze Kraft aufwenden, um sich an seiner Mähne festzuklammern und sich auf seinem Rücken zu halten. Der Teich war tief. Sie würde ertrinken, wenn sie abgeworfen wurde.

»Festhalten!«, rief Ferdi, der zu Hilfe eilte. Sein Glithern rammte den Bauch des Dwakka und dessen zweiter Kopf schrie auf.

Silver zog den Dolch aus dem Schalgürtel und nahm ihn zwischen die Zähne, ein metallischer Geschmack füllte ihren Mund. Sie kletterte an Hiyyans Rücken hoch, bis sie nur noch eine Armeslänge von dem Dwakkakopf entfernt war, der sich in Hiyyan verbissen hatte. Sie hob den Arm und fuhr dem Angreifer mit dem Messer quer übers Gesicht. Die scharfe Klinge schlitzte die Wange. Der Kopf kreischte und ließ von Hiyyan ab, doch sie hatte den zweiten Kopf nicht kommen sehen. Der krachte auf ihre Schulter.

»Au!«, schrie sie, als es knackte und ihr ein scharfer Schmerz durch den Arm fuhr. Sie ließ das Messer ins Wasser fallen.

Wieder stieß der zweite Kopf auf sie los, aber Hiyyan sah das, wirbelte herum und peitschte den Dwakka mit dem Schwanz. Er verfehlte den Kopf und traf stattdessen den Hals. Das reichte, um den Wasserdrachen aus dem Gleichgewicht zu bringen.

»Noch mal!«, befahl Sagittaria Wonder dem verletzten Dwakka.

Dunkelblaues Blut tropfte aus der Wunde im Gesicht und aus dem Maul. Silver wusste nicht, ob es nur das Blut des Dwakkas war, denn ihr Aquinder blutete auch stark. Sie streichelte seinen Hals, um den Schmerz zu lindern.

Und jetzt hatte sie nicht mal mehr eine Waffe.

Nur ihren Körper.

Silver richtete sich auf, mit zitternden Beinen stellte sie sich auf Hiyyans Rücken. Das hier war womöglich das Waghalsigste, das sie je getan hatte. Wenn es misslang, würde sie im See landen. Also durfte es nicht misslingen. Anders ging es nicht.

Als der Dwakkakopf auf Hiyyan zuschoss, stieß Silver einen Schlachtruf aus und warf sich in die Luft. Überrascht zuckte der Dwakka zurück. Silver schnappte nach Luft, der Abstand zwischen ihr und dem furchterregenden Drachen wurde größer. Sie streckte den unverletzten Arm, so weit sie konnte, und schaffte es, den Dwakka bei den Halsflossen zu packen. Die scharfen Schuppen am Rand der Flossen schnitten ihr in die Hände, doch sie biss die Zähne zusammen und hielt sich fest, bis sie sich auf den Hals des Dwakka ziehen konnte.

»Arrrh!«

Der Kopf des Dwakka peitschte von einer Seite zur anderen, er versuchte Silver abzuschütteln, doch sie schlang den Arm um seinen Hals und klammerte sich fest.

»Runter von meinem Drachen!«, brüllte Sagittaria Wonder.

Ferdi hielt sich zurück, während der Dwakka Silver herumschleuderte. Würde Hoonazoor wieder zustoßen, würde Silver ins Wasser klatschen. Silver schloss die Augen und klammerte sich noch fester. Sie durfte nicht lockerlassen, bis Kirja frei war. Ihr wurde so schwindelig, dass sie schon dachte, sie würde ohnmächtig werden. Aber sie hielt sich fest. Nur noch ein kleines bisschen länger. Sie machte die Augen auf. Und da sah sie Brajon vor Kirjas Becken.

»Es ist abgeschlossen!«, rief er.

Ferdi eilte ihm zu Hilfe. Sagittaria packte Silvers Fußgelenk und zog.

»Komm her!«

Sagittaria Wonder zerrte Silver vom Hals des Dwakka. Statt sich zu wehren, ließ Silver einfach los und rutschte so schnell herunter, dass sie in Sagittaria hineinkrachte und sie aus dem Sattel schleuderte. Dann drückte Silver ihr den Stiefel in die Seite und trat zu. Sagittaria hing nur noch an einem Fuß vom Sattel, ihr Kopf streifte die Wasseroberfläche.

»Beeil dich, Brajon!«, schrie Silver.

Sie schnappte sich die Zügel des Dwakka und riss die Köpfe des Wasserdrachen zurück. Die sträubten sich und rissen an den Lederriemen, bis Silvers Handflächen voller roter Striemen waren. Wieder schossen die Köpfe auf Hiyyan zu.

»Ich versuch's ja«, sagte Brajon. Er hatte die Zähne zusammengebissen. Das Schloss wollte nicht aufgehen.

Mele, die wieder auf ihrem Shorsa saß, rief: »Hilf ihm, Luap!«

Der kleinste Wasserdrachen in der Höhle sauste am Dwakka vorbei und knallte gegen Kirjas Glaskäfig. Das Glas hielt stand.

»Gib nicht auf!«, brüllte Silver. Eine Hand packte ihre Wade. Sagittaria Wonder zog sich an Silver hoch und die rutschte zur Seite. Sagittarias Gesicht war wutverzerrt.

Silver wollte wieder nach den Zügeln greifen, bekam sie aber nicht zu fassen. Sagittaria riss sie nach unten und Silver fiel. Sie krallte die Finger noch in den Sattel, aber Sagittaria setzte ihr ganzes Gewicht gegen sie ein. Silver strampelte mit den Beinen, doch Sagittaria hielt sie fest.

»Du --- bist --- so --- eine --- Nervensäge.« Sagittaria Wonder zog. Silver jaulte auf. Die eine Hand rutschte vom Sattel, sie baumelte an der anderen Hand über dem Wasser und dem sicheren Tod.

»Du kannst nicht schwimmen.« Sagittaria Wonder lachte. Es klang schrecklich und hallte durch die Höhle. »Ein Drachenreiter, der nicht schwimmen kann?! Ich nehme alles zurück, was ich gesagt habe. Du verdienst diesen Aquinder nicht. Du bist nichts weiter als eine Hafenratte.«

Silvers Gesicht brannte. Ihr ganzer Körper ächzte vor Anstrengung. Aber eine Ratte war sie nicht!

Sie war ein Wüstenfuchs. Schnell, schlau und tüchtig.

Silver warf Ferdi einen Blick zu und ließ den Sattel los.

49. KAPITEL

Das Wasser nahm Silver und Sagittaria Wonder mit gewaltigem Aufspritzen in Empfang. Sagittaria lächelte grausam und stieß Silver mit ihrem Stiefel tiefer hinunter. Einen Moment lang sah sie zu, wie Silver versank, dann schoss sie wieder an die Oberfläche.

Gerade als Silver die Luft knapp wurde, tauchte Hoonazoor auf. Erleichtert packte sie den Schwanz des Glithern, der auf Kirjas Gefängnis zusteuerte. Dort bestätigte sich Silvers Verdacht.

Irgendwie musste man doch zu den Drachen gelangen, ohne die Käfige ganz zu öffnen … Der Gedanke war ihr gekommen, als sie den armen Decodro ans Glas hatte schlagen sehen. Eine schnelle Bewegung – und der Drache könnte entkommen. Tunnel waren nützlich. Und jeder gläserne Wasserdrachenkäfig hatte seinen kleinen Unterwassertunnel. Der war nicht so groß, dass die Drachen entkommen konnten, das würde nicht mal ein Erwachsener schaffen. Vermutlich reichte der Platz gerade mal für Futter.

Und für einen kleinen Retter. Silver konnte sich gerade so durch das Tunnelloch quetschen, und sobald sie ins Becken gelangt war, half Kirja ihr an die Wasseroberfläche.

»Wie bist du da reingekommen?« Sagittaria Wonder war auf den Trick reingefallen. »Raus da!« Die berühmte Drachenreiterin nestelte wütend am Schloss und die Tür ging auf.

Brajon saß auf Hiyyans Rücken und passte den richtigen Moment ab. »Jetzt, Kirja!«, schrie er.

Kirja packte Silver am Kragen ihres Reitanzuges und schoss aus dem Glaskäfig. Hiyyan und Luap schubsten Sagittaria Wonder und ihren Dwakka mit vereinten Kräften in das gläserne Becken, Ferdi knallte die Tür hinter ihnen zu und sicherte das Schloss.

Silver zog sich auf Kirjas Rücken, das Wasser tropfte an ihr herunter. Sie sah, wie Sagittaria Wonder an die Wände des Beckens hämmerte, ihre wütenden Schreie wurden von dem dicken Glas gedämpft. Durch den Tunnel würde die Drachenreiterin nicht entkommen, dazu war sie zu groß.

»Tut mir leid«, sagte Silver – und das meinte sie auch so. Sagittaria Wonder war nicht nur die kalte, unnahbare Frau, die Silver in Jaspaton kennengelernt hatte, oder die treue Dienerin der Königin oder eine Drachenreiterin, sie war all das in einer Person – und sie war Silvers Heldin.

Aber beim Rennen war sie eine hässliche Konkurrentin, die sich von ihrem Ehrgeiz auffressen ließ. Silver würde sich niemals vom Ruhm verbiegen lassen oder um des Ruhmes willen das zerstören, was ihr lieb war. Sie dachte an Jaspaton, an ihren Vater. Sie hatte einiges in Ordnung zu bringen.

»Wenn du weggelaufen wärst, hätte ich für deine Freiheit gekämpft. Aber jetzt?« Die große Wasserdrachenreiterin zuckte die Achseln. »Viel Glück, kleiner Fuchs. Du wirst es brauchen.«

»Sie braucht kein Glück. Sie hat uns«, rief Brajon ihr zu.

Silver grinste und drehte sich zu ihren Freunden um. Zum ersten Mal schien sich Brajon einigermaßen furchtlos an Hiyyans Mähne festzuhalten. Mele saß auf ihrem Shorsa, Hoonazoor hatte Ferdi aufsteigen lassen und Kirja und Hiyyan beschnupperten einander liebevoll.

»Mele«, sagte Silver. »Wie kommen wir hier raus? Im Palast sind Hunderte von Wächtern.«

»Wir reiten flussaufwärts bis zu den Brunnenschächten. Von dort könnt ihr nach Hause fliegen.«

Silver zuckte zusammen. »Wir? Kommst du denn nicht mit?«

Mele schüttelte den Kopf. »Mein Platz ist hier, bei Luap. Ich verlasse sie nicht, und ich stehle sie nicht, ich bin keine Diebin.«

»So wie ich?« Silver sah zu Hiyyan. Die Verbindung zwischen ihnen war stärker als irgendein von Menschen erlassenes Gesetz.

»Wir müssen uns beeilen«, sagte Brajon. »Guck mal!«

Brajon zeigte auf die Höhlenöffnung, die zum Palast hinausging. Schatten flitzten überall im Fluss herum. Noch mehr Wasserdrachen. Sie waren hinter ihnen her.

»Das ist mein Stichwort. Ich muss zurück«, sagte Ferdi. »Anders als Mele hab ich nicht die Wahl, ob ich bleiben oder gehen will. Aber ich verspreche, dass ich die Verfolger aufhalten werde, so gut ich kann. Und ich sag ihnen auch nicht, wohin ihr abgehauen seid. Wenn ihr eines Tages die Geschichte hört, wie Prinz Ferdi versucht hat, die Verräterin Silver Dust gefangen zu nehmen, dann denkt dran, dass ich über meine Rolle bei der Sache wohl lügen muss.

Vergesst nicht, dass ich es gewesen bin, der Dutzende tanzende Männer in Wasserdrachenkostümen in die Audienz der Gewinner eingeschleust hat. So gefalle ich mir nämlich am besten.«

»Danke, Ferdi.« Silver streckte die Hand aus, aber sie fand, für all das, was er getan hatte, reichten Worte nicht aus. Der Inselprinz nickte und lächelte ihr ein letztes Mal zu, ehe er den Weg einschlug, auf dem sie gekommen waren.

»Mele, schließ dich uns an«, sagte Silver bestimmt.

»Aber mein Shorsa kann nicht fliegen. Wie …«

»Überlass das mir«, sagte Silver. »Komm jetzt!«

Die drei Wasserdrachen und ihre Reiter kämpften auf ihrer Flucht gegen die Strömung an. Sie schwammen mindestens eine Stunde und horchten immer wieder, ob Gefahr drohte. Die Flusshöhlen waren stockdunkel, nur unter Brunnenschächten drang schwaches Licht durch die Finsternis. Ihr Weg führte sie unter weit mehr als einem Dutzend Brunnen vorbei, ehe sie sich wieder nach oben wagten.

»Probier's hier mal«, sagte Mele. Durch eine Öffnung in der Höhlenwand sprudelte ein kleiner Bach in die Haupthöhle. Dieser vereinte sich mit dem großen Fluss, der auf die königliche Stadt zuströmte.

»Ich sorge dafür, dass die Luft rein ist«, sagte Brajon.

Er stieg von Hiyyan ab und kroch durch die Öffnung, dann war er verschwunden. Silver hielt den Atem an. Es war möglich, dass die königlichen Wachen ausgeschickt worden waren, um sie zu verfolgen. Sie lauschte angestrengt. Kein Schrei, kein Kampf. Dann steckte Brajon den Kopf wieder zur Höhle herein und grinste.

»Alles klar. Freie Bahn.«

Silver atmete erleichtert aus. Die Wasserdrachen zwängten sich ins Freie und wurden vom Vollmond und einem mit Sternen gesprenkelten Himmel begrüßt.

50. Kapitel

Silver zog den Knoten an Kirjas Flügelgelenk fester. »Tut das weh?«, fragte sie den alten Wasserdrachen.

Kirja drehte den Flügel langsam, dann knurrte sie leise. Silver stellte sich vor Mele hin. Sie hatten alle Schmerzen, mehr oder weniger. Brajon hatte Silver die eine Schulter wieder eingerenkt, aber die andere machte ihr immer noch zu schaffen – und zahlreiche Schnittwunden, Beulen und Blutergüsse.

Doch sie war noch am Leben. Und sie hatten Kirja befreit.

»Dann wollen wir es mal versuchen.«

Mele guckte die Rennanzug-Hängematte skeptisch an. »Bist du sicher, dass das hält?«

»Nebekker hat mir diese Webtechnik gezeigt«, sagte Silver stolz. »Solange Luap nicht rausfällt, wird's schon funktionieren. Das verspreche ich.«

Im Laufe der Reise hatte Silver vieles versprochen – und jedes Versprechen bedeutete ihr etwas. Sobald sie die Oase von Jaspaton erreicht und Kirja an Nebekker übergeben hatten, würde Silver ihre Versprechen auch einlösen.

»Ich wünschte, wir hätten Zeit, es zu testen, aber Sagittaria hat bestimmt schon Wächter nach Jaspaton geschickt. Wir müssen vor ihnen dort ankommen. Steig auf.«

Trotz Silvers zuversichtlicher Worte nagte Mele an ihrer Lippe, als sie beobachtete, wie Luap in die wollene Hängematte glitt. Der Wasserdrache gehörte zu einer der kleinsten Rassen überhaupt, trotzdem war er noch einige Köpfe größer und etliche Pfund schwerer als sie. Silver kletterte auf Hiyyans Rücken, schaute zu Brajon und Mele, die auf Kirja saßen, hinüber und schob die Zweifel beiseite.

Die Sterne blinzelten ihr zu, als hätten sie ein gemeinsames Geheimnis. Silver grub die Hände in Hiyyans Mähne und verband ihre Gedanken mit seinen. *Lass uns losfliegen!*

Die Erde blieb unter ihnen zurück, der Nachthimmel nahm sie auf. Der Wind blies durch Silvers kurze Haare. Sie schloss die Augen, der Geruch der weiten Wüste überwältigte sie. Tränen stiegen ihr in die Augen. Endlich ging es nach Hause.

Zwischen ihnen hing Luap sicher in seiner Hängematte. Hiyyan und Kirja stimmten ihren Flügelschlag aufeinander ab, sodass sie sich nicht behinderten. Wenn Silver den Arm ausstreckte, konnte sie Brajon und Mele beinahe berühren.

»Was war das für ein Gefühl, als du heute gewonnen hast, Cousine?«, fragte Brajon. »Wir hatten ja noch überhaupt keine Zeit zum Feiern.«

»Du hast klar gewonnen!«, sagte Mele, ehe Silver antworten konnte. »Ihr beiden habt wie Champions ausgesehen. Und du hast den armen Prinz Ferdi abgehängt.«

»Danke, Mele.« Silver merkte, wie sie rot wurde. »Hast du alle Rennen gesehen?«

Mele schüttelte den Kopf. »So viele, wie ich konnte. Das war meine Art, mich zu verabschieden. Ich hatte nicht vor, euch noch mal wiederzutreffen.« Mele zuckte mit den Schultern. »Andererseits hatte ich auch nicht vor, Calidia jemals zu verlassen, auf dem Rücken eines Aquinder, mit Luap an meiner Seite. Komisch. Was wohl als Nächstes passiert?«

Silver verstand Meles Worte nur zu gut.

»Ich hab auch keine Ahnung, wie es weitergehen soll«, gestand sie ein. »Hoffentlich hat Nebekker einen Plan.«

Sie sah sich Hiyyans Hals an, aus dem immer noch glänzendes Blut quoll. Er hatte nicht über seine Verletzungen geklagt, aber sie spürte einen Hauch seines Schmerzes. Und dann waren da ja noch Kirjas verletzter Flügel und die wachsende Beule auf Brajons Stirn.

Brajon grinste sie schief an. »Ich bin echt stolz auf dich. Du bist ein Naturtalent. Bestimmt für dieses Leben.«

Silver berührte ihre Wasserdrachenbrandwunde. Bestimmung. Und Träume. Zwei Dinge, die sie bis hierher gebracht hatten. Aber wie lange würden sie Bestand haben, wenn Sagittaria Wonder und die Königin und all die unvorstellbaren Kräfte, die ihnen zur Verfügung standen, hinter ihnen her waren? Wo sollten sie hin? Gab es irgendwo in der weiten Wüste einen Ort, an dem sie sich verstecken konnten? Nebekker hatte es versucht – und Sagittaria hatte sie aufgespürt wie ein Jäger auf der Pirsch.

Ein Gesicht blitzte vor Silvers innerem Auge auf. Ein Inseljunge, der zum Prinzen geworden war. Vielleicht würden Silver und Hiyyan ja irgendwo in den Inselstaaten ihren Platz finden.

»Du hast dich verändert«, sagte Brajon.

Silver wusste, dass er recht hatte. Sie war gewachsen, stärker geworden und anmutiger. Hiyyan hatte sich auch verändert. Er war größer als Kirja und er wuchs immer noch. Sein unbeholfenes Babygeflatter war Vergangenheit, sein Flug hatte an Schönheit gewonnen. Doch es gab noch so viel, das sie zusammen lernen mussten. Silver wollte die Grenzen der Kommunikation mit ihrem Aquinder ausloten. Sie wollte für Rennen trainieren und fliegen. Und die Welt mit ihm erkunden.

Doch erst musste sie herausfinden, wie sie die Welt dazu bringen konnte, Aquinder zu akzeptieren.

»Guck mal!« Brajon zeigte auf etwas in der Ferne.

Silver blinzelte. Weit vor ihnen glitzerten Lichter mit den Sternen um die Wette.

Sie waren zu Hause.

»Das ist Jaspaton«, erklärte Brajon Mele. »Da kommen wir her.«

Mele hatte die Arme fest um Brajons Hüfte geschlungen. Jetzt reckte sie den Hals. »Wie hoch die Gebäude sind! Viel höher als in Calidia. Ich hab nicht gewusst, dass es in der Wüste noch eine Stadt gibt, die größer ist als Calidia.«

»Sie ist auch nicht größer. Sie ist viel kleiner. Sie ist nur in die Klippen gehauen worden, damit alle Bewohner auf die Wüste hinausschauen und ihre Schönheit bewundern können.« Heimweh durchbohrte Silvers Brust wie ein Messerstich.

Als sie Jaspaton näher kamen, konnte sie die verschiedenen Ebenen mit den Wohnungen und Läden erkennen. Sie konnte die Laternen an den Treppen sehen, die für die Leute brannten, die sich in der Stadt auf und ab bewegten. Sie konnte jaspatonische Flaggen sehen, die von den Häusern der Politiker oben auf den Klippen flatterten.

Jaspaton hatte ihr so sehr gefehlt!

Doch als Erstes mussten sie Nebekker besuchen.

Es war, als wäre die alte Frau, die sich tief unter der Erde versteckte, so etwas wie ein Leuchtfeuer. Je näher sie der Oase kamen, desto wilder wurde Kirja. Sie brüllte in die Nacht und schlug mächtig mit dem Schwanz hin und her.

»Kirja!«, versuchte Silver sie zu beruhigen. »Wir sind gleich da.« Sie zeigte nach unten. »Die Oase.«

Mit der aufgeregten Kirja war die Landung nicht einfach. Hiyyan versuchte sanft zu landen, konnte aber nicht verhindern, dass Luap auf dem Boden aufschlug. Und Kirja zerrte so heftig auf ihrer Seite, weil sie zu Nebekker rennen wollte, dass Brajon und Mele von ihrem Rücken rutschten und übereinander auf dem Boden landeten.

»Aua, das fehlte mir gerade noch.« Brajon setzte sich auf und rieb sich die Stirn. »In meinem Kopf hämmert es wie in einer Mine.«

»Ich hab doch immer gewusst, dass du da oben Steine statt Hirn hast«, sagte Silver. »Aber vielleicht sind es Edelsteine.«

»Haha«, murmelte Brajon.

Silver glitt auf den Wüstenboden hinunter. Sie lächelte, als ihre Stiefel in den Sand sanken. Ein vertrautes Gefühl. Sie war zu Hause.

Mele half Silver, die Hängematte loszumachen, die die Aquinder verband. Sobald Kirja frei war, rannte sie auch schon in die Nacht hinaus und verschwand mit einem riesigen Platscher im See. Silver lächelte, als sie an das Wiedersehen der beiden Alten dachte. Sie würden so glücklich sein.

»Du kannst mit Luap durch den See in der Oase in die Flusshöhlen gelangen«, erklärte Silver Mele. »Brajon, reitest du mit mir oder nimmst du den Höhleneingang?«

Brajon nestelte an seinem Hemd. »Ehrlich gesagt, ich geh jetzt nach Hause.«

Silver starrte ihn geschockt an. »Ich dachte, wir wollten zusammenhalten. Und jetzt willst du einfach gehen, nach allem, was wir durchgemacht haben?«

»Das ist mein Zuhause, Cousine. Da gehöre ich hin. Ich mag Jaspaton. Ich mag mein Leben hier. Fliegen und Rennen reiten auf den Meeren … das ist nichts für mich.«

»Aber du bist jetzt ein Held. Ich weiß nicht, was ich ohne dich gemacht hätte – und auch nicht, ob ich das, was jetzt kommt, ohne dich schaffe.« Silver schluckte. »So viele Lieblingsvettern habe ich schließlich nicht, weißt du.«

Tränen stiegen ihr in die Augen. *Du bist nicht nur mein Vetter. Du bist mein bester Freund*, wollte sie eigentlich sagen. Aber sie wusste genau, sie würde schluchzen, wenn sie den Mund aufmachte.

»Ich weiß. Du bist auch meine beste Freundin.« Brajon lächelte. Nicht so übermütig wie sonst, irgendwie milder. »Ich weiß, am Anfang war ich nicht so furchtbar nett zu Hiyyan. Für dich war er so was wie ein Neuanfang und das Ende unseres gemeinsamen Lebens in Jaspaton. Für mich war das schwer. Aber ich werde dich immer aus der Ferne beobachten. Ich werde mir von den Händlern über deine Siege berichten lassen. Und wenn du berühmter bist als Sagittaria Wonder, wirst du hoffentlich ab und zu mal zurückkommen in unsere kleine Wüstenstadt und Hallo sagen. Glaub bloß nie, du wärst zu gut für uns, okay?«

»Niemals.« Silver lächelte unter Tränen. Das würde nicht passieren. Für sie würde Jaspaton immer der schönste Ort auf der Welt bleiben. Und ihre Familie würde immer einen Platz in ihrem Herzen behalten.

»Ich muss dich noch um einen Gefallen bitten«, sagte Brajon. »Irgendwie ist der Weg nach Hause zu Fuß ja recht weit und ich bin ziemlich müde. Glaubst du, Hiyyan würde mich noch ein letztes Mal mitfliegen lassen?«

Silver lachte. Sie sah ihren Aquinder an und verständigte sich stumm mit ihm. Hiyyan ging zu Brajon, schnüffelte in seinen Haaren herum, als wolle er sagen: *Ist schon in Ordnung. Ich weiß, du liebst mich, obwohl du ein lächerlicher Wüstenkäfer bist.* Dann duckte der Drache sich, damit Brajon aufsteigen konnte.

Vom Rücken des Wasserdrachen winkte Brajon seiner Cousine zu. »Versuch mal, nicht in Schwierigkeiten zu geraten. Falls du weißt, wie das geht.«

Dann schenkte er ihr sein freches Brajon-Grinsen. Hiyyan hob ab und die beiden verschwanden in den Nachthimmel.

Silver seufzte. Das Herz tat ihr weh – und der Körper auch. Aber im Hinterkopf war immer noch eine nervige Stimme, die behauptete, dass sie nicht die Zeit hatte, sich um ihre Wunden oder ihr Herz zu kümmern. Sagittaria Wonder würde kommen und Hiyyan haben wollen.

Und Silver war eine Diebin.

51. KAPITEL

Silver ging durch die Oase zum versteckt liegenden Höhleneingang am See, in den Mele und Luap gleich sprangen. Vorsichtig tastete sie sich auf dem nassen Pfad immer tiefer in die Höhle hinein, bis sie um die letzte Ecke bog und die Höhle sich vor ihr weitete. Luap plantschte im Fluss herum, während Mele noch auf ihrem Rücken saß.

Mit dem Kopf auf Nebekkers Schoß lag Kirja am Flussufer ausgestreckt.

Die alte Frau war klein und zerbrechlich. Kaum mehr als Knochen. Sie hatte die Augen geschlossen und wirkte viel älter und schwächer als bei ihrer letzten Begegnung.

Doch als Silver einen kleinen Stein mit dem Fuß in den Fluss kickte, öffnete die alte Frau die Augen.

»Du bist zurückgekommen. Und du hast mir meine Kirja mitgebracht.« Nebekkers Stimme war schwach, kaum mehr als ein Flüstern.

»Das habe ich doch versprochen«, sagte Silver. »Ich halte meine Versprechen. Aber ich habe befürchtet, dass ich zu egoistisch war. Dass ich …«

Nebekker nickte und machte die Augen wieder zu. »Zu lange gebraucht habe? Kirja verloren habe?«

Silver nickte. »Ich mach mir auch Sorgen um Kirja und Hiyyan. Der Dwakka hat beide gebissen.«

»Keine Sorge. Ich habe einen Drachen-Herzstein, wenn du ihn nicht verloren hast.«

»Nein, hier ist er.« Silver zog den Anhänger heraus. »Wie …«

Ein Geräusch hinter ihr ließ sie herumfahren und sie spähte in die Dunkelheit. *Sagittaria Wonder?*

»Hallo?«

Nein. Das war nicht die Stimme der legendären Drachenreiterin. Das war …

»Mutter!« Silvers wunderschöne Mutter trat ins Licht. Als Sersha Dust ihre Tochter sah, ließ sie die Körbe fallen, die sie getragen hatte. Silver stürzte sich auf ihre Mutter und schlang ihr die Arme um den Hals. Erst jetzt ging ihr auf, wie schmerzlich sie ihre Mutter vermisst hatte. Nun war es, als ob ein fehlendes Teil von ihr wieder an seinem Platz war.

»Mein Mädchen, du bist zurück«, sagte Silvers Mutter.

Silver löste sich aus der Umarmung und half ihrer Mutter, die Körbe zu Nebekker zu bringen.

»Du hast meinen Brief gefunden.«

»Das habe ich«, sagte Sersha. »Und seit ich ihn gelesen habe, habe ich jedes nur mögliche Gefühl durchlebt. Wut, Sorge, Angst, Schmerz und sogar Stolz.«

Silver wischte sich mit dem Handrücken die Augen.

»Ich bin zwei Mal hier runtergekommen«, erklärte Sersha. »Um Vorräte zu bringen und Neuigkeiten zu erfahren. Aber es gab keine Neuigkeiten. Bis jetzt.« Tränen glänzten in ihren Augen. »Endlich bist du wieder da. In Sicherheit.«

»Deiner Mutter kann man wirklich vertrauen«, rief Nebekker herüber. »Niemand weiß das besser als ich.«

»Warum?«, fragte Silver.

Sersha zuckte mit den Schultern. »Als Nebekker nach Jaspaton kam, war sie eine Ausgestoßene. Eine Fremde. Jemand, der keine Familie hatte. Sie wollte uns nicht mal sagen, woher sie kam. Die Leute munkelten, sie sei eine Spionin von den Inselstaaten. Sie sagten, sie gehöre nicht hierher. Ich habe ihnen nicht geglaubt. Deshalb haben Yidla und ich mit ihr Freundschaft geschlossen. Sie war kalt, aber mit der Zeit … nach vielen Jahren, genauer gesagt, fing sie endlich an aufzutauen. Sie hat mir von ihrem Leben als Mädchen erzählt. Von Kirja. Ich habe ihr versprochen, dass sie hier Sicherheit finden würde. Ich hab ihr versprochen, ihr zu helfen, sie zu versorgen.«

Silver dachte an Arkilahs Worte, dass Nebekker sie in einer eiskalten Einöde allein zum Sterben zurückgelassen hatte. Ob sie womöglich die Wahrheit gesagt hatte?

»Nebekker, warum hast du mir das nicht erzählt?«

»Ich bin sicher, dass sie dir viele Geschichten nicht erzählt hat. Es hat Jahre gedauert, bis sie mir erzählt hat, was ich jetzt weiß … und das war bestimmt noch nicht alles.«

Silvers Mutter legte ihrer Tochter die Hände auf die Schultern. »Ich dachte, eines Tages würde ich deinen Vater überzeugen. Dann wollte ich dich nach Calidia schicken, wo du lernen würdest, Drachenrennen zu reiten. Es ist beeindruckend, so starke Träume in seinem Kind zu sehen.«

»Aber dann ist Sagittaria Wonder gekommen – und sie war nicht so, wie wir gedacht hatten. Und dir ist etwas Besonderes widerfahren.«

»Hiyyan«, sagte Silver.

»Ja. Oh, und das muss Kirja sein. Ich hab so viel von ihr gehört.«

Sersha blieb zurück, sie wusste nicht, wie sie sich dem Wasserdrachen nähern sollte. Das maßlose Erstaunen über den Anblick eines Aquinders spiegelte sich auf ihrem Gesicht wider.

»Lange können wir nicht bleiben«, sagte Silver. Schnell erzählte sie Nebekker und ihrer Mutter, was in Calidia passiert war, alles Unwichtige ließ sie weg … wie zum Beispiel, dass sie ein verbotenes Metall benutzt hatte. Als sie zum Ende ihrer Geschichte kam, strich sie sich die kurzen Haare hinter die Ohren. »Versteht ihr, wir können nicht hierbleiben. Wir müssen uns verstecken, bis wir wissen, was als Nächstes zu tun ist.«

»Nein, Silver. Du bleibst hier«, sagte Sersha. »Wir finden schon eine Lösung.«

»Sagittaria kennt diese Oase. In Jaspaton gibt es kein anderes Versteck. Aber ich hoffe, Nebekker und ich können uns was ausdenken. Und zwar schnell. Ich habe einen neuen Freund, der nicht aus der Wüste stammt, vielleicht kann er uns helfen. Und Gesetze kann man ändern.«

Sersha schwieg lange, dann nickte sie. In der Ferne hörte man etwas ins Wasser platschen. Ein paar Sekunden später schwamm Hiyyan auf Silver zu.

Sie lächelte. »Das ist Hiyyan, mein Aquinder.«

Sersha Dust ging ganz nah an den Wasserdrachen heran und sah ihm in die Augen: »Ich erwarte von dir, dass du auf mein Mädchen aufpasst«, sagte sie sehr ernst. »Und dass ihr schnell wieder zurückkommt. Ich warte auf Nachrichten und sie sollten oft kommen.« Hiyyan leckte Silvers Mutter über das Gesicht, dann ließ er die Zunge seitlich aus dem Maul baumeln und grinste.

Sersha stellte sich vor Nebekker. »Zur gegebenen Zeit werde ich unsere Politiker aufrütteln.«

Silver warf sich wieder in die Arme ihrer Mutter und löste sich erst von ihr, als Mele zu ihnen kam.

»Das ist Mele«, sagte Silver, »ohne sie hätten wir Kirja nicht befreien können.«

Gemeinsam verstauten die Mädchen frische Vorräte in ihren Taschen.

»Wohin gehen wir nun?«, fragte Mele.

Nebekker stand auf. Sie war wackelig auf den Beinen, wurde aber jeden Augenblick kräftiger. Mit einer Kopfbewegung wies sie auf die andere Seite des Sees. »Flussaufwärts. An Jaspaton vorbei, in die Berge. Da oben kann man sich verstecken. Bald setzt der Winter ein, die Pässe sind dann für Fremde unerreichbar. Die meisten Menschen wären dort gefangen, aber wir haben ja diese zu groß geratenen Vögelchen … Das ist die sicherste Lösung. Zumindest bis es für Aquinder wieder ein Leben in Sicherheit gibt.«

Silvers Augen funkelten. Erst die Berge, dann eine ganze Welt, die sie erkunden konnten. Eines Tages würden sie beide all die Freiheit genießen, die sie immer ersehnt hatten. Ein ganz neues Leben lag vor ihr und ihrem Wasserdrachen.

Und sie war bereit für dieses Abenteuer.

Foto: © Mi Vida Photography

Autorin

KIRSTEN HALBROOK wuchs in Kalifornien auf – umgeben von Kunst, Kultur und Lebensart ihrer libanesischen Familie, die diese Geschichte inspiriert hat. Sie hat schon mehrere Bücher für Jugendliche und Erwachsene veröffentlicht und ist Mitbegründerin einer Website zur Leseförderung für Jugendliche. Heute lebt sie mit ihrer Familie in Seattle.